普天之下・盡是好書

普天出版家族
Popular Press Family

凌雲文創
A-Plus Creative Company

終極奇人幻事，
不可思議的長江的巫鬼秘聞

長江異聞錄 全集

YANGTZE IBUNROKU

夜半走陰・狂道鬥魔

蛇從革——著

詭道風起雲湧，再次掀起巫鬼鬥爭浪濤。
黃家趕屍、魏家養屍、鍾家御鬼，還有鳳凰山蠱術……遊離於道教之外的神秘門派，
在長江三峽默默隱藏千年，為何浮出檯面？
兩股巨大的勢力對峙，長江「四大外道」互相角力，彼此之間的恩怨情仇如何了結？
奇詭異術高潮迭起，驚悚懸疑的情節宛如箭矢連發！

出版序

終極奇人幻事，不可思議的長江巫鬼秘聞

箭矢連發般的驚悚懸疑的情節、古老民俗與奇詭異術，在在攫獲讀者的目光。默默隱藏在三峽數千年的詭道，如今浮出檯面，再次掀起巫鬼鬥爭的驚濤駭浪！

你或許相信，能成一番驚天大事的人，身邊多半有能人異士輔助；能推翻前朝的豪傑，多半具有神秘宗教背景。但是，你絕對很難想像，原來陳平、李靖、道衍……等輔助帝王改朝換代的謀士，都出身一個你我都不曉得，游離於道教之外的門派。

長江三峽地區，山勢陡峭，道路艱險，自古崇尚巫鬼之術，詭道這個神秘的門派，就在這山民不通外界之處，默默隱藏了上千年。

•詭道風起雲湧，再次掀起巫鬼鬥爭浪濤

長江地區自先秦時期，古老民俗和奇詭異術便多不勝數，可與湘西蠱術相輝應。默默隱藏在三峽數千年的詭道，如今浮出檯面，再次掀起巫鬼鬥爭浪濤。

那一夜，黃坤在鎮江閣遇上水猴子，以為自己就要溺斃，這才曉得身上的胎記居然是避水符。他意外被詭道執掌看中，最後拜的師父卻是不著調的瘋子。原本一個正常的大學生，竟搞得整天神神鬼鬼！

同窗好友成為拉人下水的水猴子，替自己喜歡的女孩送走死鬼丈夫，還促成一樁冥婚；跟著黃溪送爺爺的屍體回秀山黃家，在青江與御鬼的鍾家老三交手。後來，親自走了一趟養屍的魏家，又見識了鳳凰山蠱術的厲害……

黃坤不禁思索，自己的命運一開始就被人安排好了嗎？詭道，這條道路似乎沒有想像中那麼簡單美好……

•鬼怪術數盡出，驚悚懸疑的情節宛如箭矢連發！

《長江異聞錄》高潮迭起，驚悚懸疑的情節宛如箭矢連發。黃家趕屍、魏家養屍、鍾家御鬼，還有鳳凰山蠱術……兩股巨大的道門勢力對峙之際，「四大外道」互相角力，彼此之間的恩怨情仇難了。

這下可好了，黃坤不但捲入四大外道的破事，還得在兩方勢力中選邊站！

榮登二〇一二年網路最佳作者，蛇從革挾著破億點擊率再推最新力作。滾滾長江水淘盡英雄，留下言說不盡的奇聞詭事。人性的醜惡和美好，還有命運作弄的無奈，加上大量三峽地區駭人聽聞的題材，《長江異聞錄》是那麼貼近你我的生活，卻又如此不可思議，超越大衆的想像力。

老太婆還魂、鬼差拉魂、破解冥婚、遺屍幹活……驚悚緊張的情節展開，用字詼諧逗趣，古老民俗與奇詭異術，在在攫獲讀者的目光。風趣的語調、精湛的文筆，讓人驚起冷汗的下一刻，又不禁捧腹大笑。

千古留存下來的神秘門派究竟多神秘？隱藏於長江三峽的詭道究竟多奇詭？《長江異聞錄》怪異如都市版《山海經》，離奇似現代版《聊齋誌異》，一旦翻開書頁，絕對讓人廢寢忘食，愛不釋卷。

【出版序】終極奇人幻事，不可思議的長江巫鬼秘聞

契約

還魂

秀山黃家祠堂

冥婚

張眞人

螟蛉

十字路口

冥陣

契約

麻煩的事情惹上身，哪可能容易脫身，
老者根本不曉得老河怪的厲害。
有天晚上睡覺，他突然感覺好冷，
睜開眼睛，才發現自己抱著一具屍體漂浮在運河裡。
這就是契約厲害的點，簽了躲不過。

第 1 章

認屍

護士二話不說，帶著他們到太平間，把覆蓋在屍體身上的白布掀開。那具屍體臉部平靜，手蜷曲在胸口，五指都彎曲，跟雞爪一樣。臉部發紫，嘴巴張著，露出白森森的牙齒，眼睛也瞪得老大。

二〇〇八年秋天。

剛開學一個星期，黃坤正在南苑食堂吃午餐。吃了一半，察覺青椒肉絲有點不對勁，就用筷子扒拉兩下，發現裡面有蟲子的屍體。是一隻筷子粗細的青蟲，僵硬的蟲屍混在青椒裡，外型與青椒很相似。

黃坤看清楚了，這隻青蟲只剩下一半，本來還在咀嚼的嘴巴，馬上就不動了。食物卡在喉嚨裡，上不來，也下不去，連忙用手指往自己的喉嚨摳。他先是掏出一些稀爛的食物，手指又往喉嚨深處探入，一陣噁心，吐出來的東西也看不出有沒有剛才那條蟲子的半截屍體。

這個舉動腌臢（骯髒，中國北方方言，不乾淨的意思）得很，旁邊幾個女生看了都覺得噁心，端起盤子走到較遠的座位。

老子今天眞他媽的倒楣！

黃坤端著餐盤，走到打菜的老頭面前，往他面前狠狠一摔，然後惡狠狠地看著他。打菜的老頭摸不著頭緒，問道：「怎麼啦？」

黃坤從青椒炒肉絲中挑出半截青蟲的屍體，遞到打菜的老頭眼前，「你們瞎了啊？洗菜的時候沒看到嗎？」

「增加蛋白質的，同學。」打菜的老頭懶懶地說：「這東西在山東可是好東西，賣得比牛肉還貴。」

黃坤一把揪住打菜老頭的衣領子，「你再說一遍！」

這個時候，整個食堂瞬間哄鬧起來。黃坤知道大家肯定是在看熱鬧，刻意高舉起那半截青蟲，嘴裡大聲嚷嚷，「這個狗日的還說是替我們補充蛋白質。」

可是，沒有一個人有反應。

這下黃坤看清楚了，整個食堂裡的人確實都在哄鬧，但是根本沒往自己這個方向看過來。原來，門口有幾個學生的大聲交談，吸引了眾人的注意力。

「運河又淹死人了！」

「這次淹死的是××系四年級的。」

黃坤聽到很多人在議論，心裡一震，下意識放開打菜的老頭。他正就讀那人口中的系所，恰巧是四年級。昨晚，跟他同寢室的同學說要去運河游泳，一個晚上都沒回來。思及至此，心中不由得忐忑起來。

媽的！不會這麼巧，就是李大膀子吧？昨晚人還好好的，今天就淹死了，比我還火背。

這會兒，黃坤顧不上跟打菜的老頭扯皮，向議論紛紛的人群快步走去，留下打菜的老頭在身後破口大罵，「你給老子回來！打我就想跑啊！」

黃坤懶得去管了，走到那幾個學生旁邊，問道：「淹死的是不是姓李？」

「你認得啊？」其中一人反問：「是你朋友嗎？」

黃坤又多問幾句，可他們都說不清楚，搞得他更加焦急。想著李大胯子平時和自己交情還不錯，說死就死，有點難過，果真天有不測風雲。再說，他上學期打牌，還欠了五百塊沒還，這下人死了，找誰要帳？

一時問不出個究竟，黃坤連忙打電話給關係好的室友，「李大胯子回去了沒？」

「沒有啊！你找他幹什麼？別吵我睡覺……」

「睡個屁啊！」黃坤對著電話吼道：「李大胯子好像淹死了。」

「不會吧……距離上次淹死人才過幾天，運河又淹死人啦？不會這麼巧，就輪到胯子吧……」

「你快點把兄弟都喊上，我們去問問，到底是不是胯子那個王八蛋！」

說罷，黃坤把電話掛了，等著同學過來會合。剛好又發現有人在附近談論運河淹死人的事情，便加入交談的行列。

其中一人正說得興起，「我的媽啊！這次運河淹死人，真是古怪！那個人本來已經被救起來，上岸之後，非常清醒，還能說話。趕來的醫護人員看到他沒有大礙，並在他堅持不去醫院的前提下離開。那人坐在河岸休息，可幾分鐘後，開始咳嗽，最後還咳出血。旁人嚇得連忙再打一一九，把他送到醫院，可惜還來不及急救，人就不會喘氣了……」

「那個人是不是高個子，皮膚滿黑的？」黃坤忍不住插嘴。

「誰知道啊！」另一人接過話，「當時沒人曉得他是三峽大學的學生，今天早上醫院通知學校，現在衛保組在校門口張貼告示，詢問有沒有人發現自己的室友整晚沒有回寢室、也沒有任何聯絡。」

黃坤一聽，這兩項條件胯子都符合，不禁越想越擔心。

這時候，同學都趕來了，大夥兒一刻都不耽擱，連忙向校門口跑去。

果不其然，校門口有衛生保健組的人在詢問，另外有很多人在看熱鬧，圍聚在附近議論紛紛。

黃坤吆喝同學連忙把閒雜人等拉開，走到衛生保健組的人面前說道：「我們是××系○五級的，我同學昨晚出去後，到現在都還沒回來。」

衛生保健組的人急忙詢問，「你同學的外觀特徵是什麼？」

黃坤大致形容一下，「身高約一米八，很瘦，很黑。」

衛生保健組的人一聽，叫道：「好像是你的同學！醫院說的那個死人，外貌和你說的差不多。」

「媽的！」黃坤跺起腳來，「就曉得今年老子寢室會倒血楣！」

黃坤的同學聽了，都不作聲。這是有道理的，開學的時候，寢室的門口不曉得被哪個王八蛋畫了個大叉，還是鮮紅色的。他們把宿舍管理員叫來，一頓數落，「有人進來塗鴉破壞，你都不管的嗎？」

管理員還真的不知情，「我每天都有巡視，昨晚並沒有看到這個大叉。」

「你放屁！」黃坤的同學氣呼呼地罵道：「油漆都乾成殼子了，哪是一兩天的事情！」

管理員無端挨了罵，生氣撒手不管，同寢室的幾個人只得自己清洗收拾。當時，李大胯子也在，還開玩笑地說：「這個好像不是紅油漆，宛如用鮮血塗上去的。」

聞言，黃坤心裡咯噔一下。他知道一點道道，畫紅色的叉，本來就不是好事。

李大胯子還不知好歹地繼續講，「我小時候看過，被槍斃的人要背一面牌子，上面寫著人名，還畫上紅色叉記號。」

所有人都說李大胯子嘴巴賤，黃坤心裡想的卻是別的。叉記號本來沒那麼邪乎，但如果是用鮮血畫上去的，就有些詭異了。他仔細觀察過，門板上的紅色大叉確實像血液畫的，已經乾涸成紅褐色。

那時候，黃坤和室友不禁大喊倒楣，開學第一天就遇上這種事。

放寒假前下了那麼長時間的大雪，交通不便，很多學生都沒有回家。因此，大家都趁著暑假回家一趟，很少有人留下來。校園裡空蕩蕩的，誰知道出過什麼事情。

經過這麼一對一答，衛保組的人不再多說，要他們馬上去三醫院。黃坤攔了一輛的士趕到醫院，衝進門診大廳，立刻到護理站詢問被送來醫院那位溺斃者在哪裡。接待的護士二話不說，帶著他們走到太平間。

當黃坤和同學走到屍體跟前，一股寒意蔓延全身。護士把覆蓋在屍體身上的白布掀開，說道：「你們的同學太大意，肺部嗆進了水。如果來得及急救的話，也許還能救得活。可惜了，跟我差不多大的……」

「不是胯子！」黃坤的同學喊起來，「不是他！」

黃坤也看清楚了，的確不是李大胯子，當下鬆了口氣。

那具屍體臉部平靜，手蜷曲在胸口，五指都彎曲，跟雞爪一樣。臉部發紫，嘴巴張著，露出白森森的牙齒，眼睛也瞪得老大。

「搞錯了，不是我們的同學。」黃坤的目光沒有從那具屍體移開，但已經先口頭告訴護士。

「哦。」護士冷冷地應了一聲，重新覆蓋白布。

白布即將蓋至臉部的時候，黃坤猛然後退一步，好像瞥見屍體的眼睛閉上了。他沒膽量要求護士把白布再掀開一次，便在心底埋了個疙瘩，和同學離開醫院。

這會兒，大夥兒沒了先前的急切，順著城東大道走回學校。路上，其中一名同學說：「胯子一定又包夜通宵，乾脆我們去網吧找找他。」

「找什麼找！」黃坤歪了歪嘴，「他又沒死！」

半路上，黃坤的手機響了，一看來電顯示，是胯子的號碼。

「媽的，你死哪裡去了？」他接通電話就破口大罵，「都以爲你淹死了，我們剛離開醫院。」

「大黃，你快回來！我在寢室！」李大胯子在電話裡講道：「我有事要告訴你，你千萬不要對別人說。」

黃坤掛了電話之後，心裡緊張，李大胯子一定是遇到什麼事情，而且很有可能和剛才在醫院裡看到的那具死屍有關。

回到寢室，大家見李大胯子好端端地待在寢室，免不了和他開玩笑。

「你怎麼沒淹死啊？」

「一看你就是個死樣！」

「運河淹死這麼多人，怎麼沒把你也淹死？」

唯獨黃坤沒有說風涼話，發覺李大胯子不對勁。同樣的情況若放在往常，李大胯子早就和同學打罵瘋鬧起來，現在卻神情萎靡，看來是受了刺激。

第 2 章

運河驚魂

救護車離開，那些釣客也慢慢散了。就在以為我老鄉回復正常，他卻沒來由地發出嘻嘻笑聲。我還來不及反應，他又改為格格地笑，聲音也變得尖細，「叔叔救我啊！叔叔救我啊！」

大家一陣玩鬧後，各幹各的事。過一會兒，有同學傳來小道消息，「淹死的那人身份查出來了，是〇七級的，仙桃人。」

聞言，黃坤幾乎肯定，李大胯子和那件事情有關。

胯子就是仙桃人。

「我們出去說。」黃坤對著李大胯子說，腦袋則向門外一撇。

李大胯子站起身，顫顫巍巍地跟著黃坤向外走。黃坤看見他走得不穩當，準備去扶，可手伸了一半就縮回來。方才那具屍體居然就躺在李大胯子的床上，而且一個十歲出頭的小孩正挽著他的胳膊。

黃坤連忙用手揉了揉自己的眼睛，再看時，卻又什麼都沒有。

李大胯子察覺黃坤的舉動，幾乎快要哭出來，「你看見了？」

兩人走到南苑宿舍樓外，坐在人行道的圓墩子上說話。

「大黃，我要死了……」李大胯子苦著臉，「只有你能幫我！你說過你爺爺懂一些神鬼的事情，你也懂一點，是不是？」

「到底發生什麼事？」黃坤問道。

「淹死的那個人是我的老鄉，在一起吃過幾頓飯。」李大胯子低垂著頭，說道：「這幾天很熱，我那個老鄉提議晚上去運河游泳，我當下沒多想，隨口答應了。」

「你老鄉死了，而你在場？」黃坤露出疑惑的表情，「沒聽說你在場啊！」

「我現在心裡好亂……」李大胯子猶豫半晌，一拍自己的腦袋，「我還是把那個東西給你看吧。」說罷，從自己身上掏出一張紙。

黃坤接過來，拿在手上看。那是一張草紙，上面用毛筆寫了一長串的字，最下方畫了一個叉記號，是紅色的。這下他圓睜雙眼，手也不由自主地微幅抖動。

跟開學在寢室門上發現的圖案一樣！

「你看得懂嗎？」李大胯子哭喪著臉問道。

「看不懂。」黃坤晃了晃腦袋。

「是那個小孩給我的。」李大胯子的聲音越來越小。

「到底發生什麼事？」黃坤循循善誘，「你慢慢講。拿到這張紙，的確不是好事。我猜，應該是詛咒人的東西。」

「是契約。」李大胯子囁嚅著迸出三個字。

「你把所有事情詳細說一遍。」黃坤瞧他似乎就快崩潰。

「給我一根煙。」

黃坤將一整盒遞過去，李大胯子抽出一根點著，兩三下抽到煙屁股。他一腳踩滅煙蒂，說起事發經過……

昨晚吃過飯，我和我老鄉去運河游泳。我們選的下水處人不多，旁邊就幾個釣客在。當時，有個釣魚的老頭表示幾天前才淹死人，警告我們不要下水。兩人聽了就不樂意，走到更偏僻的地方下水。

我們倆在河裡游得好不痛快，一個十歲左右的小孩也走過來，待在距離不遠的岸邊玩水。我沒太在意，又游了一會兒，就拉著我老鄉回岸邊休息。

忽然間，瞥見那個小孩不知何時下水了，正掙扎著大聲呼救。

遇到這種事情，當然要去救人啊！我和我老鄉連忙游過去，一人一邊拉著小孩的胳膊，往岸邊游。

（要出事了！黃坤聽到這裡，心底暗叫不好。）

豈料，那小孩子力氣突然變得好大，一下子掙脫我的手，還把我抱住。我當時就慌了，你也曉得，水裡救人，這個是最忌諱的。

果不其然，我和那個小孩一起沉入水裡。

爲了活命，我憋著氣，在水裡拼命掙扎。就在力氣越來越小的時候，依稀聽到一個聲音，「夠了，今天只能收一個。」

奇了，我刹那不再往下沉，得以倉皇游出水面。好不容易氣喘吁吁地爬上岸，卻看不到我老鄉，也看不到那個小孩。我嚇住了，也沒有力氣下水找人，就算有力氣，也不敢再下去。於是，在岸上大聲求救，把附近的釣客喊過來。

那幾個人滿熱心，也很會游泳，在水裡摸索片刻，就把我老鄉撈起來。那時，他已經失去意識，我焦急地對他做人工呼吸，旁人則快速聯絡一一九。

救護車趕到現場，我老鄉已經被我弄醒，救護人員看他沒有大礙，問他需不需要到醫院檢查。他擺擺手，堅持沒事，不願多跑一趟。

我心繫那個不見的小孩，哪知一個在旁邊看熱鬧的人就說：「哪裡有小孩？我就看見你們兩個冒冒失失地游到河中央，就雙雙往水底下沉啦！」

其他的幾名釣客也表示沒看到我口中的小孩，如果有的話，肯定早就救起來。還說就這麼屁大點地方，水流也慢，不可能找不到。

那個當下，我死裡逃生，也不想管那麼多，心裡想著：既然大家說沒有小孩，就沒有吧。

隨後，救護車離開，那些釣客也慢慢散了。瞅我老鄉回復正常，應該可以說話，我就問他：「你有看到那個小孩吧！我們之所以下水，都是爲了救他啊！」

此時，我老鄉沒來由地發出嘻嘻笑聲。我還來不及反應，他又改爲格格地笑，聲音也變得尖細，「叔叔救我啊！叔叔救我啊！」

這不是就剛剛那個小孩的聲音嗎？

「學我啊！學我啊！到水裡去拉人啊……」我老鄉繼續用那個小孩的聲音說話。

我慌了，嚇得連話都說不出來。接著，我老鄉，也就是那個小孩，一把拉住我，不由分說往我手上放了張紙。之後，開始咳嗽，不停地咳嗽。

見狀，我嚇壞了，連忙又打一一九。但爲時已晚，我老鄉咳出血，還喘不過氣，最後就淹死了。

在空氣裡淹死的！

我看他死的模樣，就是一個溺斃者。嘴巴大張，好像不斷灌入水，最後憋得臉色青紫，眼珠也慢慢鼓出來。

救護車來的時候，我老鄉還強撐著最後一口氣。我跟著上車，趕往醫院的途中，他還是死了，身下流出好大一灘水。還有，在他死之前，我似是又看到那個小孩子出現在救護車上。

到了醫院，醫生一看，就搖著頭說：「人已經走了。」

那一刻，我老鄉的臉變成那個小孩的模樣，甚至嘴巴還在動。我很清楚是在對我說話，可旁邊的醫生和護士居然都看不到，也聽不到……

第 3 章

夢遊？

凌晨四點左右，黃坤聽到浴室的門開了。李大胯子從浴室裡走回自己的床邊，先把身上的 T 恤脫下，雙手一擰，水都落在寢室的地板。接著，脫了長褲，又做出同樣的動作，水又滴滴答答流了一地。

李大胯子說到這裡，已經沒有勇氣再往下說。

「他是不是告訴你，你已經在契約上畫押？」黃坤的語調十分緊張。

「是啊！」李大胯子猛地拍手叫道：「大致就是這個意思！就知道找你肯定不會錯！這到底是什麼事情啊？」

黃坤揪起眉頭，「看來爺爺沒有騙我，真的有這回事情，有那種東西存在。」

「什麼東西？」李大胯子哀聲問道。

「水猴子。」黃坤沉聲回答，「專門拖人下水的。」

「那個小孩……難道是水猴子？」李大胯子恍然大悟。

「那小孩穿什麼顏色的衣服？」

「綠色。」李大胯子想都不想，「我記得清清楚楚。」

「那是水猴子身上的綠毛。」黃坤解釋。

「水猴子怎麼會上岸？」李大胯子也聽過相關的事情，「那種東西不都在水裡嗎？可我明明看到那個小孩在岸上走。」

「它一定是被逼急，才會主動跑上岸找人。看準人之後，就跳進水裡，用這招把人騙過去。」黃坤提出分析。

聽到這裡，李大胯子急忙把先前沒說的都說出口，「它拉住我的時候，我聽見有人說『一個就夠了』。」

「這就不對勁了。」黃坤歪著頭說道：「水猴子通常不成群。至於會不會說話……我沒聽爺爺提過。」

「對啊！問你爺爺啊！快打電話回你家啊！」李大膀子替他出主意，「你懂的這些東西不都是向你爺爺學的嗎？」

「我爺爺不用電話的！他一輩子不使用任何電器，小時候我爸買了一台電視，才搬回家就被他砸爛。更絕的是，他連電燈都不用，但眼下都什麼年代，家裡不安電燈說不過去，他索性搬到旁邊的小茅屋，晚上就靠燭光看東西。」

李大膀子露出失望的表情，「那你學到你爺爺幾成的手藝啊？聽你平時吹得挺玄乎的。」

黃坤如實以告，「我爺爺從沒教過我東西。雖然他是我們那裡出了名的能人，可沒收過一個徒弟，沒教過我爸爸，更沒教過我。這些都是他閒著沒事，聊天時候講的古。」

「完了。」李大膀子的臉垮得不能再垮，「如果你幫不了我，我肯定會死。」

「為什麼這麼說？」黃坤不明白他的意思。

「你知道我為什麼這麼害怕嗎？」李大膀子道出原由，「我在醫院聽那個醫生說了一句話。」

「什麼話？」黃坤連忙追問。

「那醫生說……」李大脬子嘸了一口唾沫，「他說，『這個淹死的好面熟！前幾天淹死的那個人，不就是他送來的嗎？怎麼不長記性，又往水裡跑啊？』」

「你的意思是說……」

「肯定和那張草紙有關係。你都說那是契約，一定是那個淹死的人死前塞給我老鄉的，現在他淹死了，又把草紙給了我。」

「的確是一種契約，我聽我爺爺說過。」黃坤苦苦思索，「但我不曉得該如何破解。我現在覺得比較奇怪的是，你說你聽到一句話，說那天只收一個人。」

「肯定是要把契約給我，讓我帶人去游泳，就輪到我淹死，死之前一定得把契約交給下一個人。」

「你格老子不會想著帶我去水邊吧？」黃坤彷彿看穿什麼，半眯著眼睛罵道：「你是不是就這麼想的？」

李大脬子被罵得啞口無言，估計眞的就是這麼想的。

接下來，兩人好一段時間沒話好說，便前後回到寢室，各自處理自己的事。黃坤也沒太在意，就當李大脬子是自己嚇自己，畢竟遇到這麼大的事，疑神疑鬼很正常。

連續幾天，李大脬子都沒出事，當然也不敢獨自跑到水邊，漸漸淡忘這件事情。就連他老鄉的父母來處理後事，也沒去火葬場送他老鄉一程。

又過了一個多星期，九月中旬的後幾天，天氣漸漸涼爽，不再有人傻裡傻氣地跑去運河游泳。李大胯子也恢復平日裡的模樣，不再每天擔驚受怕。

可是，黃坤很清楚，李大胯子變得比從前詭異。

李大胯子只告訴黃坤那件事情，黃坤因而對李大胯子的言行多留意了些，發現李大胯子一天要洗很多次澡。起初是晚上洗一次，半夜起來洗一次。過幾天，他早上也跑去洗澡，去的時間很早，總搶在早晨洗漱的人之前。再來，連中午也去洗澡。

而且，李大胯子和女生一樣，一洗就是半個鐘頭，後來甚至延長到一個多小時。每天寢室裡都可以聽見浴室傳出嘩啦啦響的水聲，那些急著上廁所的室友就站在門口開罵，還有人抱怨馬桶是不是堵塞，一天比一天臭。

事實上，發生事情之前，李大胯子根本不愛乾淨，夏天都忍得住三、四天不洗澡，更甭說冬天了，根本沒看過他洗澡。

黃坤知道李大胯子肯定出了毛病，悄悄把浴室裡的插梢弄壞。

當晚，李大胯子端著臉盆走進浴室，用力關了幾下，才把門關上。等到淅瀝嘩啦的流水聲傳出，黃坤快速走到浴室門口，猛地推開門。

李大胯子根本沒脫衣服，躺在地上，也不嫌髒，還用抹布堵住排水口，積起很淺的一灘水，整張臉就埋在那一點點的水裡。

聽到門開的聲音，李大胯子連忙站起來，黃坤又驚見他臉上全部是黏液。黏液是從李大胯子皮膚裡滲出來的，散發一股濃烈的腥臭，跟市場賣魚的地方差不多味道。

李大胯子茫然看著黃坤，蓮蓬頭的水柱淋在他頭頂，又順著他的身上流下來。黃坤慢慢退出浴室，一句話都沒說。

又過了兩天，黃坤晚上三點多起來上廁所，發現李大胯子的床上沒有人。這下他起了疑心，上完廁所回到床上卻睡不著，腦中充斥著李大胯子的事情。

凌晨四點左右，黃坤聽到門在響，可不是寢室的大門，而是浴室的門開了。然後，李大胯子從浴室裡走回自己的床邊。

黃坤非常肯定，自己沒有睡著，而且剛才上廁所，浴室裡根本就沒有人。

他決定安靜地觀察李大胯子的舉動。

李大胯子先把身上的T恤脫下，雙手一擰，水都落在寢室的地板。接著，脫了長褲，又做出同樣的動作，水又滴滴答答流了一地。

可以肯定，李大胯子渾身濕淋淋的，寢室裡也瀰漫一股魚腥惡臭。

黃坤還是不動聲色，直到李大胯子倒在床上睡著。

黃坤走到李大胯子床前，仔細看了看。李大胯子直挺挺地躺在床上，睡得正香，臉上還掛著微笑，不曉得在做什麼美夢。身上蓋著毛巾被，但是只蓋到肩膀，脖子的皮膚皺起，像在水裡泡了很久。

除此之外，他的脖子上有個東西，黃坤看得內心一震。

那是魚鉤，尖銳的前半截埋入李大胯子的肉裡，後面還拉著一條半透明的魚線！

黃坤緩慢地揭開毛巾被，李大胯子的手露了出來。他的手指頭是蒼白色，是角質層長時間在水裡浸泡的結果。更加讓他訝異的是，李大胯子的手握著那張草紙，而那張草紙是乾的，一點都沒有打濕。

黃坤還發現奇怪的一點，李大胯子床下沒有水漬。可是，他上床之前，明明從濕衣服、濕褲子擰出很多水。蹲下來看，發現靠牆的兩個床腳，一邊放著一個圓形的玻璃小魚缸，裡面盛滿髒水。

黃坤一驚，連忙站起來，恰好李大胯子翻了個身。他的手往脖子摸了摸，手指帶到魚線，順勢就把魚鉤扯下來。魚鉤在他脖子劃出好長的傷口，卻一滴血都沒有，流出來的全是黏液。

「你在搞莫家（仙桃方言，什麼）？」李大胯子突然醒了，睜大眼睛對黃坤說：「你要嚇死我啊？站在我床頭盯著看。」

「你才要把人嚇死！」黃坤反問李大胯子：「你昨晚去哪裡？」

「沒有去哪裡啊！就待在寢室裡，跟你一樣睡覺啊。」李大胯子不耐煩地回答。

黃坤想了想，說道：「你繼續睡吧。等你睡醒，我有話對你說。」

李大胯子胡亂答應一下，又閉上眼睛繼續睡了。黃坤則回到自己的書桌，打開電腦上網，等著李大胯子睡醒。

第 4 章

河屍

打漁人諳水性，對附近的水流熟悉，能根據水流判斷屍體大致的位置。黃坤和李大胯子來的時候，他正好把屍體撈起來。整個過程，李大胯子不發一語，坤把他拉到無人處，問道：「你想起來了吧？」

下午，李大胯子終於睡醒，穿戴整齊後，向黃坤問道：「你不是有話要跟我說？」他說起話來一派輕鬆，想來已經心情平復，早把一個多星期前的事情忘了。

「你會夢遊嗎？」黃坤問了一句。

「我從沒有夢遊過。」李大胯子十分肯定地答覆。

「之前那件事還沒完。」黃坤冷靜地說：「契約呢？就是那張草紙。」

「你別嚇我，真的沒完嗎？我都不曉得把那東西放去哪裡了。」李大胯子嘴上說著，急忙在自己的床上翻來找去，最後找出那張草紙，「還在，還在，我原本以爲扔了呢。」

趁著李大胯子睡覺的時候，黃坤就已經想好了。距離學校南苑宿舍最近的長江段面就是鎭江閣一帶。從西陵一路直接朝著江邊走，再往下游的那一段，特別適合掉了魂的人走路。

黃坤不多說，拉著李大胯子就走。果然，一走出學校東大門，剛走到蘭州拉麵館這帶，李大胯子的腳步就加快，直直朝長江的方向走去。

「你走慢點啊！」黃坤在後面喊聲。

「你不是要去鎭江閣嗎？」李大胯子在前方說道：「那就走快點嘛！」

「我有說過要去鎭江閣嗎？」黃坤質疑他。

「你明明說了的。」李大胯子堅持己見。

這下黃坤不較勁了，自己的確沒對他提過，但李大胯子一心想去鎮江閣，肯定是有人或者某種東西告訴過他。只是，他壓根兒沒意識到這個差錯。

李大胯子行走的速度很快，半個小時就走到西陵二路的江邊，想都不想，繼續沿著長江往鎮江閣的方向去。

黃坤越來越相信自己的判斷。

到了鎮江閣，看見有一些人在岸邊，一艘木船慢慢划向岸邊，船邊還掛著東西。等木船更靠近沿岸，黃坤也看得更真切，是一具屍體掛在船舷。

在岸邊等待的人連忙衝到船邊，在齊腰深的江水裡，把那具死屍接下來。抬到岸上後，一群人就圍著那具屍體嚎啕大哭，想必是死者的親屬。其中一個中年人拿了一疊錢給那個從木船下來的人，表示莫大的謝意。

那艘木船平時都會在江面打漁，看樣子是打漁人協助他們撈起屍體。

這事情鬧了一會兒，死者被親屬弄走。打漁人也划著木船回到江面，在距離岸邊幾十米的地方打漁，看他的動作，應該是專門放滾鉤的。滾鉤在江底，可以拉好長一串，死者親屬肯定知道他用這種方式打漁，才找他幫忙打撈屍體。

旁邊幾個圍觀的老者開始談論，從他們的話中聽出都是釣客，昨晚凌晨一點就到江邊占位置。他們說，淹死的那個人也是來釣魚的，大家平時都認識，只是沒有說過話。那個人喜歡坐在救生胎，漂浮水上釣魚，但通常不會距離岸邊太遠。

豈料，到了凌晨兩點多，江中間傳來呼救聲，肯定是那個人的救生胎翻了。黑夜裡，其他人不敢貿然下水，連忙撥打一一〇，救難人員來了也沒辦法。到了早上，人肯定是沒了。那名釣客的親屬接獲通知，連忙趕到江邊，請求放滾鉤的打漁人幫忙。

起初，打漁人表示太晦氣，加上常年在水上討生活，不願意幹。後來，死者家屬不斷哀求，又許諾打撈到屍體就給五千，即便撈不到也給一千，他才勉強答應。

黃坤和李大胯子來的時候，打漁人正好把屍體撈起來。畢竟有滾鉤，在江底好打撈。他也諳水性，對附近的水流熟悉，問清楚落水的地方，能根據水流判斷屍體大致的位置。

「這世上還是有好人的啊！」那些釣客感嘆著，「不然要到宜都找屍體，還不見得撈得起來。」

整個過程，李大胯子不發一語，兩眼無神，身體不停發抖。之後，黃坤把他拉到無人處，問道：「你想起來了吧？」

此時，李大胯子雙膝一跪，扯著黃坤的手，哭著回道：「是它叫我幹的……昨晚我被帶到這裡，它要我把那個釣魚的人弄到水裡……它要我把救生胎弄翻……嗚嗚……我本來想不起來，直到看見那具死屍，就都想起來了……」

「這不是一般的水猴子索命。」黃坤沉吟著說：「你有大麻煩了。」

「你一定要救我，大黃！」李大胯子嚇壞了，「你一定要救我！它要我七天後再來……」

「可惜我爺爺不能到宜昌。」黃坤眉頭微蹙，「他會治。」

「爲什麼？」李大胯子不明白。

「我爺爺說過，他不能離開我們家族方圓百里之外，否則必死無疑。」

「你爺爺不是很厲害嗎？」李大胯子焦急地叫道：「還有他怕的事情啊？」

「越是懂得多、法術厲害的人，就有更多的限制。我爺爺一輩子都古怪，我們老家附近，最厲害的人就屬他，只是從不接出了百里之外的生意。曾經有個專程從秭歸縣來的人找他幫忙，頭都磕破，他仍舊沒答應，表示不是不想幫，而是幫不了。」

「那我怎麼辦？」李大胯子苦著臉，「死路一條嗎？」

「我幫你吧。」黃坤沉思半晌後說：「我應該能幫得了你。」

「你都說自己是吹牛的，怎麼幫得了我！」李大胯子情緒有些失控地喊道。

「我爺爺說過，我出門在外，萬事小心，唯獨一件事情不用怕，那就是水。」黃坤語調平緩地解釋，「這是我爺爺給我的忠告，他不會騙我的。」

「你打算怎麼辦？」

「七天後，我跟著你一起來鎮江閣。」

聽罷，李大胯子稍微鎮定一些，「你眞的不怕水嗎？我看你以前游泳的水準也不怎樣。」

「你還沒聽懂那句話的意思。」黃坤這回說得更詳細，「我的爺爺是告訴我，不用怕水裡那些害人的東西。」

李大胯子暫且信了，點點頭，又向江面看去，「眞想不到，我會大晚上跑到水河面，還拉人下去……」

「那已經不是你了。」黃坤安慰他，「也難怪你晚上失魂落魄的。」

忽然間，李大胯子嘴裡咿呀地喊著。黃坤順著他指的方向看去，一個三十幾歲的男人站在岸邊，正是屍體抬上來的位置，環顧著江面。

原先還不明白李大胯子爲何如此激動，後來才看到那男人身邊站了一個小孩，約莫十歲，穿的就是綠色衣服。

這下黃坤和李大胯子都緊張起來，那男人不奇怪，倒是那小孩很像李大胯子上次在運河旁見到的水猴子。

兩人愣住了，不約而同地想到同一點：難不成害人的東西又爬上岸了？

正這麼想著，那男人的視線從江面收回，倏地轉過身，改向他們的方向投去。

黃坤和李大胯子都沒有動，那男人的目光落在他們身上，最後冷冷盯著李大胯子。

李大胯子被看得發毛，不由自主地渾身發顫，連忙把頭低下來，躲避對方銳利的眼神。

那男人看了李大胯子一會兒，轉而打量黃坤。黃坤和他對望，一點也不迴避，心底打定對方和水猴子拉人有關，更不願意示弱。他看了看黃坤，隨後又把注意力放回李大胯子的身上。

黃坤莫名感到那男人身上散發某種說不清楚的感覺，讓自己很不自在。過了片刻，才明白那是一股殺氣。

看樣子，那男人要走過來了！

李大胯子沒膽，承受不住這樣的緊繃氣氛，連忙向西陵一路的方向跑了。黃坤急匆匆追上，跑出幾步又回頭望向那男人。那男人沒有追上來的意圖，站在原處看著他們跑遠。

黃坤跑得喘吁吁，終於在東門追到李大胯子，「你跑什麼啊？沒出息！」

「我怕嘛！看到那個小孩就怕！」李大胯子雙手撐在膝上，上氣不接下氣地回道：「那男人也滿嚇人的，一副要殺人的模樣！江裡拉人下水，一定是他幹的！他追來了嗎？」

「沒有。」

「怪了，怎麼不追我呢？」

「如果他真的跟水猴子有關，用得著追你嗎？」黃坤癟癟嘴，說了一句再中肯不過的話，「你跑得掉嗎？他根本不用找你，你七天後就會自動回到鎮江閣，他在那裡悠閒地等你就夠了。」

「如果我不去呢？」李大胯子滿臉憋屈，「打死我也不去。」

「你一定會去的。」黃坤道出關鍵點，「你簽了契約。」

聽到這兒，李大胯子下意識捂住嘴巴。是的，他當然不想去，可昨天晚上還不是去了……

第 5 章

水猴子

長江上打漁的人都好酒，江水潮氣大，晚上溫度低，必須要靠喝酒來驅寒祛濕。水猴子也一樣，喜歡喝酒，經常偷喝船上人的酒。眼下「李大胯子」喝了酒，應該不久就要動手了。

不消片刻就睡著。

七天後。過了中午，李大胯子變得有點奇怪，沒吃午飯，說話也少。更加詭異的是，太陽照在他身上，居然看不到影子。下午五點，他說自己睏了，直挺挺躺倒床上，不消片刻就睡著。

黃坤很清楚，李大胯子是在等水猴子帶他走。

幾經思索，黃坤還是把平日裡關係較好的幾個同學喊來，告訴他們關於李大胯子的事情。可他們哪裡肯信，嚷嚷著黃坤跟從前一樣，是在吹牛。

「我們今晚跟著李大胯子去。」黃坤極力說服大家，「只是一個晚上不去網吧練級，耽誤不了你們什麼時間。」

「如果是眞的，這麼玄乎的事情……你不怕嗎？」一個同學有些疑慮。

「難道要眼睜睜看著胯子當個拉人下水的怪物？」黃坤來氣了，罵道：「你們有沒有義氣？好歹也同窗三年多，這點忙都不幫！又不要你們做什麼，就是站在旁邊，人多點，陽氣盛，江裡的那東西不敢那麼張狂。」

一群人之中，有兩個的確晚上有事，沒辦法去江邊，但還是有四個人同意了。於是，黃坤和他們就坐在寢室裡，看著睡得死沉沉的李大胯子。

到了晚上十一點半，果然有動靜了。李大胯子在床上翻來覆去，不安分起來。嘴裡一陣支支吾吾，猛地坐起身，腳向床下一伸，整個人站起來。

此時，已經熄燈了，宿舍走廊基本上很少人走動。李大胯子一聲不發，直朝著門口走，壓根兒沒注意到寢室裡有其他同學坐著。

親眼目睹這一幕，大夥兒都傻了，同時也信了黃坤所言。

瞧李大胯子走出門，黃坤連忙跟上，一出寢室發現李大胯子已經走到樓梯口，行走的速度很快。黃坤追出門，其他同學回過神，也急忙衝出去。

走到樓下，大家還在想，宿舍鐵門已經關上，李大胯子怎麼走得出去。哪料到李大胯子一鑽，身體輕易地穿過鐵柵欄的縫。

黃坤和同學走到鐵柵欄前，鐵杆兩兩之間的縫隙很狹窄，他們只得翻過去。好不容易全數都翻過鐵柵欄，李大胯子已快出校門口了。

等一行人跑出校門口，李大胯子早已走到北苑橋上，下一秒就從橋上跳下運河。四周其實還有很多人，卻沒有一個看到李大胯子跳河，因為他入水的時候，沒有發出任何的聲音。

黃坤等人連忙跑到北苑橋，伏在護欄上。往運河看去，水面一片平靜，四個同學都嚇歪了。黃坤眼睛一溜，說道：「他一定是順著運河游到長江，再溯流而上到鎮江閣，我們快點趕過去！」

由於五人擠不下一輛計程車，黃坤獨自攔了麻木（三輪車）。沒想到麻木飆速行駛，十分鐘就到鎮江閣，計程車卻還未到。

黃坤看了看手機上的時間，已經超過十二點，然後快步走到江邊。這個時期，江水不如汛期那麼大，已經退到江堤的底部，泥灘地都露出來不少。

站在泥灘上，上游十幾米處，有對戀人坐在江堤的斜坡，除此之外，就沒有什麼人在岸邊。江中央有一艘木船漂著，看樣子是那個打漁人在撒網。

身後傳來聲音，是同學們剛剛趕到。黃坤沒回過頭，注意力都在江面，仔細觀察著。對岸西壩的廟嘴有光照過來，宜昌江岸這邊也有一溜邊的住宅樓，民居的燈光也映射到江面。能見度差，但至少看得見。微弱光線下，江水是黑色的，細碎的浪花遍佈江面，水聲嘩嘩作響。

黃坤全神貫注，直盯著江邊，看有沒有人走過來，盤算倘若李大胯子要拉人，眼下時間已經差不多。這時候，江中間冒出東西，在水裡載浮載沉，而且從下游的方向過來，黃坤認定必是李大胯子無疑。

李大胯子慢慢漂到木船附近，胳膊伸出水面，一下扒到船舷上。見狀，黃坤震驚地瞠大雙眼，李大胯子的外觀竟變化成水猴子的模樣。

難道這次的目標是木船上的打漁人？

肯定是的！

打漁人幫助死者家屬打撈屍體，這舉動肯定得罪水猴子，所以水猴子想弄死他。

此時此刻，黃坤看著「李大胯子」靜靜攀在船舷，打漁人則在照看撒出去的滾鉤，根本沒發覺自己腳下多了一雙胳膊。

「李大胯子」的身體慢慢往船舷上爬，瞧他半個身子都爬到船上，黃坤急了，衝著木船大喊，「打漁的，小心啊！」

然而，打漁人聽到黃坤的聲音，僅是往岸邊看了看，並沒有提高警覺。黃坤明白了，對方看不到距離自己不到一尺遠的「李大胯子」。

打漁人在船上左顧右盼，沒有發現任何異狀，儘管使黃坤不斷喊叫提醒，他也不予理會。他彎下腰，拿起東西往嘴裡倒了一下，接著慢慢收起滾鉤，看有沒有收穫。

眼下「李大胯子」完全爬到木船上，黃坤急忙走入水裡，打算游過去阻止，可具體到底該怎麼做，心裡也沒有計劃。

就在準備游泳之際，瞥見「李大胯子」也拿了個東西倒進嘴裡，黃坤知道那是打漁人方才喝的酒。長江上打漁的人都好酒，江水潮氣大，晚上溫度低，必須要靠喝酒來驅寒袪濕。水猴子也一樣，喜歡喝酒，經常偷喝船上人的酒。眼下「李大胯子」喝了酒，應該不久就要動手了。黃坤不再多想，朝著木船快速游過去。

實際上，他這麼做十分冒險，憑著一時之勇，想和水裡的怪物周旋。每划動一下，聽著水花翻動的聲音，心裡就發毛，身體每個部位的肌肉都有點僵硬，本能地感覺到危險來臨。可是，在這黑色江水裡，危險到底來自何方，無從判斷，隨時都有可能從任何方位逼來。

正當黃坤這麼想著，身下突然冒出東西，攔腰把他抱住。

一看，是李大胯子！

那張臉顏色慘白，眼睛緊閉，但齜牙咧嘴的模樣看著嚇人。黃坤騰出手，打了李大胯子一嘴巴，李大胯子沒有任何反應。黃坤不禁納悶，想不透李大胯子不是要拉打漁人，怎麼轉而找上自己？

還沒理出頭緒，李大胯子忽然發力，把黃坤壓在身下。這會兒，兩人的位置交換，黃坤在水面下，李大胯子反而到水面上。接著，李大胯子突然變得十分沉重，把黃坤壓向江底。

直至此刻，黃坤仍然沒意識到李大胯子是衝著自己來的，內心還在疑惑，但雙手本能地抓向李大胯子的臉，摳他的眼睛。李大胯子眼睛受疼，吱吱叫了兩聲，抱住黃坤的手鬆動一點。

趁著這個空檔，黃坤連忙划水浮出水面，對著岸邊大喊，「救命！救命！」

聽見求救聲，跟著黃坤一起來的同學一個個想下水救人。哪知他們剛走到水邊，一個人突然從水裡冒出來，把所有人都攔住。

是七天前，和自己對望過的那個男人！

完了，黃坤心頭咯噔一下，想著難不成李大胯子是衝著自己來的？

黃坤心裡想著，趕忙向木船游去，盤算打漁人會救自己。

暗夜泡在長江，不曉得水猴子躲在水下什麼地方，隨時都可能對人不利。他惴惴不安，被莫大的恐懼攫獲，一時半晌脫離不了。突如其來地，他的腳被東西纏上，渾身往水面下一沉。

一定是水猴子或李大胯子，拉住自己的雙腳！

黃坤勉力抬起頭，衝著木船大聲喊道：「救命……」

然後，又被扯入江底。

這一次，沉入水底的黃坤心若死灰，徹底絕望了。

因爲他被拉入水下之前，看到打漁人站在船舷邊，卻沒有出手相救的意思。相反的，打漁人臉上掛著殘忍的微笑。

打漁人和水猴子是一夥的！

原來是一個套，誰撞上了，誰倒楣。上次是那個釣魚的，今晚就是我了。

大難臨頭之際，黃坤的思緒忽然澄澈，想起爺爺說過自己不需要怕水，登時有了點信心，開始和李大胯子周旋。

可是，李大胯子的力氣出乎意料大，黃坤在水裡憋一會兒，體內神奇地生出一股力氣，便用腳踢了李大胯子一下。

抓緊這個機會，黃坤浮出水面換了口氣，赫然發現李大胯子的力氣變小，自己可以輕鬆圈住李大胯子的脖子，李大胯子卻沒有絲毫力氣反抗。往木船看去，接收到打漁人露出吃驚的目光，黃坤嘴角不由得勾起得意的笑。

豈料，就在下一刻，黃坤發覺腰部一陣劇痛。用手摸去，原來一條魚線纏到自己的身上，魚線密密麻麻的全是魚鉤，每個魚鉤都深深鉤進自己的肉裡面。

接著，兩隻手臂和大腿，也都纏上了魚鉤。

媽的，是滾鉤！

原來打漁人放滾鉤是這個道理！

第 6 章

金仲

李大胯子仍舊昏迷，那男人毫不留情地用腳踩了他的胸口一下。李大胯子被踩得半坐起來，嘴裡發出吱吱叫聲，一隻猴子模樣的東西從他背後滾了出來，直挺挺躺在船板上。

魚線隨著水流漂動，黃坤知道自己越掙扎，滾鉤纏得越緊，可還是忍不住掙扎。

這時候，黃坤看到方才攔住同學下水救自己的那男人，已經站到木船上了。都他媽是一夥的！正當黃坤恨恨地想著，纏在身上的滾鉤慢慢地鬆開。他感到相當奇怪，但也顧不上許多，連忙擺脫滾鉤。

「把水猴子遞上來。」說話的不是別人，正是那男人。

黃坤手一動，把李大胯子推向船舷邊，那男人輕鬆寫意，一把將人提上木船，又伸出手，「你也上來。」

這種情況下，黃坤沒得選擇，也想不了這麼多，打算先離開水裡再說。那男人握住他的手，輕輕鬆鬆也把他拉上木船。

黃坤驚魂未定，打漁人瑟瑟發抖地癱坐在船板，李大胯子則呈現昏迷狀態。那男人手裡拿著一張草紙，就是所謂的契約！

「你把我同學怎麼樣了？」黃坤張口就問。

「我沒把他怎麼樣。」那男人冷冷地答道：「是你把他搊暈了。」

「你是誰？」

「你管我是誰，還是照顧好自己吧。」說罷，那男人對打漁人下令，「把船往中間划，你曉得我要去哪裡。」

聞言，打漁人滿臉驚恐地回望那男人，「我不敢……你放了我吧……」

那男人歪著頭看了打漁人半晌，然後宛如吐出冰塊般地撂下一句，「我不想跟你廢話！」

「我不敢！我不敢……」打漁人不斷重複，可聲音越來越弱，最後還是把舵去了。

李大胯子仍舊昏迷，那男人毫不留情地用腳踩了他的胸口一下。李大胯子被踩得半坐起來，嘴裡發出吱吱叫聲，一隻猴子模樣的東西從他背後滾了出來，直挺挺躺在船板上。

李大胯子醒過來了，發現自己身處木船上，嚇得失聲大喊，「我在哪裡？我怎麼會在這裡！」

那男人不耐煩地看過去，「你閉嘴，再大聲，我就把你扔下水。」

黃坤明白了，對方是來收拾水猴子的，看來自己是多事了。

「謝謝你救我。」黃坤客氣地言謝。

聽到這句話，那男人的表情鬆動一點，但說話口氣依然冷冰冰，「還眞有天生帶著避水符的人。」

「什麼避水符？」黃坤不解其意。

那男人直接把黃坤的衣服拉了起來，指著他腰上一大塊胎記，「這不就是避水符嗎？」

「明明是塊胎記。」

「嗯，估計你家人也不知道。」說完，那男人旋即又道：「不對，你的避水符開了鋒。」

「你是說，我剛才在水下打贏水猴子，是因爲這塊胎記？」

「當然，水猴子在水中力氣大得很，若不是避水符，你怎能逃得過它的糾纏？」

黃坤總算明白剛剛水猴子的力氣爲何突然變小，實際上不是它的力氣轉弱，而是自己的力氣突然增強。

「你姓什麼？」那男人問道。

「先回答你是誰。」黃坤不甘示弱，盯著那男人的眼睛看。

「哦，原來是黃家的！你不是黃溪，難道是黃鼎，或是黃森？」

「你說的人我一個都不認識。不過，我眞的姓黃，你是怎麼知道的？」

「我問你姓什麼的時候，你就想過『姓黃』，別以爲嘴上不說，我就不知道。」

黃坤呆了，對方居然能猜到自己在想什麼！

「既然你不是黃鼎，也不是黃森。」那男人接著又說：「你是漁關的人，我沒說錯吧？」

「我爺爺是漁關出了名的狠人，你肯定聽說過。」黃坤不服氣地問道：「你到底是誰？」

「跟你說也不礙事。」那男人不以爲意，「我叫金仲。估計你爺爺一定沒跟你提過，他連替避水符開鋒都不告訴你。」

「金仲……哼哼，沒聽過。」黃坤不肯在嘴上落下風，「你肯定不是什麼了不起的人物，比我爺爺差遠了。」

金仲笑了出來，「你們黃家也沒什麼了不起，我從沒放在眼裡。黃蓮清我見過，不怎麼樣；至於現在族長黃溪，更是個窩囊廢。」

「你說的都是什麼人？我家就我爺爺和我父母。」黃坤困惑地說：「哪有你口中的族長？」

「算起來你應該是土字輩的。」金仲故意揶揄他，「該不會叫黃土吧？」

黃坤被激怒，「不怕告訴你！我的名字叫黃坤！」

「嗯，取得不錯。」金仲絲毫不受影響，「看樣子你八字生得好。」

「我們現在去哪裡啊？」李大胯子此刻已經完全清醒，顫顫巍巍地問道。

「去找對你下手的東西。」金仲才剛鬆動的語調，立馬又變得冰冷，「跑得還滿快的，不到三個月，就從丹江口跑到長江。」

「是什麼東西？」李大胯子連忙追問，畢竟是和自己切身相關的事情。

「在水裡的東西。」金仲稍作解釋，「應該也算水猴子，但是厲害多了，懂道術，也知道和人、鬼下契約。很多年沒聽過這種東西了，幸好湖北、湖南不大，不然每年不知道害死多少人。」

「什麼意思？」黃坤來了興趣，「湖北、湖南？」

「你們問這麼多幹嘛？」金仲沒耐性說下去了，「還是想好待會該怎麼辦。」

「你一個人不能搞定嗎？」李大胯子巴望著自己能得救，「看你的樣子很厲害，什麼都知道。」

金仲送他一記白眼，「等一下不僅要和那東西打交道，還要和人打交道。你們平時打架嗎？」

「學生之間鬧矛盾，難免會動手。」黃坤簡略表述自己的戰鬥值，「我們又不是街頭的混混。」

「好自為之。」金仲沒打算幫忙的意思，「反正我要對付的是那東西，別的你們自己看著辦。」

「你怎麼知道去哪裡，要見什麼人？」李大胯子好奇不已。

「喏，他告訴我的。」金仲指向船尾，打漁人此刻緊緊握著櫓。

「他沒有說話啊！」李大胯子滿臉狐疑。

金仲鼻子抽一下，哼了哼，懶得再多說。黃坤卻知道，他的本事就是能探知別人的心思。

第 7 章

湮洲壩亂鬥

江面浪花翻動，這次黃坤見到金仲一手抓著那長條狀東西的頂部，身體掛在上面，另一手拿著燒紅的鐵條拼命砍。兩相交戰，翻騰不休。好一會兒，才看清楚長條狀的東西，是一條頭頂長角且水桶粗的巨蛇。

金仲對船尾的打漁人說了聲，「拿過來。」

打漁人不敢踟躕，屁顛地走到金仲跟前，將草紙交出來，又走回船尾。

「啊！」李大胯子情不自禁喊出聲，那張草紙和自己拿到的差不多。

「那東西只要換地方，就會找當地的人下契約。」聽金仲的口氣，彷彿這些對他都再簡單不過，「我特地在你們的寢室門口做了記號。」

「紅色叉記號是你畫的？」黃坤恍然大悟。

「嗯，但水猴子看不到我畫的記號，它上了岸之後，眼睛就不好使。」金仲撇了撇嘴巴。

「所以你跟著我找到鎮江閣來？」李大胯子終於弄清楚些，「原來是這樣……那你怎麼沒追到？」

「我沒想到它會在運河裡拖人。」金仲有點不情願承認自己犯錯，「媽的，這東西長本事了。」

「你接下來到底要怎麼做？」黃坤直白地問道，現在不是嘮嘮叨叨討論來龍去脈的時候。

「那東西胃口大得很，不會只找一個打漁人和誘餌下契約。」金仲露出算計的眼神，「今晚又找了幾個人，在湮洲壩等它。」

聽到這兒，李大胯子和黃坤渾身發毛，不由得心想什麼鬼東西如此狠毒，居然曉得誘惑人替他賣命。

「你！」說著，金仲把李大胯子的那張草紙遞給黃坤，「你拿著這張契約。你同學太窩囊，我不想他壞事。」

這時候，打漁人不再搖動櫓，木船隨著江水漂移。江中心出現一片黑影，黃坤看了看，猜測是湮洲壩。

湮洲壩是宜昌伍家區長江段的一個江心洲，枯水的季節會顯露出來，汛期則被江水淹沒。現在是九月份，江水退了一些，湮洲壩也露出一點面積。木船在水流帶動下，慢慢接近湮洲壩。壩上一片氣氛莫名緊張，沒有人再講話。木船在水流帶動下，慢慢接近湮洲壩。壩上一片黑暗，隔得近了，黃坤發覺狹小的湮洲壩上有一間木屋。靠近木屋的水面泊著兩艘木船，和自己所乘的這一艘差不多大小，看來也是打漁人的船。

黃坤拿著手上的草紙，內心疑問重重，手不自覺輕微地抖動。

「那東西眼睛不好，今晚只認契約，不認人。」金仲適時打破沉默。

對此，黃坤有些感激，也覺得有趣，自己無論想什麼，金仲都能猜到。

不多時，木船漂到木屋旁，船體輕輕搖晃兩下，撞到水面下的石頭。打漁人用繩子固定木船，金仲不帶感情地說了句，「你睡吧。」

神奇的是，打漁人倒下就睡，而且馬上打起鼾聲。

金仲跳到木屋旁邊，擺手示意黃坤也下去。這下船上就剩李大胯子一個，他緊張得不敢說話，不斷指著倒在船板上的水猴子。金仲湊過去看了看，鄙夷地瞟了他一眼。水猴子早已僵硬，不會構成任何威脅。

木屋建造在黑暗的江心，詭異萬分，以李大胯子的膽量，想來是不敢過去。黃坤想了想，最後跳下船，跟著金仲慢慢走到屋前。

木屋距離水邊不到兩米，沒有窗戶，只有門。而且，門是敞開的，沒有門板。金仲一點都不猶豫，當先走進屋裡，黃坤也硬著頭皮跟進去。

在屋外還能聽到嘩嘩水聲，一踏進屋裡寂靜無聲。待黃坤的眼睛適應黑暗，見到已經有七個人坐在屋裡，身形有大有小，皆不發一語，跟死人一樣。每人的手都抬在胸前，手上拿了張雷同的草紙。

金仲不說話，領著黃坤走到一個角落，兩人依樣畫葫蘆地坐在地上。

四周非常安靜，黃坤連呼吸聲都聽不到。在這種環境下，更讓人情緒緊張。不知過了多久，也許半小時，也許更長，黃坤的脖子忽然一涼，用手摸去，原來是水滴到自己的脖子上。

「來了。」黑暗中傳來一個老者的聲音。

「來了。」金仲也說道。

然後，再次寂靜無聲。

「我把我哥哥推下去了。」突然一個小孩的聲音冒出來。

黃坤循著聲音望去，是坐在屋內的一個孩子。

在艾家嘴，少年正在江邊騎自行車，小孩突然從旁邊把少年連人帶車推向堤下。那個江堤是個陡坎，掉下去就是茫茫長江。少年在水裡撲騰兩下，然後沉了。推他的小孩，嘴巴含著手指，愣愣看著淹沒少年的江面。

黃坤的腦海突如其來浮現不曾看過的畫面，正疑惑爲什麼，下一刻便明白是金仲在告訴自己。

老者站在木船上，也是個打漁的。少年的屍體放在岸上，失聲痛哭的婦女掏出一疊錢，給了那個老者。

接著，場景轉換。

「我不想活了……」婦女的聲音變得尖銳，在江水裡載浮載沉。有兩人游到距離她不遠處，然後……

黃坤知道，這也是金仲在告訴他。

仍舊是死者的家屬在屍體旁給一個木船上的打漁人錢。

和剛才的情形一模一樣，只是打漁人變了，是個二十多的年輕人。現在，黃坤明白什麼是契約。

那幾個簽了約的人，有的故意在水裡掙扎，吸引人過來；有的負責撈屍，還收下死者家屬給予的豐厚報酬；或者直接把人推入水裡，由水猴子拉入江底。

念及至此，黃坤的後背冷汗直冒。難道就爲了一本萬利的報酬，他們都簽了契約，做出殘害人命的勾當。當然，有的是迫於無奈，跟李大胯子的情況一樣。

圖人性命，並和他們下契約的，到底是什麼東西？

又一滴水落在黃坤的頭頂，涼颼颼的感覺從頭皮直往下竄，先是耳邊，又到了脖子。從胸口蔓延至腰部、腿上，直至腳尖。寒意傳到哪裡，那部位就汗毛聳立。

黃坤猜到了，那東西就在自己的頭頂上，所有人都在向它報帳。他忍不住抬頭，想看看到底是什麼。

「別看！」

一個念頭傳來。金仲制止他這麼做。

黃坤連忙低下頭，發覺自己手上拿著的那張草紙被一滴水打濕，慢慢縮成一團。

「有外人！」老者的聲音傳來。

聞言，黃坤心頭一驚，連忙向身邊的金仲看去，可金仲已經不在原來的位置。他再回頭，發現屋裡的人都站起身，朝自己的方向走來。

這下黃坤沒了主意，想起金仲先前問他會不會打架，原來是要對付這些人。由於過度緊張，他發覺自己的身體一時無法動彈。

走在前方的人影最矮小，是那個小孩。小孩走到黃坤面前，一把掐住黃坤的脖子，小手濕淋淋的，冰涼得很。如此近距離的接觸，讓黃坤看清楚每個人影都背著一隻水猴子。

黃坤擺脫不了箝制，越來越焦急，突然屋外的江面發出很大的水聲。一個尖利刺耳的聲音從江面傳來，每個人影背後的水猴子都發出吱吱聲，帶著痛苦的聲調。

金仲和那東西在水裡打起來了！

這會兒，黃坤來了力氣，心裡不再害怕，反將那小孩的手扭住。小孩疼得大哭，其他幾人按捺不住，衝上來圍住黃坤。然而，他們的力氣都很小，黃坤隨便幾下就能把他們打倒在地。

「往水裡拖！」

老者一聲號令，七人齊力抓住黃坤，把他向門外拖去。黃坤對付單個人，一點問題都沒有，可面對他們的合力進攻，仍舊處於下風。

幸好門口狹窄，八人擠成一團，不好出去，黃坤的小命保得了一時半刻。

正在此時，一個東西從江面甩了上來。黑暗中，黃坤勉強看清長條狀的東西，在水面上胡亂擺動後，重重摔入江水。

準備把黃坤拖入江水的七人霎時呆傻，和黃坤一樣，愣愣地盯著江面。下一秒，他們背後的水猴子都跑了，紛紛跳入水中。

木屋附近的江面浪花翻動，那個長條形的東西又從水下冒了出來。但是這次，黃坤看到金仲一手抓著那長條狀東西的頂部，身體掛在上面，另一手拿著燒紅的鐵條拼命砍。

兩相交戰，翻騰不休。好一會兒，黃坤才看清楚長條狀的東西，是一條水桶粗的巨蛇，頭頂有一支角。

江水翻滾得宛如沸騰，無數魚蝦都擠過來，各自用不同方式撕咬金仲。其中最大的一條是中華鱘，一米來長，從水裡躍起，咬住金仲的胳膊，讓金仲無法用通紅的鐵條砍巨蛇。趁著這個機會，巨大的蛇頭一陣亂擺，把金仲甩入水中……

第 8 章

解約

金仲鄢夷的眼神滑過他們的身上後，一團火焰將那幾張草紙燒成黑灰，又要他們滾出湖北和湖南的地界。老者明白了，成精的老河怪出不了雲夢大澤的範圍，只要不回來，它就控制不了他們。

水面終於平復。

木屋裡的七人知道遇到剋星，萎靡不振，瑟瑟發抖。過了一會兒，金仲從江裡走上來，嘴裡不停地罵著「媽的」。黃坤一聽，就知道他沒討到什麼便宜。

金仲走過來，手上依然拿著通紅的鐵條，現在離得近了，才曉得其實是一把長劍。長劍映著火光，相隔兩米也能感受到炙熱。

正當黃坤看得起勁時，火熱的長劍瞬間縮小，變成一個小東西，被金仲捏在手上。金仲動作迅速，將那個東西收進自己的懷裡。

屋裡的七人什麼都不說，對著金仲不斷磕頭。

「都給我跳江裡去！」金仲顯然不吃這套，氣得破口大罵。

他們又不是不要命，哪敢眞的跳入水中，仍然磕著頭。黃坤也氣不過對他們幾個害人性命之舉，仗著金仲厲害，勇氣頓生，把其中一個年輕人往水裡推。

那人哭著扭動身體，「我是被逼的！我只是個打漁的……我沒害過人，害人的是他們！」

「你們剛才拉我的時候，沒有這麼可憐啊！」黃坤沒停下動作，繼續把那個年輕人往水裡推。

「你推他有什麼用？」金仲冷靜下來，「他水性好得很，你能把他怎麼樣？」

黃坤指著金仲鼻子，不滿地說：「你這人怎麼翻臉比翻書還快？」

金仲哼了一下，走到六人面前，一一拿過他們的草紙，「告訴我，你們是怎麼和那東西碰到的，我就把契約毀了。」

老者猶豫片刻，開口卻是這麼講，「你把它放跑，我們怎麼相信你有本事。」

「那就算了。」金仲索性把紙一扔，對著黃坤說：「我們走吧。」

「別！」老者連忙撿起地上的草紙。

「別以為你不說，我就不知道！」金仲半瞇著眼睛打量對方，「那東西在漢江也和打漁人簽了契約，我是追它追到宜昌來的。問你這些，不為別的，就是看看那東西找上你們之後會再找什麼人。你們被它找上，肯定有命格上的原因。」

聽罷，老者沉默半晌，最終嘆了口氣，和金仲談了起來。

兩人在屋前細細交談，黃坤在旁邊聽得一清二楚，終於弄懂事情的來龍去脈。

原來，方才和金仲在江水裡打鬥的，就是水猴子，只是它修練的時間長了，變得更加厲害。這東西從古時候就有，洞庭湖的前身是雲夢大澤，水域比現在的洞庭湖大很多。活得越久的水猴子，因為習慣了，越是不能離開雲夢大澤的範圍（即今日湖南、湖北），難以在別的地方生存。至於那些平日裡常聽到的水猴子，則會跟著水系到處遷徙，遍佈中國南方的各地。更有甚者，還漂洋過海，到了日本，成為日本人口中的河童。

這成了精的老河怪，漸漸幻化成蛟的外貌。這點很正常，任何動物在水裡生活時間久，都會朝著這種體型發展，但是永遠成不了蛟。老河怪胃口越養越大，變得越來越聰明，和水鬼接觸多，後來也懂了法術。因此，它唆使人幫忙騙人下水，又指點屍體的下落，讓打漁人撈起屍體後能夠獲得一筆錢財。

這種事情從古至今都有，民間也不斷流傳，特別是在水上討生活的打漁人都知道，但真正幹過的少之又少。再者，和老河怪打交道，幾乎都不得善終，不是特別貪錢的打漁人，沒人願意這麼做。

半世紀以前，日本人打到湖北，軍隊裡有專門研究靈異事物的高人，竟然知道如何和水猴子打交道，並且教會它們下契約，用意是希望水猴子幫他們拉抗日軍隊的水兵。日本人投降後，事情不了了之，可成精的河怪已經學會下契約的本事，禍害至今。

這名老者本來是漁業局的辦事員，退休後不習慣陸上的生活，仍舊每日划船在長江打漁，換點酒錢。今年八月的某日，突然下起暴雨，江面還颳起旋風，老者不小心就落水。接下來的事情不說也清楚了，一定是貪生怕死，和水裡的老河怪立下契約，開始了這檔害人命的勾當。

麻煩的事情惹上身，哪可能容易脫身？幹過一次缺德事之後，老者就不願意幹了，打算不再到長江上。只是他忘記自己簽下契約，也不曉得老河怪的厲害。

有天晚上睡覺，老者突然感覺好冷，睜開眼睛，才發現自己抱著一具屍體漂浮在運河裡。

（聽到這裡，黃坤就懂了，在李大胯子的老鄉之前，運河裡就淹死過人，肯定跟這名老者脫不了干係。）

這就是契約的厲害地方，簽了就躲不過。簽契約就是魂魄被掌握，無論跑哪裡都沒有用，每到子時，都得乖乖回到水裡。至於淹不淹死，便看老河怪怎麼拿捏。

接下來的事情，老者不說，黃坤也明白了。沒辦法之下，老者唯有聽從老河怪的，找人下契約。他一定在運河找上李大胯子的老鄉，下了契約後，這個老鄉就拉李大胯子下水。可不知什麼緣故，他沒有溺死李大胯子，死前反將契約轉到李大胯子的身上。

（黃坤認同金仲的想法，看來水猴子真的會挑人，一定是看中李大胯子，找人拉他下水。可它這麼做，反而留下線索，被金仲找到。媽的，李大胯子簽了契約，肯定要拉自己下水！這個王八蛋，就是想害人！）

同樣的，老者又在長江拉了這六個人下水，有四個是打漁人，小孩則是在江邊玩落水的，最好控制。另一名婦人是跳河尋死，本來就對世上的人有怨氣，幹這個最好不過。

他們每七天就要跟老河怪報帳，還得用撈屍得到的錢財買祭品。

談到這裡，金仲沉著聲音說：「它向你們要的東西只會越來越多，讓你們害更多的人。最後，你們根本沒辦法拉那麼多人下水，也就是你們斃命的時候。」

七人聽了，再次對金仲磕頭求饒。

大概是看不過去，金仲想了想，又說：「你們就算活下來，也折了陽壽，多活幾天而已。」

即便如此，七人仍舊百般懇求。

「媽的，就你們這副德性！多活一天是一天，怕死還貪財！懶得跟你們打交道！」金仲鄙夷的眼神滑過他們的身上後，一團火焰從手上冒起來，將那幾張草紙燒成黑灰，「滾吧！滾得越遠越好，不要再回湖北和湖南的地界。」

老者立即聽明白了，成了精的老河怪出不了雲夢大澤的範圍，只要不回來，它就控制不了他們。幾人知道保命的方法，顧不上向金仲道謝，爭相恐後地爬上一艘木船，就要離開這裡。

「等等。」金仲喊了一聲。

「還有什麼吩咐？」老者連忙回過頭。

「我來的那艘船上還有一個。」金仲又是那副嫌惡的眼神。

老者不敢違抗，趕緊把昏睡中的打漁人也抬了過去。

木船解開繩索，就要划走了，可那名婦女仍舊站在水邊。她愣了一會兒，悄無聲息地栽入水中，水花都沒冒一個。

「你不救她嗎？」黃坤詫異地望向金仲。

「她早就死了。」金仲把黃坤拉上木船，「有什麼必要？」

這次，由金仲掌櫓，木船向著江對岸漂去。

「你的同學不用跑。」金仲的目光落在李大胯子身上，「你有避水符，他只要自己不發神經下水就沒事。」

「打死我，我都不下水，也不洗澡了。」李大胯子此刻再清醒不過，連忙做出回應。

「你要是不洗澡，就給我滾出寢室！」說罷，黃坤又轉頭對金仲問道：「那東西跑了，你不追嗎？」

「不追了。」金仲搖搖頭，回道：「那是別人的地盤，我管不了，也不想管。」

「可聽你之前的話，宜昌似乎也不是你的地盤，你應該是丹江口那邊的。」

「媽的，管宜昌的是個懶胚，什麼都不幹，現在不曉得在哪裡喝酒呢！」金仲一改語氣，罵罵咧咧地抱怨。

「是你本事不夠吧！」黃坤乜斜著眼睛，「你剛才拿著的那個東西冒火，在水裡肯定施展不開。」

「誰說的？」金仲掏出一個知了殼子看著，嘴裡說道：「你沒看過把它用得順手的人而已。」

「所以……」黃坤忍不住笑出來，「就是你本事不夠嘛！」

聽了這句話，金仲臉上很難看，但生了一會兒氣，突然盯著黃坤。片刻後，他嘴角向外拉，好像在笑，卻又一臉不懷好意。

還魂

小韓慢慢踱到走廊的盡頭，站了一會兒，又折返回來。她仍然踩著緩慢的腳步，走到走廊的另外一頭，佇立半晌，再次往回走。來到黃坤三人的附近時，突然停下來，對他們問道：「二狗子，你們替我打的棺材呢？」

第 1 章

吹牛皮

「老子和道士跳入水中，道士拿著一把長劍，指著前方，表示就在那裡……那裡……」黃坤嘴上說著，屁股更癢了。幾個女生瞧他嘴裡說得誇張，手卻在摳屁股，忍不住笑出聲。

教學樓前的小廣場，黃坤口若懸河，說得口角噴沫，身邊圍了一群學生。

起先黃坤只是在對同系的幾個同學講，瞥見旁邊幾個女生隔得不遠，故意將音量放大。他口才不錯，說起話來又手舞足蹈，還眞把等著上課的幾個女生吸引過來。

那幾個女生聽了幾句，登時起了興趣。黃坤講到那天晚上李大胯子變成水猴子，聲音卻又轉小，女生們果不其然都湊近些，畢竟鬼怪故事有莫名的吸引力。黃坤心裡得意，眉飛色舞地講下去，弄得旁邊練滑板的兩個男生也湊過來。

人都是喜歡熱鬧，不消片刻，一二十個人就把黃坤和李大胯子圍住。

「老子一下就把胯子身上的那隻水猴子捏死。」黃坤神氣兮兮，還吊大家的胃口，「你們曉不曉得爲什麼？」

「爲什麼？」

「爲什麼？」

旁人聽了，好奇得連連追問。

「告訴你們，我身上有避水符，水裡的怪東西都怕！」黃坤把自己的襯衫拉起來，把腰間的胎記展示給旁人看，「看到沒？就是這個！我爺爺在我出生的時候種上去的！我爺爺是漁關出了名的人物，整個五峰，沒有人不知道他的厲害！」

「明明就是個普通的胎記。」幾個女生嘻嘻笑笑，「吹牛不打草稿。」

黃坤急了，「妳們不信啊？胯子，你來說！」

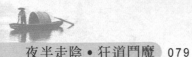

「大黃，那隻水猴子不是你捏死的吧？」李大胯子側過頭，壓低聲音地說：「好像是那個道士弄死的。」

聞言，黃坤急忙掐了掐李大胯子的胳膊，湊近他的耳邊回道：「你格老子滴再瞎說，小心我回頭搞死你。」

李大胯子疼得倒抽氣，立刻順著黃坤的話講下去，「是的，是的，如果不是大黃把那隻水猴子弄死，我已經淹死在長江了。不信的話，你們可以問三平。」言畢，指向身邊的一個男生。

三平跟黃坤、李大胯子是同寢室的同學，那晚也去了江邊。他是老實人，說的話沒有人質疑。

「沒錯，我的確看到大黃和胯子爬上那艘木船。之前我們幾個打算下水救他們，卻被那個道士攔住了。」

「看，我說的沒錯吧。」黃坤把襯衫放下來，繼續說道：「我解決了水猴子，知道事情沒那麼簡單，水下一定還有水鬼。要殲滅水鬼，必須找出它的老巢。於是，我帶著胯子和道士，划著木船往湮洲壩去……」

「是道士帶著我們去的吧……」李大胯子在旁邊小聲插上一句。

「你給老子閉嘴。」黃坤臉上掛著笑，做出低聲警告，「你沒看到陳秋凌也在聽嗎？你壞我的好事，想討死啊！」說著，目光移向一旁的女生。

去年剛開學，黃坤看上陳秋淩，一年來不是沒有追求過她，可她的態度始終不冷不熱。曾經成功邀請陳秋淩單獨吃飯，但談不上進一步的發展，她對黃坤跟對其他追求者差不多。

此時正是黃坤在陳秋淩面前表現的時候，李大胯子卻老是在旁邊打岔。

「我們到了湮洲壩，知道究竟看到什麼嗎？」黃坤故技重施，「媽啊！原來不僅有水鬼，還有幾個人。他們都被水鬼收買，靠撈屍體掙錢的。破門而入時，他們正在分贓，我二話不說，立馬把他們打得半死……」

「我怎麼看到是他們把你打得半死？」李大胯子不知好歹，又橫插了一句。

黃坤再也憋不住，大力踢了他的屁股一下，「給老子滾蛋！你當時嚇得躲在船上，很有出息嘛！」

旁人聽得哈哈大笑，黃坤瞥見陳秋淩捂著嘴，雙眼都笑瞇了。

「老子不講了，反正你們都不信。」黃坤故作生氣。

「講嘛！講嘛！」幾個男生即便知道黃坤在瞎扯淡也願意聽。

這時候，黃坤看向陳秋淩，眨了眨眼睛，意思是：妳若想聽，我就講。

陳秋淩明白他的意思，微笑著點點頭。接收到心上人傳來的訊息，黃坤咧開嘴，心神蕩漾地把話接下去。

「老子把那七個人打趴，道士卻說眞正的怪物還在水下面。」黃坤把身體一挺，

「怕什麼，斬草當然要除根！我馬上問道士，怪物在水下哪個地方，反正身上有避水符，什麼東西都不在話下。」

說到這裡，黃坤覺得屁股有點癢，用手隔著褲子摳。可偏偏穿的是牛仔褲，隔著厚厚的布料，越摳越癢。

「老子和道士跳入水中，道士拿著一把長劍，指著前方，表示就在那裡……在那裡……」黃坤嘴上說著，屁股更癢了，無意識地重複最後兩個字。幾個女生瞧他嘴裡說得誇張，手卻在摳屁股，強烈對比的畫面讓她們忍不住笑出聲。

「笑什麼啊？不就是屁股有點癢嘛！別笑了！」黃坤簡簡單單又拐回正題，「說出來，嚇死你們！猜猜我在長江底下裡看到什麼！靠，好大一條水蛇……哦，不是水蛇，是一條蛟！」

「晚上那麼黑，你看得到嗎？」陳秋凌旁邊的一個女生笑著問道：「你這個吹牛的笨蛋，水下比路上更黑吧！」

「這位同學。」黃坤指著那個女生，「妳這黃毛丫頭懂什麼！我告訴妳，我爺爺可是漁關出了名的人物……」

「你之前已經講過一遍了。」那女生打斷他，「下一句是不是『整個五峰，沒有人不知道他的厲害』啊？」

黃坤的嘴巴被堵，有些氣惱地回道：「妳這個死女伢子，知道就好……嗤……唉呀……屁股好癢！」這下黃坤的屁股癢得不得了，不知哪根筋斷了，居然顧不上面子，直接把手伸進牛仔褲爽快地摳。

見狀，圍觀的人都被惹得捧腹大笑。黃坤登時漲紅臉，急著要在陳秋凌面前把面子扳回來，手裡還摳著，嘴裡繼續講著沒說完的故事，「那條蛟，有汽油桶那麼粗，七、八十米長，瞬間把那個道士頂出水面。道士嚇得厲害，連忙用手中那把長劍瘋狂砍殺那條蛟。當時情況危急，要不是我及時出手，那條蛟肯定會吃掉道士。」

「還是先摳完你的屁股吧！」那個女生看來是存心要搗蛋。

「妳這死丫頭，別打岔！」黃坤看陳秋凌笑得彎下腰，心裡狂怒，又不好發作。他那隻手摳著屁股還是沒從褲子裡抽出來，自顧自地講道：「那條蛟是從漢江跑過來害人的，運氣背，遇上了老子。老子湊近它，一把抓住它的角，另一手狠狠捶它的眼睛，打得它半截身體在江面亂擺。」

「你怎麼可能這麼厲害啊！」陳秋凌終於忍不住說話了。

黃坤講了半天，就等陳秋凌提問，這下更來勁，「我把那條蛟打得七葷八素，它察覺打不贏我，最後鑽入水中跑了。妳知不知道我爲什麼這麼厲害，全因爲我身上有避水符！我爺爺……」

「『我爺爺是漁鬬出了名的人物，整個五峰，沒有人不知道他的厲害！』」那個女生沒等著黃坤說出口，就搶著接過話，「大哥，你已經說了三遍，我們都曉得你爺爺厲害！你就繼續吹吧！」

「哈哈……」圍觀的旁人皆放聲大笑。

黃坤忍不下去了，對著那女生咆哮，「妳這個死女伢子，不要老是打岔！世上有很多厲害的人物，妳自己不知道，就別說我吹牛……哎喲，狗日的，屁股怎麼老是在癢？」

這下黃坤的形象算是徹底毀了，別人都無所謂，可在陳秋凌面前出醜，心裡鬱悶至極。見陳秋凌把背包提起來，斜挎在肩膀上，黃坤連忙接續說道：「我救了道士，道士就把他手上的長劍給我看。那道士雖然是個水貨，但是他手上的那把劍倒有點來歷……」

此時，陳秋凌已經拉著那女生轉身準備離去。看來那女生和陳秋凌關係不錯，媽的，以後接近陳秋凌，那丫頭豈不是還要搗亂！一想到這點，黃坤心頭更加煩躁。

「那把劍怎麼樣？」旁邊一個男生興致勃勃地提問，「是不是有龍紋啊？」

「龍紋個屁！」黃坤瞧陳秋凌已經走了，就沒精神往下說了，「就是發紅光，跟燒紅的鐵條差不多，沒什麼用。被水澆熄後，變成一個知了殼子，跟治咳嗽的那種知了殼子一模一樣。」

黃坤的屁股總算不癢了，悻悻地將手從褲子裡抽出來，眼巴巴地望著要離開的陳秋凌。沒想到陳秋凌身邊的那個搗蛋的女生停下腳步，轉身走了回來，問道：「那個道士長什麼模樣?」

「關妳屁事!」黃坤終於找到機會報復,「妳不是說我在吹牛嗎?」

那女生目光不移,雙眼直盯著黃坤,又問:「那個知了殼子原本是一把發火光的長劍,對吧?」

「我是吹牛的。」黃坤哼了哼,回道:「怎麼可能會有這種東西,一會兒長劍,一會兒知了殼子!隨便講,妳都信啊?」

「這個你是編不出來的。」那女生直言斷定,「你吹了半天的牛皮,估計就這個是真的。」

黃坤臉上不動聲色,心底大喊訝異,這丫頭說的確實八九不離十。這一個月以來,天天拿著水猴子的經歷吹牛,吹得連自己都相信了。此刻,經她這麼一說,還真是關於那把長劍的事情說得最靠譜。

腦中思緒萬千,黃坤看著那女生,似乎從前沒見過,不曉得哪裡出來的黃毛丫頭,看樣子和陳秋凌關係不錯。

同時,那女生也上下打量黃坤,不知在盤算什麼。

第 2 章

少女VS老太婆

同寢室的女生問小韓怎麼不去上課，也不吃午飯。哪知她根本沒反應，等別人說了半天，才結結巴巴地問：「我姓韓嗎？」她的聲音變了，不再是從前那個年輕女生的聲音，而是老太婆的聲音。

「策策。」陳秋凌對著那女生喊道：「妳不是要上課嗎？該走了！」

這個叫策策的女生，回頭應了一聲，「哦，來了。」然後回到陳秋凌的身邊，走了幾步又回頭看了黃坤一眼。

回到寢室，黃坤免不了一頓猛揍李大胯子。李大胯子被打得亂喊，從寢室跑到浴室，又被黃坤打回寢室。

「你狗日見不得我在陳秋凌面前風光是不是？」黃坤指著他的鼻子大罵，「別以為我不知道你那點心思！你也喜歡她，所以故意搗亂，是吧？」

「我不敢了！我錯了！」李大胯子連忙求饒。

「可以啊！你先把錢還給我。」黃坤氣憤不已，「欠老子錢，還敢在外面瀟灑！別以為我不知道你昨天跑去看電影！媽的，六十塊錢一張票，你也捨得買！」

李大胯子連連求饒，希望黃坤可以息怒。

「要我饒了你也行，但是你必須替我做一件事情。」黃坤想了想，恨恨地說：「幫我打聽今天鬧場那丫頭的來歷，看看她和陳秋凌是什麼關係。她不好纏，喜歡和人抬槓，搞不好我和陳秋凌之間的關係，就被她攪黃了。」

「大黃，你本來就和陳秋凌沒關係啊！」李大胯子囁嚅地說了一句。

「你眞的想討死！」黃坤抬手又要揍人。

李大胯子哪可能呆站著，立刻一溜煙往外跑了，嘴裡喊著，「我現在就去幫你打探消息。」

黃坤和李大胯子同住一間寢室三年，兩人相處本來就不錯，這次黃坤又救了他，關係更是鐵上加鐵。

李大胯子個子高，外貌猥瑣，一副欠捶的樣子。雖然學習好，但是生活中腦袋像是差了根弦，丟三落四，剛進學校就被人欺負。黃坤看不過眼，就和那幾個學長幹了一架，當時沒打贏，可好歹掙了個名聲，從此沒人再找他們倆的麻煩。

李大胯子也樂得這樣，反正都是被人欺負，還不如被黃坤欺負。再說，黃坤也不是故意欺負他，就是平時拿他出出氣，逼著他幫忙補考。即便如此，兩人的友情比金堅。平時，黃坤喜歡在人前吹噓自己的爺爺是神棍，也只有李大胯子應和他。

然而，自從去年陳秋凌入學，李大胯子就喜歡和黃坤較勁，特別是在陳秋凌面前，多次壞了黃坤的好事。黃坤知道李大胯子也有那份心思，不禁滿心鄙夷，想著：好歹自己一表人才，你這個小子也敢跟我爭。因此，近期都對李大胯子沒好言語。

到了晚上，李大胯子打聽消息回來。那個丫頭叫劉陳策，今年剛進學校，是大一新生，臨床本科。大部分課程都在東山大道老醫專那邊，也有課程要到新校區上。劉陳策和陳秋凌有親戚關係，劉陳策的媽媽就是陳秋凌的堂姐。黃坤弄清楚策策和陳秋凌的關係，心裡想著有這丫頭搗亂，自己肯定是追不上陳秋凌了。

剩下一年就畢業，基本上沒什麼課，大家都忙著找工作。有的同學已經在實習，就等著回來拿畢業證書，考試都是走個過場。

黃坤和李大膀子都沒找到實習的工作。李大膀子不擔心，他學習好，早就和家裡的一個行政單位簽了合同，畢業就去上班。黃坤卻沒著落，不過他也不擔心，認爲大丈夫頂天立地，哪裡不能討生活，走一步是一步。

往後的道路，黃坤每種可能都設想到，就是沒想到自己有天會走上那條道路。多年後，他回想起來，應該就是從〇八年的秋天開始，但不是因爲水猴子的事件，而是另外一件事情。

和一個女生有關。

只是，那女生不是陳秋凌，也不是策策，而是另外一個人。那女生在學校發癲，黃坤爲了在陳秋凌面前表現，進而從事跟自己爺爺一樣的職業。只能說每個人的命運都在出生時註定，黃坤的爺爺幹這一行，他繼承爺爺的衣缽是理所應當的。

這都是後話，先談那個發癲的女生的事情。

與陳秋凌同系的一個女生，平時都好好的，跟一般人沒兩樣。上課、吃飯、談戀愛……總之，一個普通女大學生的生活是什麼樣子，她就是那個樣子。

可是，突然某天早上，什麼都變了。

一早起床，其他女生都去洗漱，唯獨那女生不一樣，連穿衣服都磨磨蹭蹭的。她也不像平時那般與旁人打招呼，只是木然地站在寢室。

同寢室的女生都沒注意到她的反常，各自去吃早餐、上課。到了中午，別的女生回來了，發覺這女生仍舊站在原地，早上是什麼樣子，現在還是什麼樣子。

這女生姓韓，人家就問她怎麼不去上課，也不吃午飯。小韓根本沒反應，等別人說了半天，才結結巴巴地問：「我姓韓嗎？」

如果她只這麼說一句還罷，關鍵是她的聲音變了，不再是從前那個年輕女生的聲音，而是老太婆的聲音。

起初，同寢室的女生都以爲小韓在開玩笑，直到小韓又說了一句，「我怎麼會在這裡？我的兒子和媳婦呢？他們不是要替我找塊好地方埋下去？」

這下，所有女生都嚇到了，尖叫著跑出寢室，連忙告訴小韓的男朋友。聞訊，小林連忙跑去找自己的女朋友，可還沒到寢室，就在樓下看到她的人。誰知，小韓和平日一樣，沒任何區別，說話的音調也跟從前相同，後來還和男朋友一起去吃午飯。同寢的女生都說小韓未免太無聊了，盡搞這些事情，全當她在惡作劇。豈料，到了晚上，小韓就在床上喊著，「二狗子、狗子媳婦，你們快來！我的胃好疼，端杯水給我喝！」

寢室裡的女生又被嚇到，整晚都沒睡，聽著小韓在床上淒慘喊了一夜。其中一個女生膽大，試探性地問：「小韓，妳怎麼了？」

「哪個是小韓啊？妳們是誰？我在哪裡啊？我的棺材打好了沒？我胃又疼起來了，

你們找村口的楊醫生替我打針吧……」小韓嘴巴發出來的聲音，又變成老太婆。

這下同寢室的女生嚇得連床都不敢下，也不敢再提問題。

好不容易挨到天亮，她們連忙請來學校的校醫。校醫來了之後，小韓仍舊沒有起來，躺在床上哼哼唧唧，問任何事情都答不上來。校醫替她量血壓，大致檢查一下，沒有發現生病的症狀。可是，小韓一個勁喊胃疼，還用蒼老的聲音叫喊，「二狗子，我的棺材到底打好沒有啊？我看不到，嚥不下氣啊！」

這會兒，校醫也嚇到，立刻安排她到診所觀察，打點滴。

事情怪就怪在，當小林前去探望，小韓又好了。她顯然將先前發生的事情忘得乾乾淨淨，堅稱自己沒生病，校醫爲何非要把自己弄到診所。

等小林把小韓送回寢室，她竟又在半夜爬起來，嚷嚷著養的雞還沒趕回來，要出去趕雞回籠。來到走廊，嘴裡又嘮嘮叨叨，說什麼二狗子媳婦太懶，豬也不餵。

就這樣，小韓在走廊這麼走過來，踱過去，來回搞了一整夜。

第 3 章

女宿之夜

忽然，門開了，一個佝僂的身影走出來。見狀，黃坤和身邊的小林打了個激靈，那個佝僂的身影正是小韓。她彎著腰，踱著細碎的步伐，在廊道走來走去，完全就是一個小腳婆婆的姿態。

小韓詭異的狀況，連續鬧了兩天，已經有人在私下談論。學校聽聞風聲，連忙利用行政手段把這件事情壓下去。知情的女生都被輔導員告知，這是普通的臆症，小韓學習壓力太大，精神有點異常。

這種解釋很合理，因爲小韓並非老是處於發癲的狀態。一天裡總有那麼幾個小時，會回復正常，那時候根本記不得自己身上發生過的事情。這下苦了小林，明知道小韓每天有段時間不正常，卻又不能在她面前提起。就算害怕，也只能死撐著。

黃坤也聽說這件事情，但壓根兒沒放在心上。新校園建在茶庵村、望洲崗和沙河之間這塊地方，建校之前，就是這三個村專門埋死人的地方。這種情況在各地都是一樣，大學占地面積廣，市中心肯定找不到合適的地方，當然會選擇郊區且比較偏僻的地方。農村什麼地方更偏僻，想都不用想，鐵定是亂葬崗。

平日裡，黃坤就留心陳秋凌的所有行動，某天又在圖書館前遇到她。陳秋凌和策策走在一起，兩個女孩邊走邊聊天。

策策看見黃坤，就指著他說：「厲害的人來了，他一定能解決那女生的事情。」

原本黃坤就豎著耳朵，一聽見策策提起自己，立刻走到兩個女孩面前，「什麼事情啊？」

「抓鬼的事情。」策策眼神在笑，還帶著些許算計的意味，「你肯定能行。」

「當然。」黃坤不加思索，拍著胸脯就向陳秋凌掛保證，「小事一樁。」

三人聊了起來，直到策策把小韓的事情說了，黃坤不禁在心底碎唸：這他媽的關我什麼事情，陳秋凌出事再找我嘛！

「快顯露你的身手！」策策笑著揶揄黃坤，「你不是有個厲害的爺爺嗎？千萬別給你爺爺丟臉啊！」

「喂！」陳秋凌有些尷尬地插嘴，「他哪會這種事情？別整他了。」

「也是。」策策撇了撇嘴巴，「他吹牛的本事滿行，但估計沒貞本事。」

瞧策策有意停熄戰火，陳秋凌又扭頭向黃坤點點頭說：「別跟她一般見識，她就喜歡瞎胡鬧。」之後，拉著策策的手臂走了。

「站住！」黃坤從後方一把揪住策策的辮子，「誰說我沒本事！」

策策被扯痛，氣得用腳反擊，「你這人怎麼動手動腳？找死啊！」

黃坤見陳秋凌露出錯愕的表情，連忙鬆開手，「那女生和妳們有交情嗎？有的話，我就試試。」

「認識而已。」陳秋凌連忙打圓場，「你別攙和。」

「我還非管不可。」黃坤昂起頭，神氣地說：「我有避水符，怕什麼！而且，我爺爺是……」

「打住！打住！」策策故意激他，「我知道你爺爺的狠氣，快把你爺爺喊來吧！」

「我爺爺不能到宜昌。」黃坤不願落下風，「再說，這點屁事，哪犯得上驚動我爺爺。」

「好啊！晚飯後，你到東苑寢室來。」策策扔下這句話，和陳秋凌先行離開。

陳秋凌不停對策策說什麼，想必在責備策策多事。可怎樣都來不及了，黃坤只能望著兩個女生的背影，後悔得腸子都青了。

回到寢室，黃坤癱在床上，懊惱地告訴李大胯子，今晚要去看看那個姓韓的女生爲什麼發癲。

「都說那女生是被鬼附身。」李大胯子也聽說了，連忙擺手推辭，「還是叫你爺爺來吧。」

「不行，我話已經說出去，丟不起這個臉。」黃坤的眉頭微微蹙起，「我也不能喊爺爺來。」

黃坤平時吹牛倒罷，現在眞的遇上這種事情，還眞是心裡沒底。實際上，他爺爺根本沒有他口中如此厲害，頂多是村裡比較懂古的人，有那麼點手藝，會幫牲口接生，閹割牛豬是把好手。最多就是有人肚子疼、腦袋昏，抓一把香灰，裝模作樣地弄一弄。若眞的請爺爺來一趟，豈不是自已拆自已的台？

但說出去的話，是潑出去的水，肯定收不回來。黃坤打定主意，無論如何都絕不能讓陳秋凌看不起。

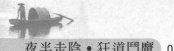

吃過晚飯，黃坤依約來到東苑宿舍，大老遠就看見策策站在樓下，揮舞著雙手大喊，「這裡！這裡！」

黃坤硬著頭皮走過去，卻沒看到陳秋凌，心裡一陣失落。策策旁邊站了一個男生，他十分客氣地說：「我聽過你，你曾在水裡打死水猴子，對吧？」

黃坤一聽就明白，對方肯定是小韓的男朋友。

依照策策的計劃，大家都不出面，躲在陳秋凌的寢室裡。等到半夜，再去小韓的寢室，看看到底是怎麼回事。

於是，三人就在樓下找了個地方坐，等到晚上九點，就移陣到陳秋凌的寢室聊天。這天是週末假期，宜昌本地的學生都回家，陳秋凌的寢室裡只剩她留下來。黃坤非常興奮，這是第一次和陳秋凌講這麼久的話。

過了十點，大家說話的聲音就壓低了。畢竟是女生寢室，要是管理員發現他們，肯定要多嘴。

好不容易挨到十二點半，策策當先站起身，「時間差不多，我們走吧。」

陳秋凌不去，對著策策囑咐一句，「別鬧得太過分啊！」

小韓的寢室就在樓上，深夜時分，走廊空蕩蕩的，外面也一片寂靜。不遠處是茶庵村還沒有被徵用的山坡地，種的都是橘子樹，風一吹，樹葉嘩嘩作響。

三人才走到樓梯口，小林就打了退堂鼓，「我不去了。」

「都這個時候，你才說不去。」策策柳眉倒豎，「你這人怎麼這樣啊？」

「我有點怕。」小林說了句實話。

其實，黃坤也惴惴不安，全憑著一時的勇氣支撐。他覺得怪，策策一個女生，膽子怎會這麼大？

「你是不是男人？」黃坤順著策策的話，對著小林說：「她是你女朋友，出了事，你不幫她，淨指望我們。」

小林被罵，可不好說什麼，最終摸摸鼻子，跟著往樓梯上走。

到了上面那層樓，策策將手指放在嘴巴上，示意不要出聲。三人就蹲在走廊的角落，盯著小韓的寢室門口看。眼下已入深秋，白天還好，晚上比較冷了。黃坤搓搓胳臂，瞥見小林身體不停發抖，不知是怕的，還是冷的。

「早知道多穿點衣服了。」黃坤嘴裡嘟噥一句。

「那是你傻。」策策小聲回應，「我把羊毛衫穿上了。」

「媽的，怎麼越來越冷？」黃坤正說著，走廊的能見度突然變差，視線變得有點模糊不清。

對此，黃坤不由得心想，看來是真的冷，霧氣都出來了。策策絲毫不在意這些，雙眼直盯著那間寢室門口。忽然，門開了，一個佝僂的身影走出來。見狀，黃坤和身邊的小林打了個激靈，那個佝僂的身影正是小韓。

小韓彎著腰，踱著細碎步伐，在廊道走來走去，完全就是一個小腳婆婆的姿態。心驚膽顫之際，黃坤的耳朵一疼，嚇得險些叫出聲。回過神，才知道是策策揪住他的耳朵。

策策附在黃坤耳邊，悄聲說：「等一下她要是說什麼，你們就過去跟她搭話。」

「妳怎麼不去裝？」黃坤瞪大了眼睛。

「我女的，陰氣重，去了只會壞事。」

「算妳狠！」

小韓慢慢踱到走廊的盡頭，站了一會兒，又折返回來。她仍然踩著緩慢的腳步，走到走廊的另外一頭，佇立半晌，再次往回走。來到黃坤三人的附近時，突然停下來，對他們問道：「二狗子，你們替我打的棺材呢？」

黃坤左右看了看，不知道小韓究竟在對誰說話。

「你們這兩個化生子！」小韓的聲音無比蒼老，「就知道你們捨不得花錢替我置辦……」

「我……我們替你辦了。」黃坤結結巴巴地回話。

「老頭子，你替他們說什麼好話！」小韓對著他講道：「我又沒問你。你都死了十幾年，還回來幹什麼？」

黃坤一聽，背上不禁發毛。扭頭看向策策，她臉部肌肉在抽動，顯然是想笑卻不敢笑出來。

接著，小韓向小林走近一步，又道：「我在問你呢！你打的棺材在那裡啊？」看來她現在根本認不得朝夕相處的男朋友。

瞅小林嚇得一個屁都放不出來，黃坤急了，用手肘頂了他一下。

「我……我……」小林結巴半天，愣是說不出下文。

「你答不上來吧。」小韓不悅地哼了哼，「你就是不想讓我安生！你就是盼著我死，死了也不讓我躺棺材！」

小林夾著腿，就怕下一秒會尿出來，硬著頭皮答上一句，「我會替妳置辦……」

「你哪裡置辦了？」小韓叨唸著，「你要是置辦了，我也不用這麼晚了，還在外面啊……今晚好熱鬧，這麼多熟人都來了……」

黃坤和小林一聽，連忙向四周看，哪裡有什麼人，走廊分明空蕩蕩的。這下黃坤頭頂發炸，汗毛也根根豎起，小林更是直接癱坐在地上。

第 4 章

鬼上身

察覺蒼老的聲音一下離得好近，黃坤忍不住睜開眼睛，此刻小韓湊進自己，兩者之間不到十公分。恐怖的是，那張不是小韓的臉，而是一張佈滿皺紋的老臉，皮膚皺皺巴巴，跟風乾的橘子皮一樣。

「張家二爹，你來評評理。」小韓獨自對著空氣說話，「哪有這麼不孝順的兒子，不肯把我埋進土裡。我胃病犯了，他們兩口子也不端水給我喝。」

黃坤用眼神示意小林，要他吱個聲。但小林會錯意思，以爲黃坤要他端水，可三更半夜的，到哪裡找水杯，因而露出惶急的神情。

「老頭子，你是回來找我的嗎？」小韓的說話對象改成黃坤。

「嗯。」黃坤這次大著膽子回應，「我來找妳回去。妳壽數到了，該走了。」

小韓的音量突然轉大，蒼老的聲音也變得尖銳，「我不走！這個化生子不孝順，我要問問他！只曉得聽他媳婦的，不聽我的，我要……我要……」

「啊……」小林再也承受不了如此詭異的景象，起身飛快向樓下跑去。

策策連忙追過去，嘴裡喊著，「你這人有沒有良心啊？回來，給我回來！」

兩人一前一後，剎那就沒了蹤影。

這會兒，剩下黃坤獨自面對小韓。方才有兩個人在身邊作伴，他還不那麼害怕，現在……

小韓的狀況絕對不是校方所說的臆症，一定是被老婆婆的鬼魂附身，可是黃坤哪有辦法解決這件事情？

「老頭子，我也曉得不走不是好事，否則你也不會來拉我。」說著，「小韓」的語調帶著委屈，「二狗子他們兩口子說好讓我睡棺材的，他們沒做到，我不安生……」

黃坤大致弄清「小韓」的意思，看樣子是老太婆死得不安生，鬼魂到處跑，就跑到學校裡來。

然而，黃坤一時不曉得該如何接話，心裡也越來越害怕。在他的眼裡，小韓不再是小韓，成了老太婆的模樣。由於害怕得不敢繼續看她，刻意把眼睛瞥向別處。

不看不要緊，這一看黃坤心臟猛地縮緊。

旁邊還眞的站了好幾個「人」，先前竟沒看到。它們穿著幾十年前的衣服，神色陰惻惻的，一動也不動地站著。

剛剛「小韓」提過，今晚來了好多人，果眞沒說錯，黃坤現在都看到了。

「妳該到哪裡去，就去那裡吧。」黃坤閉著眼睛，嘴裡說道：「別再纏著這個女孩啦！」

「你說什麼？」蒼老的聲音一下子離得好近。

黃坤忍不住睜開眼睛，發覺小韓湊進自己，兩者之間不到十公分。恐怖的是，那張不是小韓的臉，而是一張佈滿皺紋的老臉，皮膚皺皺巴巴，跟風乾的橘子皮一樣。

這個當下，黃坤嚇得厲害，連喊都喊不出聲，喘出來的熱氣就噴在那張老臉上。

「你不是老頭子！」老臉齜牙咧嘴地說：「你是誰？」

那股濃烈的老人口臭，薰得黃坤快要吐出來。同時，那些穿著古老衣服的人動了起來，在黃坤面前晃動，不知道在做什麼。

可是現在黃坤顧不上那些怪人了。

面前那張老臉突然發生變化，一股焦糊味道沖進鼻子。皮膚開始膨脹，十秒鐘不到，冒出無數的水泡。眼睛也鼓脹起來，突出眼眶之外。

黃坤的嘴巴大張著，想喊卻喊不出來。老臉上冒出來的水泡，瞬間變大。由於皮膚彈性不足，水泡爆開，黃水都濺到黃坤的臉上。接下來，皮膚顏色迅速轉黑。

更讓人噁心的事情接續發生。突出的眼珠完全鼓出，最終迸裂，眼球的碎肉還連在黑色的眼眶。那張老臉的頭髮迅速消失，鼻子掉了，嘴唇也焦糊，露出牙床。此時此刻，顯現黃坤眼前的是一個血肉模糊的肉團，部分白森森的頭骨也露了出來。

黃坤實在無法再看下去，下意識伸手一推，登時把面前的人推到在地。這一刻，他眞的不曉得這人到底是小韓，還是一個臉部發生恐怖變化的老太婆。

那個身體趴在黃坤的身前，臉部貼著地面，一動也不動。

黃坤也不敢動。

過了一會兒，策策回來了。看見小韓趴在地上，黃坤則靠著牆壁，癱坐在地。

策策三兩步走過去，要把小韓扶起來。見狀，黃坤瞠大眼睛，驚懼地說：「別……她……她……她……」

黃坤沒把話接下去，因爲小韓的臉又恢復本來年輕的臉龐，剛剛迸裂的水泡、焦糊的臉皮都沒了。但是，那些站在旁邊的鬼魂都還在，停止所有動作，安安靜靜地看著小韓。照策策一點反應都沒有的情況，應該是看不見它們。

這麼鬧騰半晌，動靜大了，卻沒人將腦袋探出門看熱鬧。想必近幾天女生們都嚇怕了，沒有任何人敢出來一探究竟。

小韓開口說話了，恢復年輕女孩的聲音，「我怎麼會到走廊？我記得……是起來上廁所，怎麼會走出來呢？」

策策安撫她，「沒事，妳應該是夢遊。」

「妳是誰？我不認識妳，妳……」小韓的言語透露害怕，看來倒把策策當成鬼魂。

黃坤靈機一動，站起來，沉著聲音說道：「妳快點收魂，天亮前我們要回去。」然後故意蹦蹦跳跳地走到樓梯那頭。

聽見身後傳來小韓的尖叫和策策的連連解釋，他得意地勾起嘴角。

走到樓下，看見小林呆呆站在空地上，嚇得魂不守舍，「這種事情，誰受得了……我……我要和她分手……」看樣子精神接近崩潰。

黃坤抽了他一嘴巴，「拜託你有點來性！你他媽的什麼都沒看到，就嚇成這個模樣。要是你沒逃走，還不嚇死在上面啊！」

小林捂著火辣辣的臉頰，看著黃坤的眼神才不那麼慌亂。反正事情告一段落，黃坤懶得多管策策的事情，扔下小林，走回自己的寢室睡覺。

這一覺睡到下午，直到李大胯子把黃坤搖醒，「那個丫頭來了。」

黃坤不耐煩地爬起來，還帶著幾分睡意。待他穿好衣服，李大胯子打開門，策策繃著一張臉走了進來。

一見到策策臉上有幾條血印子，黃坤噗嗤地笑出聲音，手還誇張地拍著床舖。策策忍都沒忍，劈頭蓋臉地毆打黃坤的腦袋，「可惡！居然整我！」

猛烈攻勢襲擊下，黃坤急忙用手抵擋，嘴裡喊著，「我知道那個老太婆是哪裡的人！快住手，妳不是想知道事情的來由嗎？」

這下策策才住手。

「那是一個老太婆。」黃坤連忙說道。

「你說了跟沒說一樣。」策策沒耐性地翻了個白眼，「我看見了。」

「是當陽人。」黃坤提出新的論點，「妳沒聽出它的口音嗎？」

「你還滿聰明的嘛！」策策露出讚賞的眼神，「我回想一下，確實是當陽口音。」

「可當陽這麼大。」黃坤有些苦惱，「我們哪知道是當陽什麼地方。」

「這你不用操心。」策策得意地笑著說：「只要知道大致方向，我就能查到。」

事情前後已經明瞭，就是一個老婆婆的孤魂附到小韓身上，典型的鬼上身。但是，黃坤怎麼都想不明白，策策為何執意拉著自己去看鬼上身的人。

等策策走後，想了很久，他還是沒想清楚。

第5章

鬧鬼

邱老太太死前沒別的心願，就想土葬，可政策不允許。屍體火化，放入骨灰盒裡下葬後的三天，屋裡就開始鬧。這還罷了，每晚還站在兩口子的床頭，動都不動一下，嚇得他們不敢睡覺，開著燈都沒有用。

第二天是星期日，一大早，策策就來了。急匆匆地敲開門，要黃坤跟她一起下樓。

兩人坐上一輛私家車，策策就催促司機，「走吧。」

司機是個年輕人，發動引擎，往後座看了看，說道：「策策，妳又偷偷背著妳爸爸搞些莫名其妙的事情啦？今天去淯溪（當陽某地的地名）幹嘛？若領導知道了，肯定會罵我的。」

策策一副大小姐脾氣，回道：「你別管這麼多，反正我老頭在武漢開會，下個星期才回來，你不說就行了。哪這麼多廢話！」

轎車從開發區開上高速公路，往當陽的方向行駛。黃坤知道策策帶他去當陽，肯定是去找那個附在小韓身上鬼魂的下落。他一肚子的疑問，忍不住開口問話，「欸，那姓韓的女生跟妳有什麼交情？犯得著妳這麼幫忙。」

策策笑嘻嘻地說：「我是在幫忙，但不光是在幫那個女生，我還替別人打雜。」

「替誰打雜啊？」黃坤覺得困惑，「妳明明是學生。」

「一個懶得燒蛇吃的人（宜昌方言，形容人極懶）。」策策撇了撇嘴，又說：「他什麼都不願意幹，我只好幫他囉！」

黃坤想了一會兒，突然明白了，「是那個人告訴妳，附在小韓身上的鬼魂來自淯溪的吧？」

「你挺聰明的。」策策挑起一邊眉頭，「怪不得老金提起你的時候，說你們黃家還是有後人的。」

「老金？」黃坤馬上聯想到金仲，「那個道士？妳認得他？原來是他……妳是在替他跑腿？」

此時，司機又插話了，「策策，妳又和那些不三不四的人來往，妳爸爸要是知道了，又會罵妳的。」

「好玩嘛！怕什麼？」說完，策策還擺出高姿態，「姓黃的，我告訴你，我可不是替他打雜的！老金求我幫忙，老娘還要看心情呢！」

「妳才幾歲，別老娘長老娘短的。」黃坤就怕自己的氣勢被壓下去，「人都沒一拃長。」

兩人在後座，你一言我一句，誰也不讓誰地鬥著嘴。

不到一個小時，車子從高速公路下當陽，到了淯溪之後，一路開在鄉間小路。都是策策指的方向，看樣子早已事先打聽清楚。

車子在一條土路上行駛，前方一座丘陵附近，有幾棟農家的小樓。

「就是這裡。」策策又對司機下達指示，「把車開到屋頂是紅瓦的那間房子前。」

司機將車子停妥，屋裡立刻走出來兩個人，好奇地打量走下車的策策和黃坤。他們是一對五十歲上下的夫妻，典型的農民形象。

「韓婆婆生前住這裡嗎？」策策態度大方，有禮貌地向那對夫妻詢問。

「是……」那男人摸不著頭緒，「但……請問妳是？」

「你媽死得不安心。」策策開門見山地道出來意，「我們是來幫忙的。」

「妳……妳到底是什麼人？」那男人滿臉驚愕，「來搞嘛子（宜昌方言，幹什麼）？」

策策伸手一指黃坤，「你媽找到他身上，不肯走。」

黃坤聽了，恨不得使勁踹策策一腳。

「你們沒聽你媽的話。」策策繼續嚇唬那對夫妻，「她死了不安心，才會到處跑！是不是你們不孝順她？」

「什麼不孝順？怎麼不孝順？」那男人聲音大了起來，「妳到底是什麼人？管這些閒事搞嘛子？」

「肯定是這樣！你們沒讓她順心！」策策直盯著對方的眼睛，「不然她的靈魂不會到處跑，還跑到茶庵子去。」

兩口子起初還覺得策策是在搗蛋，可聽了這句話，臉色登時變了。

「你媽的娘家是茶庵子吧？」策策接續說下去，「我沒說錯吧！」

這會兒，兩口子的臉色更加陰沉，後來是女人當先開口，「進來坐。」

策策拉著黃坤走進堂屋坐下，司機則留在車上等候。

「你媽是胃癌死的，生前你們是不是對她不好？」策策提出問題。

「哪裡不好？妳向左右鄰居問問，我們一直服侍她到嚥氣那一刻。」

「明天是你媽的五七。」策策柳眉爲蹙，看似有幾分樣，「再不弄，事情就不好辦了。」

這幾句，句句到位，兩口子有再多疑問，也相信策策是明白人。

「沒聽過有架匠是女的。」那男人喃喃地說道：「而且，年紀還這麼小。」

「沒見過吧？今天就見到了。」策策一副得意的樣子。

「怪不得我媽捨不得走，她眞的惦記那件事。」男人完全被策策唬住。

「那就不多說了。」策策不多廢話，問道：「你們打的棺材呢？」

「在屋裡。」那女人連忙回答，「就放在屋裡。」

「壙挖了沒有？」

「挖了，打算今天就換的。」

策策和兩夫妻一問一答，說了許久。黃坤在一旁聽明白了，這兩口子算是孝順，一直照顧邱老太太到嚥氣。邱老太太死前沒別的心願，就想土葬，可政策不允許。兩口子敷衍老太太，要她放心，卻在她死後，直接送到火葬場。

沒想到邱老太太的屍體火化，放在骨灰盒裡下葬後的三天，屋裡就開始鬧，不是茶壺掉下來，就是玻璃破了。邱老太太脾氣還蠻大，晚輩沒照意思辦，鬼魂回來找兒子和媳婦的麻煩。

這還罷了，每晚還站在兩口子的床頭，動都不動一下。兩口子嚇得不敢睡覺，開著燈都沒有用。邱老太太站在床頭盯著他們，一句話也不說。妻子非常害怕，打算找懂法術的人來治。男人哪肯答應，畢竟再怎麼，也是自己的母親。

兩人思索到底哪裡怠慢母親，最終想起邱老太太臨死前表示過想土葬。老輩子的人都怕火葬，認爲入土爲安。於是，他們倆找鎮上打棺材的木匠，木匠卻說這件事情不好辦。因爲，邱老太太知道自己的屍體被火化，心願未了，打了棺材也沒有用。

可兩口子想來想去，眼下只剩這個辦法。打棺材的也不想沒了生意，就告訴他們，既然要做，必須還在五七那天把墳挖開，將骨灰換到棺材裡。這麼做，也許能有點用處。這些天，兩口子度日如年，天天擔心受怕，好不容易挨到五七，今晚十二點準備去把骨灰換進棺材。萬萬沒想到事到臨頭，又來了兩個不速之客。

「你們就這麼換，是沒有用的。」策策指出一點，「還差點事情沒做。」

「嘛子事情？」男人慌亂得腦筋都轉不過來，「那怎麼辦？那怎麼辦啊……」

「你們是不是來幫我們的？」還是妻子冷靜。

策策點點頭，「今晚我幫你們把邱老太太唬弄過去。」

「唬弄？到底要怎麼做。」

「現在不能說，到時照著我的方法辦就行了。」

這下兩口子完全被策策鎮住，對策策和黃坤熱情得很，殺雞做飯請他們一頓。吃飯的時候，司機才下車，飯後又立刻回到車上待著。看樣子，他的膽子很小，刻意讓自己置身事外。

吃飯期間，那男人支支吾吾地問黃坤：「我媽，嗯……找上你了？」

黃坤不曉得該怎麼回答。

「沒錯，就是他。」策策搶著接話，「不然我帶他來幹什麼？」

飯後不久，天色黑了。不多時，來了四個鄉親，看樣子是來幫忙把棺材抬到墳墓去的。由於政府對殯葬管理嚴格，這種事情不能在白天做。

黃坤一直在旁邊看著策策跟兩夫妻交談，全然插不上嘴。心裡想著，事情沒那麼恐怖嘛！還不如前天晚上嚇人。自己就是走個過場，看個熱鬧的。

在到了墳地之後，他才明白自己完全錯了。的確，這件事情對旁人而言，真的算不上恐怖。然而，不包括他在內。

由於屋裡多幾個人，人氣旺了點，可所有人都沒怎麼交談。還有一個人老是東張西望，想必是知道邱老太太回魂，也感到害怕。

時間一分一秒過去，十二點整，大夥兒都站起身。來幫忙的四個人早準備好，用木桿子扛起棺材，往屋外走。司機發現所有人都要離開，哪敢一個待在車裡，也隨著策策和黃坤走，同時嘴裡不斷碎念，埋怨策策不聽話。

一行九個人，抬著棺材在深夜的鄉間行走。這裡是平原和丘陵交接觸，幾人一會兒走在田埂上，一會兒又靠近山丘旁。山丘旁的松林陰森得狠，黃坤莫名有點怕，後背陣陣發涼。

終於，所有人在丘陵的半山腰停下。那四個抬棺的人把棺材放下，拿著鐵鍬，走到墳墓旁邊。但是，一時都沒有動作。

三更半夜的，又是邱老太太五七的日子，誰都沒膽刨土。

「這個……這個……」一個拿著鐵鍬的漢子對邱老太太的兒子說：「還是你來吧。你是他兒子，再說，你對你媽又不是不好……」

邱老太太的兒子想了想，這種事強迫別人幹，的確說不過去。自己接過鐵鍬，縱使嚇得瑟瑟發抖，還是把鐵鍬鏟入土中。

當邱老太太的兒子動手的時候，媳婦就在邊上燒紙，「媽，民政的管得嚴，土葬的話，我們繳不起罰款……我們也不想把您拉到火葬場去……」

「別說！別說！」策策連忙制止媳婦講下去，「你婆婆搞不好已經來了。」

老太太的兒子一鍬一鍬地鏟起土，半個小時後，把鍬一扔，跪在坑裡喊著，「媽，我來了！我現在就了您的心願。」接著，抱起骨灰盒爬出坑。

眾人看到覆滿泥土的骨灰盒放到地面，都下意識往後退一步。

中國民政局的政策規定死人必須火化，但很多家庭都做表面工作，還是把骨灰放進棺材下葬。反正只要開了死亡證明，有登記火化，其他的民政局一概不管。墳墓該怎麼占耕地，還是怎麼占。可是這對夫妻，直接把骨灰盒埋了，估計是家裡經濟情況不好，想省點錢。孝順母親一輩子，一百步走了九十九步，邱老太太最後一點心願卻沒有替她完成，才牽扯出這麼多事情。

此時，棺材蓋打開了，邱老太太的兒子抖抖瑟瑟地把骨灰盒上的塵土撥乾淨，然後鼓起勇氣開啓骨灰盒的蓋子。

幾乎是同一時間，一個老太太的哭聲陰惻惻地傳入所有人的耳朵，黃坤這回眞的感到恐懼。大半夜的，荒山野嶺，又在墳坑旁邊，還有個打開的骨灰盒，任誰有再大的膽子，還是會害怕啊！

黃坤也察覺到，策策其實沒那麼膽大，她的臉色也嚇得發白。

邱老太太的兒子嘴裡喃喃自道：「媽，您別嚇我們！我再幫您，別這麼搞吧！」

黑夜裡，老人哭聲仍舊不止，卻又不知是從哪裡傳來的。

實際上，邱老太太的兒子也嚇得厲害，可事情到了這一步，只能硬著頭皮往下做。他抱著骨灰盒走到棺材旁邊，雙臂抖得厲害，將骨灰盒裡面的骨灰緩緩灑入棺材裡。

不多時，骨灰倒完了。其他幾人正要把棺材蓋上時，策策出聲了，「還不行！剩下的，該我們來做了。」

聞言，邱老太太的兒子示意大夥兒都別動，等著看策策接下來要幹什麼。

「你們都不要說話！」策策再三叮囑，「無論我們做什麼，你們都不要出聲。」

這下，哪還有人敢說話，更何況是在這種場合。接著，策策走到黃坤面前，說道：「該你啦。」

黃坤訝異地指著自己的鼻子，「我……我？我要做什麼啊？」

「你待會兒躺進棺材裡，等邱老太太上你的身，然後我們會把你埋入土裡。」一聽，黃坤差點跳起來，指著策策低聲罵道：「妳……妳是故意整我的吧？」

「沒有。」策策直言不諱，「就你合適啊！不然帶你來幹什麼？」

「哪個王八蛋想怪點子故意整我？是不是姓金的道士？」黃坤氣得想打人，如果策策不是女的，肯定當場抽她。

「老金才不管這事呢！」策策提出要脅，「你管這麼多幹嘛？你要是膽小，想當個怕死鬼，我就告訴我小姨！想追她，你追個屁！」

黃坤突然想起來，金仲在湮洲壩的事情告一段落後，一臉壞笑。當時沒弄懂爲什麼，現在總算明白了。

「肯定是那個道士！」黃坤罵罵咧咧地叫道：「媽的，他和妳聯合起來整我！」

第 6 章

入土為安

此時此刻，邱老太太穩穩當當地躺在棺材裡，就是黃坤躺下的位置。很奇怪地，黃坤竟意識到，自己的臉慢慢化成邱老太太的模樣，本來睜得大大的眼睛緩緩閉上，一臉的安詳。

「我說了不是就不是。」策策搬出長輩來壓人，「出主意的那個人說，你是黃家的後人，你爺爺的確是很厲害的人，你不要給他丟臉。」

「我爺爺哪是什麼厲害人？」黃坤氣得口不擇言，「他不過一個替牲口配種的。」

「說實話了吧！」策策嘻嘻笑道：「膽子這麼小，就只有一張嘴，我若是小姨，也看不上你！癩蛤蟆想吃天鵝肉，你省省吧！」

「誰說的！」黃坤橫眉豎眼地說：「老子要是聽妳的做了，妳小姨是不是就看得起我？告訴妳，我才不怕，就躺在棺材裡嘛！何況，我身上有避水符。」

「避水符是在水裡用的。」策策道出黃坤等會兒該做什麼，「你要躺在棺材裡扮死人。」

「好，那妳告訴我，是哪個王八蛋出的主意，老子要找他算帳！」黃坤依然氣不過，罵道：「居然擅自替我編排。」

「你的確很合適。」策策信誓旦旦地說：「他不會看錯人的！不信的話，你摸摸自己的脖子後面。」

黃坤不敢摸，因爲他已經察覺到一陣冰涼，絲絲涼氣不斷往脖子裡灌。驚恐之餘，他還是忍不住問出口，「來……來了？」

黃坤和策策的對話，旁人都聽著，聽到這裡，不約而同地往黃坤背後看去。邱老太太的兒子和媳婦更是直接跪在黃坤的面前，不停地磕著頭，「媽，您就安心去吧！

別再嚇我們了！」

眼下黃坤內心一片混亂，很清楚邱老太太的鬼魂正趴在自己的背後。

「你不敢也沒用。」策策使出更狠的招，「不解決，它就老跟著你。你應該不想每天晚上睡覺，都看見一個老太婆站在床頭吧？不想一到晚上，別人就看到你背著一個老太婆到處走吧？」

「不用再說了。」黃坤恨恨地回道：「老子認了！我記住妳了，也記住那個替妳出主意的王八蛋！」

策策不再使激將法，知道黃坤已經放棄討價還價，同意任她擺佈。

黃坤緩慢地走到棺材旁邊，腳步到哪兒，邱老太太的兒子和媳婦便跪著一同挪移位置，磕頭也沒有停下。

黃坤扶著棺材板，看著裡面，心裡忐忑不定，哪裡敢躺進去？

瞧黃坤還在猶豫，沒有勇氣跨進棺材裡，策策走到他旁邊說了幾句安撫的話，「老太太是壽終正寢，不是凶死的，只是一點心願沒完成，不會有事的。」

聽罷，黃坤仍舊害怕，畢竟這種事情，尋常人一輩子都碰不上，自己還眼巴巴地跑來攙和。不過，事情都到這一步，想回頭也難。何況，他也經不起那兩口子的苦苦哀求。念及至此，黃坤咬了咬牙齒，坐進棺材，惴惴不安地緩緩躺下。

以前玩過雲霄飛車，老實講，最恐怖的時候，是雲霄飛車慢慢爬行至頂端的期間。

眼看自己距離地面越來越遠，內心焦灼不安，卻又不能退縮。等到雲霄飛車到達至高點，明白下一步無從跟隨自己的意志發展，腦袋不禁糾結如果發生什麼……

當黃坤連同棺材一起被人抬起的時候，心中就是這種感覺，但更甚百倍。

棺材一陣晃晃蕩蕩，重重一頓，被放入墓坑的底部。黃坤躺在裡面，看著黑沉沉的夜空，再也抑制不住心中的恐懼，徹底感到後悔。他生出了翻出棺材的想法，可還來不及行動，棺材板已被人闔上。

黑暗，無窮盡的黑暗。這下子，黃坤什麼都看不見，連外界的聲音都聽不到。爲了轉移恐懼，只好想像著其他人在做什麼。

肯定是用鐵鍬鏟土往墓坑扔，眞把他當做一具屍體埋在地下。

多年後，倘若自己眞的翹辮子了，是否也長眠於無邊無際的黑暗之中。任由軀體腐爛，化作塵土，也處在這裡，直到永遠……

永遠，沒有盡頭的永遠。

黃坤想到這裡，不由得感嘆，是啊，人終究要死，想像的那個畫面總有一天會到來。突然間，他發現自己不再害怕，原來最可怕的不是鬼魂，而是「永恆」。

此時此刻，邱老太太穩穩當當地躺在棺材裡，就是黃坤躺下的位置。很奇怪地，黃坤竟意識到，自己是站在旁觀者的角度觀看邱老太太附在自己的身上，甚至發覺自己的臉慢慢化成邱老太太的模樣。本來睜得大大的眼睛緩緩閉上，一臉的安詳。

照理講，現在一片黑暗，怎麼能看到這些？

黃坤猛然意識到這點，又想起自己還躺在棺材裡，方才那種悲涼感隨即逝去，再次感到害怕。他連忙用手向上推，棺蓋卻紋絲不動，登時慌了，想著：他們用土填平墳坑，要是不把自己挖出來怎麼辦？棺材裡的空氣還能維持多久？

「放我出去！媽的，我不幹了！」黃坤在狹小的空間裡大喊，身體胡亂掙扎。

然而，棺材裡空氣更加稀薄了，他感覺自己就快憋暈。就在頭腦開始眩暈之際，棺材蓋終於打開了。他激動不已，想跳出去，身體卻發軟，使不出一點力量。接著，被旁人從棺材中拉起來，架到墓坑旁的地上坐著休息。

黃坤意識恢復清晰，看到那幾個幫忙的村民用鐵鍬鏟著泥土。待墓坑完全填平，他的體力也完全恢復，能夠自己站起來。

「我被埋了多久？」黃坤開口問道。

「五分鐘。」策策吐了吐舌頭，「我卡了時間，就怕真的把你活埋了。」

短短的五分鐘，黃坤腦袋所想過的事情比過去二十一年來都多。他有些困惑，爲何自己從沒思考過關於生死的問題，難道非要在剛才的那種環境下，才會浮現那些問題？看透生死這件事，一定要在生死關頭才能辦到嗎？

「看不出來你眞的敢做。」策策表示先前錯看了人，「我打賭輸了。原先以爲你不敢的。」

「妳和誰打賭？」黃坤追問，「是不是那個出餿主意，讓我躺進棺材的人？」

「是啊！你是不是想找他的麻煩？」

「算了。」黃坤撇了撇嘴說：「我現在好端端地站在這裡，沒那個必要。」

「你挺豁達的嘛！」策策咧嘴一笑，「我記得你剛剛不是這個樣子的！」

事情結束了，衆人收拾好工具，準備回去。

「我問妳一件事情。」黃坤悄悄地在策策耳邊問道：「我們身邊多了好多人，妳看得到嗎？」

「你這人怎麼經不起誇獎呢？」策策白了他一眼，「現在是想報復我啊？」

「沒騙妳！那些人和我前晚在東苑寢室裡看到的一樣，穿著古代衣服，正牽著邱老太太走路。」

策策不說話了，從眼神和說話語氣，知道黃坤並沒有撒謊。黃坤的好奇心被提起來，「妳說，那個人說我爺爺是個很厲害的人，你們眞的認識我爺爺嗎？」

「你自己問你爺爺不就行了！」策策不像在吊人胃口，口氣和表情都非常鄭重。

這下黃坤的萬千思緒都歸結在同一點：爺爺眞的是厲害人物嗎？

秀山黃家祠堂

進了牌樓，是一片開闊的院子。這院子實在太大，不像一個尋常人家的院落，更像一個小廣場。一間古老的房屋前，走廊砌著十來個石柱，上面安放臂粗的紅色蠟燭，一群人不共戴天地分兩邊站著。

第 1 章

罈屍

矮漢子轉身面向男孩，讓男孩曲起小腿，並用絲線緊緊跟身體綁在一塊。綁完之後抱起男孩，緩慢地放進罈子裡。由於男孩的身體變得僵硬，矮漢子花了很大氣力，才把男孩的雙腿併攏，塞進罈口。

癸亥月甲戌日丑時，利川縣與恩施交界某地。

一輛麵包車在盤山公路行駛，到了一個岔路口，開入進去。這是一條小路，通往山坳裡，麵包車夜間穿行在茂密的林間，磕磕碰碰，好幾次差點撞上路邊的樹木，最後在密林深處停下。

車熄了火，仍舊開著大燈，燈光照射在一顆大石上。駕駛座這邊的門開了，一個矮小的人跳下車，隨後開啓麵包車的後門。

「乖，我帶你下來。」那人從麵包車內抱出個東西，抗在肩膀上，邊走邊說：「幸好還有口氣。」

那人把扛著的東西放平在車燈照射的大石頭上。若仔細觀察，會發現那東西是一具人體。而且，是個八歲左右的男孩。

矮漢子把手放在男孩的鼻下半晌，忽然用力按掐他的人中，「等會兒，等會兒，你乖一點，現在別死，還沒到時候。」

矮漢子連忙拿出一個油碟，穩穩放在男孩的額頭，然後點燃。一股燒灼屍體的惡臭散發到空氣裡，但矮漢子一點都不介意。

他動作飛快，跑到麵包車旁，拿出一件長袍套在自己身上。之後，拿了一個包袱迅速跑回男孩旁邊，按住男孩的頸部動脈，移開油碟，三兩下把男孩的衣服脫光。

大概是受到山間冷風的刺激，男孩猛然抽動一下，睜開了眼睛。

矮漢子順手一拂，蓋上男孩的眼睛，「別睜眼！別睜眼！再等一會兒！放心，過一下你就可以死了！不用怕！」嘴裡說著，手上動作不停，打開包袱，將一件黃色肚兜草草套在男孩身上。

「幸好你今天早上在醫院斷了氣。」矮漢子自言自語地說道：「不然我就來不及了。你別怕，反正都要死，還不如跟著我。」

矮漢子拿出一把銅刀，小心翼翼地割開男孩的右手掌心，「不疼，不用怕。」他讓男孩傷口流出的血滴在石頭上，又用紅布把男孩的傷口纏起來。纏完右手，又依樣用銅刀劃開男孩的左手掌心。男孩手心滲出的血液很黏稠，在麵包車車燈映照下，顯現深沉的黑色。

「一滴、兩滴……」矮漢子嘴裡念叨，目不轉睛地看著血液滴落在石頭上。

突然間，男孩的左手翻轉過來，狠狠捏住矮漢子的手腕。矮漢子稍稍驚慌，隨即恢復冷靜，把男孩僵硬的指頭一個個扳開，然後用紅布纏繞起來，「這個不能怪我，你命該如此。」

瀕死的男孩哪有力氣反抗，只能任由矮漢子擺佈。

矮漢子纏完男孩的雙手，又替他穿上鞋子。那是一雙虎頭鞋，兩個毛茸茸的虎頭在鞋尖，放在平日一定十分可愛，但現在這種環境下顯得詭異莫名。

接著，矮漢子翻轉男孩的身體，讓背部朝上，又從包袱中找出一枝毛筆，和一個墨水瓶。毛筆沾了墨汁之後，他在小孩的背上仔細畫起來，從脖子直到腳部，全部都是符篆。

畫完後，矮漢子又用手打探男孩的鼻息，嘴裡反覆唸叨著，「還來得及，還來得及……」他顧不得許多，直接在石頭旁徒手刨土，弄得雙手的手指鮮血淋漓。不多時，他停下來，挖出一個用來裝榨菜的罈子，有半人高，罈口直徑有七、八寸，罈身圓鼓鼓的。

矮漢子轉身面向男孩，讓男孩曲起小腿，並用絲線緊緊跟身體綁在一塊。綁完之後抱起男孩，緩慢地放進罈子裡。由於男孩的身體變得僵硬，矮漢子花了很大氣力，才把男孩的雙腿併攏，塞進罈口。

男孩放入罈子裡，頭部剛好抵在罈口。矮漢子用力將男孩的下巴往上扳，讓男孩的一張慘白的臉和罈口平行。

矮漢子還不作罷，把剛剛刨出來的泥土往罈裡和小孩之間的空隙撒。見泥土滿到罈口，就用一根小木棍將泥土往下塡實，然後再撒土。

如此反覆動作，弄了一個多小時。

「不急，不急。」矮漢子不曉得跟誰說話，「現在還是寅時，我們還來得及。」

終於，泥土塞滿了罈子，他大大鬆口氣，擦了擦額頭上的汗水。看到男孩的嘴巴勉強一張一闔，眼角和鼻孔都流出血水，語調輕柔地說：「我把你從太平間弄到這裡來，不知多費事。別想著你爸媽了，今後我就是你親人。」

矮漢子抓緊時間，又從旁邊找來石塊和泥土，把整個榨菜罈子掩蓋，唯獨露出罈口。一陣忙活後，他仰望夜空說：「時辰剛好。」

他把油碟放在男孩的額頭，並做了一件很恐怖的事情。扯開自己的衣服，袒露出全是黑毛的胸口，用銅刀割出一個口子，並順著緩慢移動刀鋒。這個過程肯定得承受莫大疼痛，但他極力忍耐，沒有停止手邊的動作。

最終，矮漢子把自己兩個乳頭之間的皮膚割下來，且恰好就是男孩臉孔的大小。他疼得倒抽氣，強忍著痛拿出藥瓶，把藥粉撒在大面積的傷口上，「啊呀！眞他媽的疼！」

拿起那張血淋淋的皮膚，矮漢子露出非常滿意的表情。接下來，他把這張皮膚覆蓋在男孩的臉上，細心地將男孩鼻子附近的皮劃開一道口子，因爲男孩還沒死透，必須替男孩留換氣的孔洞。

下一刻，矮漢子摸到自己左手腕，遲疑片刻，才狠心用銅刀劃了下去。鮮血猛然湧出，他連忙把血滴到覆蓋在男孩臉上的那塊皮。

說來也奇，那塊本屬於矮漢子的皮膚，剎那間收攏，緊緊貼在男孩的臉上。男孩似乎想擺脫，可頭部只有略微晃動。

見狀，矮漢子下意識迸出幾句，「都說了，別怕。我找了好多年，就等著你病死，又把你從醫院偷出來。你說，我容易嗎我？乖，不要動，再動，你的魂魄就跑了。」

矮漢子又把罈口鬆動的縫隙用泥土塡實。那個男孩的臉部……不對，男孩原本的臉已經沒了，現在成了沒有五官，光禿禿的皮膚，只在鼻孔附近有開口。

待鮮血覆滿那塊皮膚，矮漢子才收回手，將藥粉撒在手腕的傷口上，草草包紮。結束後，他長吁一口氣，彎下腰，對著罈口的白板臉說道：「七天，就七天。七天後，我們就走……媽的，什麼味道？」

矮漢子突然罵起來：「我沒帶酒過來啊！難道這裡還有人來？媽個巴子，這麼偏僻的地方都有人來玩，還他媽的在這裡喝酒，豈不是壞我的事情嘛！」

空氣飄過一陣酒味，矮漢子氣急敗壞。這裡是他找了好久才找到的地方，勘察一段時間，認爲人跡不至，誰料到臨到頭了，居然有人來喝酒。他現在施的法術，最忌諱的就是酒。

矮漢子在附近的地面摸索尋找，試圖找到別人遺留在這裡的酒瓶再扔掉。可找了很久，都沒找到酒瓶，而且空氣中的酒味更加濃烈。

第2章

壞了事

鍾家老三考量利弊後，強壓內心憤恨，把覆蓋在男孩臉上的皮膚撕開，又用石頭砸碎榨菜罈子，還不死心地探了探男孩的鼻息。男孩已經死透，壓著他的魂魄捱到現在，全都白費。

「是哪個王八蛋？酒麻木！」矮漢子破口大罵，「喝酒也不找地方！狗日的，是不是要醉死在這裡，沒人收屍啊？」

「不好意思哦！」一個聲音從黑暗裡傳過來，「我喝酒不分地方，走到哪裡，想喝就喝。」

「是誰？」矮小漢子一個激靈，跳了起來，環顧四周，「是誰？你出來！」

四周一片黑暗。

矮漢子平靜下來，知道酒味來的絕非偶然，是懂得法術的人故意來搗亂。

「哪位高人？」矮漢子沉著聲音說道：「我們有過節嗎？」

「沒有啊！」那聲音再次傳來，「我只是路過，剛好在喝酒，不小心壞了你的好事。」

「哪有這麼巧的！」矮漢子判斷聲音來源，就在麵包車附近。

果然，一個人影靠著麵包車，手裡抬起來，仰頭灌了一口酒。喝完後，手一擺，酒液從瓶口潑出來。

濃烈的酒味就是這樣來的。

矮漢子看對方沒有動作，嘴巴輕微地開闔。下一秒，那人影拋出一句，「你別費事，喚鬼也沒用，幫不了忙的。鍾老三，我要是連你都搞不贏，還混個屁！」

矮漢子，也就是鍾老三，看見被自己喚出來的孤魂野鬼，都靜靜地飄在那人影的身邊，卻根本不聽從他的驅使。

瞅那人影壓根兒不在乎鬼魂，他瞠大雙眼，叫道：「我知道你是誰了！萬萬沒想到你會找上我，以你的身份，做這些事情不怕同行笑話嗎？」

「我這幾天比較閒。」那人影一副無賴的語氣，「你運氣不好，被我遇上了。本來想在醫院就制住你，可看你巴巴地替人家埋葬小孩，不好意思耽誤你。又看到你割自己的胸口，覺得滿有趣的。哦，疼不疼啊？」

鍾老三氣得七竅冒煙，原來對方早就跟上自己，說不定還悠閒地坐在麵包車後跟著來的。那人就一直等著自己施展法術，等著自己割開皮膚，流了不少血之後，再站出來搗亂。

這種做法的人，肯定不是正派道家術士。門派和鍾老三差不多，都是邪道上的。眼下邪道上的和自己作對，又做事鬼鬼祟祟的，還能有誰？

鍾老三已經知道那人影是誰，打起精神地說：「你們詭道和我們鍾家都是外道，爲何非要作對？你已經壞了我二哥的好事，又纏上我，是想和鍾家爲敵嗎？」

「抗挖鋤的鍾家。」那人影語調輕鬆地回道：「你以爲我想找你們麻煩嗎？我也是沒辦法，被人催得煩死了，不管不行啊！」

「好，我知道你厲害。你是過陰人，我服了。」鍾老三恨恨地說著，「別以爲有人撐腰，就這麼囂張。你不就是仗著……」

「你傷口這麼大，會不會發炎？」過陰人打斷他，「要不要用酒淋一下？就當作簡單消毒。」

聽這句話，鍾家老三氣得接不下話，過陰人就是故意的，根本在戲耍自己。

「後會有期。」鍾老三不想再浪費時間。

「先別走！」過陰人說道：「你已經把小男孩埋了，就把墳也堆起來啊！」

鍾家老三抑制內心的憤怒，很清楚過陰人是故意爲難，可若不照著做，對方肯定不會放過自己。考量利弊後，他強壓著內心憤恨，把覆蓋在男孩臉上的皮膚撕開，又用石頭砸碎榨菜罈子。罈裡的泥土散開，還不死心地探了探男孩的鼻息。

男孩已經死透，壓著他的魂魄捱到現在，全都白費。

即便如此，鍾老三也沒別的辦法，將男孩的屍體放平在土坑內，好好地掩埋起來。

「可以走了吧？」鍾老三問道。

然而，人影已不在。

過陰人不曉得什麼時候早已離開，獨留鍾家老三對著空氣破口大罵。

經歷邱老太太的事件後，黃坤老實了幾天。起初還記著策策的囑咐，沒把在當陽洧溪發生的事情告訴別人，但是當震撼漸漸在心裡弭平，他仍舊忍不住把親身經歷講出來顯擺。

「老子當時有點怕。」黃坤為了增加真實感，直挺挺地躺在床上，嘴裡說著，「他們把棺材蓋闔上……你們知不知道我看見什麼？其實就跟現在看到的差不多！」

聞言，李大胯子和其他幾個室友都嚇得渾身一震，「是不是見鬼了？」

「鬼個屁啊！」黃坤嘴角勾起嚇唬人得逞的笑，「黑漆漆的，能看到什麼？什麼都看不到！」

「呿！」室友們都對著黃坤豎起中指，「沒勁！」

「不然你們認為怎麼才有勁？」黃坤坐起身，衝著室友喊道：「非得我被鬼纏死，你們才開心吧！」

室友們懶得理他，彼此搭著肩走出門，「吃飯去。」

聽到兩個關鍵字，黃坤一個激靈，立馬從床上跳起來。今晚，陳秋凌答應自己一起吃飯。黃坤連忙在寢室裡找了一件周整點的衣服，也不知道是誰的，問都不問就穿在自己身上。走進浴室，用水打濕頭髮，隨便抓個兩下。出了寢室，快步向陳秋凌的宿舍走去。

到了東苑，陳秋凌已經站在宿舍的門口。不出意料，策策也在。於是，黃坤帶著兩個女生到望洲崗。三人走進一家餐館，選了一個角落坐下。

服務人員過來點菜，黃坤對陳秋凌和策策問道：「有沒有忌口的？」

兩個女孩非常隨性地說：「你點吧。」

「嗯。」黃坤瀏覽過菜單，「這裡的辣子魚火鍋不錯。」

陳秋凌的眉頭微蹙，「我有點怕辣。」

黃坤旋即改口，「那算了，來個清淡的火鍋。清湯圓子，怎麼樣？」

「這樣好，上得快。」服務人員隨口說一句。

「清湯圓子裡有肥肉嗎？」陳秋凌輕聲地問。

「美女，肉圓子是瘦肉和肥肉剁在一起，全是瘦肉不好吃。」服務人員解說菜餚的組成材料。

「那算了。」黃坤聽陳秋凌這麼一問，當然是不願意吃。他翻著菜譜，重新點了一樣，「羊肉火鍋應該不錯。」

哪知陳秋凌依然一臉遲疑，顯然不愛吃羊肉。

「燒雞公火鍋。」服務人員熱絡地推薦，「這個好，絕對是土雞。」

「辣不辣？」陳秋凌問話的語氣很小心。

瞧服務人員無語，黃坤連忙接過話，對著陳秋凌說：「不如這樣，由妳來點菜。」

「不用啦。」陳秋凌揮舞著雙手，「我吃什麼都行，你看著辦。」

這句話讓黃坤的額頭開始冒汗，做什麼選擇都難。爲難之際，還瞥見策策捂著嘴巴偷笑，不由得在心裡暗罵。

最後，點了一個牛肉火鍋，但沒放辣椒，吃得黃坤鬱悶至極。而且，陳秋凌也只吃了兩口，就放下筷子，搞得黃坤懊惱不已，還不如點個自己喜歡的。倒是策策吃得香，這丫頭個子不大，飯量卻不小。

事實上，這頓飯是策策拉著陳秋凌來的，作爲黃坤跟她去當陽的回報。也算言之有信，履行了承諾。可是，這頓飯並沒有讓黃坤與陳秋凌有進一步接觸，心裡毛躁，又不能掛在臉上。吃飯卻跟受刑一樣，渾身不自在。

好不容易等策策吃完，結帳走人。陳秋凌又表示考試近了，要回宿舍看書。黃坤只得送陳秋凌回去，策策還不知趣地老當電燈泡跟著。

三人走在返回學校的路上，一時無話。後來，策策先打破沉默，挑起話頭，「大黃，你說你爺爺是替牲口配種的，不是厲害人啊？」

「放屁！」黃坤沒料到自己會被洩底，急忙回道：「我哪時這樣說過？」

「你那時嚇得屁滾尿流，什麼都說出來啦！」策策笑開懷。

「我有說過嗎？」黃坤指著她，激動地叫嚷，「妳哪隻耳朵聽到的？」

「哈哈，現在又不承認了。」策策嘻嘻笑著說：「有時間，帶我去看你爺爺。他到底厲不厲害，不就知道了。」

這丫頭什麼都做得出來，很有可能哪天又讓司機開車去自己家裡，抵自己的膿包。黃坤立刻閉上嘴巴，不敢繼續和她抬槓。

黃坤回到寢室，室友們都好奇地追問情況如何，和陳秋凌有無進展。

「還用問！我和她早就相互有好感，哪有搞不定的？女人嘛，就是臉皮薄，又經不起我這種情場高手的誘惑……」黃坤春風滿面地說著。

「去死吧你！」

所有人都知道他嘴裡跑火車，懶得再搭話，打算去網咖組隊練級，就李大胯子沒走。黃坤心裡不舒坦，洗了個澡，躺倒床上準備睡覺。剛閉上眼睛，突然覺得身邊有動靜。偏頭一看，李大胯子站在自己的床邊，眼巴巴地看著自己。

「你有毛病啊！」黃坤嚇得坐起來，「看我睡覺幹嘛？」

「大黃，我有事情告訴你。」

「有屁快放。」

「這幾天晚上，我看見有四、五個人並排站在你床邊。喏，他們就站在我現在的位置……」

第 3 章

床邊人

黃坤視覺突然變得清明，寢室裡有「人」，還不止一個！眼下真的有五個「人」佇立在床邊。他害怕了，連忙往大腿用力一掐，疼得啊呀叫出聲，它們又都瞬間消失。

「你被水猴子嚇傻了吧？」黃坤沒好氣地罵道：「我怎麼沒看見？」

「什麼……你看不見，證明不是來找你的……一定是水猴子又來找我了……」李大胯子臉色蒼白，看樣子沒說假話。

他還惦記契約的事情。

「大黃，幫我個忙。」李大胯子白著一張臉，「帶我去見你爺爺吧！你不是說你爺爺很厲害嗎？他一定能救我！我還沒談過戀愛，不想這麼早就死。不像你，你在高中就和女生那個過了……」

「所以我該死，是不是？」黃坤氣得瞪大雙眼，心裡暗罵：媽的，隨口吹噓高中的那些牛皮，這貨居然還相信了。

「我不想死。」李大胯子哭喪著臉，「我看見那些站在寢室裡的人就害怕。」

「我說過的那些話，你可別對陳秋淩提起。」黃坤突然想起來什麼，一把揪起李大胯子的衣領，「媽的，你是不是已經跟她說過，不然她怎麼……」

「沒有！沒有！」李大胯子連忙否認。

「你發誓。」黃坤瞪圓雙眼。

「我要是說過，今天晚上就被那些人拉到水裡淹死……就是晚上站在寢室裡的那些人。」言畢，李大胯子結結巴巴地哀求，「帶我見見你爺爺吧……」

「行行行！」黃坤不耐煩地搪塞，「有時間會帶你去我家，別打擾我睡覺。」

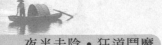

睡到半夜，黃坤突然覺得好冷，徹骨冰涼。他睡得迷迷糊糊，心裡還罵自己，早知道天氣變冷，就該多加一床棉被。

想到這兒，突然又想起爺爺給了自己一件被套，但那上面織著幾個大花朵，還是鮮黃色的，土氣得很，他不好意思拿出來套棉絮蓋。

正當黃坤想著這些，忽然察覺自己的胸口憋屈，還清晰感覺到自己的心臟跳動。這感覺十分奇怪，心臟如同一顆乒乓球落在地上，一下又一下，彈跳的高度越來越低。心臟跳動的幅度變得微弱，且跳動的間隔時間越拉越長。

剎那間，黃坤腦袋清晰起來，明白再這麼下去，心臟可能會完全停止跳動。當心臟不再跳動的時候，自己或許就會死掉……

他內心焦急，想喊出聲，請旁人幫忙，卻連一點聲音都喊不出來，悲哀地感受著絕望。心臟終究完全停止跳動，死一般的躺著，可仍然有知覺，甚至能呼吸。

黃坤在床上舒展一下身體，發現自己能夠隨意動彈。原來剛才是幻覺，一定是在做夢。而且，是很真實的惡夢。

他坐起身來，深深吸了一口氣，環顧寢室。室友的床位都是空的，所有人都去網咖包夜。但是，李大胯子明明就沒去，怎麼他的床位上也沒人？當黃坤想到這一點，視覺突然變得清明，然後嚇得一縮。寢室裡有「人」，還不止一個！

此時，黃坤想起李大胯子說過的話：這幾天晚上，我看見有五個人並排站在你床邊。喏，就站在我現在的位置。果不其然，眼下真的有五個人佇立在自己床邊。黃坤看不見它們的臉，不曉得它們是否凝視自己。

這些「人」，黃坤先前在東苑寢室的走廊、在當陽邱老太太的墳邊，都看見過。他害怕了，連忙往自己的大腿用力一掐，啊呀地叫出聲，那些人影瞬間都不見了。

寢室裡空空如也，僅有自己躺在床上。

可方才明明坐起來啦！黃坤仔細回想，不由得懷疑自己還在做夢。念頭一轉，他大聲喊道：「胯子！你死哪裡去了？」

聽到一聲細微的回應，才瞥見李大胯子在床位的角落裡，蜷縮成一團，還止不住地瑟瑟發抖。黃坤明白，李大胯子一定也看到了。

寢室裡的怪人都消失，經過黃坤的安撫，李大胯子重新躺下。黃坤卻睡不著，一直睜著雙眼，直到天濛濛亮才閉上眼睛。

早上起來，黃坤正要詢問李大胯子昨晚的事情，李大胯子卻不知道去了哪裡。到了下午，黃坤才看到他回到寢室，便開門見山地問：「你去哪裡了？」

「去算命。」

「算什麼命啊？」黃坤偏激地罵道：「拿錢養瞎子！」

李大胯子拉著黃坤，「大黃，叫你爺爺幫幫我吧。我每晚都看見那些東西，它們一定是來找我下水的……我真的怕……」

黃坤敷衍著回答他，「行，有機會我就帶你見我爺爺……」

正說著，黃坤的手機響了，拿出來一看，來電顯示是父親。他按下接聽鍵，「什麼事啊？老頭。」

「你爺爺……病了，你回來看看他。」黃父的聲音傳出聽筒，聽起來有那麼點不真實。

這消息太過震撼，黃坤來不及消化，手也抖了一下。

「記得，快點趕回來啊……」電話中，黃父身邊好像有旁人在催促，說完這句也不等黃坤回話，就直接掛了電話。

黃坤倉促收拾背包，把幾件換洗的衣服塞進去，嘴裡說著，「看樣子我爺爺幫不了你，他自身難保，病了。」

李大胯子一聽，重重地坐回床上，一句話都不說。

黃坤背上背包，立即趕到長途客運站，搭車回漁關。發車已是下午五點，到了漁關，天色早就黑了。離家還有二十公里的山路，可都這麼晚了，找不到車子，連麻木都沒有。

黃坤算了一下時間，咬了咬牙，決定連夜走回去。

之所以這麼做，是因爲昨晚夢太眞切，肯定預示著什麼不好的事情。他內心隱約覺得爺爺一定病得很厲害，說不定已經……

想到這裡，實在無法在漁關住宿，黃坤打起精神，往自家的方向走去。

說實話，走夜路一點也不好玩。獨自走在荒山野嶺，到處是墳頭，膽子再大，也難免害怕。何況，黃坤並不是膽子大的人，加上前一段時間，經歷了那些事情。

黃坤忍不住回想，越想，心裡越是害怕。

總覺得身後有人。這種感覺越來越強烈，黃坤壯了壯膽子，倏地轉頭看去。身後一片黑，什麼都沒有，卻更讓人心驚。

走到凌晨一點，他實在害怕極了，就打電話給父親，想讓父親騎摩托車來接自己。哪知手機信號明明滿格，卻怎麼都打不出去。黃坤急了，一遍又一遍地撥打家中電話。過了一會兒，手機竟然當機，換了電池也沒有用，死活開不了。

此刻，距離家中只剩七、八里路。如果是在白天，黃坤一定是開心，因爲馬上就要到家。可是，他現在開心不起來……

第4章

交代後事

聽著爺爺反覆叮囑，一定要聽從那個拿天啟通寶，記重五銅錢的人，黃坤再也說不出話。他肯定爺爺已經死了，因為爺爺和那些衣著古怪的「人」站在一起，雖然腳步沒有移動，身影卻不斷後退。

鄂西山區的村民，不像中國北方喜歡聚居在一起的，大多分散居住在大山之中。又因勢而建，每戶相隔很遠。

黃家所處的地域更偏僻，與最近的鄰居相隔差不多一公里遠。而且，是在一個山腳的溝壑深處，那個溝壑在爺爺安家之前，根本沒有人會去。溝壑外側的山腳處，是村子埋死人的地方。要回到自己家裡，黃坤必須先經過那片墳地。

小時候，他也不明白爺爺為何要選擇那塊地方蓋房子，後來才知道黃家是村裡唯一的外姓。村裡的人一半姓覃，一半姓丁，只有爺爺姓黃。由於爺爺是外來人口，沒有好地方蓋房子，只能選擇在那片墳地後的溝壑深處。

爺爺為人不錯，有點手藝，會幫村民的牲口配種、結紮，還懂得治療傷風感冒。黃坤不完全是吹噓，只是覺得好笑，無論哪個人生病，爺爺都是抓一把香灰撒在杯裡，讓人喝下肚。不管生什麼病都是用這個法子，大病治不好，但頭疼腦熱、咳嗽腹瀉，包準病除。

關於香灰的事情，黃坤非常好奇，因為村裡只有爺爺一個人燒香，還有講究，都會插在香爐裡。讀高中的時候，他總算知道爺爺的香灰為什麼能治療小病，認定裡面必是摻了土黴素。問爺爺是不是這樣，爺爺笑了笑，沒回答，估計是不好意思被孫子揭穿。可後來他又發現，爺爺根本不認得西藥，不知道土黴素的用處，遑論去買來裝模作樣。

也因為爺爺有這點手段，在村裡威信很高，大家都忘了他是外姓，對他尊敬得很。

黃坤瞎想了這些，不知不覺又走了一段路。現在距離家裡更近，已經來到那片埋死人的墳坡附近。他突然想起來年幼時，晚上經常被爺爺帶到這裡玩耍。那時候的自己很小，還不到能記事的年齡，現在卻驀然想起五歲之前，和爺爺有關的記憶。還記得那個時候，自己喜歡在墳地玩捉迷藏，無論躲在那個墳墓旁的草叢裡，又或墓碑的後面，爺爺總能找到他。

這個記憶竟在現在想起來，黃坤感到相當意外。最後一次，爺爺帶自己到墳地玩耍，被父親發現，然後爺爺和父親大吵一架。父親一直對爺爺很孝順，從不和爺爺大聲說話，就除了那一次。那次之後，爺爺再也沒帶他到墳地玩耍。

黃坤的記憶不斷從腦海深處翻出，又想起一件事情，搞得後背冷汗直流。爺爺帶著自己在墳地玩耍，有時候不止爺爺和自己，還有其他的「人」在。那些「人」，和自己前段時間看到的，穿著一模一樣。

黃坤還想起策策說過的那句「你別讓黃家人丟臉」，靈機一動，不禁心想也許爺爺真的不是一個簡單的人，還突然有股向爺爺詢問的衝動。

那個叫金仲的道士帶著自己在湮洲壩找水猴子，末了還看著自己壞笑，期間說了好幾個姓黃的人名，好像對他們很熟悉。還有，策策拉著自己去找邱老太太的家人，還說是人家指點的。想來自己是被人惦記上了，而且那些人一定認識爺爺。

所有事情都有聯繫，是自己太傻，沒想到這麼多。眼下事情漸漸有了脈絡，卻又有許多細節連貫不起來。

腰上那塊胎記，是開了鋒的避水符。但是，避水符究竟是什麼東西，黃坤自己都不知道，金仲卻一眼就看出是開鋒的。有誰會替胎記開鋒？除了爺爺，還能會有誰！

黃坤越想，內心越是激動，恐懼的感覺逐漸減弱。他腳步加快，想快點回到家，找爺爺問個清楚。不多時，黃坤距離那片墳地不到一百米，看見一個個墳頭遍佈山坡，還是害怕。畢竟他已經長大成人，不再是五歲前什麼都不知道的小孩。

忽然間，一個聲音在腰間響起，嚇得他雙腿一軟。再仔細聽，才發現是手機在響，可心裡疑惑之前不是死機了，怎麼現在又會響了？

黃坤的手抖得厲害，看了手機螢幕，原來是家裡打來的。

「你剛才打電話回來嗎？坤伢子。」母親在電話裡問道：「我們先會兒（宜昌方言，剛才）沒接到。」

「是的，我已經回來了，馬上要走到那片墳包子附近。」黃坤連忙告知自己快到家的訊息。

「你等會兒，我們去接你。」母親的語氣有些擔憂，「都這麼晚了！怎麼不在漁關歇一夜，明天白天再回來呢？走夜路，你不怕啊？」

結束通話，黃坤腳步慢了點。當走到墳坡的時候，果然見到有人來接自己，可不是父親，而是爺爺。

「您不是病了嗎？」黃坤困惑地問：「跑出來接我幹什麼？老頭呢？媽呢？」

爺爺走到黃坤跟前，「我這點病算什麼！你爸爸忙得很，你媽一個女人家，晚上也不方便出來。」

「爺爺，我有事問您。」黃坤直言不諱，「您是不是懂法術，還得罪過人？」

「嗯，你的事情，我都知道了。那個人來找過我了。」

「您知道我什麼事情啊？前幾天，我老遇到倒楣的事，有幾個人還老提起您。」

「你聽我說啊，坤伢子。」爺爺沒回答，自顧自地說下去，「你敢不敢拉死人的魂魄？」

「爺爺，您在說什麼？」黃坤摸不著頭緒，「您說這個幹什麼？」

「聽我說，如果哪天你當了過陰人，一定要把黃家弄得紅火起來……」

「什麼意思啊？」黃坤更加困惑了，「我們黃家現在滿好的啊！老頭搞養殖，這幾年掙了不少錢。」

「不是我們四個人的黃家，而是黃家祠堂。」爺爺沒有解釋得更深，「莫問了，你以後會知道的。」

「黃家祠堂？」黃坤一臉茫然。

「你老頭不願意，我只能指望你了。」爺爺鄭重地說：「記住，如果有人找你，你一定要當他的徒弟。滿二十一歲後，你就去找他。」

「找誰啊？我不是還有半個月才滿二十一歲嗎？」黃坤一肚子問號。

「還有一件事情。」爺爺的語調變得急促，「假若有人在你面前，也許是很久以後，那人掏出一枚缺了一個角的天啓通寶，記重是五……」

「爺爺，您到底在說什麼啊？」黃坤顧不得禮貌，直接打斷爺爺，「什麼天啓通寶，記重五的？」

「別問，你聽我說就行。」爺爺接續方才沒道出口的話，「倘若有人拿出這樣的銅錢，無論他說什麼，你都要相信！一定要相信！」

「爺爺，您在說什麼，我聽不懂。」

「那個拿天啓通寶，記重五銅錢的人，你一定要聽他的！」

「爺爺，您是不是已經死了？」黃坤忍不住講出心中的疑惑，爺爺的行徑很像在交代後事。

「你一定要聽他的……」

「爺爺，您是不是已經死了？」黃坤焦急地問：「那些人已經站到你身邊了！我看到了，和我前幾天看到的一樣！」

「一定要聽他的……」

「爺爺……」黃坤哭了出來，「您是不是死了？」

「聽他的……」

這會兒，黃坤再也說不出話，肯定爺爺已經死了。因為，爺爺和那些衣著古怪的「人」站在一起，雖然腳步沒有移動，身影卻不斷後退。此時已退進墳墓中間，且越來越模糊。

「坤伢子！」父親的身影在前方出現，手電筒的光線照射過來。

「我在這裡。」黃坤目不轉盯地看著墳墓。

「你聽我說……」父親走到他的身邊，「你爺爺已經……走了。」

聽到這句話，黃坤竟一點也不感到震驚。

「我就是怕你急著趕夜路回來，才告訴你爺爺病了。」父親嘆了一口氣，說道：「沒想到你還是趕回來了。」

黃坤隨口應付兩句，跟著父親往家裡走。走了一段路，又回頭看向墳坡，爺爺和那幾個「人」還立在墳堆裡。

雙方的視線對上，它們抬起手臂，機械式地擺了擺手。

黃坤跟著父親快步往回趕，不消片刻就抵達家中。

家中燈火通明，一具棺材停放在堂屋。棺材附近站了很多人，都是來幫忙辦爺爺喪事的。黃坤腳步沉重，走到靈牌前跪了下來。母親早已準備好孝服，黃坤套上後，對著靈牌重重地磕頭。

靈牌上寫著：先人黃松柏之靈位。

宜昌風俗，家裡的老人過世，必須放在家裡，守靈可長達幾天，短的最少一晚。

黃坤磕了頭，燒完紙，才站起來和父親並排站立。父親是爺爺的獨子，臉色憔悴，估計事情發生後就沒闔過眼。

「你爺爺走得很快。」父親對站在身邊的黃坤說：「他身體一直很硬朗，卻說走就走了……」

「是不是前一天晚上三、四點走的？」黃坤問道。

「差不多是那個時候。」父親有些驚訝，「你怎麼知道？」

黃坤老實地回答，「我感覺到了。」

「哦……」父親嘆了一口氣，說道：「到底是血脈相連……也難怪你會走夜路回來……」

第 5 章

身世

黃坤則想起來了，金仲曾問他，是黃溪還是黃森。原來金仲口中的，就是面前這兩個人。看來自己的家世真不簡單，居然還有個黃家祠堂，可爺爺和父親從沒提過，想必和黃家祠堂的關係不太好。

操辦喪事請了知客先生，父子倆不用操太多心，主要就是守靈。幫忙的人也都坐在椅子上打盹，黃坤正奇怪父親怎麼沒有請唱喪鼓的人來，廂房便走出來兩個人。他們年紀都不大，一個滿臉的鬍子，一個白淨臉皮。

黃坤的父親見到他們，眉頭霎時揪成一團。

「五爹，你想好沒有？」那個白淨臉皮說道：「事情不能老拖著。」

然而，黃坤的父親沒有回答，保持沉默。

一聽對方稱呼自己父親爲五爹，黃坤就知道爺爺魂魄所說的話確實是真。他一直以爲自家是單門獨戶，但爺爺魂魄提過「黃家祠堂」，看來是個大家族。這人叫父親五爹，一定是叔伯輩的親戚。可這件事情，直到爺爺去世，自己今晚才知道。

「五爹，老一輩的事情就過了，他們那一輩的人都已經走了，你何必老惦記他們的恩怨？再怎麼樣，大伯爺都是我們黃家的人。」這番話是那個滿臉鬍子的年輕人口中說出來。

若是平日，黃坤肯定捧腹大笑，因爲這個大鬍子，身材魁梧，一臉威猛，說出來的話卻是嬌滴滴的女人聲音。

黃父依舊沒有答話，板著一張臉。

「你是黃坤吧？」那個滿臉鬍子的漢子用女人聲音問話，「有二十歲了吧？」

「你是誰？」黃坤沒回答，而是反問一句。

這時候，黃父沉著聲音說：「他叫黃溪，是你堂兄；站旁邊的那個叫黃森，應該比你小。」

「我怎麼從沒聽過他們？」黃坤追問：「我們哪裡冒出來這麼多親戚？」

黃父始終黑著臉，看來非常不喜歡這兩位親戚。

黃坤則想起來了，金仲曾經問過他，是黃溪，還是黃森。原來金仲口中的，就是面前這兩個人。看來自己的家世真不簡單，居然還有個黃家祠堂，可爺爺和父親從沒提過。但是，父親知道這些事情，想必和黃家祠堂的關係不太好。

「五爹。」黃溪沉重地說道：「黃家的人過世，一定要安置回祠堂。你也知道，大伯爺是他們那一輩的長子，以前也是族長，絕不能葬在外地。」

「你誰啊你？」黃坤聽黃溪不容置疑的語氣，心裡就不高興，「你說了算啊？這是我家的事情，輪不到你這外人干涉。」

「我們不是外人。」白淨臉皮的黃森插話，「大伯爺雖然一輩子待在五峰，到底還是黃家的人，這個是跑不了的。」

至此，黃父終於發出聲音，「讓我和黃坤商量一下。」

「五爹。」黃溪接過話，「這件事情怎麼商量都只有一個結果。」

「你把嘴巴閉上！我還沒認你是親戚，唧唧歪歪地插什麼嘴！」黃坤指著黃溪的鼻子破口大罵。

「你和我過來。」黃父把黃坤拉到門外。

兩父子就站在稻場上抽煙。

「這件事瞞瞞不住的。」父親嘆了一口氣，「你遲早得知道的。」

「爺爺是不是被黃家祠堂趕出來的？」黃坤恨恨地說：「我猜都能猜到。」

「是的。」父親抿了抿嘴，把話接下去，「你爺爺本是黃家祠堂的族長，後來跟同輩的兄弟鬧翻，才到五峰安家落戶。」

「黃家是不是有來歷的家族？」黃坤試探性地問：「全部都是神棍？」

父親深呼吸一口氣，點了點頭，「當年你爺爺似是黃家之中本事最大的一個，但不知道爲什麼被趕出來。」

「我就知道爺爺沒那麼簡單！」黃坤哼了哼，又問：「那他一輩子不能離開漁關百里，是不是黃家害的？」

「這我就不知道了。」父親晃著腦袋，「你爺爺從沒說他爲什麼會離開黃家。」

「那還用問啊！」黃坤妄自猜測地說：「肯定是黃家的人，看爺爺本事厲害，容不下他。」

「哪有這麼簡單的事情……」父親苦笑著說：「依我看，他們非要把你爺爺帶回重慶秀山。」

「黃家祠堂原來在重慶啊？我們的祖籍是重慶秀山？」

「我問你。」父親非常愼重地探詢黃坤的意見，「你答不答應讓他們把你爺爺帶回去？」

他想了一會兒，答道：「就帶回去吧。我也跟著過去看看。」

「你去幹什麼？」父親露出狐疑的表情，「我去就行了。」

「爺爺好像是要我歸宗。」黃坤坦承先前發生的事，「我在回來的路上看到爺爺的魂了。」

聽到這裡，父親再次嘆了一口氣，「看來眞的是斷不了這層關係。我以爲這輩子和他們沒來往，他們也不會來找我們，沒想到你還是跑不了。」

「爺爺也有要我當黃家族長的意思。」黃坤多說了一句。

「你爺爺本來是族長，你是長孫，當族長也是應該的。」父親幾經思慮，回道：「雖然黃溪現在是族長，可看樣子他們對我們沒惡意，你若眞的歸宗，應該不會受委屈。再說，黃家家大業大，吃苦是不可能的。」

「我才不稀罕什麼家業呢！」黃坤表述自己的想法，「我只是想去看看，黃家到底有什麼本事，還有弄清他們爲什麼要趕爺爺出門。」

「好吧，不過，你以後就不再是普通人了。」父親提醒了一點，「黃家都是使法術的，你要想好……」

「我不信他們敢逼著我做事。」黃坤恨恨地講道：「我去鬧死他們。」

父親又嘆了口氣，「進屋吧。」

黃父領著黃坤進屋，向黃溪問道：「什麼時候走？」

「既然你們商量好，就今晚動身。」黃溪毫不猶豫地回答。

「那怎麼行？」黃父覺得太倉促，「這麼晚了，到哪裡找人抬棺材？再說，老人家突然不見了，不是個大麻煩嗎？得想個法子，掩人耳目。」

「五爹，這你就不用操心了。」黃溪非常有信心地說：「黃森留在這裡，自有辦法。至於，怎麼帶大伯爺走，還要你來擔心嗎？」

黃坤向四周望去，那些來幫忙的人都已經睡著，鼾聲此起彼伏。看著黃森的表情，就知道是他的所爲。

「讓我再給老爺子燒點紙。」黃父跪在靈牌前燒黃紙，黃溪則安靜地等待。告一段落後，黃父又對著棺材磕頭，嘴裡說著，「爸，你還是回去吧，由孫子送你。」然後打開棺材蓋。

黃溪走到棺材邊，磕了頭之後，站起身來。手一伸，往屍體的額頭貼了一張符，嘴裡念念有詞。接著，突然一聲大喝，「起！」

第 6 章

趕屍

黃溪謹慎地把黃松柏的屍體請上船，又施了一個法術，讓它安穩地躺在艙內。一夜沒睡，黃坤累了，不一會兒也睡著。再次醒來，見爺爺仍舊躺在船艙裡，額頭上那一道符，讓他刻意撇開視線。

媽的，這個大鬍子會趕屍！

黃坤經常在電影、小說看到有關趕屍的情節，可萬萬沒想到自己有機會親眼目睹，而且不論是施展法術的，還是被趕的屍體，都是自己的親人。趕屍這麼不可思議的法術，竟和自己有如此緊密的關聯。

這個一口娘娘腔的大鬍子，和那個白淨臉皮的青年，黃坤方才還不把他們放在眼裡，可兩人一出手，就讓人刮目相看。

黃家，的確是不簡單的家族，自己還是黃家的長房長孫。

此時，黃溪拿了串鈴鐺出來，搖晃兩下，黃坤爺爺的屍體就在棺材裡站直。然後，黃溪對黃坤說：「你叫你爺爺一聲，請他出來。」

黃坤依言照做。令人訝異的是，屍身竟沒有僵硬，與平時下床沒兩樣，慢慢跨出棺材，站到地上。看著這畫面，他都差點以爲爺爺又活過來了。

不過，隨著黃溪搖晃鈴鐺，一步步向前走，黃坤爺爺的步伐也隨著鈴鐺的節奏動起來。不用跳的，跟正常人一樣用走的，還走得非常平穩，只是臉色慘白，眼睛緊閉。黃坤不由得疑惑，電影裡的趕屍場景，屍體不都一蹦一跳地跟著趕屍匠嗎？可爺爺現在走路的樣子十分穩當，和常人無異。

黃坤跟著黃溪和爺爺的屍身走出門外。

黃父知道點法術，曉得不能送出門，和黃母站在門檻張望，但沒有走出去。

兩人一屍就這麼走進夜色。

約莫走了半小時，黃坤忍不住開口問道：「再不久，天就亮了。我們白天也這麼走嗎？」

「只能晚上走。」黃溪簡略地解說這趟路程，「天亮前，我們會走到曉溪，再走水路，順著清江向上游走。」

黃坤的家在漁關和清江之間，距離清江只有二十公里的山路。聽黃溪這麼一說，就知道他有事先準備。曉溪有個水庫和清江連著，按照目前行走的速度，應該能在天亮前抵達那處。

「喂，你叫黃溪吧？」黃坤實在忍受不了安靜，「為什麼我爺爺一定要回秀山的黃家祠堂？」

「我們黃家人，無論生前如何，死了一定要回祠堂。」黃溪有問必答，「包括你爸爸，也包括你。」

「我跟著你回去，是不是就相當於歸宗了？」

「只要生下來是黃家人，就沒有什麼歸不歸宗的。無論死活，都是黃家的後裔。」

「你怎麼不問，為什麼是我跟你回去，而不是我爸爸？」

「黃家現在有對頭，你是大伯爺的孫子，沒道理置身事外。」黃溪坦白地講道：

「五爹老了，已經學不會本事，你還能學。」

「我知道了。」黃坤鄙夷地說：「你們黃家有麻煩，就想起我爺爺和我，還真是不要臉！我爺爺是不是你們趕出來的？」

「不要再提『你們』。」黃溪糾正他的用詞，「是『我們』。」

「『我們』個屁！」黃坤罵罵咧咧，「你倒是說說，我爺爺哪點對不起黃家？被你們趕出來，還一輩子待在山裡。明明有滿大的本事，卻裝得跟一般人無異。」

「你爺爺在漁關很厲害。」黃溪看了看身後的屍體，說道：「方圓百里之內的死人，都是他走陰收去的。但他最厲害的本事，是我現在做的事情，趕屍，一度比魏家人還厲害。」

「等等，你怎麼提起魏家？」黃坤還弄不清楚前因後果，「越說越玄乎了！什麼黃家、魏家的，是不是魏家要找黃家的麻煩？」

「至少現在還不是。」黃溪給了個保守的說法，「魏家是敵是友還說不清楚，不過魏家人和大伯爺有交情，他們一定對你很看重。」

「你的意思是，黃家現在出事了，想拉魏家當幫手，而我必須去找魏家幫你們，是不是？」

黃溪沉默一會兒，才說：「這些事情以後就清楚了，現在問這麼多也無益。」

「是你說黃家有對頭的。」黃坤不依不饒，接連又提出問題，「他們會不會已經找來了？」

這回黃溪不再出聲，只是悶頭走路。

黃坤總算明白，黃家遇上很大的麻煩，甚至厚著臉皮來找已經離家的爺爺，目的就是讓他回到黃家，和他們一起應付難關。

念即至此，黃坤下意識問了一句，「路上會不會遇到爲難我們的人？」

「肯定會。」

「你有把握嗎？」說罷，黃坤逕自替黃溪回答，「嗯，你一定有把握，因爲你是族長。」

「應該吧。」

總算趕在卯時之前抵達曉溪水庫。

果然，有一艘小船停靠在水邊。黃溪謹慎地把黃松柏的屍體請上船，又施了一個法術，讓它安穩地躺在艙內。他請船家開船後，靠坐在船板休息。

一夜沒睡，又走了這麼多路，黃坤也累了。坐下來感受船身的晃動，不一會兒也睡著了。

等黃坤再次醒來，已是下午時分。見爺爺仍舊躺在船艙裡，的確是死了。額頭上那一道符，讓他看著血非（宜昌方言，不舒服），刻意撇開視線。

這時候，黃溪站在船頭，看著清江的水面。黃坤隨口問道：「到哪裡上岸？」

「水布埡是個大壩，我們只能從那裡上岸再走。」

「哦。」黃坤的肚子咕嚕叫著，不好意思地說：「我餓了。」

船家連忙在船上生火做飯，端出幾樣簡單的菜餚。黃坤見黃溪不客氣地開吃，也跟著吃了起來。

馬達突突作響，看著兩岸的秀麗山色，黃坤知道船行駛在清江，溯流向上，朝恩施的方向前進。

「你不是說有對頭嗎？」黃坤好奇地問：「怎麼沒看到？」

黃溪答覆他，「世上有些術士，本事一定要在晚上施展，不像道門正宗那樣光明正大。」

「你們黃家是晚上厲害，還是白天厲害？」

聽了黃坤的追問，黃溪沉默半晌，才回道：「么爺爺的本事白天厲害，大伯爺的本事晚上厲害。」

黑夜很快降臨。

黃溪對船家吩咐，「停船。我們就在這裡歇息，不靠岸，明天再走。」

船家收了錢，自然聽從吩咐，立刻關了馬達。

「你白天有睡飽嗎？」黃溪問。

「睡飽了。」黃坤答道：「有什麼事情嗎？」

「今晚我們都不能睡覺。」

黃坤一聽，知道晚上不會太平靜，惴惴不安。他畢竟不像黃溪懂得法術，只有一個避水符在身上，其他的狗屁不會。

「你是大學生吧？」黃溪沒來由地問了一句。

「嗯。」黃坤點點頭，「明年就畢業了。」

「照理講，你應該不相信這些事情的。」黃溪露出疑惑的表情。

「哼，我兩歲就跟著我爺爺走陰了。」黃坤有些嶄露能力的意味，「有什麼我不知道的？」

「大伯爺果眞不會不管黃家。」

「能談談關於我爺爺的事情嗎？」

「其實，我也不太清楚。當年，黃家有三兄弟，黃松柏、黃鐵焰、黃蓮清，都是響噹噹的人物。可黃鐵焰死後，你爺爺黃松柏和么伯爺大鬧一場，黃家從此衰落。若不是這樣，我們怎麼可能落到今天的地步？」

「他們怎麼鬧翻的？」

「我也不知道。么伯爺到死都沒說過。」

「你是那一房？」

「我是黃鐵焰的孫子。」

黃坤知道黃溪是老實人，瞧他的模樣，的確有黃家族長態勢，也很看重自己，若是知道什麼，肯定不會隱瞞。

大致明白關於爺爺的事情，黃坤的心裡有點亂。原以爲自己是普通的學生，哪知突然生活就變了，水猴子那麼巧，就找上自己的朋友李大胯子；有個神神叨叨的道士會變戲法，把知了殼子弄成長劍。

策策也不曉得是從哪裡冒出來的，還讓黃坤扮死人，看樣子對他身世十分瞭解。他不知道的事情，她也都知道。以爲爺爺一輩子沒沒無聞，只是個鄉下的小手藝人，萬萬沒想到死了還會還魂，並且說一番莫名其妙的話。接著，黃家祠堂的族長又跑了出來，說爺爺是本領高強的術士……更他媽不爽的是，黃坤得攙和家族的破事。

這些片段在黃坤的腦海掠過，忽然有點譜，想來它們絕非巧合，而是有一根線牽著。都是有原因的！

黃坤正要說話，黃溪倒先出聲了，「黃坤，如果讓你當黃家的族長，你肯不肯？」

「我什麼都不會。」黃坤沒料到黃溪一開口，竟然說了這麼一句，下意識地迴避。

「不會可以學。」黃溪真的有這個意思。

「你該不想拿我當墊背的吧？」黃坤質疑他的動機，「你都說黃家有麻煩了！別以為我好騙，我昨晚才知道這世上有姓黃的一家人！」

黃溪被黃坤一席話堵得無法回答，兩人就對坐著，一時半晌都沒有再交談。

忽然間，黃溪的臉色變得緊張，黃坤不用多問，也知道原因。

不知何時開始，河面升起霧氣。眼下是深秋和初冬交接的時日，氣溫在夜間陡降，水面冒出霧氣，也是有可能。

但是，這些霧氣，不太尋常。

江水流動，霧氣在水面翻滾，越翻越濃。

黃溪已做出預備動作，從身上拿出一把木劍，在船上點燃兩張畫滿符的草紙。草紙在燃燒過程中，猛地一陣風颳來，黃溪手腕一擺，兩張草紙緊緊貼在木劍上。

這下黃坤看清楚了，清江水面上的霧氣不是一整片，竟分散成一團團地飄浮著。他還有個疑問，不明白自己的視覺怎會在黑夜裡突然變得清晰，能看到十幾里開外。

濃烈的霧氣不停變幻形狀，但不約而同地往木船移動。平靜的江面也發生變化，距離船舷不遠處，水面湧動，氣泡不停冒上來，甚至能聽見咕隆咕隆的聲音。

「發生什麼事？」黃坤將身體湊近船邊打探水面的情況。

「別亂動！」黃溪低聲喝阻他。

第7章

接招

一個小腦袋忽然出現在江面之上，靜靜漂浮著，隨著江水的輕微波瀾晃動，目光緊盯著木船。黃坤忍不住要去拉，卻立馬被黃溪出言阻止，因為江面瞬間出現無數顆小腦袋，且面孔都是一樣的。

空氣彷彿僵滯，不再流動。黃坤還聽到自己的心臟撲通狂跳，手心在冒汗。突然間，手機的鈴聲響起，他嚇了一大跳，連忙按下通話鍵。

「坤伢子。」是母親的聲音，「家裡出事了，你爸爸……」

「老頭怎麼了？」黃坤焦急地詢問。

「你爸爸現在突然變了一個人，在家裡說一些稀奇古怪的話。」母親急得哭了，「說的都是我聽不懂事情，村裡什麼人會在什麼時候死，什麼人得什麼病，還能活幾天……把來家裡幫忙的人都嚇住……」

「怎麼會這樣？您別慌，我馬上回去。」黃坤急忙安慰母親，發覺聽筒暫時沒了聲音，又緊張地對著話筒喊聲，「喂喂……喂喂……」

「是我，黃森。」電話那頭換了聲音，是個年輕人在說話，「你別回來，有我在，你不用擔心。讓大哥接電話。」

黃坤把手機交給黃溪，黃溪聽了一會兒，嘴裡發出一連串的「嗯」，最後說道：「沒事的，他們知道大伯爺已經走了，不會繼續留在那裡。你能搞定的。」

結束通話後，黃溪把手機遞還給黃坤，牙幫子咬得緊緊的。

「我要回去。」黃坤非常擔憂地說：「你也聽到，家裡出事了。」

「黃森行的。」黃溪堅決不改動行程，「你得陪我回秀山。」

「憑什麼要我聽你的！」黃坤急得胡亂嚷嚷，「不管，我現在就要回去。」

「你現在也回不去。」黃溪指著江面。

黃溪一看，心裡頓時涼了半截。清江不寬，可此刻根本看不到岸邊，船四周的水面寬闊得不正常。他揉了揉眼睛，以為自己眼花。哪知仔細再看，情況仍舊沒變，目光盡頭還是浩渺的水面，且到處是一團又一團的濃霧在翻滾。

此時，濃霧距離木船非常近，黃坤聞到一股濕氣，喉嚨如同塞了棉花，呼吸不暢，問道：「是水鬼嗎？」

「是水鬼就好了。」黃溪沉著聲音說：「是人，比水鬼還厲害的人。」

一個小腦袋忽然出現在江面之上，靜靜漂浮著，隨著江水的輕微波瀾晃動，目光緊盯著木船。黃坤認得這個小孩，不就是湮洲壩簽過契約的那個小孩嗎？

小孩的頭在水中一沉一浮，黃坤剛把手臂伸出去，立馬被黃溪阻止。江面瞬間出現無數顆小腦袋，每一個相距幾米，漂浮在水面上，且面孔都是一樣的。

「是什麼人？」黃坤驚愕地叫道：「我不信對方能躲在水裡不出來。」

「他能在水下待很長時間。」黃溪道出棘手的關鍵點，「而且，他帶了小鬼。」

「你說的該不會就是這些小孩吧？」黃坤頗有信心地說：「肯定是他嚇唬我們的！這小孩我見過！」

「我也在想，小鬼就一個，怎會突然冒出這麼多？」黃溪思索片刻，「他一定是在故弄玄虛。」說完，木劍往江面上一指。

劍尖黏上一顆小腦袋，黃溪向上抬起，果然發現頭顱之下什麼都沒有。當黃溪把木劍收回，黃坤看見木劍上掛著的就是個瓠子。

黃溪也看清楚了，臉色緩和多了，「還好。」

黃坤還不明白他說的是什麼意思，木船又在水面打起轉，並且左右劇烈搖晃。就怕一時站不穩，整個人摔進水裡，他連忙蹲下來，兩手按著船板。

黃溪則趴在船板上，手在水裡面撈什麼東西。過了一會兒，抓起一把東西，大力扔到船板上。

是水草！黃溪撈了一把，又連續撈了幾把水草上來。黃坤看到他的手背鮮血淋漓，應該是被水草劃傷的，印象中柔軟的水草竟如此鋒利，讓他驚詫不已。

黃溪換了個方向，到木船的另一側，繼續把手伸入水中撈水草。被丟在船上那些水草，草腥氣非常重。大概撈了差不多，黃溪坐到黃坤的身邊，脫下上衣，露出胳膊和肩膀說：「快幫我。」

黃坤這才發現黃溪的胳膊，從手腕一直到肩部，扒著密密麻麻的水蛭。

「快快！」說著，黃溪自己的左手就不停扯下水蛭。

由於是第一次遇到這種狀況，黃坤手忙腳亂地用手去扯。可黃溪胳膊上的水蛭死死扒著，用力一拉，被拉得老長，還是沒能扯下來。

黃坤急了，一用力，誤將水蛭扯斷。黃溪手臂痙攣一下，強撐起精神提點，「先

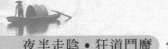

掐腦袋，別硬扯。」

聞言，黃坤的目光下意識移向自己手上，驚見沾滿了血液。密密麻麻這麼多水蛭，都正在吸允……

黃坤不敢再想，聽從黃溪的告誡，摸到另一隻水蛭的腦袋，用力一掐，這次順利地扯了下來。可兩人拔除水蛭的動作，還是慢於水蛭吸食血液的速度。

瞅黃溪失血太快，臉色發白，身體在發抖。黃坤想了想，問道：「你不怕髒吧？」

「什麼意思？」

黃坤沒回答，站起來拉開褲子的拉鍊，「把胳膊打直。」

黃溪一看，當下明白黃坤要做什麼，但都到了這種地步，也顧不上骯不骯髒。經過尿液的沖洗，先前扒著黃溪胳膊不放的水蛭，果然紛紛落下。

水蛭害怕尿液中的氨，黃坤在中學的生物課學習的知識，現在意外派上用場。

然而，黃溪的胳膊腫得厲害，到處是水蛭叮咬的傷口，雖然不大，但流血不止。

「這些東西到底是怎麼回事？」黃坤擰著眉頭問道。

「還好他沒有養成水鬼。」黃溪嘴角勾起弧度，「不然他早就出來了。」

「他不敢出來嗎？」

「他在水裡躲著，現在不敢上來。」

「爲什麼？」

「他沒有水鬼幫忙，本事打了折扣。」

聽到這裡，黃坤回憶起湮洲壩的事情，原來金仲眞的贏了，破了水猴子的契約，原來是另有針對。

「我知道了！媽的，策策說的老金，和你們也認識！」黃坤脫口而出。

「噓！」黃溪示意黃坤保持安靜，用手指著船板。

黃坤連忙閉上嘴，仔細聆聽任何的動靜。

這一聽，心裡打了激靈，細微的砰砰響就從船板那個位置傳來的。是一下又一下鑿船板的聲音！

第 8 章

飛蛾蠱

刀刃一碰到腫包，表皮就破了，一隻灰色的蛾子鑽了出來。牠停在其他部位的皮膚上，翅膀慢慢抖動，最後飛了起來。接連著，七、八隻灰色蛾子飛出來後，留下一個血窟窿在黃溪的背部。

黃溪慢慢挪移至那個位置，右手拿起木劍，左手食指和中指併攏伸直，餘下的手指彎曲扣成一個環。伸直的兩指劃過木劍，直到劍尖，指尖便冒出火焰。接著，他左手向下一點，火焰霎時鑽入船板。

神奇的是，鑿船板的聲音隨即消失。

黃坤覺得新奇，認為黃溪的本事挺不錯，對他也沒那麼看不起了。

木船不再打轉，穩穩地停在江上。水面恢復一片寂靜，黃坤和黃溪面對江水張望。

「水陣還沒破。」黃溪指著那些濃霧，黃坤還是看不到岸邊。

距離木船不遠的水面，有個東西浮了上來，是一具屍體，背部向上，黃坤心中一陣激動，黃溪那麼一下，竟能把對手置於死地。可他又感到莫名不安，嘴裡迸出一句，「鬧出人命了，我們怎麼脫身？」

黃溪沒有回答，也沒有其他動作。

黃坤瞧浮在水面的屍體不遠，壯起膽子，用手撥弄幾下，屍體緩緩靠近船舷。

「老子倒要看看你是什麼人物。」黃坤說著，繼續用手撥弄江水。

那具屍體似乎聽得懂黃坤說的話，漂至距離船舷一尺左右，突然翻了個身，臉部朝上。黃坤嚇了一大跳，「媽的，到底是死是活啊？」

接下來，他連話都說不出來了，那具浮屍分明就是船家！

「他……他……他……」黃坤連忙回頭尋求黃溪的意思，卻受到更大的驚赫。

那個船家明明還在船上，就站在爺爺的屍體旁邊！

黃坤惶急地再次看向水面，又飛快望向那個站在爺爺屍體邊的人。那人佝僂著身體，仰著光頭，渾身濕漉漉，正與黃溪相互對望。

「我大伯爺一定要回黃家。」黃溪的語氣透著堅決，「你們攔也沒有用。」

那個濕淋淋的人望著黃溪半天，又看了看黃松柏的屍體，最終哼了一聲，跳入水中，登時沒了蹤影。

黃溪出一口長氣，和黃坤把水中的浮屍撈上木船。

「這具屍體怎麼辦？」黃坤苦著臉，「若是被員警知道了，我們會有麻煩的。」

「人還沒死。」黃溪指示下一步該怎麼做，「把他的上半身推出船舷外。」

黃坤照做了，讓船家的上半身掛在船外。經過黃溪不停在他背上按壓，過了一會兒，聽見咳嗽聲，黃溪連忙把人扶回船板。那人彎腰一嘔，腹內的水全都吐出來。可黃坤仍然聽見咳嗽聲，這才反應過來咳嗽的人是黃溪。他咳得上氣不接下氣，嘴角掛著血絲。

江面漸漸平靜，船家恢復清醒，表示不知道什麼時候突然掉進水裡。他也感到奇怪，自己明明水性很好，怎會差點淹死在水裡。再說，他又沒喝醉酒。

關於這點，黃坤和黃溪沒有回答他。黃溪又給了點錢，當作是壓驚，船家當然千恩萬謝地收下了。

「可以睡一下。」黃溪告訴黃坤。

「剛才那個是你的對頭嗎？」黃坤好奇地問道。

黃溪沒有回應，臉色越來越難看。咳了兩聲，抹去嘴角的血絲，靠著船板小憩。

畢竟折騰了一晚，黃坤累了，也躺下睡了。

一覺天明，黃溪仍在咳嗽。

黃坤覺得奇怪，關切地問：「你病了嗎？」

此刻，黃溪臉色慘白，顴骨處卻泛起紅暈。這種紅色絕非代表健康，只有得了肺癆的人，臉上才有這種病態的嫣紅。

黃溪咳得更加厲害，幾乎喘不過來氣，「來幫個忙。」說完，將背部對著黃坤。

他背部鼓起一個大包，雖然隔著衣服，仍然可以看得很清楚。

「應該是這個時辰，你幫我看看。」黃溪咬著牙說道。

黃坤動作輕柔地掀起黃溪的上衣，見到他背脊的左側有個硬包，足有拳頭大小。亮晶晶的，呈現幾乎透明，裡面好像有東西在蠕動。

「腫包是什麼顏色？」黃溪問了一句。

「很白，帶著點紅色。」黃坤依照眼前所見描述。

聽罷，黃溪反手遞給黃坤一把匕首。黃坤接過手，問道：「是不是要割破？」

「還不行，再等等。」黃溪虛弱地說。

腫包裡蠕動頻繁，黃溪咳得更厲害。看樣子是這包裡的東西，讓黃溪痛苦難耐。

「全變白了嗎？」黃溪難受地喊道。

「變了！變了！」黃坤急切地問：「可以了嗎？」

「再等等。」

「等到什麼時候？難不成等到你咳死之後嗎？」黃坤覺得現在這種情況，根本是「皇上不急，急死太監」。

「變灰了沒？」黃溪疼得直倒抽氣。

「怎麼可能會變灰！」黃坤焦急得口氣都變差了。

小時候，他得過惡瘡，膿包最初是紅色，後來變成黃色，或是半透明。他實在難以想像，黃溪口中說的變成灰色。然而，下一刻他卻親眼目睹黃溪背後腫包，表面真的變成了灰色。

「灰了！」

「快割開！」

黃坤毫不遲疑，馬上用匕首劃開腫包。刀刃一碰到腫包，表皮就破了，根本用不著大力割開。

黃溪背部的腫包猛然開裂，一隻灰色的蛾子鑽了出來！

那蛾子停在其他部位的皮膚上，翅膀慢慢抖動，最後伸展開，飛了起來。還沒完，又一隻蛾子從傷口鑽出來，同樣地抖動翅膀，翩翩飛去。接連著，七、八隻灰色蛾子飛出來後，留下一個血窟窿在黃溪的背部。

黃坤想找止血的藥物敷上，黃溪卻擺擺手說：「不用，飛走了就好。」如他所說，血窟窿的表面滲出淡黃色的體液，瞬間結成血痂。

黃溪呼出一口長氣，又說：「暫時沒事了，不曉得下次會在哪裡。」

「這是什麼病？」黃坤從沒聽聞或看過這種病症，「人體裡怎麼會長蛾子？」

「不是病。」黃溪簡單說明，「是被人下了蠱。下蠱的人手下留情，沒想讓我死，所以只要在發作的時候，把蛾子挖出來，讓牠們飛走就行。」

「如果沒辦法飛走呢？」

「蛾子就會拼命往內臟鑽。」

「這還是手下留情啊？」黃坤睜大眼睛，詫異地叫道：「還不如死了乾脆。」

黃溪嘿嘿笑了兩聲，「下蠱的高手哪有輕易就讓人死掉那麼爽快。」

「你這到底是什麼毛病。」

「飛蛾蠱。暫時死不了。」

兩人談了片刻，黃坤猛地想起家裡的事情，拿出手機打回家裡詢問狀況，「老頭好了嗎？」

「好了。」母親在電話那頭回答，「多虧了你的堂弟黃森。你爸爸現在睡了，睡前就不說胡話，還吃了一頓飯才躺下。你好好把你爺爺送到，就趕緊回來。」

黃坤沒有回話，權衡母親是否在安慰自己。這時候，電話那頭傳來黃森的聲音，「你們得快點走，他們得知大伯爺被你們帶走，肯定會趕過去。」

黃坤掛了電話，看向黃溪。應該是從黃坤的眼神接收到訊息，黃溪語氣平靜地對船家說道：「走吧。」

木船在清江逆水行駛，和昨晚完全不同，兩岸山色秀麗。黃坤心曠神怡，可一想起是護送爺爺的屍體去重慶，情緒瞬間低落。不經意又想，自己這趟去重慶，路上真的不太平。

黃坤二十出頭，今年淨遇上一些邪性的事情，還越來越蹊蹺。無論是看到的、遇到的，皆為前所未聞的古怪事情。

「你們黃家的對頭很厲害啊！」黃坤嘖嘖嘆道：「你好歹是一個族長，很有本事的人都著了道。」

「飛蛾蠱每隔三十四個時辰發作一次。」黃溪沉吟片刻又說：「上次是在大腿，我用刀剜開的，下次不曉得會在什麼地方發作。」

「倘若長在要害部位，怎麼辦？」

「長在哪裡，就割開那裡。」黃溪不加思索地回答。

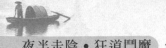

「要是長在動脈，或者是頭腦呢……」黃坤一說，突然聯想到一點，叫道：「你問我要不要當黃家的族長，難道是……」

「這個蠱也不是不能治好。」黃溪沒把話說絕，「勝負還沒定。」

「世上真的有懂得下蠱的人啊！」黃坤有些擔心地喃喃自道：「不知道什麼厲害對頭。」

「你以後會見到的。」黃溪接過話，「也許用不著多長時間。」

「那我豈不是也跟你一樣！你在坑我，是吧？」黃坤指著黃溪罵道。

黃溪倒是脾氣好，對黃坤一直很容忍，想來並非有求於人才這樣，平時就是這種柔弱性格。黃坤想不通，這種人怎麼還能當上族長，真是奇了。

第9章

遁地鍾老三

黃坤正要用匕首劃開黃溪的灰白色眼球時，察覺腳踝一緊，低頭看去，一隻枯瘦的手從地底探出來，死死攥住自己的腳。他驚惶不已，當即砍向那隻枯手。可土裡又探出一顆腦袋，用牙齒咬住匕首。

船在清江上行駛，兩人隨便吃了點東西。

「今晚要走夜路。」黃溪告訴黃坤，「白天好好休息。」

船還沒到水布埡，在漁峽口靠岸等著天黑。到了亥時，黃溪在木船上施展法術，祭了河神，才搖起手上的鈴鐺。

黃松柏的屍體聽到聲音，站立起來，木然地跟在黃溪身後走上河岸。黃坤則殿後。

這一晚無事，黃溪刻意避開主要幹道，繞了一個大圈子，向著恩施的方向行走。凌晨，沒有進入恩施州城內，選在郊外偏僻處的廢棄草屋裡休息。

轉眼又到夜間，兩人一屍繼續行走。朝著咸豐縣走，進入境內，在一個村落外，黃溪指著一間房屋，說道：「今天就在這裡休息。」

「時間還早。」黃坤看了看手錶，「離天亮還有三、四個小時。」

「我得休息。」

這四個字入耳，黃坤意識到過了白天，晚上應該就是黃溪身上飛蛾蠱發作的時候。可看樣子，黃溪絕對不會浪費時間，一定會堅持往前行進。

「到了重慶的邊界，就有黃家的人接應。」黃溪稍作解釋，「我們只要能走到那裡就行。」

「他們為什麼不到這裡來？」黃坤不明白，順口問了一句。

「學藝不精的黃家人，接家人的屍體，都不能出四川（一九九七年重慶升格直轄市，但依文化範疇的區分，仍屬於四川）。這是么爺爺訂下的規矩。」

「什麼破規矩嘛！」黃坤認爲這點沒道理，嘴邊嚷嚷著，「你不是要我當族長嗎？我若當上族長，第一件事就是廢了這條規矩！稀奇古怪！」

「如果你有那個本事。」黃溪沒有其他異議，「就你說了算。」

兩人走進屋子，黃松柏的屍體筆直靠著門後牆壁站立。屋裡有灶台、廚具，牆角還有一個床板擱在幾個磚頭上，上面鋪著稻草。

黃溪從身上掏出錢放在門腳下，從灶台旁邊的陶罐裡舀米出來煮飯。黃坤明白了，這是專門給趕屍匠休息的客棧。沒有人招呼，一切由趕屍匠自己動手準備。

「我想問你，你們黃家到底怎樣的家族？」黃坤好奇心重。

「家業還行，雖然當年的土地沒有還給我們，但是一九八二年，政府把房產都歸還了。」

「黃家房子很多嗎？」

「不算少。」黃溪想了想說：「我們十幾房分支，共幾十戶人家。秀山縣城，解放前有半條街都是我們黃家的，現在還有不少門面。」

「原來你們是地主啊！」黃坤眼睛都亮了，「看來這族長好當，有房又有錢！」

「哪有這麼好當的！」黃溪苦笑著回道。

兩人聊了一會兒，吃過飯，也都累了。黃溪在客棧的門梁上掛了個鈴鐺，掩起半扇門，與黃坤就地休息。

又到了夜晚。兩人急忙領著黃松柏的屍體趕路。走了大半夜，黃坤發覺黃溪邊走邊用手揉眼睛，一個箭步走到黃溪的身邊，用手扳過黃溪的肩膀。仔細一看，黃溪的一隻眼睛腫了起來，瞇成一條縫。

黃坤倒吸一口氣，憂心忡忡地問：「撐得住嗎？」

「能。」黃溪點點頭，「我們已經到了朝陽寺，馬上就要過界了。」

聞言，黃坤的心略微平靜，黃溪卻突然不走了。此刻，他們走在一片相對平整的山地，四周是茂密的灌木叢。這片地沒有高大的樹木，這不奇怪，奇怪的是沒有被整理成可以耕種的田地。

鄂西山區能耕種的平地很少，像這樣的平地不該被荒廢。黃溪看出黃坤的疑惑，說道：「這裡從前是樹林，當地人種的樹林，現在都沒了。」

仔細看去，灌木叢裡果然有樹樁，可樹樁不是人砍出來的。

「被火燒了。」黃溪滿臉震驚，「都燒完了。」

黃坤知道，眼下遇到的麻煩一定比在清江時來得大。

「聽我說。」黃溪沉著聲音，「假使我過不去，你一定要帶著你爺爺回去。你不是要當族長嗎？你回去了，就是族長！黃家上百號人，全都聽你的！」

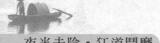

「當你們家的族長，我看不是什麼好事，」黃坤故作輕鬆地回答，其實心裡慌得要命，「瞧你這模樣就知道。」

「族長本來就是你爺爺和你的。」黃溪顯然著急了，「你是黃家的人，不能置身事外。」

「聽你的意思，是不是你會死在這裡？」

「聽我的，帶你爺爺回去。」

「告訴我，到底什麼對頭。」黃坤提出交換條件，「這樣我才答應你。」

「好。」黃溪才答應，還來不及說下一句，灌木叢中就傳來哭聲。

黃坤循著哭聲望去，遠遠有個墳頭，忍不住走近。這一次，黃溪竟沒有阻攔，也慢慢跟了過去。

黃坤和黃溪走到距離墳頭幾米之外，在黑夜裡看清那是一座老墳，墳頭上的巴網葉（一種灌木）已經長得很高，還有幾根清明吊子插在墳頭上。一個漢子歪斜地坐在墳邊，身體半靠墳頭，嗚嗚地哭著。這個人雖是在哭，臉上卻毫無悲傷之情。

黃坤看呆了，三更半夜的，怎麼會有人在墳頭哭泣。

正當黃坤腦海浮起這個念頭，那漢子直愣愣地看向黃坤，瞬間表情變了，咧著嘴巴嘻嘻笑起來。見狀，黃坤一陣害怕，因為那漢子的笑容比剛才的哭相還恐怖，牙齒在黑夜裡泛出白森森的光芒。

「鬼嗎？」黃坤壓低聲音問道。

「不是。」黃溪沒有畏懼的意思，「還記得清江那個禿子嗎？那是鍾家老么，手藝最差的一個。我們現在看到的，是老三。」

「和你們作對的，是姓鍾的人？」黃坤喃喃碎語，「鍾家是幹什麼的？怎麼人不像人啊！」

「鍾老三！」黃溪朝對方大聲喊道：「我們交過手，你當時輸了，怎麼還敢來找我麻煩！」

「當時你沒中蠱。」鍾老三開心地說：「現在呢？」

這句話說完，人突然消失不見。黃坤爲之震驚，喝道：「人呢？」

「他行土術，鑽地的。」黃溪恨恨地說道：「我一隻眼睛睜不開，看不到他在哪裡！」

黃坤這才又想起，黃溪的眼睛出了毛病，「那怎麼辦？你眼睛怎麼樣了，要不要現在割開。」

「他哪裡敢割開！他忍得住疼嗎？」是鍾老三的聲音。

黃坤用耳朵辨別聲音來源，可找了許久，都沒有看到人影。終於找到聲音來源處時，心裡直發毛，因爲他看到一個小孩站在墳頭上，用鍾老三的口氣在說話。

「啊！」黃溪忍不住叫出聲，「眼睛！眼睛！」

「眼睛怎麼啦？」黃坤急切地問。

「蛾子快飛出來了。」黃溪疼得嘴裡倒抽氣，「不放出來，就會鑽進腦裡。」

黃坤察看黃溪的右眼，整顆眼珠子都鼓出來，大大突出眼眶。原來人的眼球有這麼大一個，比乒乓球還大一點。

這會兒，黃溪的眼睛更恐怖，整隻眼睛呈現灰白色。不用黃溪提醒，黃坤也知道，是飛蛾要出來的時候。

「我用匕首劃開你的眼球……」匕首拿在黃坤的手上。

「啊——」黃溪疼得受不了，大聲喊了出來。

黃坤心裡一橫，一把揪住黃溪的頭髮，「你忍著點。」

正要用匕首劃開黃溪的灰白色眼球時，黃坤察覺腳踝一緊，低頭看去，一隻枯瘦的手從地底探出來，死死攥住自己的腳。

他驚惶不已，想都不想，當即砍向那隻枯手。可土裡突然又探出一顆腦袋，用牙齒咬住匕首。

「眼睛！眼睛！」黃溪還在喊，左眼也因爲右眼的疼痛睜不開。

黃坤沒時間詢問黃溪該怎麼辦，反射性用手敲打鍾老三的腦袋。鍾老三吃疼不過，隨即往地面退去，可牙齒銜了把匕首，沒辦法成功撤退。看著對方走不了，黃坤靈機一動，徒手去挖他的眼睛。鍾老三判斷情勢，嘴巴一張，腦袋沒入泥地之下。可黃坤居然看得見鍾老三的腦袋在地下什麼地方，下意識把手伸入土中，一把揪住鍾老三的頭髮。

現在的情況太詭異了！黃坤意外發現自己自如地探入土裡！對他而言，泥地和水沒兩樣，胳膊根本不受阻擾，在地面之下拽著鍾老三的頭髮。鍾老三一時沒反應過來，掙扎半晌，扭過頭去咬黃坤的胳膊。黃坤吃痛，反射性鬆開手，鍾老三立刻像一隻鼴鼠在地底鑽逃。三米內，黃坤還能看到他的身影；鑽出三米之外，目光所及就只剩下泥土。

「你忍著啊！」黃坤顧不上許多，用匕首劃向黃溪的眼睛，飛蛾旋即撲閃地飛了出來。

黃溪不喊了，可黃坤很清楚他應該感到加倍疼痛，只是極力忍著。果不其然，黃溪牙幫子咵咵作響，嘴唇都被咬破。

第 10 章

四大外道

四大家族又稱「外道四大門派」。鍾家養鬼，法術師承茅山；鳳凰山一派下蠱最厲害，蠱術傳女不傳男；還有個魏家，最擅長的就是養屍。而黃家一直都是最強的，只是這幾十年式微。

「鍾老三養了小鬼沒？」黃溪勉強開口說話，滿嘴是鮮紅色的血。

「有。」黃坤氣憤地回道：「就在那個墳頭。」

「那就不好對付。他養的小鬼最兇險，會……」

黃溪的話還沒說完，鍾老三又從黃坤後方的地面鑽出來，伸手抓向黃坤的後背。黃坤背部的衣服被抓破，一陣疼痛，連忙轉身踢了鍾老三一下。鍾老三吃了一腳，破口大罵著，又鑽回地底。

「怎麼是他自己動手？」黃溪聽到動靜，覺得有蹊蹺，「他用小鬼來對付我們，我們搞不贏他……那隻小鬼有沒有變大？」

「什麼有沒有變大？」黃坤急了，都這種時候，黃溪到底在說些什麼。

「那隻小鬼應該會趴在地上，身體變得非常大，地面都受它控制，會把我們活活吞下去。」

「沒有，小鬼就站在墳頭看我們，什麼動靜都沒有。」

「小鬼長什麼模樣？」黃溪又問了一個無關緊要的問題。

鍾老三在附近的地面下鑽行，這會兒又到了黃坤的腳邊，黃坤連忙大力一踩，恰好踩在鍾老三的鼻子上。

「他不怎麼樣嘛！」黃坤三番兩次擊中鍾老三，多了點底氣，「沒什麼本事。」

「他的本事不在自己的身上，在他養的小鬼那裡。你看清楚了，那隻小鬼到底有沒有變大？」

「沒有，還是老樣子。」

「那小鬼長什麼模樣。」

「就一般的樣子，看著還滿秀氣。」

「很好，他沒煉成。」

「沒煉成什麼？」黃坤不解其意。

「鍾老三！」黃溪捂著眼睛，大聲喊道：「你沒煉成小鬼，在這裡裝模作樣有什麼用？」

眼下鍾老三在前方不到一尺的地底，聽到黃溪的話，身形登時一滯。黃坤趁著鍾老三這一猶豫，彎腰揪住他的胸口，把他從地底提了上來。

鍾老三哇哇大叫，身體掙扎得厲害。黃坤這才發現，鍾老三胸口衣服被自己抓爛，還血肉模糊一片。原來他的胸口早就受傷，傷口腐爛，胸骨都露了出來。

黃溪聽見叫喊的聲音，摸準方位，右手的食指和中指朝著鍾老三的印堂一點。鍾老三頓時萎靡，軟癱癱躺在地上。

「別鬆手。」黃溪喊聲。

可惜遲了，黃坤已經放開抓住鍾老三的手。鍾老三如同詐死的狐狸，馬上鑽入地下，瞬間沒了蹤影。

「我以為他死了。」黃坤訕訕地說著。

「不怪你。」黃溪沒有責怪的意思，「若不是你，我們今天還對付不了他。」黃坤扶著黃溪到墳前，那隻小孩仍站立在墳頭。可他們都看明白了，不過是個紙紮的小人。

「還有一隻蛾子。」黃溪眼角不斷抽動，「在我眼睛裡，你把牠拉出來。」不用想，肯定是剛才劃開眼球遲了點，有一隻蛾子飛不出來，就往裡面鑽。黃坤忍壓恐懼，兩個指頭慢慢摸進黃溪的眼眶。平時細沙落進眼裡，人們就淚水直流，黃溪現在承受的異物感必須加乘千百倍，疼得渾身顫抖，唇色發白。黃坤手指傳來軟軟的觸感，哪分得清怎樣才是蛾子。

「摸翅膀。」黃溪提醒，聲音是順著一口氣喘出來的。

這下子，黃坤摸到紙片般的東西，輕輕地往外扯，總算把蛾子拉了出來。

黃坤瞧那隻眼睛血肉模糊，撕了自己的衣袖，想替黃溪纏上。

「不行。」黃溪一把扔掉布條，「否則待會兒結痂，布條就扯不下來了。」

「能走嗎？」黃坤語氣相當擔憂。

「我還能走，去把你爺爺的屍體背過來。」

黃坤不囉嗦，照辦了。黃溪雖然一口娘娘腔，但絕對是條漢子。他此刻滿臉鮮血，右眼剩下空洞洞的血紅眼眶，可左眼勉強睜開，即便疼得瑟瑟發抖，神色竟能保持冷靜。不僅如此，他的嘴角還勾起一絲笑意。

「你都變成獨眼龍。」黃坤摸不透他的心思，「開心個什麼勁？」

黃溪搖晃著鈴鐺，慢慢前行，黃松柏的屍體也跟著。他思索片刻，得出這個結論，「有人暗中幫忙。能破鍾老三煉魂的人，應該是他們。」

「鍾老三煉的鬼魂被破了？」黃坤撓撓腦袋，問道：「什麼意思？」

「他煉的土魂很厲害，但你說那隻小鬼的臉和旁人無異，我就知道他沒煉成。」說罷，黃溪又補充一句，「如果煉成了，小鬼是沒有臉皮的。」

「哎，我知道了。」黃坤忽地拍手叫道：「清江裡那個小孩也是養的水鬼！」

「那隻小鬼也是沒煉成，被人破了。」

「原來是金仲那個臭道士在幫我們！可他怪模怪樣的，原先還以爲不是好人。」

「這麼說，有他們幫忙，我們黃家應該能過這一關。」

「他們？」黃坤好奇地問：「不就金仲一個人嗎？」

「依你所說，鍾家老么的事，是金仲幹的。」黃溪的精神稍稍輕鬆了點，「至於鍾老三，一定是另外一個人。」

「他們什麼來頭？」

「詭道。這幾年，他們興盛起來了。」

兩人一屍繼續在黑暗中行走，繞過一個山頭，黃溪停下腳步，向四周張望。

「怎麼？」黃坤問道。

「沒人。」黃溪微微蹙起眉頭，「一個人都沒來。」

「我們到重慶地界了嗎？」黃坤想起黃溪說過，到了重慶的地界，就會有黃家人接應，可現在什麼人都沒有。

這意味著什麼？

黃坤看向黃溪，但黃溪沒有說話，繼續往前走，腳步明顯加快很多。

到了天明，黃溪讓黃坤獨自在偏僻的地方等著，獨自到附近的市鎮找診所。黃坤等到中午，黃溪終於回來，眼睛蒙上紗布，看來已經敷藥消炎。

「不能等了，我們白天也得趕路。」黃溪拿出一個布條，找了個樹枝掛在上面。布條畫著奇怪的圖案，是一隻龍頭蛇身的古怪神獸。

兩人儘量不走大路，專挑偏僻小路上行走。即便如此，路上還是偶爾會遇到人。幾乎所有人遠遠看到布條，就會主動迴避。他們所經之處，也有湊近了看熱鬧的，可隔得近些，又馬上躲開。

「黃家在重慶東南部有名頭。」黃溪向黃坤解釋，「大家看到這面旗，就知道要趕快避開。」

距離秀山還有兩百多里，黃坤粗略估算，就算是白天黑夜都趕路，也要走四、五天。走了三天，黃溪實在支撐不住，飛蛾蠱又發作一次。這次還好，蛾子從掌心飛出來。但這麼一折騰，本就疲憊的他更加疲憊。

黃坤也累得半死。於是，又找了個趕屍匠的客棧休息。

「這個蠱……」黃坤閉上眼睛前，忍不住問道。

「你遲早要知道的……」黃溪平靜地說著，「川東湘西本就是一個地方，古時候同屬一個郡管轄。從古至今，出了無數的巫師和道家高人。明末清初，四大家族漸漸成爲其中翹楚，各占一方，分庭抗禮。其中就有犁頭鍾家……」

「居然有鍾家！」黃溪急切地打岔，「他們專門養鬼嗎？」

「養鬼是他們其中一項手藝。」黃溪進一步解說，「他們的法術源自茅山，但現在不使正宗茅山術，自成一家，早和茅山脫離關係。」

「就是他們和你們黃家作對，對吧？」黃坤喃喃說道：「原來是有來頭的家族。會養鬼，又會下蠱。」

「我的蠱不是鍾家下的。」黃溪接過話，「四大家族裡，有鳳凰山一派，下蠱最厲害。由於她們的蠱術傳女不傳男，所以沒有姓氏。」

「兩個厲害的家族，你們都得罪了。」黃坤搖了搖頭，「怪不得你麻煩大。」

黃溪苦笑一下，「還有個魏家，最擅長的就是養屍。」

「哦，我懂了，鍾家在路上找我們麻煩，你身上又中蠱，看來魏家也想對付我們，是不是？你口中的四大家族，你們已經得罪了三個。」

「不，魏家的態度目前尚不明朗。他們還在觀望，我帶你爺爺和你回去，就是爲了取得他們的支持。」

「還有一家呢？對你們黃家是什麼態度？」

「能威脅我們黃家的，就這三大家族了。」

「明明還有一個家族啊！」

黃溪半瞇著眼睛看黃坤，「我們黃家一直都是最強的，只是這幾十年式微而已。」

聞言，黃坤用力一拍腦袋，自己還眞是傻，黃溪說了這麼半天，從他第一句話，就應該知道，四大家族之中就有黃家。

「看不出來黃家有這麼大的來頭啊！」黃坤瞪大雙眼。

「此外，四大家族又被道家統稱『外道四大門派』。」黃溪語不帶驕傲，「這下你明白我們黃家的來歷了吧？」

「他們爲什麼要對付你們？」黃坤不停追問，「四大家族之間的關係很糟糕，是不是？」

第 11 章

魏家人

黃坤的後頸突然一鬆，整個人摔回地面。還沒爬起來，就見那些一身黑色長袍的人腿部僵直，一步卻能躍得很遠，飛快移動到鍾家人身前。這下箝制黃家子侄，包括黃溪的鬼手全部消失。

「四大家族時而合作，時而交惡，幾百年都是這麼過來的。」黃溪分析當前情勢，「鍾家是鐵了心要擠垮我們，鳳凰山的宋銀花沒使全力，還在觀望。現在就指望你和大伯爺回去，爭取魏家站到我們這一邊。」

「這和我有什麼關係？」話說出口，黃坤就想起黃溪說過，魏家和爺爺黃松柏有交情。

原來是這樣！說完這些，黃溪睡意深了，可黃坤還有疑問，「爲什麼鍾家和鳳凰山要對付黃家？」

「這個……」黃溪猶豫片刻，回道：「會有人告訴你的，這不該由我現在說明。」然後寂靜無聲。

這段路走下來，黃坤也累得很，縱使心裡滿是疑問，依舊敵不過睡意，不多時也沉沉睡去。

接下來，一路無事，黃溪卻更加焦躁。他們在路上遇到麻煩，說明對頭已經到了秀山。期間，黃溪的飛蛾蠱又發作一次，這次是腳上，行走不便，又拖延一點時間。

翌日，凌晨三點鐘，黃溪暫緩腳步，說道：「我們到了。」

此時，兩人走在山坡上，前方山腳的沖積平原有一大片房屋。房屋前是一片良田，水渠環繞。

二十分鐘後，來到房屋跟前。黃坤看到一個巨大的牌樓，頂上是飛簷，下方石牌刻著一個大大的「黃」字。

這是黃家的大門。

進了牌樓後，是一片開闊的院子。這院子實在太大，根本不像一個尋常人家的院落，更像一個小廣場。四周圍著一丈高的圍牆，黑夜裡看不到盡頭。

一群人站在一間古老的房屋前，黃溪領著黃坤和黃松柏的屍體走向那處。

老屋前的走廊砌著十來個石柱，石柱上安放臂粗的紅色蠟燭。十幾根蠟燭，把那些人照得清清楚楚，他們猶如不共戴天地分兩邊站。

場地裡兩批人，中間放置著一具棺材。黃溪帶著黃松柏的屍體靠近，旋即有幾個黃家子侄快步走來，把黃松柏的屍體緩緩抬入棺材。接著，黃溪又吩咐他們，儘快設立靈位。

過程中，沒有一個人說話。

黃坤看見站在房屋右側的那群人中，有個光頭，還有個矮子。這兩人他認得，是在水裡搗亂的鍾家老么，和會土術的老三。

他們那一群共有十幾人，穿的是普通的衣服，不像黃家人服飾統一。

房屋的左側另有幾人，穿著也和黃家不一樣，皆為黑色長袍。都什麼年代了，居然還有人這麼穿衣服。

這時候，黃溪對鍾家那邊的人說：「鍾家和我們黃家很久沒有來往，這次針對我們，想來是有人挑撥吧？」

鍾家其中一個老人馬上答道：「我們不想對你們趕盡殺絕。只要你們不和北京的那個人打交道，我說話算話，絕不和你們黃家作對，兩家世代修好。不僅如此，我還能說服鳳凰山的宋家姐姐，解了你的蠱毒。飛蛾蠱的滋味不好受吧！哪天長到你咽喉上……哼哼！」

「你用不著嚇唬我。」黃溪很沉得住氣，「沒了黃溪，黃家還有別的子侄。黃家什麼沒有，就是人多。我們自有生存之道，用不著你鍾家大爹操心。」

「你說的就是你身邊那個小夥子吧？」鍾家大爹半瞇著眼睛，說道：「黃松柏的孫子應該比你強。」

黃坤聽到鍾家的領頭人在說自己，眼睛滴溜溜地轉了幾下，「你在講我嗎？」

「大爹。」鍾家老三刻意壓低聲音，「是他。他能下地。」

鍾家大爹嘴裡哼了哼，黃坤正想著這老頭在做什麼，突然被一股力量拉起來，腳底離地一尺高。他連忙扭頭察看，見到一個秤鉤勾住自己的衣領，而那個秤鉤的後半部是手臂。

見鍾家大爹突然在自家發難，黃溪立刻拿起木劍砍過去。站在場地裡的黃家子侄全衝上前圍攻鍾家的人，可鍾家的人都沒出手，黃家子侄卻被憑空伸出的手臂抓住。

「哈哈……黃家眞是沒人了。」鍾家大爹狂妄地笑道：「不再是黃松柏、黃鐵焰那個黃家了。」

黃溪聽了，勃然大怒，砍斷拉住自己的鬼手，向鍾家大爹走去。但他越走越慢，距離鍾家大爹不到一米遠的時候，實在走不動了。

黃坤清楚看見，地底伸出無數隻手臂，抓住了黃溪的小腿，有的還直接穿過腿部肌肉，牢牢扣住腳踝。

「就這麼點本事嗎？」鍾家大爹一派輕鬆地說道。

「你個老不死的！」黃坤看到這個場面，忍不住破口大罵。「你別囂張，我們黃家年輕人多得是，你今天就算贏了，我們也會找回場子！」

「『我們』黃家！」黃溪顧不上自己的窘境，回頭向黃坤說了一句，「你總算是認了。」

黃坤一時沒明白什麼情況，脫口而出的話，有誰會記得？

「你剛才說『我們黃家』，對吧？」一個冷冷的聲音傳來。

「好像是。」黃坤愣愣地回答。

這會兒，他驀地想起自己對黃溪一向都稱「你們黃家」，方才卻脫口道出「我們黃家」四個字。

「老鍾。」那個冷冷的聲音又說：「那我就不能不管了。」

黃坤的後頸突然一鬆，整個人摔回地面。還沒爬起來，就見那些一身黑色長袍的人腿部僵直，一步卻能躍得很遠，飛快移動到鍾家人身前。

這下箝制黃家子侄，包括黃溪的鬼手全部消失。

鍾家大爹和其他鍾家人，都與身穿黑色長袍人對望。許久後，鍾家大爹撂下一句，「你跟著黃家，沒好處的。」

「我也不想幫他們。」

黃坤看清楚了，冷冷的聲音是站在鍾家大爹面前的黑袍人發出來。

「可你還是插手了。」鍾家大爹有點底氣不足。

「說過的話，潑出去的水。」黑袍人語氣不高不低，沒有抑揚頓挫，「答應過黃松柏，就不能反悔。我們都是外道，你也知道言而無信的下場。」

鍾家大爹看了情況，鍾家的養鬼術雖然被黑袍人壓制，還不算處於下風，勉強可說勢均力敵。但幾十個黃家子侄狠狠地望著鍾家人，場面一觸即發。

「走了。」鍾家大爹拱了拱手，反身走去。其他鍾家人立刻跟上，都從黃坤身邊走向牌樓。

鍾家大爹走到黃坤的身邊，對他上下打量一番，「怪不得那個王八蛋多管閒事！你都走陰十幾年，還真是個好人選。」

黃坤懶得多想鍾家大爹在說什麼，嘴巴也不落下風，「你給我等著！總有一天，我會親自到你家拜訪！」

「我等著。」鍾家大爹不以爲意，回道：「我設宴款待你。」

「滾！」黃坤吼了一聲。

鍾家人看黃坤氣焰囂張，想給他點顏色瞧瞧，幾隻陰森森的鬼魂已經站到黃坤身前。同時，幾個黑袍人立刻躍過來，直接在前方護住黃坤。

黃坤瞥見那幾個黑袍人的臉，登時嚇一大跳。黑袍人的臉色雪白，和身上的衣服形成強烈反差。更加恐怖的是，面無表情的臉上，長著粗粗的硬毛。

黑袍人其實都是死屍！

鍾家大爹揮了揮手，繼續走著，嘴裡說道：「魏家都把鐵屍帶來，我們惹不起，後會有期啦。」

「什麼時候會一會我的銅屍？」其中一個黑袍人多說了幾句，「替你送終的時候，我一定帶上。」

「我沒那福氣，你家養了幾百年的東西，珍貴得很。」鍾家大爹笑著走出牌樓，領著一群人消失在黑夜裡。

黃坤看著面前的屍體，還沒緩過神來。

「你眞的打算歸宗？」那個冷冷的聲音傳入黃坤的耳裡，但黃坤搞不清楚聲音究竟是哪具屍體發出來的。

「我還沒想好。」

「如果你不願意歸宗，我馬上叫鍾家人回來，聯手對付你們黃家。我只欠你爺爺的情，旁人我可沒什麼交情，犯不著爲你們得罪……」

「都說了讓我想想！」黃坤聲音大了，還直接打斷對方。

第 12 章

歸宗

安葬黃松柏的排場很大，黃家人按照族長的規格將他下葬。黃坤知道自己歸宗，等同讓爺爺終於恢復黃家族長的身份，魏家人受的就不是黃松柏個人恩惠，當然得維護黃家。

一群身穿黑色長袍的屍體安靜佇立著，死屍味瀰漫空氣中。黃坤向屍體看去，每一張臉都是慘白的，還長出硬毛。

接著，他緩步走到棺材前，看了爺爺一眼。魏家的群屍也跟著移動，這次藉著燭火，他看清楚屍體的臉部。

原來屍體的一臉慘白，是擦了白色粉末的緣故，眼下粉墨慢慢脫落，臉上黑白相間，才知道最初是鐵黑色。

眾多鐵屍之中，唯獨一具屍體的臉色沒有改變，依然煞白。黃坤心裡有數，群屍裡只有這一個活人，當然也就是跟自己講話的魏家人。

「小夥子，快想清楚。」魏家人催促著，「天一亮，你爺爺就要出殯。你若不說話，我就當你不願意歸宗。」

黃坤的目光溜過院落裡所有的黃家子侄，等著這些人求他。可即便神色頹喪，他們還是沒一個人上前說話。接著，他看向黃溪，雙方恰好對上視線。

「只要你們向我爺爺的屍體道歉，說不該當年把他趕出來，我就歸宗。」黃坤提出條件。

「不可能！」黃溪抿了抿嘴，回道：「那是老一輩的事情，我們這一輩沒道理評斷對錯。」

「那就讓魏家和鍾家找你們麻煩吧。」黃坤撂下狠話，「既然你們不肯，我也沒道理替我爺爺幫你們。」

「你想好了嗎？」魏家人確認黃坤的意向。

「你到底答不答應？」黃坤指著黃溪問道。

黃溪一隻眼睛已經盲了，另一隻眼睛看著黃坤，卻說不出求饒的話。

「嗯。」魏家人逕自做出結論，「我現在就請鍾家人回來。反正黃松柏死了，他孫子又不肯歸宗，我和你們黃家實在沒交情，今天就來個了結吧。」

「誰說我不願意！」黃坤被逼急了，喊道：「算了，我認了。」

此話一出，所有黃家子侄都跪倒在黃松柏的棺材前，重重磕響九個頭。下一刻，紛紛忙碌起來，端出各種葬禮用的物品。安置妥當後，焚香燒紙，屋外也開始炸起鞭炮。吹嗩吶的、打喪鼓的都從屋裡走出來，一時好不熱鬧。

鐵屍被鞭炮聲驚動，獠牙從嘴巴裡伸了出來，蠢蠢欲動。魏家人見黃坤歸宗，走到他身前，「既然你已經歸宗，我受過你爺爺的恩惠，會幫你們黃家。鳳凰山那邊，我幫你們攔著；至於鍾家，你們自己解決。鍾家老三和老么都受傷，暫時對付不了你們。有詭道暗中幫忙，鍾家老頭也忌諱，你們黃家應該沒什麼麻煩。還有，以後若有什麼要我幫忙，儘管到辰州找我。」

言畢，魏家人帶著鐵屍躍上牆頭，又跳走了。

黃家大張旗鼓地操辦黃松柏的後事，剛才的險惡氣氛都消除了。黃坤看著他們輕鬆的表情，心裡不爽快。畢竟是自己的親爺爺死了，哪裡開心得起來？

好在黃家人看重老爺子的葬禮，任何一個走到黃松柏的棺材旁邊，都彎腰屈膝，禮數非常周全。

特別是黃溪，雖然眼睛瞎了一隻，身上還帶著傷口，且幾天幾夜都沒好好睡覺，依然直挺挺地站在棺材旁邊守靈。作爲一個大家族的族長，能做到這點，還能有什麼挑剔呢？

其實，黃坤早在魏家人問話的時候，就已經下定決心歸宗。不爲別的，和黃溪這幾天相處下來，知道他爲人不錯，性格耿直。而且，這一大家子都姓黃，黃坤怎麼可能袖手旁觀？

只是萬萬沒想到黃溪的脾氣這麼硬，到了那個關頭都不肯道歉。

天亮了。

黃家子侄八人抬起棺材，卻露出吃力的表情。黃坤感到好奇，明明棺材看起來不太厚，竟如此有份量，不知是什麼木頭造的。

安葬黃松柏的排場也很大。墓碑早已準備好，黃松柏的身份是族長，黃家人也按照族長的規格將他下葬。

黃坤知道自己歸宗，等同讓爺爺終於恢復黃家族長的身份，魏家人受的就不是黃

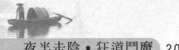

松柏個人恩惠，當然得維護黃家。

事情想明白了很多，但還有很多沒想明白。

「詭道暗中幫助我們，到底是怎麼回事？」黃坤找個機會問黃溪。

「鍾家老么，就是那個光頭。」黃溪一點一點說個分明，「身上被金仲的炎劍砍傷，懂道行的人，老遠就看得到。金仲是詭道的執掌，炎劍則是他們的信物。」

「可是，他在長江裡砍的是一隻河怪。」黃坤不屑地說：「沒什麼本事，還讓河怪跑了。」

「那隻河怪應該是鍾家老么養的。」黃溪進一步解釋，「你看不到鍾家老么是正常的，那時候你爺爺還沒死。」

「我現在又能看見什麼了？」黃坤不以為意，「還不是和從前一樣？」

「你沒發覺嗎？」黃溪簡單舉了兩個例子，「你現在能看到很多東西，比如拉人魂魄的鬼卒，還有能看到地底的東西。」

「這個和我爺爺死了有什麼關係？」

「大伯爺最厲害的本事是趕屍、走陰、拉人魂魄。有這種本事的人，都能行土術。他早教你本事，你不曉得罷了。當他死了，你的本事就會猛漲。」

「也就是說……」黃坤好奇心大盛，問道：「我現在也會拉人魂魄？這就是走陰，對吧？」

黃溪點了點頭，「沒錯。不過，你的本事還不行，要有人教你。」

「誰教我？」黃坤歪著頭，問道：「黃家的人嗎？可我看你本事也不怎麼樣。」

「黃家已經沒人會走陰，但你要行土術，就一定要學這個本事。所以，你得拜一個人當師父。」

「有人比我爺爺還會走陰嗎？」

「有，天下道門公認的過陰人。天下走陰的人千萬，只有一個人能當過陰人。他的意思很明顯，會收你當徒弟。」

「他跟你提過嗎？」黃坤提出一連串疑問，「他為什麼要收我當徒弟？」

「關於你的事情，我都聽說了。」黃溪略微提了一下經過，「金仲得知你是大伯爺的孫子後，過陰人就和大伯爺見過面，大伯爺也答應讓你當他的徒弟。」

「對啊！」黃坤回憶起那一晚，「我趕夜路回家，看見爺爺的魂魄，它跟我說了幾句話，還要我振興黃家……」

「大伯爺沒忘記我們。」黃溪愧疚地說：「這麼多年，我們都沒去探望他，眞是……眞是……」

「是你們自己訂下規矩，不能去見他的，對不對？我爺爺也一輩子不能離開家裡方圓百里。」

「么爺爺一輩子沒離開四川。就上回選過陰人，是死了之後才去了趟七眼泉。也就是那次，我見到了過陰人。」

「那個臭道士金仲眞的要我當他徒弟嗎？」黃坤對他實在沒好感，神神叨叨的，還讓那個河怪跑了，「爺爺還講，若有一個拿著銅錢的人找我，要我一切都聽他的，原來那個人就是過陰人。可你怎麼知道爺爺和過陰人見過面？」

「大伯爺走陰一輩子，自己死的時候，是不能逗留的。」黃溪道出自己的想法，「死了一天，還能還魂，一定是過陰人所爲。天下走陰的人再怎麼厲害，也只能聽從鬼差驅使，只有過陰人是反的，可以驅使鬼差。」

「過陰人爲什麼看上我？」

「都說了，大伯爺把本事交給你了。」

黃坤知道在黃溪這裡問不出更多的事情，但還不死心地問了一句，「你眞的不曉得我爺爺爲什麼被趕出黃家嗎？」

「眞的不知道。」黃溪鄭重地答覆，「么爺爺已經死了三年，他生前從不談起。他們那輩人都死了，估計永遠不知道當初黃家兄弟反目的緣由。如果不是他們有嫌隙，我們黃家也不會淪落今天的地步，連鍾家都欺負到頭上來。」

第 13 章

接頭

黃坤知道自己前段日子經歷的事情，都是被人安排好的，策策只是個跑腿的。因此，對那個神神秘秘，總躲在暗處安排的人，也就是過陰人，感到相當不滿。眼下他想看看過陰人到底是什麼來頭。

黃家替黃松柏操辦葬禮，大擺筵席，鬧了三天才結束。

這三天裡，黃坤除了和黃溪有話說，跟其他黃家人都沒什麼互動。

黃家的確是大家族，分支衆多，家業很大。縣城裡哪是黃溪輕描淡寫說的幾間店門，根本有好幾棟大樓都是黃家名下的不動產。黃坤想到自己哪天當上黃家的族長，肯定就發財了，不免暗自欣喜。

黃坤在黃家又待了一個星期，黃森也回來了，臉上一條又一條的血痕。黃溪讓他解開衣服，果然後背也是條條血痕。

「鍾家老二抽的？」黃溪揪起眉頭。

「他也沒討到好處！」黃森興奮地描述當時情景，「金仲來了，幫我教訓他一頓，他的胳膊都被打折了。」

黃坤在爺爺下葬當天打了電話回家，家裡向他報了平安，沒想到還有這些枝節，好在有驚無險。

黃坤摸摸腦門，「看來不拜金仲爲師不行了，我家裡受他這麼大的恩惠。」

「不是。」黃溪回道：「你不是拜他爲師，他不是過陰人。」

「難道是他師兄弟？」

「也不算。原來你不知道啊！還以爲大伯爺跟你提過。過陰人和金仲都是詭道，但過陰人是門人，只是個掛名的。」

「弄了半天，」黃坤悻悻地說：「原來是半吊子要收我爲徒。」

「半吊子？」黃溪一聽，剩下的一顆眼珠子險些掉出來，旋即笑道：「算了，等你見到他就知道了。」

黃松柏的葬禮已經結束。

黃坤不曉得自己在黃家到底是什麼樣身份，自己已經歸宗，黃家也承認爺爺的族長地位。並且可以肯定，就算黃家沒有面臨鍾家人的威脅，爺爺死後，仍然會接爺爺回黃家。

因爲，黃溪帶著黃坤去黃家祖墳後一間外觀不起眼的屋子。

裡面打掃得很乾淨，有個僕役坐著，對進來的人毫不在意。

兩張長案前後排列，上面擺放著青石做的石龕，離得遠的那張長案已經擺滿，靠外側的長案只放了三個。

黃溪沒帶黃坤走到裡面的長案，只讓黃坤看外側長案上的石龕。不用解釋，黃坤也看到了，自己爺爺的靈牌放在倒數第二個石龕裡。排在爺爺之後的靈牌寫著「黃蓮清」，排在爺爺之前的靈牌寫的則是「黃初一」。

「黃初一是誰？」黃坤好奇不已。

「是你的曾祖父。」黃溪回答，「是我曾祖父的哥哥。」

黃坤正要走向裡側的長案，看看還有哪些名字，黃溪立刻說了一句，「你不認識的。他們生前威名顯赫，可現在已經沒人記得他們。」

黃坤遲疑了一會兒，知道這是黃溪找的藉口，其實是不願意他走到裡側的長案，光看到他要跨出腳步，就緊張得不得了。

「我們都不能走進去，是不是？」黃坤指著那個僕役，問道：「除了打掃灰塵的人，誰也不能進去？」

黃溪神色黯然，沒有做出回答。

「如果有一天，我當了族長，就能看了，對吧？」黃坤不放棄，又問：「是不是有什麼秘密藏在那裡？」

「我不能進去看。」黃溪澆滅他的期盼，「你當了族長也不能。」

「走著瞧吧。」黃坤悻悻然。

接下來的事情，讓黃坤的心情特別好。

黃溪帶他回到黃家老屋，召集所有黃家子侄，正式舉行歸宗儀式。

但排場小了很多。

一個年輕人裝模作樣地在屋內對著呂祖畫像，唱了一大段的戲，咿咿呀呀的，黃坤一個字都沒聽懂。接著，那年輕人拿出族譜，將黃坤的名字寫在上面，排在黃初一

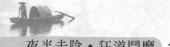

和黃松柏那一房裡。

然後，眾人都散了。

「就這麼簡單？」黃坤有些訝異。

「你還要什麼？」黃溪笑了笑，說道：「跟我去帳房。」

帳房裡，一個中年人坐在裡面，身前有一張大桌子，桌面放著幾份文件。

「我們在縣城裡的一棟房子，政府要修路，便拆了。」黃溪解說著，「原先那棟房屋是黃家的公產，現在政府賠償一套新房子，就給你了。剩下的事，高會計會告訴你。」

中年人，也就是高會計，禮貌地伸出手，黃坤連忙也伸手跟他握了握。

高會計很快地把房產的事情向黃坤說清楚，當他走出帳房，已是一個包租公，每個月有兩千塊的租金。黃坤十分滿意，這比父親每個月給的生活費多上一倍，還沒出校門就已經有收入。

黃坤向黃溪表示要回去上學，不能留在秀山。

黃溪也沒多說，「你回去吧。高會計每個月會把錢轉入你的銀行帳戶。」

由於黃溪身上的傷還沒痊癒，飛蛾蠱還是每隔三十四個時辰發作一次，便讓黃森送黃坤去縣城車站，自個兒便回房休息。

黃森和黃坤坐在候車廳，等待長途客運到來。

「哥哥。」黃森一臉羨慕，「詭道的人都看中你，你的運氣眞好。」

「詭道爲什麼要收我爲徒？」黃坤還是有疑惑沒解開，「就因爲我是黃松柏的孫子嗎？」

「肯定有原因的。」黃森咧著嘴巴笑道：「不然他們幫我幹嘛？」

「誰知道他們是不是和鍾家人合夥算計我們，逼著我拜他們爲師？」黃坤一副不以爲然，「說不定是見我天生異稟，故意設下圈套收買我。哼哼，當我沒讀過書嗎？再說，網路上多的是這種故事，又不是沒看過！反正我對詭道沒什麼好印象！」

聽完這番話，黃森捂著嘴笑起來，「你還眞把自己當回事啦？你現在的本事，比我都差了一大截，別人怎會費神做這些？」

黃坤被這麼一堵，登時尷尬了，連忙轉移話題，「既然他們要收我當徒弟，會怎麼聯絡我？」

「你回去學校，有個叫策策的女孩會帶你去找過陰人。」黃森依著金仲的交代告訴他。

「策策？」黃坤一下子跳了起來，「老子就知道那丫頭沒懷好意！怪不得……媽的，怪不得……」

黃森撓撓自己的腦殼，問道：「你認識她？」

「怎麼不認識！」黃坤咬牙切齒地回道：「淨他媽的坑我！」

坐了一天的車，好不容易回到學校，已經是晚上。黃坤剛走到寢室樓下，就看到策策和李大胯子站在樓道等著。

「連覺都不讓我睡啊？」黃坤挎著一張臉，衝著策策喊道：「急什麼啊？今天不去會死人嗎？」

策策抿著嘴笑道：「真的是要死人！看樣子，你還真有點本事，這都猜得到。跟我走吧。」

黃坤知道自己前段日子經歷的事情，都是被人安排好的，策策只是個跑腿的。因此，對那個神神秘秘，總躲在暗處安排的人，也就是過陰人，感到相當不滿。眼下他也想看看過陰人到底是什麼來頭。

於是，策策帶著黃坤到中心醫院，並走到住院部。

黃坤跨進醫院之前，心裡就想著：果然是這種人，第一次見面都挑這種地方。

策策和黃坤進了一間病房，裡面有兩名病人躺在床上。他們身上都插著管子，病房裡還瀰漫一股死人的氣息。

策策對黃坤說：「你就在這裡待著，我先走了。」

「妳要去哪裡？」黃坤還在問，策策扭頭走向門外，順手按下牆上的開關，病房裡突然變得黑暗。

黃坤沒好氣地喂了一聲，可策策已經走出去，也把門帶上。他想去開燈，卻覺得不對勁，身後有動靜。回頭看了一下，頓時大吃一驚。

病房裡本來只躺著兩名病人，現在卻多了幾個！

那些衣著古怪的「人」又出現了！

哪裡有死人，它們就在那裡出現。黃坤已經不是第一次見到，現在明白它們就是鬼卒，專門拉人魂魄的。

鬼卒安靜地站在病房裡，倘若它們是活人，應該早就把病房站滿。

它們的臉都朝著靠窗那名病人，想來會出現在這裡，肯定與那名病人有關。

黃坤的眼睛慢慢適應黑暗的環境，發現其中一個鬼卒有點不同。它戴著一頂草帽，窗外的月光照耀下，一張臉也勉強看得清楚。

不過，黃坤寧願沒看到。

第 14 章

過陰人

黃坤登時後悔得腸子都青了，不過說一句話，對方就全賴上自己。可過陰人不是在鬥嘴，幾步走到黃坤面前，一張蛇臉對著黃坤。當他把草帽取下，方才的蛇臉成了一個年輕人的模樣。

那一張臉，不是人的臉龐，而是一副蛇樣。鼻子只有兩個孔，眼睛分散在兩側，嘴巴是闊大的縫隙。信子一伸一縮，吞吞吐吐著。

黃坤嚇得往後一退，後背抵靠在牆上。

「走吧！還待在這裡幹什麼？」一句話傳入黃坤的耳裡。

「誰在說話？」黃坤壯著膽子問道。

「你在醫院已經躺了七個月。時間到，就該走了，繼續躺在這裡能怎麼樣？你還以爲自已活得過來嗎？」那聲音又傳來了。

這回，黃坤不問了，明白說話的就是那個戴草帽的蛇臉。蛇信伸伸縮縮，原來是在說話。而且，說話的對象正是躺在床上的那名病人。

「你以爲不吊氣就是活著啊？沒用的。你以爲留在這裡，你家人就認爲你有希望？根本不是。」蛇臉靠到病人的頭邊，黃坤看到蛇信已經快挨著病人的鼻子。「我告訴你，你兒子和女兒爲你的事情在吵架。他們輪著照顧你，早就不耐煩了。」

「你怎麼這麼不聽勸呢？我告訴你，你腦溢血那天，醫生就判定你腦死，勸你兒子和女兒讓你拔管。」

「我告訴你，今天你願意走就走，不願意走也得走！聽不進好話，是不是？」

「我算是服了你，死了就死了，萬事都了。你怎麼這麼不聽話呢？」

聽到這裡，黃坤禁不住噗嗤一笑，心裡也沒那麼害怕了。

草帽蛇臉繼續說話，「我不管，老子今天說要把你帶走，就一定要帶走！說了兩個小時，嘴巴都說乾了！」

「你知不知道睡在這裡，一天要花多少錢？你兒子和女兒到處借錢，你曉得不曉得？生死由命，就認了吧！算是給我個情面嘛……我知道你不認得我，可我也很難做啊！」

黃坤覺得好笑，下意識迸出輕蔑的話，「什麼過陰人嘛！也就這點能耐！」

「那你來！」過陰人聽到黃坤說話，「你過來拉，反正你爺爺是做這行的，你的本事應該也差不到哪裡去。」

黃坤登時後悔得腸子都青了，對方真是賴皮，自己不過說一句話，就全賴上自己了。可過陰人不是在鬥嘴，幾步走到黃坤面前，一張蛇臉對著黃坤。黃坤急忙別過臉，「離我遠一點，醜八怪。長成這副模樣，怪不得一輩子得吃這碗飯。」

「我長什麼模樣？」過陰人語調無奈。

當過陰人把草帽取下，剎那變了樣子，方才的蛇臉成了一個年輕人的模樣。頭髮茂密，一張圓臉，還戴著眼鏡。黃坤在路上無數次想像過陰人的樣貌，認爲可能跟自己爺爺一樣，是個老頭，或者是身材高大，氣宇非凡的人。現在看到，不禁大失所望，原來這人個子比自己矮了半頭，樣貌看起來也比自己大不了多少。實在太平凡了，還不如剛剛的蛇臉讓人容易接受。

「你有能耐。」過陰人撇了撇頭，「你去拉他。」

「去就去。」黃坤一把奪走過陰人手上的草帽。

「你拿我帽子幹嘛？」

「不用戴帽子嗎？」

「誰說要戴草帽的？」

黃坤懶得和過陰人囉嗦，走到病床旁邊。

這是一個六十多歲的老頭，身體瘦得跟一把枯柴似的。眼睛半張著，眼球都是白的，喉嚨荷荷作響，是個沒有意識的植物人。

正思索該如何拉人魂魄，黃坤瞥見病床上的老頭旁邊還有個影子蹲在床腳。那個影子的模樣和病床上的老頭一模一樣，它表情非常痛苦，對著黃坤連連搖頭。

「你捨不得走也不行。」黃坤硬著心腸，「別拖時間了。」

這場景突然讓黃坤覺得熟悉，似乎從前經歷過。很久之前，還很小的時候，爺爺就已經教會他怎麼拉魂魄，只是後來忘了。

魂魄的脖子非常脆弱，只要抓到那個部位，就無法做任何反抗。

關於這點，黃坤真的在很久之前就知道。原來爺爺當年帶著他在墳墓裡玩，其實就是在走陰。走陰是什麼，現在黃坤非常清楚，就是幫助鬼卒帶死人的魂魄走。

黃坤不再猶豫，伸手捏住老頭魂魄的脖子。老頭根本沒有反抗的意圖，只是一臉不捨，明顯還不想死。

「別讓你爺爺丟臉。」過陰人倒輕鬆，還知道用話激黃坤，「你不是說你爺爺是個厲害人嘛！」

聞言，黃坤心底騰起一股火，回頭望向過陰人看，點著頭說：「你這人眞有種，自己不行，激我倒是一套又一套啊！」

過陰人一屁股坐在另一張病床上，翹起二郎腿，腳一晃一晃的，嘴裡竟還哼起曲子。黃坤的肺都要氣炸，心念一動，手已經抓到老頭魂魄的脖子。接著，幾個鬼卒架起這個不肯離世的魂魄，霎時就消失無蹤。

「這就完了？」黃坤驚訝地叫道：「未免太輕鬆了吧！」

「沒有我在這裡，你哪可能這麼輕鬆！」過陰人挑著眉頭說：「黃坤，是吧？看你還行，以後這些事情都交給你了。」

「你訛上我了，是不是？」

「又不難，看你做得也滿好，就這樣了。」過陰人一派輕鬆。

「怪不得有人說你是懶胚。」

「我是啊！」過陰人怡然自得，一點也不惱怒，「所以，你要勤快點。」

聽罷，黃坤鬱悶至極，過陰人完全和黃家、鍾家、魏家人不一樣，一點能人的風範都沒有，黃溪這麼差火的人都比他強多了。要是拜他爲師，簡直倒了八輩子的楣。

「搞了半天，我餓了。」過陰人摸著肚皮，說：「吃飯去。」

「你也吃飯嗎？」黃坤露出疲態，問道：「能不能讓我先回去？我睏了，坐了一整天的車。」

「誰說我不吃飯的？」過陰人沒打算放過他，「不能走！你走了，誰付錢？」

這會兒，黃坤把病房裡的燈打開，仔細看著過陰人，「你是冒牌貨吧？就是專門騙吃騙喝的那種神棍。」

「世上的神棍，有幾個不是騙吃騙喝啊？」過陰人撇了撇嘴說：「犯得著這麼當回事嗎？」

黃坤真是敗給了對方，從口袋裡掏出錢，點了點，只有一百多塊。過陰人的目光溜過，說道：「夠了，夠了。吃幾串燒烤，喝幾瓶啤酒足夠了。」

「你還真不客氣啊！」黃坤有種拿他沒辦法的感覺，「做這行應該很掙錢吧？居然還要宰我！真缺德！我就這麼點錢，也要請你吃飯？」

「吃了再說。」過陰人搓著兩手，「等我有錢再請你不就行了！」

第15章

拜師

黃坤內心簡直有一萬個為什麼，徐雲風突然發起脾氣，「別人收個徒弟，就輕鬆得很。我倒好，收個徒弟，還要低聲下氣說這麼多。媽的，連個拜師宴都沒有，幾支肉串就把我打發。」

兩人走到勝利二路的巷子裡吃燒烤。

過陰人一點也沒把黃坤當外人，點菜不含糊，就是按照黃坤身上的錢點的。黃坤不禁擔心吃完後，自己還有沒有錢坐車回去。

「你真的是詭道門人嗎？」黃坤沒什麼心情進食，坐著也彆扭，索性主動搭話。

過陰人正在吃羊肉串，含糊地回道：「勉強算是。」

「那個臭道士金仲是你師兄？」

「不是，我沒師兄弟。」

黃坤越發覺得過陰人是個半吊子，明明聽說金仲是詭道的執掌，他卻斷然否認。

「我的堂兄黃溪是黃家族長，他說你要收我當徒弟。」黃坤遲疑地問：「有這回事嗎？」

「有啊！」過陰人喝口啤酒，「是金老二向我推薦的。你是黃松柏的孫子嘛！」

「我跟你學什麼？」

「你想學什麼？」

「我看你就只會變戲法，戴上帽子變成蛇臉，是不是川劇的本事啊？還有那個金仲能把長劍變成知了殼子，看樣子也很會變戲法。」

「你把金老二搞贏，就知道怎麼用螟蛉。到那個時候，螟蛉就是你的啦！那東西滿好的，用順手了，厲害得很。」

「那東西是螟蛉？」黃坤前後搭不起來，不由得皺起眉頭，「你怎麼說話前後矛盾呢？剛剛還說我拜你當師父是金仲意思，現在又要我搞贏他。」

過陰人放下筷子，兩手在頭頂扒幾下，「怎麼跟你說呢？眞是麻煩。」

「說了這麼多，我還不知道你的名字呢？」

「我姓徐，徐雲風。都要收你當徒弟，不能連門派的事情都瞞著你……」

「聽說詭道很厲害，我也很想知道。」

「是這樣的，我呢……」徐雲風喝了一口酒，「雖然算詭道門人，但只是個掛名，和詭道正式門徒沒有輩分的聯繫。就好像……臨時工一樣！平時要做事，做得好，是門派的功勞；倘若捅出婁子，就歸我頂包（宜昌方言，背黑鍋）。現在你知道我的身份了吧？」

「知道了。」黃坤笑了起來，果眞如先前猜想得那樣，就是個半吊子。

「詭道呢……」徐雲風繼續說道：「一般分長幼兩房，就是師兄弟兩人。師兄可以收兩個徒弟，師弟只能收一個。掛名的可以隨便收，一百個都行。但是，只能有一個當詭道的執掌。」

「這麼說來，詭道應該有不少人啊！」黃坤快速在腦中計算，「兩個師兄弟，收三個徒弟。三個徒弟又能收徒孫，再加上掛名收的，傳上幾代，人也不少了。」

「算是這麼算。」徐雲風接過話，「可詭道不像你們黃家。詭道人丁不旺，傳了幾千年，掛名只出了不到五個，門人經常都不收徒。大多時候，都是單代相傳，沒絕種，就算不錯了。」

「掛名是個什麼講究？」黃坤來了興趣。

「就是變通的法子。」徐雲風說道：「剛不是說了，詭道的破規矩，讓人丁不旺。他們又喜歡內訌，多次處在消亡的邊緣，只好破了規矩，找個厲害的人力挽狂瀾，增強詭道的勢力。」

「懂了！」黃坤提出另外一個疑問，「過陰人又是什麼？」

「和你爺爺一樣，拉人魂魄的。」徐雲風又道：「道家有這本事的人很多，不光是詭道會，你爺爺就是專門幹這個的。當年若沒有被黃蓮清趕出來，憑著他的本事，早就當上過陰人。」

「你手藝不行，比不上我爺爺，是不是？」

「可以這麼說，我當過陰人就是被他們坑進去的！誰愛當啊？」

「現在是要坑我，對吧？」

「你安心當我徒弟就是，哪來這麼多廢話？」徐雲風開始不耐煩。

黃坤看見他的表情，知道自己肯定沒猜錯，但這種事道破就扯破臉，轉而開啓別的話題，「你和金仲幫了我們黃家，是眞的嗎？」

「我沒幫什麼。」徐雲風嘻嘻地笑了起來，「就是騙鍾老三割自己的胸口。哈哈，那個笨蛋，還想煉土魂……」

黃坤回想起鍾老三胸口血肉腐爛的模樣，可鍾家絕非徐雲風講的那麼不堪，是很厲害的家族。然而，聽徐雲風的口氣，根本不把他們放在眼裡。

「如果跟你學本事。」黃坤很想知道，「我能超過鍾家的人嗎？黃溪被下飛蛾蠱，我也能找上鳳凰山擺平她們，替黃溪解開蠱毒嗎？」

「媽個巴子！」徐雲風突然發起脾氣，「別人收個徒弟，輕鬆得很，還專出一些難題考驗。我倒好，收個徒弟，還要低三下四，唧唧歪歪說這麼多。媽的，連個拜師宴都沒有，幾支肉串就把我打發。」

「那你說該怎麼拜師啊！有什麼排場嗎？」

「我哪知道！我又沒拜過師父！」徐雲風大聲發洩自己的不滿，「我就是莫名其妙被坑進來的！別的詭道門人收徒，排場大得很，又是跳神，又是唱青詞，三山五嶽的人都來道賀，什麼鬼啊妖怪啊也來。我收你倒好，兩句話就完事。」

黃坤也不想多廢話了，「你不收就算，我回黃家，搶黃溪的位置當族長。」

徐雲風一臉無奈，歪著腦袋，不曉得在思索什麼，最後撇著嘴巴笑起來，「還真他媽的有報應！好吧，你想怎麼樣？」

「我再問一件事，進了詭道，能不能結婚？」

「詭道又不是道教，當然能結婚。再說，就算道家也有火居道士。」說完，徐雲風半眯著眼睛問：「你小子是不是有惦記的人了？」

黃坤怎麼可能把喜歡陳秋淩的事情說出口，連忙又問：「入了詭道，我還是黃家人嗎？」

「這才問到點上！」徐雲風嘴角勾起笑，「你不僅要把黃溪踢了，自己當上族長，還要把金老二的螟蛉搶過來。」

「搶螟蛉有什麼好處？」

「好處大著呢！拿了螟蛉，就是詭道執掌，以後你就牛逼了！」

「這麼大的好處？」黃坤眼睛都亮了，「可是，黃溪和金仲對我都還行，我怎麼好意思……」

「有什麼不好意思的？」徐雲風打斷他，「能者居之。黃松柏受了大半輩子的委屈，你怎麼也要替你爺爺出口氣吧？」

這句話真的把黃坤打動了。

吃完最後一串燒肉，徐雲風站起身，黃坤正要掏錢，他先把錢給結了，「跟我走一段路。我不知道該怎麼收徒弟，只能走個過場。」

「走什麼過場？」黃坤十分好奇。

徐雲風沒有多說，「十一點了，我們走吧。」

徐雲風往沿江大道的方向走，黃坤不知道去那裡到底有什麼用意。

兩人順著濱江公園向解放路走。天氣已經很冷，可江邊還有很多人閒逛。

「當年詭道有個門人拜師，就是走了一遍這條路。」徐雲風雲淡風輕地說：「我帶你走一趟。」

「那個人是金仲嗎？」黃坤百般好奇。

「不是，是金仲的師弟。他當過詭道的執掌，本事很大。」

「比你大嗎？」

「比我大。」徐雲風非常肯定地回道：「如果沒出那麼多事情，現在他不僅是詭道的執掌，而且天下術士多半都要聽從他的差遣。他可是官方認可的大術士，可惜是普通人，不合適當過陰人，不然我也不會跟他爭。」

「聽你的口氣，你陰過他？」黃坤笑著問道。

「算是吧。」徐雲風嘆了口氣，「誰不認爲自己做的事情是正確的呢？他的確付出了很多，一個沒有任何天賦的人，能在五年內達到那個高度，很不簡單。當年他拜師的時候，就是走這條路，但可不像你現在這麼輕鬆。」

「你的意思是，我和你一樣，都有過人的地方？」黃坤不敢肯定自己，說道：「我怎麼沒發現？」

「你仔細看看身邊。」

第 16 章

走過場

黃坤眼前的世界又恢復燈火通明的繁華城市，可如果仔細觀察的話，城市建築會以另外一種古老的面貌展現在眼前。他想著這就是所謂看透陰陽的本事，恍然大悟道：「看來當一個術士很輕鬆嘛！」

經徐雲風這一提，黃坤突然發現，此時在江邊走動的那些人，和平時看到的普通人不大一樣，有的來來回回踱步，有的直愣愣地站在岸邊，盯著江面看。

黃坤還見到很多人站在齊腰深的江水裡，一動也不動，可那位置分明已經距離江岸幾十米。這下他明白了，原來這些根本不是活人！

「很奇怪你以前爲什麼沒發覺，是不是？」徐雲風看了黃坤一眼。

「我真的沒發現過。」

「你從小就看得比旁人多，早已習慣，以爲其他人都和自己一樣。」

「我想起來了。」黃坤錯愕地瞠大雙眼，「很多次搭電梯，明明我看見人滿了，我同學卻非要擠進去。有時候，我等公車，連著過去好多輛都載滿人，不禁奇怪旁人爲什麼還拼命往上擠……」

兩人走到夷陵長江大橋不遠處，徐雲風指了指橋上。

有很多人在橋面，可只有三、四個在行走，其他人則安靜地站在欄杆邊，直挺挺的，動也不動一下。黃坤頓時明白了，原來自己看到的，全都是……

黃坤渾身發麻，吶吶地說：「除了那幾個行走的人，其餘的都是鬼魂，可我以前看到這些，都誤把它們當作人。」

「錯了。」徐雲風面無表情地糾正，「現在橋面上一個人都沒有。」

「既然我連人和鬼都分不清。」黃坤困惑不已，「你怎麼說我有天生的本事。」

「這就是你的本事所在。」徐雲風回道：「你根本不需要學走陰，天生就會，就算沒有你爺爺教，你也是個走陰的人選。黃松柏太狠了，在你出生的時候，就已經為你選擇往後該走的道路。你爺爺讓你從小就看得見，只是你那時候太小，怕嚇著你，就沒告訴你，你能看到的東西到底是人還是鬼。」

沿江大道突然開過幾輛公車，行駛的速度非常緩慢。黃坤看到得一清二楚，公車上擠滿了「人」。這也不需要再向徐雲風確認，因為這些公車其中的兩輛，根本不該走這條路線。

「熱鬧吧！」徐雲風習以為常地說：「到了七月十四，比現在更加熱鬧。」

「所以，我現在要跟你學的，就是去如何分辨看得見的，哪些是活人……哪些是鬼魂？」

「這個簡單，你只要留心就行。」徐雲風指點他，「你仔細看，身邊的一切到底有什麼分別。」

黃坤集中注意力，更加仔細打量身邊的事物。長江大橋在他眼裡變成古老的石橋，江邊的建築都不再是現代的模樣。

「我以前怎麼從沒想過這些？」黃坤懊惱地撓撓頭。

「因為無論是哪種環境，你都已經習慣。你爺爺教你的，就是能夠看到陰陽兩界。這個本事很厲害，旁人學不來的。」徐雲風的語氣非常平淡。

兩人終於走到解放路。黃坤眼前的世界又恢復燈火通明的繁華城市，可如果仔細觀察的話，城市建築會以另外一種古老的面貌展現在眼前。

這就是所謂看透陰陽的本事吧？

黃坤恍然大悟，叫道：「原來學法術這麼簡單！看來當一個術士很輕鬆嘛！」

「當術士很輕鬆。」徐雲風笑了笑，「學本事也不難，難的是本事之外的事情。你爺爺的本事已經很厲害，可他境遇你也知道。有時候，當一個術士，眞的和本事沒什麼關係。最厲害的是人，不是法術。」

兩人繼續往大學的方向走，黃坤隨口問了一句，「這麼客氣，你還送我回學校？」

「不是。」徐雲風搖搖頭，「我要去看一個人。」

看著徐雲風轉向營盤路，黃坤敵不過好奇心，也跟在他身後走。

到了福利院，徐雲風選個比較容易攀爬的地方，當先爬上圍牆，並用眼神示意黃坤也爬上來。黃坤照做了，兩人一起翻進福利院內。

院內有不少人在遊蕩……不對，黃坤提醒自己，眼前所見的都不是院內的老人。

徐雲風走到療養樓的一樓房間，輕輕把門一推。房裡有三張床，但只有一個床位有人。

「叔……叔。」那個坐在病床上的人開口說話，「你……來看我了。」

是女孩的聲音。

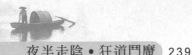

徐雲風慢慢走到病床邊，坐在一旁的凳子上，重重嘆一口氣。黃坤心裡疑惑，這是什麼人，徐雲風必須選在這個時候來探視。

「她白天神志不清，就這時候神智勉強清醒。」徐雲風沒扭過頭。

聞言，黃坤覺得非常神奇，怎麼自己想什麼，他都知道，和金仲一模一樣。原來詭道的門人都有這個本事，能猜透別人在想什麼。

「妳好些沒有？我給妳帶了東西。」徐雲風關心地問完，從身上拿出一個鑰匙圈，上面有個機器貓的小玩偶。

那女孩接過鑰匙圈，興奮地把玩起來。

看著這一幕，黃坤偷偷猜想，這是徐雲風的女兒嗎？瞧他年齡不大，居然有女兒了？黃坤想到這裡，走近了些，確認那個半躺在床上的人，是女孩無疑。但是，腦袋比正常人大了很多，而且腦殼不是圓的，左側有一個很大的凸起。女孩的臉部歪得厲害，眼睛都長到太陽穴的位置，嘴巴歪斜，嘴唇拉開，牙齦都露了出來。

「叔叔，陪我玩……」那個女孩說道。

「好。」徐雲風嘴上這麼說，卻沒有半點動作，仍舊靜靜地坐在旁邊，看那女孩玩鑰匙圈。

黃坤坐立不安，不曉得該做什麼，就在房間裡四處張望。突然發現，房間的地板到處是稻草。正感到奇怪，發現那女孩不知何時，已經變成一個稻草人。

「她……她……她……」黃坤指著本是女孩的稻草人結結巴巴，半晌說不出一句完整的話。

「沒魂魄，是不是？」徐雲風沒有否定他的話，「你沒看錯。」

黃坤再次看去，那女孩恢復成人樣。但是，她已經睡著，頭垂在胸前，手中還拿著鑰匙圈。徐雲風把被子輕輕蓋在女孩的身上，還用枕巾擦了擦她的下巴。又坐看了一會兒，才道：「走吧。」

兩人沿著原路回到福利院外。

黃坤正要詢問，臉色一直不好的徐雲風倒是先說了，「腦瘤。她不能躺著睡覺，不然顱內壓力升高，馬上就要了她的命。」

「她是你什麼人？」

「不是什麼人。」徐雲風回道：「造業的。母親死得早，前年父親也死了，哥哥也行動不便，只能在街上替人擦皮鞋，顧不上她。」

「我沒見過這麼怪的人。」黃坤歪著腦袋回溯記憶，「就算以前看那麼多鬼，也沒見過這麼奇怪的。」

「我不知道自己做得對不對。」徐雲風長長嘆了一口氣，「其實她可以不受這些苦，可我還是希望她能靠手術治好。」

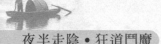

「她的病……一天要用不少錢吧？」

「如果動手術。」徐雲風語調非常沉重，「也許就能痊癒。」

「爲什麼不做呢？」

「哪來這麼多錢？」徐雲風露出難看的苦笑，「錢都用在她平時的治療上。」

「你都是過陰人，難道還沒錢嗎？」

「我有錢，而且有不少。不過，不是靠這個身份掙來的。」

「怎麼可能！我們黃家家大業大，詭道也應該差不到哪裡才對！」

「你們是幾百年的地主，也不是靠法術掙錢的。」

「既然你是過陰人，應該能靠手藝掙錢。」

「怎麼掙？」徐雲風反問：「難不成跑到人家的家裡說，我是來拉你家老人魂魄的，你們給點錢讓我花花……豈不是找打嗎？」

「既然沒錢，你幹嘛這麼起勁？」黃坤不屑地拋出一句。

「沒辦法，既然當了，就得當下去。」

兩人說著話，走回學校門口。黃坤向徐雲風告辭，「以後怎麼找你？師父。」

「打電話唄。」徐雲風瀟灑地轉身走了。

回到寢室，黃坤草草洗漱睡了。躺在床上，心裡不是滋味。

看樣子爺爺早就有心思讓自己回黃家歸宗，也就是想好讓自己走上這條道路。可從過陰人的處境看來，這條路沒想像那麼風光。黃溪雖是族長，什麼都不缺，卻得想著黃家的興衰，上百號人吃喝拉撒都得顧著。過陰人，聽黃家人說起，哪個不是一臉羡慕，可眞的見到了，卻是這一副模樣。

黃坤在床上翻來覆去，怎樣都睡不著，乾脆坐起來抽煙，看到李大腭子沒睡，也坐在床上，立刻破口大罵，「你他媽的都死了兩個月，還在這裡搞什麼搞！」

冥婚

女孩不斷詢問何時病好，想讀書，還想跟村裡芋人結婚。她父親一聽，當下就怕了，因為那人是單身漢，前年死的時候才三十九歲。這是命，碰巧又有個人選，徐風雲表示一切好辦，弄個冥婚就行。

第 1 章

活死人

回過頭，黃坤看見李大胯子的鼻尖已經脫落，被他拿在手心，臉部正中一片乾裂的血肉。李大胯子倒是不驚慌，從身上掏出一個瓶子，擠壓出液體，對著鼻尖的斷面仔細塗抹，又按回臉上。

這兩個月一直待在寢室，晚上就躲在床角的李大胯子，原來早就死了。黃坤甚至知道，那天李大胯子的老鄉拉他去運河，他就已經淹死。

只是因爲金仲提前在寢室門口畫了紅色叉記號的緣故，水猴子不敢拉走李大胯子的魂魄。於是，失去魂魄的他仍舊延續往常的生活。雖然在旁人眼裡，他還是老樣子……不對，他還是平時的模樣，可生活習慣和表情已經完全改變。

李大胯子行屍走肉了這麼久，大家都沒有發現。黃坤倒有所發覺，但一直誤以爲他是害怕，沒想到他害怕的是魂魄被河怪惦記，並非怕死。因爲，他已經死了。

也難怪他每天要洗那麼多次的澡，就是擔心自己身上發出異味。在旁人面前把自己包得嚴嚴實實，則是怕身上的屍斑露出來。

黃坤想起所有的細節。

李大胯子一到晚上就躲在床角，根本是他無法睡覺，誰見過死人睡覺的？那些衣著古怪的鬼卒，每晚都跟著他，原因很明顯。

猛然間，黃坤明白自己要做什麼了，於是不再發脾氣，下了床，招招手，李大胯子當即服服貼貼地跟他走出寢室。

「我們小聲點。」黃坤壓低音量，說道：「別嚇著其他同學。」

此時此刻，李大胯子身邊又站著鬼卒。

「你惦記著什麼？」黃坤問道。

「我爸媽養我不容易……家裡的經濟條件不好，我就這麼死了，實在不甘心……我明年就能工作……就學貸款還指望我還……」

黃坤搖搖頭，「這是命，抗不過的。現在天氣冷，你能掩飾。等明年開春，天氣一天比一天熱，你怎麼辦？難道讓人看著你的皮膚一塊塊往下掉？難道讓人看到你的眼眶裡爬出蟲子？」

「那我該怎麼辦？」李大胯子哭了，卻流不出眼淚。

「你天天在吃防腐劑？」黃坤好奇地問：「還往身上抹東西？」

這時候，一個夜歸的男生恰好經過。看見他們倆是熟人，本來要打招呼，忽然一指李大胯子，叫道：『胯子，你的鼻子怎麼掉了？』

李大胯子愣愣地說：「有嗎？」然後用手去摸鼻子。

黃坤則連忙用身體擋住那男生的視線，「你看花眼了。快去睡覺吧，我和他有事要說。」

「什麼事情啊？神神秘秘的。」那男生嘟嘟囔囔地回寢室。

回過頭，黃坤看見李大胯子的鼻尖已經脫落，被他拿在手心，臉部正中一片乾裂的血肉。李大胯子倒是不驚慌，從身上掏出一個瓶子，擠壓出液體，對著鼻尖的斷面仔細塗抹，又按回臉上。

「有點……歪。」黃坤張著嘴半天，才道：「原來這些天，你都是這麼唬弄過來的。你左邊的耳朵呢？」

李大胯子聳聳肩，「不曉得掉到哪裡去，只好用頭髮遮住。」

實際上，黃坤內心十分驚恐，可還是儘量用平靜的語調說話。也因爲李大胯子是自己的好兄弟，黃坤才強壓自己的情緒，倘如換了別人這樣，他早就受不了。

「胯子，你聽我說……」黃坤不知該用什麼字眼安慰朋友，「死了就是死了，拖著也沒用的。」

此話一出，黃坤赫然發現自己完全就是學徐雲風在病房裡說話的口吻，怪不得徐雲風對著那個鬼魂一臉無奈。徐雲風找上自己，該不會是因爲自己比他心腸硬一點？幹這行，不能有太多悲憫之心。

想到這裡，黃坤內心清明，手伸向李大胯子，「別拖了，走吧。」

「大黃，我……」李大胯子臉色淒慘。

黃坤點點頭，抓住李大胯子的脖子。旁邊的鬼卒一刻都不耽擱，把鎖鍊套上李大胯子的身上，便消失在黑暗裡。

「我可沒答應你什麼啊！」黃坤扶著李大胯子的屍體回到寢室的床上。

一個同學被聲響吵醒，半睜著眼，迷迷糊糊地問：「那傢伙又喝醉了嗎？」

「對。」黃坤不多說半個字，「睡你的覺！」

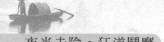

畢竟寢室裡躺著個死人，黃坤一整個晚上都沒闔過眼。

早上，黃坤早早離開寢室，去上課，儘量表現出正常的樣子。還沒到中午，就有同寢的同學慌慌張張地打電話來，想來他們是發現異狀了。

黃坤回到寢室，校醫已經在寢室裡。

「大黃！」同寢室的一個男生臉上滿是驚嚇，說道：「嚇死我們了！你昨晚才回來，所以不知道。你走的幾天，李大胯子待在寢室裡，我們也沒覺得什麼。特別是前三天，他就一直睡在床上，我們問他，他也不作聲。以爲他生病了，我們還問他要不要看醫生。」

「那他怎麼說？」黃坤故意做出很好奇的樣子。

「他最後一次說話是三天前晚上，就說他很累，懶得看病，睡一下就好了。」那男生接著說道：「我們聽他這麼說，就沒放在心上，哪曉得……哪曉得，他就死了。估計已經在寢室裡死了兩天，我們竟然都不知道！」

聽著這番話，黃坤擺出誇張的表情。可走過來兩個男同學，其中一個指著黃坤，說：「你裝什麼啊？你昨晚還和胯子說了話，就在這裡。」

另外一個也說道：「是啊，大黃，你昨晚還說胯子喝醉了。」

黃坤一時不知該如何應對，只能隨口胡謅，「你們看花眼了吧？我昨晚回來，就直接上床睡了。」

可這句話他自己說得都心虛，哪有同時兩個人都看花眼的？

李大胯子的死因，被斷爲突發心臟病，因爲校方找不到更好的理由向他父母解釋。至於醫生鑑定的屍體已經死亡一個月以上、體內有大量的防腐劑等等，都被掩蓋過去，這對大家都好事。

很多天，同學都不敢回來睡覺，不是躲在外面包夜上網，就是在朋友的寢室借宿。不過，時間長了，還是陸陸續續回來睡覺。

李大胯子的事情漸漸平息。

有時候，黃坤甚至感覺李大胯子好像從沒在自己的生活裡出現過。人死留不下任何痕跡，唯有空蕩蕩的床位提醒著，李大胯子是眞實存在的。

黃坤思考這些問題，而且想了很多，自家爺爺走陰了一輩子，是如何看待生死的？還有師父，到底是什麼想法？

天氣漸冷，離寒假不遠了。

大家不再通宵上網，重新拾起書本，拼命地複習功課。每個學期末，才有點學生樣，總得臨時抱抱佛腳，免得被當。

考完試，黃坤準備收拾東西回家。他打算好了，趁著寒假去秀山一趟，看能不能從黃溪那裡再弄點好處。

黃坤打算離開前，跟陳秋凌告個別。這段時間，他手上有錢了，經常和陳秋凌在外面吃飯，兩人的關係變得比較密切。可還是琢磨不透陳秋凌的態度，那一步始終邁不出去。好幾次，兩人一起散步，黃坤鼓足勇氣去牽陳秋凌的手，都被陳秋凌閃開。可若是陳秋凌不在意他，又何必和他來往？

反正，一切都歸一句：女人就是麻煩！

黃坤來到陳秋凌的寢室，發現她沒有回家的意圖，東西都沒收拾，和往常一樣坐在床上看書。

「妳不回家嗎？」黃坤問了一句。

「不回。」陳秋凌回道：「我從上大學，就沒回過家。」

黃坤好奇得很，陳秋凌是秭歸人，回家很近，也方便。

正當黃坤想著，陳秋凌突然對他下逐客令，「你快出去！」

「怎麼啦？」黃坤莫名其妙。

「叫你出去，就出去啊。」陳秋凌急得跺腳。

黃坤一頭霧水，看陳秋凌非常急迫，就加快語速問道：「放假了，我們一起到市區玩，怎麼樣？」

「隨便。」陳秋凌想都沒想，飛快給予答覆，「到時候你再打電話給我。」

第 2 章

黑寡婦

整頓飯，就聽策策和徐雲風在鬥嘴，陳秋凌跟黃坤都說不上話。吃飽結帳後，策策和陳秋凌告辭。黃坤也準備離開，徐雲風卻示意他留下，「你小子真會找人，找個結了婚的當女朋友。」

兩天後。

黃坤和陳秋淩、策策逛了一天，看著兩個女生和賣衣服的老闆討價還價，悶得要死。從鐵路壩逛到解放路，又從解放路走回鐵路壩，整天下來，腿都軟了。看來當人家的男朋友，還眞是不簡單。

期間，黃坤免不了分辨人群中奇怪的面孔，發現越是人多的地方，越容易見到異樣。眞的太不可思議，混跡在人群中，很多看起來跟旁人別無二致的，其實都已經不屬於這個世界。

逛到晚上，三人都餓了，商量就近找個地方吃飯。策策提議，附近一條巷子裡有家餐館，環境簡陋，但是味道很好，老闆信佛的。

黃坤一聽，就覺得好笑，佛教信徒開餐館？還眞是少見。

策策領著黃坤和陳秋淩，走到珍珠路旁的小巷道，果然放滿了桌子，看樣子生意很不錯。策策指著一張桌子，「坐那邊。」

黃坤抬眼望去，看到那張桌子已經坐了一個人，正要說有人的時候，對方回頭打了個招呼。不是別人，正是自己的師父。

策策和徐雲風肯定認識，黃坤早就知道，這下更加確定。

「瘋子哥哥，晚上不忙嗎？」策策一屁股坐到徐雲風旁邊。

「我忙什麼？」徐雲風懶懶地回道：「這不是找到打下手的嘛！」

黃坤知道他在講自己，「我想著師父和這丫頭認識，沒想到那麼熟啊！」說完，還在徐雲風另一側坐下。

一張四人的方桌，三個位置都坐了人，陳秋凌沒得挑，只得坐在徐雲風的對面。

徐雲風打量陳秋凌半晌，對黃坤問道：「這是你女朋友嗎？長得挺漂亮的，難怪你這麼在意拜師還能不能結婚。要是我，我也擔心不能結婚，把這麼漂亮的女朋友留給別人。」

黃坤察覺師父在說這句話的時候，眉頭皺了一下，但隨即恢復常態，就暫時沒多想。四個人坐著閒聊一陣，一個四、五十歲的胖男人把菜端上桌，嘴裡說了一句佛教的偈語。

徐雲風笑著說：「我不信佛的。每次來，你都念叨幾句，煩不煩啊？」

那男人不在意，又講了幾句勸人向善，還說徐雲風有慧根之類的話。徐雲風接過話，「我問你，你開餐館，每天殺生，一天要念多少遍往生咒啊？」

原來這個胖男人是這家餐館的老闆！

老闆和徐雲風說不下去，擺擺手，轉身去做自己的事。徐雲風看著他離去的背影，笑道：「以前是混黑道的，現在一心向佛，放下屠刀了。」

策策對餐館老闆很好奇，邊吃飯邊問，徐雲風敷衍幾句就過去。瞧話題暫告一段落，黃坤開口問道：「妳和師父很早就認識了嗎？」

策策點點頭，「認識很久了。他就喜歡欺負人，一點都沒當哥哥的樣子。」

「我已經很照顧妳了。」徐雲風一副拿她沒辦法的模樣，「妳和那麼多架匠、端工打交道，若不是我瞞著妳父母，他們不打死妳才怪！」

「你徒弟帶得怎麼樣了？」策策馬上把話題扯到黃坤身上。

黃坤本就不是嚴肅的人，也順著氣氛故意懶散地回道：「沒什麼難的。不就是走陰嘛，小菜一碟。」

「他確實是個好人選。」徐雲風對黃坤的能力很肯定，「基本上不失手。」

「我說要當你徒弟那麼多年，你都不答應。」策策憤恨地為自己抱不平。

「妳現在就已經很超過了，還想怎樣？」徐雲風挑著一邊眉頭，「要是妳爸媽知道妳跟著那些人學了奇奇怪怪的東西，我可不替妳打掩護，讓他們罵死妳。」

策策一聽，聳聳肩，吐了吐舌頭，看樣子很忌憚父母。

「學這個，是看人的。」徐雲風接續著剛剛的話講，「有人什麼本事都沒有，跟普通人沒兩樣，但就會走陰。他們經常晚上做夢，被叫起來，幫鬼卒去拉人的魂魄。有的人天生火罡硬，鬼卒拉不出他們的魂魄，只能靠這種人來幫忙。」

黃坤知道徐雲風是跟自己解釋走陰的緣由，於是拉長耳朵仔細聆聽。

「方才講的那種人，一般都晚上跟著鬼卒到處跑，做完事回家，就當做了一場夢。不過，也有白天突然就迷迷糊糊睡著的，醒來後旁人問他怎麼睡著，便會說出自己到過哪裡、誰死了。這是另一種走陰。」徐雲風的話匣子打開，暫時沒有停下的跡象，「很多道教門人依靠這種方法，和鬼卒打交道，修練道術。這就不一樣了，他們能夠主動和鬼卒一起拉人的魂魄……」

「我爺爺是不是就是你口中這種道教門人？」黃坤激動地打岔。

「黃松柏當然是。」徐雲風點點頭。

「那過陰人是不是所有修練走陰最厲害的那個？」黃坤追問。

徐雲風撓撓腦袋，「很多人比我強多了，只不過我運氣不好，湊巧當了而已。」

「不明白你說的意思。」黃坤露出困惑的眼神。

「是這樣的，當初詭道爭取到過陰人的資格，可那個詭道門人不想當，就讓給我了。」徐雲風訕訕地說著。

「別往自己臉上貼金。」策策不客氣地戳破他，「明明是你和金仲耍心眼，搶了王哥的位置。」

「誰告訴妳的？金仲嗎？肯定不是他。」徐雲風的情緒突然變得激動，「難道是王八？那更不可能。哦……我知道是誰了，下次看見她，一定給她好看。」

話音剛落，徐雲風原先坐得好好的身體，突然向下頓了一頓。黃坤看過去，發現徐雲風那張板凳四支腿都散開，歪倒在一邊。然而，坐的那塊板沒有落在地面，有幾個手臂的影子支撐著。

「別以為妳有幾下子就不得了。」徐雲風撇著嘴，「這招過時了，整不到我！是龍泉的向家龍教妳的吧？我下次看見他，絕對找他麻煩。這個老木匠，做什麼不好，教小丫頭這些東西！」

策策明白自己整不了徐雲風，當做什麼都沒聽見。黃坤見場面氣氛有點僵，連忙從旁邊拿來另一張凳子讓徐雲風替換，之後隨便提了個話題，「當過陰人到底有什麼好處？」

「你剛才沒聽到嗎？基本上，每個道教門派都有修練這個法術的門人。」徐雲風重新解釋一次，「他們都得聽我的，如果他們不聽我的，就沒機會去七眼泉爭過陰人的位置。」

「我什麼時候能當過陰人？」

「還早呢！」徐雲風乜斜著眼睛，看了黃坤一眼，「到時候，你得靠自己去爭，我可幫不了你。說到這個，你還是先把黃家族長搶到手，再把金老二的螟蛉搶過來。」

「憑什麼啊？」策策大聲埋怨，「他什麼都可以，我就什麼都不行，難道就因為他是男的嗎？」

「妳不行！」徐雲風非常堅持這點，「我答應過妳父母，絕不讓妳幹這個。」

整頓飯，就聽策策和徐雲風在鬥嘴，陳秋凌跟黃坤都說不上話。吃飽結帳後，策策和陳秋凌向徐雲風告辭。黃坤也準備離開，徐雲風卻示意他留下。

等兩個女孩走得沒影，徐雲風嘖嘖幾聲，說道：「你小子眞會找人，找個結了婚的當女朋友。」

「陳秋淩還在讀書，怎麼可能結婚？」黃坤立刻駁斥他的說法。

「她不會跟你談戀愛的。」徐雲風提出佐證，「剛才我就看到了，她身上有結過婚的記號。」

「你在瞎說吧？」黃坤還是不相信，「你是不是擔心我爲了結婚，就不跟你學手藝了？」

「她手上戴著戒指，你沒看到嗎？」

「知道啊！戒指戴在無名指表示已婚，可她的戒指是戴在食指。」

「戒指戴在無名指代表結婚，那是洋人的搞法。」徐雲風撇了撇嘴，「中國的規矩，女人食指戴戒指，表明喪偶守寡。」

「那你怎麼說她結了婚？」黃坤有點動怒。

「那丫頭身上邪氣很大，被東西纏住。」徐雲風一派輕輕地說：「我在這裡，那東西不敢纏著，平時就不知道是什麼樣子了。」

「你到底在說什麼？」黃坤著急地問道。

「你喜歡的丫頭很有可能是個寡婦，她男人一直跟著她沒走。」

「她才多大啊！二十歲的女孩，哪可能結婚！」

「你自己去問她。」徐雲風雙手一攤，「問了，不就明白了？」

「策策知道嗎？」黃坤不好意思問當事人，試探性地說：「我去問策策。」

「策策根本不知道。」徐雲風沒好氣地回道：「她知道個屁！」

第 3 章

締結陰親

歸州那邊有個男孩，十二歲那年掉到河裡淹死。家裡有錢，想著兒子沒結婚就死了，便想尋找合適的夭折女孩配對。找著找著，就找上陳家。聽說陳秋凌罹患絕症，他們便請陰媒上門提親。

黃坤一個人慢慢走回學校。路上，他想了很多，師父說得很明白，陳秋淩就是個寡婦。自己怎麼會喜歡上一個寡婦呢？現在都什麼年代，竟還有這麼早結婚的人！難道是娃娃親？但湖北早就不流行娃娃了啊。

黃坤走著，下意識來到陳秋淩的寢室門口。陳秋淩的室友都回家了，現在策策在寢室裡，看樣子是來陪她的。

「我有話跟妳說。」黃坤開口說了一句。

陳秋淩一臉平靜，「你師父都告訴你了。」

黃坤點點頭，「我能幫妳，我爺爺是……」

「是個厲害的人！」策策故意插嘴，就想揶揄他。

「妳先出去。」黃坤對策策說：「我有話跟她講，小孩子不要聽。」

陳秋淩嘆道：「你幫不了我的。」

「你們在說什麼啊？」策策萬般好奇。

「妳怎麼還不走？」黃坤的口氣不善，已經在趕人。

「這裡是女生寢室。」策策指著他的鼻子，「該出去的是你。」

「我們出去談吧。」陳秋淩站起身，對著策策囑咐，「妳留在寢室裡等我。」

黃坤和陳秋凌走到樓梯口，陳秋凌掏出紙巾擦了擦台階，自己坐了下來。黃坤不拘小節，直接坐在陳秋凌的身邊。

陳秋凌伸出食指，上面戴著一枚銀戒指，戒面鏤著一朵花。銀戒指應該有年頭，生了灰黑色的銀銹。

「我戴著這枚戒指已經十幾年了。」陳秋凌緩緩地說著，「這是我家的私事，沒人知道。」

「娃娃親？」黃坤提出自己的猜測，「然後妳娃娃親的丈夫死了？」

「不是。」陳秋凌咬著嘴唇回答，「比娃娃親惱火。」

「是什麼？」

「冥婚。」

聽到這兩個字，黃坤不由得倒抽一口涼氣。

冥婚的風俗中國自古就有，家中若有男孩夭折，家人會尋找一個死掉的女孩，兩方家長合了八字後，跟普通婚禮一樣舉行儀式，然後把兩個小孩的屍骸合葬。一般都是男孩家主動出錢找尋對象，如果一時找不到，就等到有合適的人選再操辦。

黃坤百思不得其解，陳秋凌明明一個大活人坐在自己的面前。

陳秋凌沉默一會兒，幽幽地問道：「嚇到了吧？」

「沒有。」黃坤直言否定，「我只是覺得奇怪。」

原來，陳秋淩七歲剛懂事上學的時候，沒來由地生了一場大病。病得很厲害，在茅坪治不好，便轉到宜昌的地區醫院。地區醫院的醫生檢查之後，給她判了死刑，說是心臟瓣膜的問題，天生的，治不好。於是，陳秋淩的父母把她帶回家，天天在家裡抹眼淚。

陳秋淩不能下地，身體一天比一天差，就是躺在床上等死。但她不知道，只覺得胸口悶，每天心臟疼痛的次數越來越多。

正當家裡替陳秋淩準備後事，來了一個古怪的人和她的父母講了很久。最後，陳秋淩的父母非常生氣，直接把那個人趕走。

「陰媒？」黃坤脫口而出。

「看來你還眞的知道。」陳秋淩有些驚訝。

「可是妳明明沒有死啊！」黃坤感到困惑。

「死了還好。」陳秋淩繼續說道：「就沒這麼多麻煩……」

歸州那邊有個男孩，十二歲那年掉到河裡淹死。家裡有錢，想著兒子沒結婚就死了，便想尋找合適的夭折女孩配對，算是完成一個心願。

找著找著，就找上陳家。聽說陳秋淩罹患絕症，他們便請陰媒上門提親。

那個陰媒是個男的，姓韓，在茅坪很出名，百姓都稱他「韓天師」。韓天師文革前在茅坪名聲很大，文革時期被當做牛鬼蛇神的典型批鬥，他脾氣也不太好，得罪過人，有人趁著這個機會要整死他。但批鬥他的革委會頭子剛好家裡出了古怪，秘密情商韓天師做法。因此，本來準備被槍斃的韓天師留下一條命，文革後被放出來，繼續從事老行當。

第一次上門，當然成不了。韓天師索性每隔幾天就到陳家，口沫橫飛地遊說陳秋凌的父母。當時，陳秋凌經常發病，韓天師還出手減輕她的痛苦。時間長了，陳家父母也就慢慢改變態度。他們知道女兒肯定好不了，又看韓天師這麼大身份的人放下架子，幾個月後終於答應。

陳秋凌八歲的那天，韓天師又來了。他在陳家跳了好久的大神，臨走前，給陳家一筆錢，還有一些首飾。

然而，陳秋凌的命真的很硬，醫生確診一年後，雖病懨懨的，卻始終沒吊氣，還躺在床上自學。父母看她這個樣子，也不忍不順著她。家裡的親戚都說，這女孩就是太聰明，所以命不好，老天爺容不得太好強的女孩，要收了她。

又過去兩個多月，陳秋凌竟然還沒有死，只是病得越來越厲害，說話都沒力氣。這會兒，陳秋凌也知道自己肯定要死了。陳家父母也沒有最初那麼傷心，隨著時間過去，接受了這個事實。

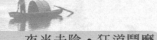

韓天師又來了，再次跟陳秋凌的父母談冥婚的事情。

第二天，陳家父母帶著她去宜昌的地區醫院，檢查期間，陳秋凌休克，經緊急搶救，還是醒了。但是，醫生這次徹底擊碎陳家父母僅存的希望，表示一個小女孩能挺這麼久已經是奇蹟，往後每一次發病都可能是最後一次。

此時，陳秋凌處於半昏迷狀態，斷斷續續聽得見醫生說什麼。可也只能聽著，心裡明白，卻說不出什麼話。

沒其他的辦法，陳家父母頹喪地把陳秋凌帶回家。韓天師老早就等在家裡，知道陳家父母在做最後的努力，可結局是無法避免的。這回，韓天師和陳秋凌父母談話時，不再介意陳秋凌還在旁邊。因爲，在他們眼裡，陳秋凌已經是個……

韓天師告訴陳家父母，歸州那個男孩馬上就要十四歲。過了十四歲，再和陳秋凌配八字就不合適，所以那家的父母很著急。這是好事，冥婚成了，兩家都好。再者，男孩的父母許下重金……

事情就在當天說定。三天後，韓天師會帶著那個男孩的骨灰來成婚。

韓天師離開後，陳秋凌的母親抱著她嚎啕大哭。陳秋凌氣若遊絲，一切都聽明白了，卻無法表達其他意見。

三天後，韓天師、夭折男孩的父母來結親，搞得和真的結婚一樣，還請了車隊。結婚的過程非常熱鬧，那男孩的堂弟抱著一罐骨灰，恭恭敬敬地喊門。陳秋凌也真巧，竟能自己坐起來，讓家人梳洗打扮。家人很清楚，這就是所謂的迴光返照。

完成一套結婚的程序，還把陳秋凌和陳家父母請到歸州。那男孩家人很有心，在家中大擺流水席，不知實情的旁人還以為是真的結婚。

到男孩家拜堂的時候，陳秋凌懵懵懂懂，在大人的引導下喊了公婆。之後，那男孩的母親親手把一枚銀戒指戴在陳秋凌的食指上。

（為什麼要戴銀戒指，陳秋凌沒解釋，黃坤也明白。這是死人結婚，不能戴金飾，而且陳秋凌當時還沒死，所以戴在食指，算是守寡。）

到了晚上，還要洞房，就是讓陳秋凌和骨灰罐在新房裡睡一晚。但是，陳秋凌一看到陰森森的房裡放著男孩的照片，嚇得嚶嚶哭起來。這下陳家父母心疼不已，就質問韓天師，表示先前怎麼從未提起有洞房這環節，還鬧著要帶陳秋凌回去。

韓天師登時發脾氣了，「婚結了，聘禮收了，公婆喊了，戒指也戴上，這小姑娘已經不是陳家人，是男方家的媳婦！」

此話一出，陳家父母既生氣又害怕，想來韓天師是不會放女兒回家。可是，將女兒獨自留在這裡，對方指不定要用什麼手段讓她死。

就算女兒病入膏肓，總還沒斷氣，哪個當父母的忍心這樣？

因此，兩家人大吵起來。陳秋凌的父母鐵了心要把她帶回家，不惜退還聘禮。

韓天師這時候就沒有從前那麼好言語，撂下許多威脅恐赫的話。由於韓天師在茅坪太有名，旁人都不敢得罪的，陳家父母就跪下來懇求，希望韓天師和親家能放陳秋凌回去。那男孩的父母看著也不忍，自顧自地躲起來，讓自家親戚和韓天師應付陳秋凌父母。

「不是不放小姑娘走。她明天早上就走。」

韓天師越是這麼說，陳家父母就知道不妙，連忙重重磕頭。可韓天師心意已決，哪裡肯輕易放過陳秋凌。

這些場面，陳秋凌都看到了，也明白發生什麼。

「眞的……那一刻……」陳秋凌用手托著下巴，眼淚撲簌簌地滾下，「我就把人心看懂了。」

原來陳秋凌對人一直這麼冷淡，是因爲幼小時經歷如此冷酷的事情。黃坤非常不是滋味，心疼之餘，伸手想替陳秋凌擦眼淚。

「別碰我！」陳秋凌連忙躲避，「千萬別碰我！」

黃坤的手伸了一半，又悻悻地收回去，「接下來發生什麼？妳的病……」

陳秋凌自己用紙巾把淚水擦乾，紅著眼睛笑了笑，「都說我命大……」

第 4 章

祖墳有詭

那小夥子挖了半天，從墳地裡挖出一個肉乎乎的東西。說是肉，又沒動物的樣子，說不是肉，被鐵鍬砍成幾瓣，卻又流出鮮紅的血。小夥子把多的重新埋了，只拿其中一塊回陳家，煮熟後，讓陳秋凌吃掉。

正當陳秋凌的父母、韓天師和那男孩的親屬鬧得不可開交，來了三個人。其中一個是陳秋凌的堂姐（說到這裡的時候，陳秋凌向著寢室看了看），就是策策母親。陪著陳秋凌堂姐來的兩個男人，一個是陳秋凌的堂姐夫，另外一個是她堂姐夫的好朋友。

陳秋凌的堂姐夫是中醫，看過她的病，說法跟地區醫院的一樣，認爲是治不好了。而陳秋凌堂姐夫的朋友一來，就對著韓天師拳打腳踢，抽空還衝著陳秋凌的堂姐夫罵道：「你信他媽的什麼醫學！你看看他們在幹什麼！不早點告訴我，都搞成這種地步了！」

在場所有人都被搞懵了。

原來，陳秋凌的堂姐得知這件事情，連忙趕過來制止，只是晚了，抵達的時候，陳秋凌的婚禮已經接近尾聲。

堂姐當著衆人數落陳秋凌的父母說不該這樣，堂姐夫則表示要在宜昌找關係，不怕跟他們鬧，要麼講道理，要麼就鬧，誰也不怕誰。

鬧得最狠的，是跟著來的那個朋友，脾氣大得不行。韓天師年紀不小，哪裡打得贏一個年輕小夥子，被打得跪地求饒，牙齒都掉了幾顆。

大家都勸那個小夥子，表示韓天師是厲害人，千萬別得罪他。但是那個小夥子根本不聽，邊打嘴裡邊罵，「老子看你有多厲害！看你敢不敢來找我麻煩！」

韓天師也怪了，遇到這個渾人，脾氣軟得很，跪著拱手求饒，不再是方才那副囂張模樣。可即使他服了周（宜昌方言，服軟），小夥子照死裡打他一頓，前後十幾分鐘，氣才消了。

韓天師被打得滿臉鮮血，胳膊也被打斷。旁人看得都奇怪，這麼有本事的人，遇到不講理的，竟然沒招。

結果，陳家父母總算把陳秋凌帶回家。

堂姐夫的朋友仔細看過陳秋凌後，向她的父母要了一把鐵鍬，又問祖墳在那裡。陳家父母感激得很，毫不隱瞞地告訴他。豈料，小夥子跑到他們祖墳，拿起鐵鍬就開始挖。這下所有人都看傻了，原來竟是一個神經病。

他們連忙上前阻攔，可沒人近得了他的身，距離一步遠的時候，好像被隱形人死命抱住，動彈不得，只能眼睜睜看著祖墳被挖。

那小夥子挖了半天，從墳地裡挖出一個肉乎乎的東西。說是肉，又沒動物的樣子，說不是肉，被鐵鍬砍成幾瓣，卻又流出鮮紅的血。

小夥子把多的重新埋了，只拿其中一塊回陳家，煮熟後，讓陳秋凌吃掉。做這些事情的時候，沒有任何人阻攔他。起先，陳家父母阻攔不了，後來就明白，他一定是懂得道行的人，在做好事。

唯一看不慣的人，恰恰就是陳秋凌的堂姐夫。過程中，他一直和那個小夥子對罵。

明明兩人是好朋友，那小夥子也是來幫忙的，不懂怎麼就這種口氣。最後，堂姐夫說了一句，把小夥子搞煩了，扭頭衝著他吼道：「本來想把這件事情結了。你這麼說，倒是我多管閒事。好，老子不管了。」

小夥子話說完，氣沖沖地離去，陳家父母都來不及感謝他。見狀，陳秋凌的堂姐擺擺手，說了一句緩解尷尬的氣氛，「那人就是這脾氣，二愣子一個。」

要說還眞的怪了，經這麼一鬧，陳秋凌的病情逐漸好轉。大家都猜測，就是吃了那個東西的緣故。

後來，陳秋凌一直沒再犯病，好好地活下來，學習也還可以，順利考上三峽大學。

聽到這裡，黃坤長吁了一口氣，嘴裡直說：「還好，還好……」

「還好什麼啊？」陳秋凌滿臉沮喪，「有什麼好的。這麼多年來，那男孩從沒放過我。我後來才知道，那男孩死得很凶，如果不找個冥婚媳婦，就會把家人全部弄死。就是個化生子。」

「難道它現在……」

「一直都在。」陳秋凌苦笑著接過話，「經過這件事，我也看明白了，所以對家人一直不親。不是我不想和他們親近，而是一想起過去的事就難受……何況，那男孩到現在還……」

「我怎麼看不見？」黃坤的眉頭揪成一團，「我應該能看得見啊！」

陳秋凌嘆了一口氣，「我在三斗坪讀高中的時候，一個男孩寫情書給我，第二天就瘋了。這件事情當時鬧得很大，別人都說是老師罵了他，事實是怎麼樣，只有我一個人知道……」

黃坤挺起胸膛，說道：「這種事妳怎麼不早說，未免太小看我了。」

陳秋凌瞧黃坤信心滿滿的樣子，笑了一下，然後站起身。用手背擦了擦臉龐，向寢室走去。

黃坤跟著後方，進了陳秋凌的寢室，策策坐在床上。策策一看見陳秋凌回來，立刻問道：「么么（宜昌方言，小姨），你怎麼從來沒提過？我爸媽也從沒說起妳以前還發生過那些事情。」

陳秋凌把自己的秘密說出來之後，心情好了很多，「剛剛沒看見妳出來啊！」

「不讓我出去，我就聽不到嗎？」策策機靈地咧開嘴笑了笑，又道：「這不算什麼本事！也難怪妳和我家這麼親近，原來是這樣啊！」

「妳鬼鬼祟祟地偷聽我們說話！」黃坤斜著眼睛看策策。

策策沒有理會黃坤，一把拉過陳秋凌的手，用力扯她食指上的銀戒指。

「沒用的。」陳秋凌百般無奈地說：「這麼多年，我不知道試過多少次。」

聽了，策策還是不放棄，再次使出蠻力。見陳秋凌已經疼得皺起眉頭，知道銀戒指已經和她的指頭長到一起，真的不好取下。

天色晚了，宿舍附近山頭的野貓突然慘叫，黃坤察覺陳秋凌開始緊張。

「要來了嗎？」黃坤問道。

陳秋凌點點頭。

「不用怕，策策沒告訴妳吧。我家傳的本事，就是……」

黃坤的話沒說完，寢室的窗戶忽地砰砰巨響，陳秋凌的臉色大變。

「來了嗎？」黃坤又問。

這次，陳秋凌低垂下頭，把臉埋在胸前，微幅左右晃動，看也知道是非常害怕。

「我怎麼看不見？」黃坤四處張望。

陳秋凌還是不敢抬起頭。

不知何故，黃坤突然感到憤怒，認為陳秋凌太可惡了，如此漂亮的女孩竟水性楊花，太可恨了！

他越想越氣，一個箭步撲向陳秋凌，一把揪住她的頭髮，然後狠狠搧了一記耳光。

第 5 章

韓豁子

一個穿著古老道袍的老頭站在草叢裡，少年鬼魂則蹲在他的膝蓋旁邊。他每個手指都戴著一枚戒指，四隻手指的指甲老長。由於太長的緣故，指甲彎曲變形，藏了不少黑色污泥，唯獨一隻手指只剩下半截。

「你幹什麼？」策策衝上前，大力扯了黃坤一把。

黃坤反手把策策推開，大聲喊道：「妳怎麼能做傷風敗俗的事情？這男人是誰？」

這句話一喊出口，他就明白不對勁。

剛才自己說話的聲調，是另一個少年的聲音。

此時，陳秋凌呆站在黃坤面前，根本不敢抬頭，甚至用雙手抱住頭部。

「妳說！」黃坤發現嘴巴根本不受自己的控制，「妳怎麼找別的男人？」

策策現在也手無足措，眼睜睜看著黃坤發癲。

「我在說什麼了？」黃坤心裡是這麼想，可嘴裡講出來的話，卻完全不一樣，「妳跟我回去吧。妳現在就跟我走。」說著，手就去拉陳秋凌的胳膊。

陳秋凌扭動身體也沒躲過，疼得哭喊起來。這會兒，黃坤內心的怒氣越來越大，手勁更強。下一秒，他突然臉上一涼，看到策策拿著空水杯站在面前。

「他媽的！」黃坤啐了一口，「還找上我了！」

黃坤一醒轉，用手抹去臉上的茶水，終於看清楚了。一個少年的影子站在陳秋凌身邊，想必就是陳秋凌的冥婚丈夫。盛氣之下，他不囉嗦，直接用手抓那少年的脖子，卻抓了空。那少年的斜斜地飄向窗戶外。

「妳們等著我！」黃坤對著兩個女孩說道：「我去追它。」

黃坤飛快跑出寢室，翻過牆，來附近茶庵村的荒山上。他剛剛看得很清楚，少年的魂魄就是躲在這片墳山裡。山上的野貓很多，每隻都在慘叫，聽得他渾身發麻。

黃坤在衆多墳頭之間走來晃去，尋找那個少年的鬼魂。找了一陣子，終於看到前方不遠處的一個墳頭蹲著人影。

他快步走上前，抓向那人影的後頸。人影很輕，一把就被提起來，可人影正面對著他的時候，根本不是一個少年的模樣，是一張腐爛破敗的臉。

這時候，那張臉突然對黃坤笑了一下，黃坤渾身一凜，發覺自己抓著的是一顆動物的頭骨，連忙甩手扔掉。孤零零地站在夜色籠罩的墳崗，黃坤終於知道怕了。原來，自己的本事對付一般亡魂沒什麼難處，可遇到比較兇狠的東西，比如這個化生子的鬼魂，還遠遠沒那個道行。

黃坤的氣勢弱了，內心害怕，嘴上仍舊裝硬，「你在哪裡？給我出來！」

然而，除了貓叫聲，沒有其他聲音回應他。

黃坤站著不動，驀地覺得腳下有東西，本能地一踢，一隻野貓慘叫著被踢飛。再看自己的腳邊，還有沒有野貓，眼睛的餘光卻瞄到距離腳後跟不遠處，有一雙小腿站在那裡。那一雙小腿，和自己的腿，靠得非常近……

心頭一驚，黃坤連忙轉過身，卻什麼人都沒看到。不過，身後有人的感覺，仍然十分強烈。黃坤心裡想著：回頭，回頭……

豈料，脖子不聽使喚，後背的冷意越來越強。

黃坤終於把身體轉過去。果然有人，而且不止一個。一個穿著古老道袍的老頭站在草叢裡，少年鬼魂則蹲在他的膝蓋旁邊。旁邊的一個墳頭，有個長明燈不知何時燃起來，勉強製造出一點光線。

老頭把手平舉到身前，黃坤當即看見他每個手指都戴著一枚戒指，四隻手指的指甲老長。由於太長的緣故，指甲彎曲變形，藏了不少黑色污泥。

唯獨一隻手指只剩下半截。

老頭臉上也是黑色的，鷹鉤鼻非常突出，還是個兔唇。兔唇估計是出生的時候，沒有縫合好，嘴巴歪斜得厲害，暴露出焦黃色的牙齒。

經過短暫打量，黃坤的目光被老頭無名指的翡翠戒指吸引，一枚戒指居然能在黑夜閃出幽幽的詭異綠光。突然間，綠光大盛，現出一張猙獰的面孔。

黃坤嚇一大跳，同時也明白老頭是誰了。

「韓豁子。」一個聲音從黃坤身後傳出來，「你本事見長了。金老二怎麼做事拖拖拉拉的？」

接著，徐雲風緩步來到黃坤身邊，對著他說：「沒本事就別瞎搞。」

「我見過你嗎？」韓豁子狐疑地看著徐雲風。

「沒見過。」徐雲風瞇了瞇眼睛，「但我認得你。」

「你是誰？」

「還記得金仲嗎？你當初怎麼答應他的。」

從韓豁子的臉上露出懼意，黃坤這才曉得金仲眞的是厲害人物。

「你扳指都沒了。」徐雲風沉著聲音說：「靠著這個小孩施法術，留了一手。」

「你有什麼本事壞我的事？」韓豁子仗著背後的勢力，喊道：「你敢得罪我，得罪得起鍾家嗎？」

「就知道你是替鍾家賣命，不然我才懶得來找你。」徐雲風對著少年的鬼魂招了招手。

少年的鬼魂老老實實地走向徐雲風，韓豁子登時發出痛苦的叫喊。

黃坤看得清楚，原來少年的魂魄和韓豁子的腿部連在一起的，當它走過來的時候，硬生生把韓豁子腿上的肉撕扯下來。

「回來！回來！」韓豁子對著少年的鬼魂喊聲，越喊，聲音越沙啞微弱。

少年的鬼魂到了身前，黃坤捏住它的脖子，它頓時被一陣風吹走，無影無蹤。

「你回去告訴鍾家的人。」徐雲風平聲靜氣地說著話，「這麼多年都過來了，何必攙和進來，大家井水不犯河水多好。」

黃坤看見韓豁子的手指呈現爪狀，且不斷痙攣。不一會兒，所有的指甲都斷掉。

「還給你，自己帶進棺材裡去吧。」徐雲風扔過去一個東西，「別拿這個出來鬧事，好幾十歲的人了，安分點不好嗎？」

那東西不是別的，正是陳秋凌食指戴的銀戒指。韓豁子茫然看著四周，下巴抖動得厲害。然後，撿起那枚銀戒指，步履蹣跚地向荒山一側走了。

黃坤看著韓豁子的背影消失，心裡樂不可支，知道徐雲風幫了自己一個大忙。連忙轉過身，想道聲謝，卻見徐雲風的臉色一點都不好看。

他站在原地許久，最後嘆了口氣說：「回去吧。」

陳秋凌和策策正站在宿舍外的路上。

陳秋凌看著自己的食指，上面已經什麼都沒有了，邊看邊哭。

策策在一旁輕撫她的背，「妳又不早說，老瞞著我們。」

「我吃飯的時候，就覺得這東西不對勁。後來打了通電話，立刻明白東西是韓豁子的。沒想到鍾家眞夠下法（宜昌方言，做事很仔細），連他都找出來。」

黃坤壓根兒不在意徐雲風說些什麼，內心暗自竊喜，以後和陳秋凌眞的有戲了。

「明天中午到福利院來。」徐雲風也知道他的心思，沒再多說，最後吩咐幾句，

「早點回去休息。明天我告訴你，你們黃家和鍾家的事情。」

第 6 章

關係非比尋常

徐雲風猛抽著煙，拿著遙控器切換電視台。看著這一幕，黃坤思緒萬千，原來徐雲風的外號是「瘋子」，少婦的丈夫一定是他剛才口中的「王八」，而他們倆的關係非比尋常。

翌日中午，福利院。黃坤知道師父在哪裡，不用想也知道他去探望那個女孩。

果然，走進女孩睡的那間房，就看見福利院的一個女員工正跟徐雲風說話，「你要快點籌錢，醫生說了，不能再拖了。」

「我正在想辦法。」徐雲風唯唯諾諾地回答。

「我們已經募捐一部分，但還差很多……」女員工表示籌措到的錢遠遠不夠，「你得要想想辦法。」

「我知道，我知道。」徐雲風語氣焦急，「我不是一直在想辦法嘛！」

「秦小敏最近晚上也會發病。」女員工嘆了口氣說：「癲癇越來越厲害。」

「知道了。」徐雲風在身上摸索半天，掏出幾百塊錢遞給女員工，「這是她的生活費，先給你們，至於手術費……我會再想辦法。」

看著這情景，黃坤再不濟事，也知道該怎麼做。於是，連忙跑出去，把自己戶頭裡的一千多塊領出來，交給福利院的女員工。

最後，徐雲風囑咐女員工幾句，帶著黃坤走出福利院。

「你滿有錢的嘛！」徐雲風說了一句。

「黃溪給我的。」黃坤半點也不覺得心疼，「當他們黃家人還不錯，每個月都給點份子錢花。」

「我的份子錢都用完了。」徐雲風幾經斟酌，又說：「不管了，去找他要。」

「找誰啊？」黃坤問道。

「別以為我沒錢。我有的是錢。」徐雲風登時有了莫大決心，還大方地攔了一輛計程車。兩人上了車，他告訴司機目的地，「去科技館。」

科技館。下了車，徐雲風帶著黃坤走進其中一棟建築。

搭乘電梯到三樓，兩人跨出門，一個公司的接待櫃台在樓道旁邊。櫃台後方的裝飾牆掛著燙金的字：鯤鵬醫藥器材有限公司。在櫃台負責接待的是一個非常漂亮的女孩，看見徐雲風，連忙站了起來，「徐總，你來啦！」

黃坤一聽，徐雲風的頭銜滿大，還開設這麼大的公司，應該是真的很有錢。

「會計在不在？」徐雲風開門見山地問。

「在財務室。」

接待的女孩話音剛落，徐雲風馬上拉著黃坤向公司裡走去。辦公空間算中等，還有四個單獨的房間，裝潢也很清爽。

徐雲風一走進門，幾個員工都站起身，興奮地說：「徐總來了！徐總來了！」

瞧他們一點敬畏的表情都沒有，黃坤覺得奇怪，徐雲風不像是一個當老闆的人，連點威嚴的氣息都沒有，哪來這麼大的頭銜？

徐雲風沒有和員工打招呼，直接走進財務室。財務室裡坐著一個二十來歲的年輕人，正在看電腦，見徐雲風和黃坤闖進門，連忙拿紙杯倒茶招呼。

財務經理把茶杯放到徐雲風面前的茶几，「徐總，日期還沒到啊！」

徐雲風大咧咧地坐在沙發上，「我有急事，給我支點錢，十萬就行。」

財務經理一聽，表情十分尷尬。

「五、六萬也可以。」徐雲風給了底線，「不能再少了。」

「這個……」財務經理沉吟片刻，回道：「能不能等王經理回來商量，這畢竟不是一筆小數。」

「等他來了，我還要個屁啊！」徐雲風脫口說出這句，連忙把嘴巴捂住。

聞言，財務經理忍俊不禁，可在徐雲風面前又不敢笑出來，「徐總，你每個月都拿了錢，數目也不少，怎麼老是缺錢用呢？」

「我不管！我是老闆，我要錢！」徐雲風說話雖然強硬，但口氣已經有點軟。

黃坤不明就裡，不敢插嘴，暗暗想著：這是什麼老闆？找會計要個錢，還這麼低聲下氣。才剛這麼想完，財務經理接下來說的話，讓黃坤差點笑出聲。

「徐總，你欠我的五千塊，當時說一個月就還的。你看，都半年過去……」

哪料到徐雲風還理直氣壯地大聲講話，「這麼大一家公司，你還怕我跑了嗎？」

「那你跟他們借的錢……他們已經問我好多次了。」

黃坤循著財務經理的目光，向財務室門口望去，職員都擠在門口，原來是想找徐雲風討債。他的嘴角忍不住向上勾起，可又怕壞了徐雲風的事，連忙端起紙杯佯裝喝水，其實肚子已經在抽搐。

「不管，我現在缺錢用。」徐雲風仍舊堅持。

「兩年前，我來上班的時候，你和王經理都在。那張合同你也簽了字，每個月四千塊的分紅，年底看效益拿提成……」

「王八只曉得坑我！我當時是被他忽悠了，簽的字不算！」徐雲風胡攪蠻纏。

「這是你們兩位老闆之間的事情。」財務經理苦著臉，「你們是合夥人，就不要為難我這個打工的。」

「王八人呢？」徐雲風嚷嚷著，「你打電話給他，我跟他說。」

財務經理不敢怠慢，連忙撥打一組數字，「王經理，徐總來借錢……」然後聽著電話那頭說話。

對方大概講了兩句就掛斷，財務經理只好拿著電話，尷尬地對徐雲風說：「王經理在醫院投標，表示有任何事情都等他開完會再說。還有，他說，目前資金週轉有點困難，你能不能……」

「好，我不為難你。」徐雲風倏地站起身，「我自己去找他。」

財務經理看著徐雲風要走，想說什麼，卻只能苦笑。黃坤知道他想討債，可這個樣子，哪裡要得到錢？

走出財務室，那些小職員期期艾艾地看著徐雲風，手上都拿著紙條子。

黃坤心裡哈哈大笑，想著那些絕對都是欠條。

師父這個老闆當的，眞是他媽的有出息！

師徒倆走在東山大道，這次徐雲風沒那麼有底氣，老老實實地等公車。坐了九號公車，在日報社下了，從客運站旁邊的果園二路向夷陵路走去。黃坤不知道要去哪裡，亦步亦趨地跟著徐雲風。

到了勝利四路的一個高級住宅區，被保安盤問半天，兩人才得以入社區大門。徐雲風走到一棟樓前，按下九〇一室的門鈴，隨即傳來一個好聽的女人聲音，「誰啊？」

「是我。」徐雲風簡單說了幾個字，「開門。」

電子門喀嗒一聲開了。徐雲風和黃坤走進電梯，壓了九樓的按鍵。

電梯門關上再打開，看見九〇一室的防盜門大開。徐雲風直衝進去，剛走到玄關處，一個女人的聲音從屋裡其他地方傳來，「換鞋子！」

聞言，徐雲風訕訕地退回門口，老老實實地換了拖鞋。黃坤也跟著做，才和徐雲風一起走進屋裡。

客廳非常乾淨，傢俱擺設都很有檔次。黃坤一看，策策正坐在沙發上看電視。

策策見到黃坤，訝異地瞪大眼睛，問道：「你怎麼來了？」

「策策。」廚房裡傳出女人聲音，「他有沒有換鞋子？」

「換了。」策策扯著喉嚨，以免聲音被排油煙機運轉的聲響蓋過，「還多帶了一個人。」

這時候，一個少婦從廚房裡走出來，約莫二十五、六歲。她腰上繫著圍裙，對著徐雲風說：「眞會趕嘴（宜昌方言，做客的時候，碰巧主人家在做飯）！你滿會卡時間的，肯定沒吃飯，是不是？」

「嗯。」徐雲風一屁股坐到沙發上，「我有事找王八。」

黃坤搞不清楚這個家庭到底和徐雲風有什麼關係，不但策策在，漂亮的少婦也對他非常熟絡，不過可以肯定不是他的老婆。徐雲風要是有這麼好的一間房子，哪會缺十萬塊？再說，這麼漂亮的女人怎麼看得上他那種人？

少婦眞的很漂亮，比陳秋凌還漂亮，不曉得哪個人有福氣娶了她？想必是很有能力的人，看這個家裡的環境猜也猜得到。

相較於黃坤拘謹坐在沙發上，徐雲風在這個家裡一點都不客氣，翹起二郎腿，掏出煙點著就抽。

「煙灰缸拿去。」少婦在櫃子裡找了個煙灰缸遞給徐雲風，「你能不能不抽煙？不抽會死啊！」說是這麼說，還是把通往陽台的落地玻璃窗打開，又回廚房做飯。

「王八什麼時候回來？」徐雲風大聲地詢問。

「他最近滿忙得，不曉得晚上要不要回來哦。」少婦的聲音傳來，「你來借錢的吧？策策，妳到我臥室裡的床頭櫃，拿點錢給瘋子。」

「吃完飯再說。」策策幾乎是癱在沙發上，「懶得動。」

「那等一會兒啊！馬上就好了！」

黃坤嘴裡無話找話，「我師父是過陰人這麼厲害，居然還缺錢！」

策策一聽，拼命使眼色，還將食指豎在嘴巴前。

「怎麼，不能說他缺錢嗎？」黃坤覺得奇怪。

策策從沙發上爬過來，湊近黃坤的耳朵，悄聲地說：「在這裡千萬不要說什麼鬼啊、神啊、道士啊什麼的。我董姐脾氣大得很，要是被她聽到了，會馬上趕你走。」

「開玩笑吧？」黃坤咧開嘴，一點也不相信這番話。

「是眞的。」策策一把揪起黃坤的耳朵。

黃坤嘴裡叫疼，內心不以爲然。此刻，徐雲風猛抽著煙，拿著遙控器切換電視台。看著這一幕，黃坤思緒萬千，原來徐雲風的外號是「瘋子」，少婦的丈夫一定是他剛才口中的「王八」。他們倆的關係非同尋常，不然徐雲風不會在這裡跟自家一樣隨便。

瘋子、王八……黃坤忍不住噗嗤笑出來，兩人關係一定很鐵。一個混得這麼好，一個卻是落魄樣。徐雲風還說自己是什麼老闆，老闆明明就是王八！

第 7 章

道難行

黃坤不禁思索，徐雲風是過陰人，都說他牛逼，卻窮得要命。爺爺也是，一輩子待在山溝裡，不能出百里。黃溪開心嗎？看樣子一點都不開心，黃家族長不好當。金仲是詭道執掌，可也看不出有多風光。

徐雲風、黃坤和策策坐在沙發盯著電視，可策策和黃坤根本無法好好看完一個節目。徐雲風拿著遙控器不停轉換電視台，明明有好看的節目，黃坤剛剛感興趣，卻又被切換其他電視台。策策喜歡看的綜藝節目也被徐雲風跳過，不高興地哼了一聲，但徐雲風根本不在意別人，雙眼直勾勾地盯著電視螢幕。

董姐把飯做好了，招呼大家吃飯，徐雲風才把液晶電視關掉。

策策主動向董姐介紹，黃坤是她的同學。黃坤不禁納悶，爲什麼不說他是和徐雲風一起的。

吃飯的時候，董姐開口說：「瘋子，你的頭髮該剪了，跟個犯人似的。還有，鬍子也不曉得刮。」

徐雲風心不在焉，沒有任何回應。

黃坤知道他惦記借錢的事情，估計不好開口。

「你也不結婚。」董姐繼續數落徐雲風，「都三十多歲，也不找一個。」

「哪個女人要我？」徐雲風撇了撇嘴，「沒有錢，也沒有房子。現在的女人現實得很！妳以爲個個男人都像王八這麼有本事啊！」

「好像天底下的女人都只認得錢一樣。」董姐提起一個名字，「我看方濁就滿好的，你們也這麼多年了。」

「不說這個。」徐雲風晃著手上的筷子，「人家是高級幹部，領國家津貼的，哪裡看得上我？」

黃坤看著兩人一來一往，覺得董姐確實是瞎操心，會有哪個女人看得上徐雲風這種人？倘若自己是女人，寧願自己過活，也不想跟徐雲風扯上關係。

「啊，都忘記你喝酒了。」董姐連忙站起來，打開一個玻璃櫥櫃，裡面擺放的全都是好酒。

「飯都吃一半了。」徐雲風擺擺手，「算了，下次來再喝吧。王八到底什麼時候回來？」

「我打過電話，他說晚上可能要在外面應酬。」

徐雲風聽了，沒有作聲。

策策倒是插嘴問了一句，「董姐，王哥在外面應酬，妳不擔心啊？」

「擔心什麼？」董姐哼了哼，說道：「怕他找小三啊？」

「是啊！」策策一副小大人的模樣，「他不主動找別人，要是別人主動找他，那怎麼辦？」

「他敢！」說著，董姐半瞇起眼睛。

「慮了吧？」策策鬼靈精怪地說：「要不要我幫忙妳……」

策策湊近董姐的耳邊說了幾句，董姐一伸手，反揪起策策的辮子，「妳這個小丫頭，才多大，像是懂天神一樣！這種話是妳能說的嗎？」

策策動作快一步，逃脫董姐的箝制，嘻嘻笑著說：「我都快十九歲了，誰說不能知道的？還當我是小孩啊！」

「不像個樣子。」董姐嘴裡這麼說，臉上卻帶著笑，看來她們倆開玩笑慣了。

徐雲風心裡有事，一直沒主動說話，直到飯吃完，都沒提起借錢的事情，便向董姐告辭。離開前，策策從董姐的臥室裡拿了幾百塊錢，他倒是不客氣地收下了。

走到夷陵路上，黃坤聽見徐雲風長嘆一口氣，知道借錢的事肯定黃了。

「你說的那個王八，是你的好朋友嗎？」黃坤敵不過好奇心，終於把話問出口，「你們合夥做生意，爲什麼你不能撤股？」

徐雲風站在原地，想了好一陣子，最後說道：「算了，人各有難處。當初說好的，現在也沒顏面找他幫忙。」

「那福利院的女孩怎麼辦？」黃坤一連拋出兩個疑問，「她到底是你什麼人？」

「其實，她不是我親戚，不做手術也不見得會死，只是我不想讓她當人傀。」徐雲風坦誠相告，「有些事情真的勉強不來，盡人事罷了。」

「當你徒弟真沒意思。」黃坤癟著嘴，露出無趣表情，「說話吞吞吐吐，什麼都不告訴我。」

徐雲風直盯著黃坤，愣了一會兒，才說：「沒時間嘛！」

「好，你告訴我，你明明有公司，爲什麼拿不出錢？」

「你是黃家的人，能從黃家拿出十幾萬嗎？就算黃溪要拿，也只能拿自己的私房錢。」徐雲風旋即回道：「我和王八是好朋友，當初我給了他一筆錢，說好了，讓他做生意，公司雖然是我的，但是他這個人聰明得很，知道我用錢沒有分寸，就給我簽了個合同，讓我不能撤股，只能拿分紅，管我的生活。」

「哦，那你怎麼知道他不會借錢給你，讓福利院的女孩動手術呢？」

「因爲……」徐雲風沮喪地說：「他肯定不會管我這些事情的。記住啊，你以後見到他們兩口子，提都不要提我們做的事情。」

「你們是非常要好的朋友嗎？」黃坤實在想不透，「我還以爲你的朋友也都是神棍。」

「他不是。他只是個普通商人，哪會是神棍！」

黃坤看徐雲風搖頭苦笑，心想吃這碗飯果然不簡單，有個普通人朋友都得遮遮掩掩。爺爺也是，不少人都說黃松柏手藝了得，可一輩子過得那麼憋屈。走這條路的人，是不是都有點莫名其妙？

「既然那女孩和你非親非故，你幹嘛幫她？」黃坤十分不解。

「我不想讓她當人傀。」徐雲風沉著聲音，「她那個病，在普通人看來，就是絕症；可在修練失魂術的道士眼中，她是個非常好的人傀。當她的魂魄修練散盡，就厲害了，鍾家養的小鬼，魏家的銅屍、鐵屍都怕，她也不怕被下蠱……」

「這麼厲害的角色，你爲什麼不……」黃坤表露出興奮的神情。

「爲什麼不把她帶著，是不是？」徐雲風有所堅持，「每個人都有自己的道路，我沒權利去改變。」

「你怎麼知道那個癱子願意躺在床上受苦，而不願意當厲害的人傀呢？」黃坤無法認同，「這明明就是你自己的想法嘛！」

「這條路，比你想的險惡得多，進來了，就出不去。你想好了嗎？」說罷，徐雲風突然換了話題，「今天有個活要做，本來不想帶著你的，如果你下定決心……」

「從知道我爺爺曾經是黃家族長的那一刻開始，我就下定決心了。」黃坤毫不猶豫地給予答覆，「我一直以爲自己在吹牛，沒想到我爺爺比我吹牛所說的更加厲害。如果我不振興黃家，豈不眞的是一個吹牛大王！」

「可以，你先把黃溪的族長位置搶過來，再搶了金老二的螟蛉。」徐雲風把話都說在前頭，「但是，等你有這些本事的時候，肯定不會開心。那時候，你得記得現在說過的話。」

「我記住了。」黃坤一臉無所謂。

「今晚時間還長，你有什麼要問的，儘管問。現在我們去長航醫院。」徐雲風看了看手錶，「都兩點半了，曲總估計等得不耐煩。」說著，伸手攔了一輛計程車。

黃坤心裡好笑，徐雲風真的對錢沒什麼概念，吃飯、坐車都是這樣的，有錢就用，沒錢就扛，一點計劃都沒有。

坐在車上，他心裡反覆思索剛才那番話，看來自己真的會變成比較厲害的神棍，既然那麼厲害了，怎麼可能會不開心？

念及至此，黃坤不禁又想，徐雲風是過陰人，都說他牛逼，卻窮得要命。爺爺也是，一輩子待在山溝裡，不能出百里。黃溪開心嗎？看樣子一點都不開心，黃家族長不好當。倒是金仲，現在應該是自己的同門，還是詭道執掌，可也看不出有多風光。

這條路真的沒有想像中的那麼好，但既然爺爺已經交代，並且是強撐著魂魄告訴自己那些事情……黃坤突然醒悟，爺爺早在自己出生那一刻，就已經把自己推上這條路上。

開了鋒的避水符，帶著幼時的自己走陰，留下黃家的身份和魏家的交情，讓自己歸宗……很難想像這些都是偶然的。

這時候，黃坤突然想起一件事情，問道：「師父，把你身上的那個銅錢，給我瞧瞧啊！天啓通寶，記重是五。」

「什麼銅錢？」徐雲風不耐煩地揮了揮手，「我窮鬼一個，別跟我談錢。」

第 8 章

最佳人選

女孩的重病是治不好了，老拖著最後一口氣，不斷表示還想讀書，病好之後要和村裡的某人結婚。可她父親當下就怕了，因為女兒口中說的人是前年死去的單身漢，死的時候才三十九歲。

計程車開到長航醫院，徐雲風付錢後，下車走到一輛救護車前。救護車的駕駛座坐著一名司機，正趴在車門上抽煙。

司機的外貌看起來比徐雲風大，見徐雲風來，伸手讓徐雲風看看手腕上的錶，「都幾點了？家屬都快把我催死了，人已經在車上等了好久。」

徐雲風連聲道歉，示意黃坤上了救護車的後車廂，自己坐到副駕駛座。黃坤上了後車廂，裡面果然有人等著。一個坐著，是四十來歲的農村漢子；另有一個病人，躺在救護車專用的簡易推床上，是十二、三歲的女孩。

黃坤一看到這個臉色蒼白的女孩，不可避免地想起福利院的腦瘤女孩，也想起陳秋凌說過的生病往事。

這也是一個罹患絕症的女孩。

黃坤內心一震，自己怎麼淨遇上這種事情？

「這是曲總。」徐雲風向黃坤介紹，「叫他曲哥就行。」

曲總看了黃坤一眼，掏出香煙遞過去，「小弟娃長得滿精神嘛，一看就有前途。」

「時間來得及嗎？」病人的家屬問道。

「絕對來得及。」曲總把煙頭一彈，發動救護車的引擎，「我當兵的時候，是開軍車的，跑慢了我還不習慣。」

「你坐到我後面來。」徐雲風對黃坤說道。

聽令，黃坤移動到副駕駛座後方坐著，這樣徐雲風講話，他就可以清楚地聽見。

「我幫你那個丫頭……拆了冥婚……今天恰好相反……我們要辦冥婚……」徐雲風聲音很小，斷斷續續地說話。

黃坤起初以爲徐雲風說這些，怕被病人家屬聽見，後來看見他說話的時候，眼睛不停偷瞄那女孩，才明白是怕那女孩聽到。

「爲什麼要這麼做？」黃坤也輕聲地問：「冥婚不是害人的嗎？」

「誰說的？」徐雲風的聲音壓得更低了，「所有的法術都不分好壞，就是看情況而已。你那個丫頭，是韓谿子故意讓她和死鬼丈夫成親，好讓他能做歹事的。而陳家丫頭命硬，又沒死，老纏著也不是辦法……這個不一樣，配了冥婚，是好事。」

曲總把救護車開到大路，上了長江大橋後，順著三一八國道行駛。他果然開得很快，嘴裡碎念著，「媽的，高速公路要是修好，就不用走這條破路了。還快得很，抽幾根煙就到巴東。」

直到這一刻，黃坤才曉得目的地是巴東。

行車期間，徐雲風在前方副駕駛座斷斷續續地說話，當救護車開到高家堰，黃坤已經明白前因後果。

曲總是醫院的救護車司機，也是徐雲風的初中同學。他經常得把重症病患送回偏僻的地方，這還罷了，有時候接送的人其實已經死了。剛好徐雲風幹這行，兩個人本來關係就好，徐雲風便常常陪著曲總開車。

黃坤想也想得到，曲總這差事不好當，經常深更半夜拖著死人在深山野嶺裡開車，的確諸多忌諱。

不過，這次不一樣。這次是徐雲風主動要做的事情。

現在躺在車廂裡的女孩狀況估計和陳秋凌差不多，徐雲風沒說什麼病，總之是治不好。治不好就罷，可女孩不想死，躺在醫院裡天天招鬼，鬧得醫院的住院部不平靜，護士也不敢上夜班。幾名護士都說，一到晚上，女孩的病房裡鬼影特多，最多的時候還擠到走廊，隔壁病房裡的幾個病人都嚇得晚上不敢睡覺。

再者，女孩一到晚上就嚶嚶地哭，直到天亮才消停，誰聽見不怵得慌啊！醫院的領導不信，可又真的鬧得厲害；信了，又不能讓醫院鬧鬼的消息往外傳，不然病人哪敢來看病？

這時候，曲總自告奮勇，表示自己的好朋友瘋子絕對能搞定。徐雲風到醫院看了之後，就把曲總和女孩的家屬叫到一邊，說明情況。

原來，一切都出在女孩的魂魄拉不走。

宜昌好幾個走陰的狠人都拉過，就是拉不走。這麼鬧下去更加不好，女孩的求生意識很強，但重病是治不好了，老拖著，到嚥下最後一口氣時，她會憎恨死前看到的所有人，首先要整的就是家人。

女孩不斷詢問病何時會好，還想讀書，病好之後要和村裡的某人結婚。可女孩的父親當時就怕了，因爲他女兒口中的人是前年死去的單身漢，死時才三十九歲。

徐雲風問過那個死去單身漢的情況，就對女孩的父親表示一切好辦，辦個冥婚就行。這是命，又碰巧有個人選。

女孩的父親一聽，當下有點不樂意，問徐雲風是否有其他意圖，是不是那個單身漢的鬼魂纏上自家女兒？徐雲風連忙安撫，表示跟單身漢的鬼魂無關，問題在他女兒身上。

女孩覺得死了划不來，想著自己這麼小，書也沒念，婚也沒結，捨不得死。她十二歲就得病，斷斷續續地療程，讓她幾乎都躺在床上。加上營養不足，一直沒長身體，雖然年齡大了，外表看起來還是十二、三歲。

瞭解後，女孩的父親就跟家人聯繫，要他們去探詢那個死掉單身漢的家人有無冥婚的意願。單身漢還有個妹妹，聽了當然願意，自己哥哥到死都是單身，這剛好也了了一樁心願。

黃坤現在知道了，徐雲風就是帶自己去巴東完成這件事情。

救護車在附近的市鎮停下，曲總說晚餐時間到了，領著徐雲風和黃坤走進路邊的一個小店。見到客人上門，兩個花枝招展的女孩連忙過來招呼。

曲總笑著說：「今晚有急事，明天回來的時候，一定再來。今天我們只吃飯，點菜、點菜。」

於是，旁邊的一個男人走過來，問清楚曲總吃什麼，便走到後面廚房做菜。

黃坤知道這種路邊小店是什麼來路，走三一八國道的司機更清楚。他瞥見徐雲風邊笑邊搖著頭，之後笑得更厲害，還發出聲音。

「你笑什麼啊？」黃坤摸不著頭緒。

「沒什麼，沒什麼。」徐雲風嘴裡這麼說，可看他的樣子，一定是想到好笑的事情，可到底是什麼趣事，又不說出口。

菜上來了，徐雲風示意黃坤盛了兩碗飯，端去給車上的兩父女。

黃坤夾了幾樣菜，端著碗，遞給救護車上那女孩的父親。中年男人正望著自己的女兒流淚，哪裡吃得下飯？黃坤知道這女孩肯定過不了今晚，心裡一陣悲哀，把飯碗端給中年男人後，腳步沉重地走回小店。

「陳家丫頭是家裡祖墳長了東西，所以治得好。」徐雲風自顧自地說：「可是有些人扛不過這個命，幹我們這行是順應天意……」

「不用你說。」黃坤打斷他，「我還不懂你的心思嗎？你自己心軟，就拉我來做這些事情。」

吃完飯，天也黑了，三人回到車上。曲總繼續開車，不再說話，聚精會神地盯著前方道路。後車廂的父女倆也沒出聲，父親低垂著頭，看著自己的女兒。

「時間還早，還有幾個小時才要幹活。」徐雲風突然冒出了一句，「講講別的事情吧。」

車內氣氛太壓抑，黃坤想著，還不如說點別的，轉移一下情緒，便問：「我爺爺當年是不是專門幹這個？」

「沒錯。」徐雲風接續說著，「他是你們黃家最厲害的人，能帶著鬼卒走陰。這本事不是每個走陰的人都會，再進一步，就是我現在的身份，過陰人。」

「我知道，你之前跟我講過。厲害的能帶著鬼卒走，沒本事的就替鬼卒跑腿。」黃坤已經知道一些「基本概念」。

「大致是這樣。」徐雲風講起以前的事，「你們黃家曾經出過過陰人，那時候的黃家在川東鄂西最有名氣的，鋒頭壓過了鍾家和魏家。」

「可惜我沒碰上那個好時候。」

「也是。你要是在那時候當家，就牛逼大了。」

「能多說關於黃家的事情嗎？」黃坤內心積壓不少困惑，「還有，鍾家爲什麼要找我們的麻煩？」

「我不正在說嘛！」徐雲風一副要他別急的口吻，「你有沒有念過明朝歷史？」

「朱元璋開國，他兒子朱棣搶他孫子朱允炆的帝位。明初還有兩個道士很厲害，一個是劉伯溫，一個是道衍。」黃坤隨口講了兩點自己知道的。

「對，這兩人和黃家，還有詭道，有很深的淵源。」徐雲風有點興奮，「不錯嘛，在學校還是學了點東西。」

「從《明朝那些事》裡看來的。」黃坤不好意思地撓撓腦袋。

「道衍其實不算道士。」徐雲風道出眞實，「他的身份是和尚，拜的師父是道士，不過他自己的身份既不是道士，也不是和尙。」

「師父，你在瞎說什麼呢?」黃坤聽糊塗了，「你從哪裡聽來的?道衍很厲害的，朱棣能當上皇帝，一大半的功勞都是他的。」

「道衍另外還有個身份。」徐雲風慢條斯理地說道：「詭道執掌。金老二手上的那個螟蛉，當初就是他的法器。」

第 9 章

各家起源

黃家行呂祖法術，任何門道都擅長。鍾家行茅山術，並與雲貴川的巫術融合，時間長了，也不是正宗茅山，且行事乖張，手段惡毒，遠超過茅山。鳳凰山的蠱術，流傳久遠，一直都是外道。

黃坤呆住了。金仲和徐雲風，一個神神叨叨的，一個窮酸相，黃坤其實內心根本有點瞧不起這個門派，沒想到曾經出過這麼大的人物。

「這個和我黃家有什麼關係？」黃坤來了興趣。

「從頭說起吧，反正這些事情本來就該告訴你。」徐雲風開始講了，「當年，朱元璋是一個乞丐，後來割據一方，但必須聽從韓林兒差遣。」

「這個我知道，韓林兒是紅巾軍的首領，還稱帝。」黃坤插上話，「朱元璋在紅巾軍發家，表面上要聽他的。」

「不僅是表面。」徐雲風談得更深入，「朱元璋即便擊敗最大的敵手陳友諒和張士誠，擁有的勢力也遠遠超過韓林兒，可仍舊要聽從韓林兒的差遣。」

「是不是有些古怪在裡面？紅巾軍是信摩尼教的。」黃坤提出猜測。

「這就說到點子上了。」徐雲風讚賞他腦筋動得快，「朱元璋落魄的時候，加入紅巾軍，成爲摩尼教的信徒。既然入教，當然留了把柄在教內。」

「所以，朱元璋把陳友諒的勢力殲滅，仍舊對韓林兒俯首稱臣？那最後朱元璋把韓林兒溺死，是不是已經有對付摩尼教的手段？」黃坤很快想到接下來的情節發展。

「正是。」徐雲風點了點頭，「他取得韓林兒身邊一名術士的信任，並且與他聯手。那術士是拜呂祖的，跟隨韓林兒的時候，道名叫鐵魚，朱元璋稱帝後還俗，回復了本姓。」

「呂洞賓？」

「不是。呂祖又稱呂尙，就是姜子牙。」

「不會吧！」黃坤差點從位置上蹦起來，「黃家祠堂確實供奉呂祖，難不成那個叫鐵魚的道士姓……」

「就是姓黃。」徐雲風肯定黃坤的推測，「他還俗之後，改名黃鐵魚。是你們秀山黃家的第一任當家。」

「既然如此，我們黃家應該很有名氣，歷史怎麼沒記載？」黃坤感到相當疑惑。

「黃鐵魚和劉伯溫一樣，很清楚朱元璋的爲人，知道他得天下之後，肯定不會放過自己。」徐雲風做出解釋。

「所以隱姓埋名，躲到秀山？」黃坤把這點與自己學到的歷史連結，「朱元璋當了皇帝，身邊的老臣所剩無幾，看來是想剷除知情者。」

徐雲風把話接下去，「黃鐵魚知道天下再大，自己也不可能躲得過朱元璋的耳目，何況還有個劉伯溫。他怕劉伯溫，便領了一個差事，跟著傅友德征戰雲南的元梁王。當時天下未定，黃鐵魚趁著朱元璋還倚重部下，主動離開南京。」

「道士怎麼會帶兵打仗？」黃坤想了一會兒就明白，「是不是雲貴川等地，巫蠱盛行，明朝軍隊也需要這種人？」

「不僅明朝，每個朝代都是如此。」

「我懂了，黃家的第一個當家是黃鐵魚，表面跟隨明軍征戰西南，其實是脫身之計。用他的本事在雲貴川立足，遠離南京的政治中心，好讓朱元璋不會懷疑到他。到了後來，他還隱姓埋名，安心當一個土豪。」

救護車在山間的盤山公路行駛，曲總也被徐雲風說的故事吸引，「說精采點，免得我打瞌睡。」

唯有後車廂的父女倆還老樣子。

徐雲風下面說的，黃坤就無法插嘴了，因為那些事情絕非看書就能知道的……

當年，黃鐵魚放棄榮華富貴，主動離開明朝的政治中心，跟隨傅友德去雲貴川當一名術士。可他的如意算盤打得不夠完美，因為他的對頭劉伯溫，在他身邊安插一個人當他的副手。副手姓冉，名不詳，是當時明朝一個千戶冉如虎的庶子。冉家當時是鄂西的名門望族，早歸附大明。可由於這人是庶出，傳不了軍籍，幼年先向湘西巫師學習手藝，成年後又去北方學習茅山術。

這個姓冉的被劉伯溫安插在黃鐵魚身邊，後來的事情發展卻不在劉伯溫的計算之中。黃鐵魚為人義氣，和姓冉的副手同生共死多次，兩人結下兄弟情誼。洪武年間，朱元璋要剷除黃鐵魚，黃鐵魚和冉姓副手同時消隱，直到胡惟庸案之後，黃家才終於在秀山嶄露名頭。那時黃鐵魚道術高超，有莫大的家業，成為大家族。幾年後，四川夔州一個家族也興起，和黃家交好，也是擅長法術。這個家族，就是鍾家。

冉家的那個庶子靠著自己的本領，另起爐灶，乾脆連姓都改了。估計當初也發生過驚心動魄的事情，使他和本家決裂。

這就是道教四大外道的黃家和鍾家起源。黃家行呂祖法術，任何門道都擅長。鍾家行茅山術，並與雲貴川的巫術融合，時間長了，也不是正宗茅山，且行事乖張，手段惡毒，遠超過茅山。

「怪不得鍾家的人要養鬼，聽說茅山術最厲害的就是御鬼。」黃坤終於明白。

「眞正御鬼術是正大光明的。」徐雲風點出差別，「你只是沒見到而已。你以後會見到的。」

「四大道外門派的另外兩家呢？」黃坤好奇心重。

「鳳凰山的蠱術，流傳久遠，一直都是外道。當年黃家的祖先，還有鍾家的創立者，應該沒少和她們打交道。」

黃坤明白打交道的意思，肯定不是什麼好事，徐雲風都說黃鐵魚和鍾家祖先是幹什麼的了。

「還有一個是魏家吧！我見過魏家的人，他們養屍。」黃坤把自己遇到的說出來，「魏家當家的和我爺爺有交情，是不是因爲我爺爺趕屍的手藝高超？」

「當然是的。但我眞的不清楚，你爺爺和他到底是因爲什麼結下交情。肯定是很大的恩惠，否則魏家不會冒著這麼大的風險幫黃家。」

「可以告訴我魏家的事情嗎？」黃坤認為這很重要，他親眼看到魏家人和鐘家人在黃家祠堂對峙，而且黃溪身上的飛蛾蠱……

四大家族眞是亂了套，都分不清是敵是友。

「湘西趕屍的家族衆多，最厲害的，就屬辰州的魏家。」徐雲風慢條斯理地說著，「趕屍也有四大家，但魏家特別被列爲四大外道。」

「原來我已經見過這麼多狠人啊！」黃坤驚訝地叫道。

「你是黃松柏的孫子，要是什麼都大驚小怪，就太沒出息了。」

「魏家到底什麼來頭？好像比鍾家厲害。」

「解放後，政府提倡無神論，四大家族在同時沒落。」徐雲風還是那樣平緩的語調，「萬事都有起源，導火線就是他們和當時的一貫道扯上關係。」

「你知道爲什麼嗎？」

「我也不知道細節，越距離現在越近的事情越不清楚，反而時間久遠的事情知道得更明白。舉個例子，連魏家祖先根本不是中國人這種雞毛蒜皮的事情，我都知道。」

「魏家是外國人？」黃坤恍然大悟，「怪不得魏家的當家看起來怪怪的。」

「你想不想聽魏家怎麼成爲四大外道的？」徐雲風故意吊他胃口。

「想！怎麼可能不想！」開車的曲總倒先沉不住氣，「快點說！」

第 10 章

委鬼

三寶太監意外整艘海盜船上只有兩個大活人：一是船長，是個波斯人；另外一個是黃皮膚的美洲人，外貌和漢人相差不大，殭屍都受他指揮。進入中土，波斯人下落不明，美洲人受到道衍的關注。

朱元璋死後，朱棣搶了他侄子朱允炆的帝位。其中有兩個人物非常關鍵，一個是方才說的道衍，另一個則是三寶太監。

當時，朱棣很害怕失蹤的建文帝捲土重來。別以為皇帝好當，就算控制了中央，地方派系仍舊衆多，很有可能表面順從，私下裡盼著朱允炆回來。

黃家和鍾家已經成為望族，使用法術的本領越來越強大。朱棣對他們非常忌憚，因為聽到兩種傳言，一是朱允炆逃往海上，二是朱允炆隱藏在雲貴地區。

三寶太監就是馬三寶，另外一個名字更加響亮，鄭和。鄭和下西洋的歷史大家都知道，揚國威、和列國交好、讓萬國敬仰明朝，但這些都是幌子。事實上，三寶太監數次下西洋的目的只有一個：尋找建文帝。

畢竟海上揚帆費用耗資巨大，不安插一個響亮的名頭，朝廷肯定有大批反對者。而在陸地上尋找建文帝，花的錢少，引不起這麼大的重視，也就不需要名頭。負責間諜工作的人叫胡濙，一直在雲貴川等地尋找朱允炆的下落。

這時期，作為明朝開國功臣的後代，黃家和鍾家各自發展，但交情仍舊不錯，共同壓制住雲貴川等地的巫術神棍，勢力不容小視。對此，朱棣當然不會坐視不管。

那時沒有國師一說，但道衍就是永樂帝的國師。國師的工作就是幫助皇帝殲滅和安撫天下能人異士。可道衍位高權重，不可能親自走一趟雲貴川，因而將事情交由手上的一個人選。那人來歷頗不尋常，是三寶太監第一次下西洋時，從海上帶回來的。

他，就是魏家的先祖。

三寶太監下西洋之前，已有阿拉伯人開通印度洋到中國南海的航線，三寶太監的海路圖估計就是從阿拉伯人手中得來的。宋朝的經濟繁榮，是不折不扣的世界貿易大國，很大程度跟南海通航有關。三寶太監的船隊富庶，理當成爲海盜窺覷的目標。第一次下西洋返航時，在麻六甲附近遇到海盜。三寶太監的船隊遇到大小海盜數次，本已不以爲意，可是這一次非比尋常。

海盜只有一艘船，竟然能和船隊抗衡。他起初沒把這艘海盜船放在眼裡，經過廝殺後，才發現海盜船上的海盜極其兇猛。不可思議的是，海盜受傷倒下，不久又能站起加入戰局。三寶太監的船隊在沒有準備的情況下，折損一艘船隻。

三寶太監跟隨朱棣時間很長，軍功卓著。在和海盜廝殺周旋之際，他驚覺海盜船上的人都能死而復生，進而發現那些根本不是活人，而是殭屍。帶領船隻遠航，三寶太監身邊少不了奇人異士，既然打探到這個情況，剩下的就容易應對了。

破解殭屍法術的，是一個懂得茅山術的道士。三寶太監打敗海盜後，意外整艘海盜船上只有兩個大活人：一是船長，是個波斯人；另外一個是黃皮膚的美洲人，外貌和漢人相差不大，殭屍都受他指揮。

於是，三寶太監帶著這兩人返航，剩下的殭屍則留在海盜船上，任其自生自滅。

進入中土，波斯人下落不明，美洲人受到道衍的關注。美洲人學會漢語之後，才把自己的身世講出來。

波斯人本是一個海上商人，在歐洲的時候，在一個貴族手上買到能使喚殭屍的奴僕，是弗朗機人（明朝對西班牙人的統稱，也泛指歐洲人）從美洲帶回歐洲的。他本是一名祭司，到了歐洲施展法術，就是讓墳墓裡的屍體復活。具有這種本事的人，在歐洲的日子當然不好過，在波斯人遇到他之前，已經被拘禁很久。

波斯人傾盡錢財，贖了美洲人出來，打的算盤就是利用他的本領。最初的意圖是，死人無須支付酬勞。經商的時間長了，發現藉著死人在海上打劫更加划算。在海上橫行十幾年，遇到了三寶太監，才知道人外有人，天外有天。明朝人對中土之外的地域毫無理解，美洲人口中的地理名詞皆聞所未聞。道衍和三寶太監也不例外，當美洲人提起另有國家無數，世界之大的時候，他們將信將疑。

聽到這裡，黃坤好奇地歪著頭問：「那個年代，美洲應該還不叫美洲吧？」

「我哪曉得那時的美洲叫什麼？」徐雲風撓撓頭，自言自語地說：「王八跟我講的時候，就說美洲，應該沒錯啊！」

「王八？」黃坤挑起一邊的眉頭，「就是你要借錢的那個兄弟？他知道的東西還眞不少。」

「你別打岔，」曲總不耐煩了，「老徐，你繼續說。」

徐雲風聳聳肩，說道：「應該是王八知道，但我不懂，就沒多在意這點。」

「也是，要是用亂七八糟的古地名，估計他也說得累。」黃坤想通這點，又追問後來的事，「美洲人之後是不是跟著道衍？不然他的本事怎麼跟湘西趕屍差不多。」

徐雲風扭過頭看著黃坤，讚賞地說了一句，「你比我聰明多了，以前聽到這裡，我就沒想這麼多……美洲人被道衍收留，學習中土的道教法術。幾年下來，法術高強。但是，他最厲害的，還是老家美洲的那個本事，把墳墓裡的死人挖出來，施法術復活，並驅使它們做事。道衍瞧他的本事，偏向陰陽御鬼的路數，就贈了他一個中國姓氏。」

「魏。」黃坤插上話，「這個姓贈得眞好！委鬼，連在一起就成了『魏』。」

「爲什麼你們都這麼聰明？說個開頭，就能想到後面。」徐雲風再次對黃坤投以賞識的目光。

「你說過魏家的祖先是外國人嘛。」經過這一捧，黃坤神氣起來，「之後，魏家祖先一定是受了道衍的差遣，到雲貴川和黃家、鍾家幹了一場，對吧？」

「你一定和王八一樣，之前就看過書。」徐雲風哼了一聲，嘴邊碎念，「媽的，王八還不承認是書上的東西。」

黃坤沒跟徐雲風解釋，看來他平時就不愛動腦筋。徐雲風見黃坤不作聲，就繼續說下去……

魏家先祖找到黃家和鍾家的後人（黃鐵魚和鍾家人開創人當時已經過世），勸他們歸附永樂帝。接下來，具體發生什麼，並不是很清楚。但結果就是，黃家和鍾家鬧翻了。因爲，黃家順勢而動，接受了道衍提出的條件，答應歸順永樂帝，但鍾家仍忠於建文帝，不肯背叛。

就在魏家和黃家準備聯手對付鍾家的時候，道衍過世，不久永樂帝也跟著駕崩。

魏家先祖沒了道衍的控制，也不回去了，安安心心地跑到湘西，和當地的趕屍家族混在一起，把對付鍾家的事情丟得一乾二淨。上百年過去，魏家就這麼成了湘西趕屍的大家。倒是黃家和鍾家結下樑子，變成世仇。不過，川東鄂西就那麼一點地方，同行是冤家，無論黃鐵魚和鍾家先祖交情如何融洽，後輩也會相互蠶食對方的勢力。那個來自中土之外的魏家先祖，只是兩家齟齬的導火線罷了。

百年下來，白蓮教、天地會、太平軍……這些依靠宗教的的民間勢力，此起彼落。倒是黃家、鍾家、魏家，還有鳳凰山四個家族始終屹立不倒。時間長了，影響越來越大，在中國西南的巫術門派裡有了舉足輕重的地位。

因爲都是家族傳承，他們一直沒有歸入中國道教的冊籍，就有了四大外道之說。

第 11 章

鬼攔路

霧瘴越來越濃，車燈只能穿透一部分，勉強看得到前方的道路。黃坤發覺霧氣緩緩從車縫透進車內，有很多殘缺的人體在後車廂的地面爬動。車後方還跟了好長一串人影，密密麻麻地在公路上飛快爬動。

徐雲風說完，黃坤扳著指頭點出不合理之處，「鄭和下西洋，比哥倫布發現美洲的時間要早，西班牙人不可能去美洲。那時候，他們根本不知道有美洲這個地方，更不可能抓走美洲土著。」

「難道這段內容是假的？」徐雲風半歪著頭嘀嘀咕咕，一陣子，又說：「不說了，時間到了。」

此話一出，車內頓時安靜下來。曲總掏出煙盒，點燃一根，狠命地抽起來。往前方擋風玻璃看出去，山間霧氣籠罩。高山夜間溫度驟降，霧瘴出現頻繁，但這種天氣狀況對司機而言，非常兇險。

這時候，後車廂多了幾個「人」，安靜地圍著那個女孩。黃坤都看見了，低聲問道：「師父，我怎麼做？」

「我要是能告訴你怎麼做，還叫你來幹什麼？」徐雲風頭也不回。

「我不跟你們走……」那女孩半坐起來，用手推著胸前的兩個人影。她能看見，因為一隻腳早就踏入陰間。

女孩雙手胡亂揮舞，嘴裡發出聲響，中年男人連忙把她抱在懷裡，「別怕，我們馬上就要到家了。」

黃坤看到一個鬼卒的手觸碰到女孩的脖子，卻又被女孩的手揮開。女孩非常虛弱，聲如蚊蠅地問：「爸爸，你還會帶我去看病嗎？」

「先回家，先回家……」中年男人啞著聲音。

「我不想死……我還要讀書……」女孩又問：「爸爸，你是不是沒錢了？我想活……你救我啊！你老了，我會孝養你的……」

聽到這番話，中年男人忍不住哭了起來。

「你們閃遠點！」看見兩個鬼卒把胳膊扣在女孩的頸部，黃坤半彎著身體把它們推開，「急這一會兒嗎？」

這下人影不再有其他動作，皆安靜地站立在旁邊。

「爸爸，我會不會死？」女孩一連串追問，「爲什麼不給我治病了？」

黃坤內心鬱悶，原來這活眞的不如自己想像中好做。遇到這種事情，到底該怎麼辦才好？

「山裡的孤魂野鬼很多，倘若等一下來了……你知道鬼打架嗎？」徐雲風在前方的副駕駛座說話。

「你別講了。」黃坤心緒沉重，「我懂你的意思。我根本沒得選擇，你就是想脫身，讓我當墊背。」

女孩仍苦苦哀求父親，請他籌錢救命，她是眞的不想死。一股求生的強烈意志，讓她堅持到現在。

車前的霧瘴越來越濃，救護車的車燈只能穿透一部分，勉強看得到前方的道路。

同時，黃坤發覺霧氣緩緩從車縫透進車內，有很多殘缺的人體在後車廂的地面爬動。

女孩驚嚇得發出尖叫，「別過來！」

黃坤走過去，用腳踢開那些只有半截身體，或者腦袋壓癟的鬼怪。

女孩如抓著浮木般緊緊攥著黃坤的胳膊，急切地嚷嚷著，「它們是不是來找我的？是不是來找我的？拜託你，救救我！」

中年男人什麼都看不到，見到女兒如此驚惶，唯一能做的就是緊緊抱住她，好像這樣做就能隔開那些看不到的東西。

鬼卒開始和野鬼纏鬥。

黃坤看到了，這就是徐雲風說的鬼打架。

他赫然發現自己的眼睛竟看得比白天更清楚，兩側車窗不停有鬼影撲進救護車裡，車子後方還跟了好長一串人影，密密麻麻地在公路上飛快爬動。

黃坤真的不知道該怎麼做才好。這是他第一次遇到如此窘迫的場面，很想請徐雲風處理，但旋即明白原來做一個走陰高手，關鍵不在於手藝多麼高超，而是能不能當機立斷。

「教你一個方法。」徐雲風從前方副駕駛座扔過來一個東西。

黃坤撿起來，是半截蠟燭。

「該怎麼做？你自己想想。」徐雲風沒打算直接告訴他方法。

黃坤腦袋轉得飛快。

爺爺拿著點燃的蠟燭對只有五歲的黃坤說道：「別怕，先拿著。你看，它們都出來了。」

亂墳崗裡的每一座墳頭，都靜靜地站著一個人影。它們都低壓著頭，可頭部都對著黃坤。這下，五歲的黃坤覺得非常有趣，不再那麼害怕……

對！就是這樣！

黃坤想起來了，連忙用打火機點燃蠟燭。

剎那間，殘肢斷臂的鬼影安靜下來，全盯著黃坤手上的蠟燭看著。蠟燭的火光突然拉得老長，鬼魂紛紛靠近蠟燭，無數蒼白的手指探了過來。

看著這些鬼手，黃坤的手腕不禁抖了抖，一滴蠟油滴到手背。蠟油發出奇怪的氣味，瀰漫在車廂內，鬼影聞到氣味都擠過來。

其中的一個人影竟是那個女孩。

這一瞬間，所有鬼魂的死因，快速掠過黃坤的腦海，幾乎都是在這條道路上出車禍死掉的。由於死於意外，陽壽未盡，鬼卒不會去找它們，任由它們在山間野地遊蕩。

鬼卒只對著那個女孩有興趣。

黃坤甚至能看到每個鬼魂死去的日期，而那女孩本該在十五天前就死了。

眼下最兇惡的鬼魂，是一個老人。它被輾壓多次，以致於屍體被發現的時候，已經成了肉泥。家人看到殘缺破爛的屍體，當下暈厥過去。更可恨的是，找不到肇事司機……

這死法太殘酷，所以它的怨氣最大，就想拉著女孩下車。

黃坤身上冷得厲害，拿著蠟燭的手不停抖動。

「這是什麼本事？」黃坤問道。

「看蠟。你爺爺很早就教過你了。」徐雲風回答，「這本事唯一能超越詭道的，就是你爺爺。」

黃坤把蠟燭放到女孩的身邊，女孩在她父親的懷裡吐出一口長氣，扭過頭，感激地看了黃坤一眼。

「我只能帶妳回家……」黃坤的聲音略帶歉疚。

女孩其實早就什麼都知道，又見父親正抹著眼淚，便閉上眼睛休息。

「媽的。」曲總突然在前面罵起來，「三更半夜的，還會堵車。」

黃坤連忙向前方的道路看去，幾具棺材堆積在道路上。

「沒有堵車。」徐雲風對曲總說：「繼續開。」

「怎麼開？」曲總眉頭都揪成一團，「幾輛車都擠在一起，堵著路。」

「假的。」徐雲風非常肯定地告訴他，「根本沒車。」

曲總想了想，慢速開動車子，果然從棺材堆中間行駛過去。

「把窗簾拉上。」徐雲風對著黃坤吩咐。

黃坤不敢怠慢，飛快把窗簾都拉上。車內的鬼魂都在燭光照射下，慢慢消失，化入蠟油。除了鬼卒仍舊靜靜站著，還有那個死的淒慘的老人鬼魂匍匐在地面。

救護車緩慢前行，即便看不到車窗外，他也只知道那些棺材一定就在外面。毫無預警之下，車窗砰砰作響。這下中年男人怕了，環顧四周，一臉驚恐。

接著，曲總嘴裡突然喊道：「前面怎麼沒路了？」

「有路。」徐雲風毫不遲疑地說：「你繼續開。」

車窗哐啷一聲，碎了一塊。這會兒，連黃坤都渾身一凜。中年男人緊摟著女孩，嘴裡說著：「別怕，我一定帶妳回家。」

女孩已經沒有什麼動靜。

徐雲風坐不住了，把車窗搖開，頭探出去，嘴裡大聲罵道：「堆個棺材陣了不起，是不是？」

「這些東西是有人故意佈置的嗎？」黃坤試探性地問。

「欺負我不懂陣法！」徐雲風沒回答，嘴邊罵罵咧咧。

曲總看不到前方，實在無法繼續開車，索性熄了火。

「你跟我下車。」徐雲風特意多說一句，「爬到前面下。」

黃坤跟著徐雲風走出車外，曲總連忙替他們把車門關上。四周都是霧瘴，難以辨別出方向，除此之外，隱隱約約可見布幡在飄動，地上到處是都是棺材。

「看好了，這就是棺材陣。」說完，徐雲風把一頂草帽戴在頭上。瞬間，他的頭變成蛇的樣子。

霧瘴更加濃烈。黃坤轉瞬就看不見徐雲風的身影，只能摸索繞著救護車行走。下一秒，棺材紛紛碎裂開來，裡面的屍骨都擠向破碎的車窗。黃坤知道自己該做什麼，快步走到車窗前，用手扯下一個又一個屍首，然後轉身背對著車窗，整個人靠在車身上。

車內的曲總把音樂調到最大，正在播放《月亮之上》。

不消片刻，徐雲風又出現在救護車的前方，示意曲總開車跟著他走。黃坤也步行跟著，不離車窗半步。

第 12 章

王八

社區門口，有個穿著講究的男人站在那裡張望，一定是徐雲風口中的王八了！黃坤覺得奇怪，想像中，王八應該是仙風道骨的模樣，可現在看見的，就是一個生活無虞、養尊處優的男人。

走了十幾分鐘，腳下的路面慢慢傾斜，黃坤猜想是一個上坡。當霧瘴散盡，他們已經走到山巔。徐雲風招呼黃坤回到車上，黃坤上車之前，向後方看了一眼，發現白霧已經沒了。黑暗中，密密麻麻的人影都站在公路上，看著救護車這邊。

「師父，你是過陰人。」黃坤十分不解目前遇到的狀況，「他們怎麼會對付你？」

「這根本就是兩回事。」徐雲風恨恨地說：「當過陰人沒好處，如果真的有那麼厲害，老趙也不會死了。」

「那當過陰人到底有什麼用？」

「等你當上就知道，反正我是不想搞下去了。」

「爲什麼？」黃坤走快兩步，跟在徐雲風身邊。

「我是半路出家的，和你們這些家族傳人不同。」徐雲風無奈地說：「把最後的事情處理完，我就不做了。我本來就是莫名其妙被拉進來，外人被拉進來，都沒有好處。」

「半路出家，也能做到過陰人？」黃坤一口氣提出好幾個問題，「你不願意幹這一行？打算什麼時候放棄？」

「我很早就想放棄了。」徐雲風看著前方的道路，又說：「一直都想離開。但是，有件事情還沒做完，做完了，我就安心回到從前的生活。」

前方的道路看得很清晰，瞧徐雲風和黃坤回到車上，曲總撇了撇嘴，對著徐雲風說：「你上了我的車，就沒有好事。」

「現在沒事了。」徐雲風咧開嘴巴笑道：「我保證。」

救護車終於在淩晨兩點的時候，抵達那女孩的家門口。這裡也是一個偏遠的小村。屋內的人遠遠就聽到救護車的聲音，便把門打開迎接他們。車子停妥後，黃坤對中年男人示意到了，可他仍舊緊緊抱著自己的女兒。

女孩一動也不動。她已經死了。

屋內操辦喪事的東西一應俱全，女孩的家人早就做好準備。黃坤還看到棺材放在偏屋裡面，旁邊放著一個骨灰罈。徐雲風對女孩的家屬說了幾句，意思是事不宜遲，得儘快下葬。家屬立刻忙碌起來，替女孩擦洗、換衣服。

「這件事結束之後，你跟我去一趟北京。」徐雲風對坐在身邊的黃坤說道。

「去北京幹嘛？」

「有些人，你要見一下，事情比我想的還糟糕。」

早上五點，女孩的家人扛著棺材上山。安葬時，徐雲風把那個骨灰罈放進女孩的棺材。眾人三兩下填平墳坑，堆起墳頭，徐雲風才特意叮囑女孩的家人，三年再立碑。然後，眾人都散了。女孩的家人邀請徐雲風師徒和曲總到家裡吃飯，徐雲風拒絕了，站在原地，沒有走的意思。

女孩的家人以爲還有法事要做，個個先行離開，留下墳前的黃坤、曲總和徐雲風。

這時候，一個人從旁邊走出來。

他老得走路都不穩當，臉上全是皺紋，還是個兔唇。

韓豁子！

「還給你。」徐雲風手掌一攤開，是一個扳指。

韓豁子連忙接過，那個扳指鮮紅通透，由一塊血玉做成。

「這下我死，也安心了。」韓豁子喃喃自道：「我乾兒子和乾媳婦也有了……」

「知道爲什麼金仲當年要你砍的手指、壞你的本事嗎？」徐雲風語調平靜。

「我和你們詭道從沒過節。」韓豁子輕輕晃了晃腦袋，「我到現在都想不通。」

「我告訴你吧。」徐雲風聲音依舊不起波瀾，「你被批鬥的時候，是不是有個人整你整得很厲害，還偷了你的這個扳指？後來，你搶回扳指，卻沒放過他，還有個女孩被燒死。」

「我記得當時是兩個小孩來燒我的房子。」韓豁子偏著頭回溯記憶，「男孩是宜昌市的，女孩則是我仇家的姑娘……你怎麼知道這些？」

「男孩後來長大了，是金仲的師弟。」徐雲風冷冷地答覆他。

「那個搗蛋鬼是你？」韓豁子盯著徐雲風半天，「不是你，那男孩沒有你的罡火。你和金仲也不是師兄弟。」

徐雲風看著韓豁子，「詭道還有一個人，你沒聽過他的名頭嗎？」

「是王抱陽！」韓豁子恍然大悟地叫道：「原來是他！原來是這樣……」

黃坤這才知道，原來詭道還有一個門人，名字叫王抱陽，看樣子厲害得很。

「鍾家的當家煉了一隻五行小鬼，」韓豁子低著頭，說道：「他們打算找金師傅了。就在下個初七，那天時辰全陽，金師傅本事最差的時候。」

徐雲風想了一會，對韓豁子撂下一句，「你說話可要算話。」

「我哪也不去，就在這裡等死……」

徐雲風和黃坤跟著曲總來到附近的市鎮吃早餐，之後就在救護車上休息。曲總靠坐在駕駛座睡著，黃坤和徐雲風則躺在後車廂。那個被輾壓得面目全非的鬼魂還在，黃坤看著不忍，順手把它抓了，才躺在長凳睡覺。

黃坤睡得迷迷糊糊，夢見無數鬼魂撲過來，自己奮力還擊，累得精疲力竭。醒來的時候，額頭全是汗水。

中午，曲總驅車回宜昌，抵達市區，已是傍晚。徐雲風在車上接了一通電話，嘴裡嗯嗯兩句，然後對著曲總說：「把我們放到×光園。」

黃坤一聽，這不是他的兄弟王八的家嗎？

想到這裡，腦袋裡電光石火一閃。

王抱陽！王八！

王抱陽就是王八，是徐雲風的好朋友，是董姐的丈夫，也是詭道的另一個門人！

早就該想到這點了。

車到了勝利四路停下，徐雲風和黃坤下車前，跟曲總告別。曲總問徐雲風什麼時候再一起喝酒，徐雲風沉吟半晌才說：「要等一段時間，我估計要忙一陣子。」

曲總開走後，徐雲風帶著黃坤向高級住宅區走。社區門口，一個穿著講究的男人站在那裡張望，徐雲風沒多說，朝著他直走過去。

那人一定是徐雲風口中的王八了！

黃坤覺得奇怪，想像中，王八應該是仙風道骨的模樣，可現在看見的，就是一個生活無虞、養尊處優的男人。面相看著和師父差不多，就是頭上多了許多白髮。

「缺錢用嗎？」王八開口便問：「你怎麼老是缺錢用？」

徐雲風撓了撓腦袋，「開銷大。你手上方便，就借給我。」

「生意不好做。」王八沒有答應，「瘋子，我這次要墊資，手上沒活錢。你一要就是十萬、八萬……」

徐雲風擺著手，「別說這些，沒有就算了。」

「我師父是爲了替福利院的女孩籌錢動手術。」黃坤忍不住插嘴。

「你忘記我告訴你的話？」徐雲風連忙制止。

「福利院的女孩……」王八皺起眉頭，「瘋子，你什麼時候開始做慈善了？」

「沒事。」徐雲風撇了撇嘴巴，「你別管我的事情。」

王八不再追問，轉而打量起黃坤，「你還開始帶徒弟了？」

「黃坤。」徐雲風簡單介紹，「黃溪的堂弟。」

黃坤連忙向王八拱手唱喏。

「不用。」王八不受這個禮，伸出手跟黃坤握手，「吃飯沒？我們出去吃飯。」

「不吃了，我還要去火車站買去北京的票。」徐雲風代爲拒絕。

「行，替我向方濁問個好。」

「知道。你回去吧，董玲現在需要你照顧。」

「你這小子，看出來啦。」王八笑著說道：「那你告訴我是男孩還是女孩？」

「女孩。」徐雲風笑著回答，「你小子命眞好，什麼好事都讓你攤上了。」

王八哈哈笑道：「女孩也不是都好養的！策策從沒讓她爹媽省心！你也不管管，她淨和那些架匠、端工打交道，像個女孩嗎？」

「換你，你勸得了嗎？」徐雲風哼了哼。

「也是……」王八敷衍一句。

「還有一件事情……」徐雲風猶豫半晌，才說：「那個扳指……我還給韓……」

「那是你的事情。」王八兩手一攤，「跟我沒關係。你愛怎麼樣，就怎麼樣。」

「也對。」徐雲風訕訕地苦笑，帶著黃坤要走。

「等等。」王八叫住黃坤，掏出一疊錢遞給他。

根據目測，黃坤估計有幾千塊，不禁心想這人眞是有錢，隨身都帶著這麼多的現金。可他不好意思接受，向徐雲風看去，徐雲風已經走出好幾步，於是向王八擺擺手，推辭不要。

「見面禮。好好幫你師父。黃溪人不錯，你別對他太絕了。」王八說話做事一向讓他人無法拒絕。

沒辦法，黃坤把錢收下，向王八拱拱手，才快步跟上徐雲風。

現在接近過年，但從宜昌到北京的票很好買，因爲和民工返鄉的方向相反。黃坤買了車票，然後把王八給他的錢，轉交給徐雲風。

豈料，徐雲風卻說：「他給你的見面禮，你就好好拿著。」

兩人約好第二天下午在火車站搭車，黃坤知道自己肯定不能回家了，就打電話告訴父母，表示要去北京旅遊。黃父在電話裡好像什麼都知道，別的話沒講，只要黃坤凡事小心，注意安全。

第13章

北京大院

黃坤發現這是個好幾個四合院組合而成的大院落，占地很廣，佈局巧妙，毫不顯露地和相鄰的民居相互參差。民居內有不少人在走動，一半是道士的裝束，一般是普通人的裝束，還有一些……不是人。

翌日，師徒二人上了火車，車廂裡沒幾個人。

列車開到襄樊的時候，時間已經很晚，列車長走過來，挨著把車廂裡的窗簾拉上。兩人各自躺在臥鋪上，黃坤突然問道：「師父，你的那個兄弟，王八……是不是詭道的門人，你對韓豁子說的王抱陽？」

「就是他。」徐雲風回答，「如果他是過陰人，也不會是現在這個樣子。當年是我和金仲聯手搶了他的位子。」

「你搶了他的過陰人身份，金仲搶了他的螟蛉，對不對？」黃坤實在難以理解這種狀況，「可他是你兄弟，你怎麼能這樣？」

「我腦袋發暈，不行嗎？」徐雲風罵了起來，「我自以爲是唄！」

「你們交情很好耶，看樣子他一點都不恨你。」黃坤擅自做出結論，「不過，他是不會再幫你什麼了。」

「怎麼好意思開口讓他回來幫我。」徐雲風嘆了口氣，「當初騙了他那麼慘。」

「師父，你就別賣關子了。」黃坤坐起來，「詭道是不是有很大的對頭？你現在怕得很，是不是？」

「你怎麼知道？金仲告訴你的嗎？」

「猜也猜到啦！你當我是傻子嗎？你讓我當你徒弟，不就是要我們黃家幫你嗎？我爺爺和魏家有交情，我幫你，魏家也會幫你。你跟我說的四大家族，鍾家一定被你的對頭收買，如果我不歸宗，四大家族之中就只有黃家跟你有交情。黃家別說對付另外三家，光是鍾家都應付不了。」

「既然你都知道。」徐雲風悻悻然，「還問這麼清楚幹嘛？」

「我當然要問！」黃坤好奇心很重，「你那個對頭是誰？」

「聽過一貫道吧？」徐雲風終於肯說到點子上。

「聽過。解放之初，政府鎮壓道門，一貫道首當其衝。」

「一貫道的道首張邦光，也是過陰人。」

「和你一樣嗎？」

「一樣。但我當過陰人，就是要對付他。」

「他不是死了嗎？」黃坤倒抽一口氣，「你要對付一個死人？」

「人雖然死了。」徐雲風嘆道：「可是怨氣還在，想報仇。」

「那跟我們有什麼關係？」黃坤覺得困惑，「你怕它幹嘛？」

「我壞了它的好事。」徐雲風掏出煙盒，點燃一支煙，「而且，不止一次。我還當上過陰人，爲的就是在那邊對付它，讓它完全消失。」

「你和它……」

「如果它的勢力全部剷除。」徐雲風沉悶地說：「它就只能回去。到時候，就是我和它之間的事了。」

「可是，它不想這樣。」黃坤接過話，「我明白了，它不想如你所願，在這邊就能對付你。」

「事情會成什麼樣，還說不準呢！」徐雲風道出目前的形勢，「至少北邊，它的勢力已經慢慢被翦除。如果南邊我們也贏了，它就只能回去。」

徐雲風所說的南邊，就是雲貴川，這一片地域最厲害的就是四大家族。黃家和魏家聯手，就是這個道理。而自己，正是黃家舉足輕重的人物。

念及至此，黃坤心裡非常不爽，原來自己的命運早就被他人決定。

火車在隔天中午抵達北京西站，師徒二人隨著洶湧人群出站。走到站外，徐雲風茫然四顧。接著，一個人走過來，領著他們往一輛越野車走。

那輛越野車就停在馬路旁，也不怕被員警抄牌罰款。一個相貌秀氣的短髮女子站在車旁，看見徐雲風，便露出好看的微笑。徐雲風也對她點頭示意，看來兩人是老相識了。

帶領徐雲風和黃坤的人是司機，任務完成便先坐進車內。那女子非常大方，主動向黃坤打招呼，「你就是黃坤？你師父提起你很多次，恨不得現在就讓你接他的班。」說到下半句，看著徐雲風笑了笑。

徐雲風偏過腦袋，對著黃坤說：「她叫方濁，你就叫她方姐，免得把她叫老了。」

「方姐。」黃坤嘴上叫著，手上卻做出對長輩的禮數。附近有個交通警察走過來，看似要來照相抄牌，可走到距離越野車幾米遠，又轉身回去。

「再不走，就要罰款了。」徐雲風提醒一句。

於是，方濁坐上副駕駛座，徐雲風師徒則坐到後座。車子行駛在馬路上，黃坤透過車窗看著繁華都市，心裡想著：無論這個世界先進到什麼地步，古老的神秘術數還是沒有任何改變。

「王師兄還好嗎？」方濁隨口問了一句。

「好得很。」徐雲風懶洋洋地回答，「奸商一個。」

方濁噗嗤一聲笑出來，「你們什麼時候才不相互吐槽？」

徐雲風不樂意地哼兩聲，突然問道：「妳和老嚴這麼著急地叫我們來，不是想見黃坤這麼簡單吧？」

「是啊。」方濁轉過頭，臉色顯得十分凝重，「我們從玉眞宮弄出來的雕像出了麻煩。」

「不用說了，是我們對頭幹的。」徐雲風接過話，「老嚴怕得很吧？」

黃坤聽到他們提起自己的名字，又想起徐雲風在王八家裡說過方濁，是國家幹部云云，連忙問道：「你們都認識我？方姐，妳是幹什麼的？」

「我啊！就是個道士。」方濁溫暖地笑了笑。

「謙虛了吧？」徐雲風笑著說：「都當一把手這麼久了，還在謙虛。」

「那老嚴是誰？」黃坤繼續問道。

「老嚴是個退休幹部。」徐雲風替方濁回答，「以前是你方姐的領導，現在老了，退休了。」

「師叔的情況不太好。」方濁低著聲音，「病了很久，上次你來之後，他就沒再出過門，老是在屋裡待著……也許，撐不了多久了。」

「不會的。」徐雲風講了一句玩笑話，「那個人還沒解決，他哪甘心去死！」

「你們到底在說什麼？」黃坤摸不著頭緒。

「我這趟帶你到北京，就是讓你知道我們爲什麼要找你，還有我們的對頭是誰。」徐雲風簡單解釋，「老嚴會詳細告訴你的。」

「老嚴到底是什麼人？」

「天下一半術士都聽他的，你認爲他是什麼人？」

車子在北京的鬧區鑽來鑽去，然後拐進一個老城區，一個很普通的四合院門口停下。方濁推開門，徐雲風和黃坤都走了進去。

黃坤發現這是個好幾個四合院組合而成的大院落，占地很廣，佈局巧妙，毫不顯露地和相鄰的民居相互參差。他還驚訝地發現，這個民居內有不少人在走動，一半是道士的裝束，一般是普通人的裝束，其中有一些……不是人。

走路期間，方濁問徐雲風吃過飯沒，徐雲風回答在火車上吃了，方濁就沒再問，三個人一直走到一道門前。

「師叔！」方濁隔著門說道：「過陰人來了，黃松柏的孫子也來了。」

門開了。

屋裡有一個人，坐的地方距離門很遠。

那是個枯瘦的老者，顴骨突出，光滑且泛著紅光，其他的臉部皮膚都褶皺得厲害。他坐在蒲團上，閉目打坐，四周坐著七個人影。每個人影的身下都有卦象，老者身下也是個卦象。

「嚴所長。」徐雲風開門見山地說：「黃松柏的孫子我替你帶來了，你有什麼要說的，就儘管說吧。」

黃坤知道面前這人，肯定就是徐雲風和方濁口中的老嚴，他和自己到底有什麼淵源？不對，應該是和自己的爺爺有什麼關係。

老嚴緩緩睜開眼，一點神采都沒有，對徐雲風表示，「少都符的事情，方濁要仰仗你了。」

徐雲風冷冷地回道：「客氣了。」

老嚴說完，又把眼睛閉上，看樣子沒什麼話跟徐雲風說。見狀，徐雲風知趣地和方濁往門外走。

黃坤獨留在陌生的環境，又站在這麼一個古怪的老頭跟前，不免覺得生分，猶豫是走是留。

「你留下。」老嚴啞著嗓子說道。

黃坤看向老嚴，發覺他右手捏著一個訣，食指和中指夾著一個東西。那東西薄薄的一點，正是一枚銅錢！

張真人

老嚴不若初見時那般行將就木，聲調突然得威嚴。
下一刻又虛弱地說話，強行把銅錢吞進嘴裡，
又用手指把銅錢從喉嚨裡掏出來。
老嚴再也沒有能力恢復，眼下站在黃坤面前的，
是張邦光，也就是張真人。

第 1 章

影子戲

布帛上有三個人影，一個人影在前面走，另外一個人影背著第三個人影。老嚴解釋著一個是莊重光，張邦光的生死兄弟，另外一個是張真人的屍體，背著屍體的則是黃坤的爺爺黃松柏。

黃坤震驚不已，身體不禁顫慄。

黃坤想起爺爺死後，魂魄仍然等著自己，就是要對自己說兩件事情：第一，拜過陰人爲師；第二，聽拿著銅錢的人吩咐。

第一件事情，他已經按照囑咐完成。至於第二件事情，他問過，可徐雲風毫不知情。當時很疑惑，但也沒有再想過這個問題，哪知這個重要的事情竟在自己沒有一點心理準備的情況下發生。

「你一定要聽他的……」

黃坤想起爺爺最後那句話。

原來是要自己聽從老嚴的吩咐。

「坐到震位來。」老嚴的口氣不容置疑。

黃坤站了一會兒，遲疑地問：「哪個是震位？」

「這個徐雲風……」老嚴鼻子哼一聲，「除了會壞事，還會做什麼？」

黃坤很尷尬，老嚴在說自己師父的壞話，自己總不能附和，可徐雲風的確做什麼都不太在行的樣子。

老嚴指了指身邊的一個卦象，黃坤走到卦象上，原先的那個人影頓時消失。

黃坤盤膝坐下，視線離不開老嚴手上那枚銅錢，可老嚴似乎沒有把銅錢給黃坤看的意思。老嚴的手放在膝蓋上，那枚銅錢就收到他的手下。黃坤好不容易才忍住，沒有主動詢問銅錢的事情，但已經肯定那枚銅錢就是爺爺口中的天啓通寶。因爲，銅錢眞的有個缺角。

「不耽誤時間了。」老嚴直接切入重點，「你爺爺黃松柏曾經是張眞人的部衆。五〇年，張邦光出陰，他就在旁邊。」

「難道張邦光不是你們的對頭？」黃坤感到困惑，「既然如此，爲什麼要我和你們一起對付它？」

「這就是我叫你來的目的。有些事情，連你師父都不知道，必須由我告訴你。」老嚴說完這句話，好像很累，撫著胸口不停喘氣。

黃坤心裡著急，老嚴接下來要講的一定跟爺爺當年有關，那些事情也是他很想知道的。

「你有沒有看過皮影戲？」老嚴突然把話題扯開。

「在電視上看過。」

「我身體不好，用看的比聽我說更仔細。」說完，老嚴手一揮。

一匹布帛在黃坤和老嚴前方展開，老嚴身邊的那幾個人影都站到後方，立即顯現出人形。

「五〇年，張邦光出陰……」老嚴又說了一遍。

布帛上有三個人影，一個人影在前面走，另外一個人影背著第三個人影。

「前面走的那個是莊重光，張邦光的生死兄弟。」老嚴解釋著，「另外兩個，一個是張眞人的屍體，背著他的則是你爺爺黃松柏。」

黃坤看見三個人影在布帛上行走，忽高忽低，然後停下。黃松柏把張眞人放到地上後，和莊重光一起對著張眞人的屍體跪拜。

「他們到了七眼泉。」老嚴突然岔開話題，「你師父一定沒跟你說過七眼泉是什麼地方吧？」

「沒有。」黃坤老實地回答，「是個什麼地方？」

「張眞人出陰的地方。」

黃坤突然意識到，老嚴必定是張邦光的大對頭，徐雲風、方濁，還有黃家、魏家、鍾家等等發生的事情，根本是兩股巨大的勢力在對峙。很明顯，對峙的雙方一個是張邦光的勢力無疑，另一方則爲率領天下半數術士的老嚴。

可是，老嚴提及張邦光的口氣十分恭敬，幾次說的都是「張眞人」。

布帛上突然出現很多人影，團團包圍著張邦光。

「高個兒是你爺爺的弟弟，黃鐵焰……那小個子，也是你黃家人，黃蓮清，當時他的年紀還沒有你現在大……」

「我們黃家一直都是跟隨張邦光嗎？」

「是的。」老嚴點點頭，說道：「跟隨了很久。」

「那為什麼現在……」黃坤困惑不解，「我們黃家要反過來對付張邦光？」

「因為……」老嚴停了一會兒，緩慢地說：「我說服了你們黃家。」

聽到這兒，黃坤心緒激動，黃家從前的事情一直籠罩著迷霧，現在正逐漸散開……

徐雲風和方濁走出四合院，又上了那輛越野車。司機發動引擎，開到大路上，朝著北方駛去。

徐雲風坐在後座，說道：「有這麼急嗎？喘口氣都不行？」

「不行。」方濁直接否決，「對你來說又不難。你知道怎麼對付少都符，你和他打過照面的。」

「早知道當年就不該和王八爭。」徐雲風嘆了一口氣，「好累。方濁，這些年，妳不累嗎？」

方濁低下頭想了想，回道：「我沒得選……你也知道，這是我的命。我一個親人都沒有，離開這裡，能到哪裡去？」

「找個人嫁了唄。」

「你娶我嗎？」方濁笑出來，「我這種人，誰會要？再說，我和師姐不同，她是火居，我不是。」

徐雲風又嘆了一口氣，「妳也的確不能走，妳若走了，老嚴這個部門就垮了，我也報不了仇。」

「你還惦記著報仇啊？」方濁覺得稀奇，「我記得你不是這麼長記性的人耶！」

「是啊！」徐雲風悶悶地說：「其實我心裡已經沒有任何仇恨了，幾年過去，什麼仇恨都煙消雲散。老趙不出那件事情，也多活不了幾天；王八和董玲現在過得挺好，確實沒必要老是惦記著這事。」

方濁跟著也嘆氣了。

「可我也不知道自己爲什麼脫不了身。」徐雲風隨即換了一個口吻，又說：「也許跟妳一樣，不曉得不幹這個，能去幹什麼。」

「過一天是一天。」方濁微笑著接過話，「我知道你是這麼想的。眞不明白那年你爲何突然變一個人似的，非要和王師兄搶。」

「我傻唄。」徐雲風自我解嘲，「逞個什麼英雄，現在到哪裡找後悔藥吃？」

「你在那邊……能打敗張邦光嗎？」

「不能。」徐雲風坦承自己能力不足，「可它也沒想要回去的意思，在這邊就足以對付我。」

「那你能把少都符逼回去嗎？」方濁忽然有些疑慮。

「有妳在。」徐雲風一派輕鬆地，「不難。我和王八都知道它的弱點，當年都能封死它，現在應該沒問題。」

越野車已經上了高速公路，向著北方疾駛。

「當年老嚴把它放在那個地方，不是很有把握嗎？整個道觀的道士都守著它，還出了問題？」

「有人走漏消息，可查不出來。」

「老嚴誰也信不過。」徐雲風想了想，說道：「他肯定沒想到王八會離開。」

「王師兄的事情，對他影響很大。」方濁輕輕嘆一口氣，「他也是沒辦法了，才找到我。」

「方濁，如果我們都跟王八一樣，什麼都不管了，」徐雲風突然冒出一個想法，「該有多好。」

「我沒想過。」方濁回答，「我和你不一樣，從出生就走在這條路上。從有記憶開始，就生活在道觀。養我的人是道士，教我讀書寫字還有法術的人是道士。長大了，跟著師姐到北京，接觸的還是道士……我實在無法想像，如果哪天不當道士，自己會是什麼樣子。」

「沒人天生註定一條路走到底。」徐雲風把頭靠在車窗上，望著窗外的田野，「如果哪天，妳和妳的父母相認，不就可以回到他們身邊當一個普通人嗎？」

「我不知道……也許真的到了那天，我反而不習慣了。」方濁說話的聲音忽地大聲起來，「對了，你找這麼久，一點線索都沒有，到底是沒本事，還是太懶？」

「妳有那麼多手下，那麼多眼線，都沒查出來。」徐雲風咧開嘴笑了，「卻老是逼著我。」

「老實說，我經常在想，到那一天，你把認爲該做的事情做完之後……」方濁落寞地苦笑一下，「我就連個說話的人都沒有了。」

這一次，徐雲風沒有回應，用手指在車窗玻璃上漫無目的地畫著……

第 2 章

關鍵人影

金盛的身影繼續頑強地向著右側移動，已經突破密密麻麻人影的圍困，距離張邦光等人非常近。接下來，場景發生了改變。軍隊裡分離出一個人影，身形龐大，金盛和那個巨大人影相互對峙中。

布帛邊緣出現無數人影，把中央幾個人團團圍住。

看著這一幕，黃坤試探性地問道：「很多人要阻攔張邦光出陰，旁邊的人都是你的部下嗎？」

「一九四七年張眞人突然重病暴斃，莊重光得知消息，從北京趕到四川，就再沒離開過張眞人的屍首，爲的就是等張眞人出陰。張眞人屍首三年不腐，大家都知道緣由，因爲他根本就沒有眞正的死去。一個麾下幾十萬教衆的道魁，哪有這麼容易就死了！何況，他還有個身份——橫跨陰陽兩界的過陰人。」

「你爲了不讓張邦光出陰，帶領部下圍困七眼泉。這還不夠，還收買張邦光最親近的手下，也是就我們黃家的三個兄弟。」

布帛中央的人影都坐著不動，但張邦光頭頂處出現一個圓點，慢慢擴大成一道門的樣子。一些奇形怪狀，頭頂長角、帶著獠牙的影子從門內出來，數量逐漸增加。

「陰兵！」黃坤瞠大眼睛叫道：「原來當一個過陰人這麼厲害！我眞是小瞧過陰人的本事了！」

「張眞人出陰的時刻未到。」老嚴解釋著那畫面，「在他出陰之前，必須找一個人幫他驅使陰兵。當年，張眞人身邊的能人異士都作鳥獸散，跟隨他的黃家兄弟不是御鬼高手。天下道門中，最擅長御鬼的門派，莫過於茅山。」

「你是茅山派的？」黃坤依著自己的觀察道出猜想，「布帛上的那些鬼魂都是你在驅使？」

「可當年張眞人身邊唯一的茅山術士莊重光，要守著七眼泉下的紅水陣。」老嚴沒有回答，繼續說道：「所以，張眞人早就定下另一個人選。」

「那個人選的御鬼本領和茅山術士一樣高強嗎？」

「張眞人答應過那個門派的執掌，若能成事，會給予他們一個莫大的好處。」

老嚴說到這裡，布帛上突然一片空白，只剩下一個年輕的身影，舉著一把長劍和三隻惡狗纏鬥。那年輕人手上的長劍突然變得巨大，將三隻惡狗斬成兩截後，長劍又漸漸縮成一個知了殼子，被年輕人收在手中。

「螟蛉！」黃坤忍不住喊出聲，「詭道！」

越野車正向山頂疾駛，最終停在一個山門前。方濁和徐雲風走下車，踩著一級級的台階往上爬。

「老辦法。」方濁的臉頰因爲爬階梯泛紅，「不用我提醒吧？」

「知道，我算出它在哪裡，妳拉它回去。」徐雲風喘著粗氣，罵罵咧咧地說：「修個道觀，幹嘛砌這麼多台階，累死人了。」

「你平時淨知道喝酒，也不鍛鍊一下。」方濁的呼吸也有些急促，「哪裡像個修道的人！」

「它還沒走。」徐雲風說道：「還在這裡。」

「我們有幾十號人守著它。」方濁多走好幾級台階，看見徐雲風落後，只好停下來等他。

「幾十號人？」徐雲風皺起眉頭，「那就怪了。」

「怎麼啦？」

「上面沒人。一個人都沒有。」

聞言，方濁的臉色大變，對著徐雲風急迫地說：「我們得快點！」

徐雲風和方濁來到空間寬廣的大殿，裡面除了塗上紅漆的柱子，只有幾十尊雕像到處陳列。由於大殿太寬敞，即便雕像散亂擺著，看起來仍然空蕩蕩的。

雕像全都是一個模樣——武當派開創祖師張三丰。

徐雲風和方濁站在石像之中，警惕地向四周張望。大殿的頂部懸掛無數鋼刀，刀刃垂直向下，一陣風吹過來，晃蕩不止。

「人都不見了。」方濁壓低聲音地說：「沒我的命令，他們居然都跑了。」

「他們沒有逃跑。」徐雲風回道：「不是不想，而是根本跑不了。那東西就等著我們過來。」

「它在哪裡？」

「我只知道它還在殿內，但有人破了石像上的封印。它出來了，正等著我們。」

「守著它的道士呢？」方濁疑惑地問：「屍首都沒見到。」

「還記得當年玉真宮地下那兩隻壁虎嗎？」徐雲風的聲音有點顫抖，「王八要是在就好了。」

大殿上懸掛的鋼刀突然有動靜，方濁和徐雲風同時抬起頭。鋼刀全部翻轉，刀刃向上指著大殿的頂部。

可大殿頂部一片黑暗，什麼都看不清楚。

「那兩隻壁虎在上面嗎？」方濁放輕聲音。

「這次不是壁虎。」徐雲風用極爲緩慢的速度把頭靠近方濁，「別亂動，那東西跟壁虎一樣，眼睛不好使。我們站著不動，牠們分不清哪個是雕像，哪個是活人。」

聽著，方濁忍不住想像一個畫面，那些守著少都符的道士驚慌失措地在大殿裡奔逃，卻沒有一個跑出殿外。

殿外的風猛地颳往殿內，懸掛的鋼刀又恢復垂直向下的狀態，被狂風吹動得晃動，叮叮噹噹一陣清脆碰撞聲傳入方濁和徐雲風的耳朵裡。

「向上仔細看。」徐雲風壓低聲音。

方濁凝視大殿的頂部，呼吸突然加快。

上方有幾十個東西吊在半空，表面是灰黑色，和大殿頂部空洞的黑暗極爲相近，不仔細看，很難分辨。它們被看不見的繩索掛著，就懸在大殿頂上無數木檁和幾根長樑之間。

「它出來有一段時間了。」徐雲風說道：「不然養的東西不會這麼大。」

「有多大？」

「妳自己看。」

「那個人是誰？」黃坤百般好奇，「金仲嗎？不對，五〇年他應該還沒出生。」

「金仲的師父叫金盛。」老嚴揭曉謎底，「他就是幫助張眞人御鬼的人選。」

「他幫了張邦光嗎？」黃坤其實心裡知道結局，但還是忍不住要問。

布帛上的畫面變了，張邦光、莊重光和黃家兄弟等人出現在右側，被一圈密密麻麻的人影圍著。那個門似的影子依然存在，張牙舞爪的怪物也越來越多。此刻，布帛上不只是黑白兩色，還慢慢印出紅色，像血一樣蔓延。

布帛左側那個年輕人的影子，已經靠近張邦光等人，但是隔著其他密密麻麻的人影。年輕人——現在黃坤知道那是詭道門人金盛，緩慢向布帛右側靠近。

「我懂了。」黃坤忽地拍手叫道：「那些圍著七眼泉的人影是軍隊。你當年的身份是軍官，負責殲滅張邦光勢力的軍官！」

老嚴沒有回答，黃坤繼續盯著布帛看。

金盛越來越靠近軍隊，他的影子慢慢滲入軍隊之中，應該是用了什麼辦法，讓士兵無法發現他。光是看著，黃坤也不禁為他捏一把汗。

突然間，軍隊的影子散開，留下一個空白處，金盛的人影就正中間。

黃坤心裡頓時一沉，很明顯，金盛的行蹤被人發現。

金盛的身影繼續頑強地向著右側移動，已經突破密密麻麻人影的圍困，距離張邦光等人非常近。

接下來，場景發生了改變。軍隊裡分離出一個人影，身形龐大。黃坤明白，並不是因為身材高大，而是表明身份非常特殊，地位極高。

金盛和那個巨大人影相互對峙中。

如果這件事情真的發生過，他們一定是在相互交談。黃坤很想知道他們在說什麼，可布帛只能顯現影像，沒有聲音傳出來。

此時，金盛的頭頂探出長劍。黃坤想著，螟蛉真是厲害的法器，絕非如自己看到金仲使用的那麼不堪。念頭一起，又想像螟蛉是否和方才一樣，讓金盛把巨大的人影斬成兩截。

結果卻相反。

長劍被巨大的人影拿到手中，金盛的影子呆立不動。

「你拿過螟蛉？」黃坤向老嚴問道。

「我沒拿過。」

「可是……」黃坤指著布帛上的巨大人影說不出話來。

巨大人影把長劍化成知了殼子，穩穩地捏在掌心。

「他才是真正指揮軍隊的人，而螟蛉本來就是他的。」老嚴說道：「不怕告訴你，他和金盛是同門。」

「他到底是誰？」黃坤一時迷茫，「你又在哪裡？」

第 3 章

再戰少都符

無數的火光即刻在各個地方燒起來，徐雲風和方濁跑出道觀。那隻巨無霸蜘蛛不停在火焰裡翻滾，卻脫離不了大殿的範圍。明亮的火光裡有個人影站著，無論燒斷的木頭如何倒塌，都壓不到人影的身上。

方濁看了一會兒，終於發現頭頂上的蹊蹺。她不是第一次遇到這種東西，不再是像第一次那樣半點準備都沒有。

雖然不是第一次看到的那種，但牠們的一些特點仍舊保留。比如，身形巨大、具備隱蔽色……還有強大的殺氣。

大殿的屋頂有一團龐大的黑影，佔據十幾平方米的範圍。

方濁隱約猜到黑影是什麼東西了。大殿頂部那些木檁和長樑保持筆直規整的形狀，但是……上面佈滿細密的絨毛和倒刺。那幾十個黑乎乎的東西，就是懸掛在這些木檁的下方。

此刻，方濁清楚知道這東西是什麼，當然也知道那幾十個道士在什麼地方。

徐雲風聲音輕緩地說：「它學乖了，把大殿罩住，不讓我們知道它在哪裡。」

「它爲什麼不動手？」方濁覺得疑惑。

「它輸過一次，膽子變小了。」

聽徐雲風這麼講，方濁向殿外望去，目前能做的就是把少都符拉到外面，可大門結了一層厚厚的絲網。絲網的形狀，就是一個八卦。

她登時沒了主意，僅努力保持鎮靜。

「別慌。」徐雲風悄聲地說：「它在瓦上面。它爲了罩住這個地方，自己也不敢出去。它以爲我找不到它。」

「我們該怎麼辦？」

「跟上次一樣，先躲著。它看不到我們。」徐雲風提出對自己這方有利的一點，「它以爲王八也來了，它怕王八。」

大殿的上方保持著死寂，看來徐雲風說的沒錯。少都符幾年前被王八制服，王八戰勝它，不僅依靠法術，更有無比堅強的意志，不惜魚死網破的決心。法術輸了，可以重拾信心，捲土再來；可心理上的懼怕，是永遠的陰影。

少都符有了陰影。一個近乎列爲仙班的妖怪，被一個普通人用強大的意志力戰勝。也許它從沒遇過，遇到一次，就永遠都擺脫不了恐懼。

眼下少都符一定是把徐雲風當作王八。

王八若在這裡，會怎麼做？當然是不動聲色，靜觀其變。所以徐雲風現在的想法就是沉住氣，繼續等。

時間一點一點流逝，大殿裡蠟燭忽然全部亮起。徐雲風的推測是對的，那個大東西眼力不好，比方濁和徐雲風更需要光線。

徐雲風依然保持安靜。

他在和少都符比耐心。

一個木檁在方濁和徐雲風的頭頂晃動一下。現在方濁能肯定，那個木檁就是一條長腿。

蜘蛛的長腿。

大殿上空的幾個黑乎乎的東西被蜘蛛的長腿撥動，不停搖搖晃晃。

方濁下意識退了一步，背部觸碰到一尊石像，可身體感受到的並非石像的冰冷堅硬。她慢慢扭過頭，當下渾身發冷。

石像的表面有層黏糊糊的東西，是蜘蛛絲。而石像的正面是一名道士的臉，大張著嘴巴，表情扭曲。

原來方濁剛剛想錯了，其實頭頂上吊著的才是石像，而大殿擺著的「石像」根本是被蜘蛛絲包裹得嚴嚴實實的道士屍體。

大殿裡傳來極爲細微的響聲。

嘶嘶嘶……

「它忍不住了。」徐雲風悄聲說道。

大殿上方，一條近乎透明的繩子緩緩往下延伸，觸及到地面才停止，接著開始晃動。徐雲風和方濁移動的步伐儘量緩慢，輕手輕腳地避開這條繩索。

時間一分一秒過去，繩子在空氣裡時間長了，逐漸變成灰白色。當繩子觸碰到那些石像一樣的道士屍體，馬上翻轉纏繞。感知到不是活人，旋即又鬆開，繼續往他處觸探。

方濁和徐雲風都知道，繩索一定就是那個怪物吐出來的絲。

而那怪物就是一隻龐大的蜘蛛！

老嚴的臉色變了，不若初見時那般枯槁，反倒紅潤許多，神情安詳。

「軍隊的那個大人物，是金盛的師伯。他在詭道學藝的日子很短，但學到的東西很多。他不安於當一個民間術士……」他說話的聲音也變得平穩起來，這回即便一口氣說了許多也沒有氣喘，「……所以，他一定要剷除張邦光的勢力，極力阻止張邦光出陰。金盛是他後輩，他一定有辦法阻止金盛驅使陰兵。」

布帛上的金盛消失了。密密麻麻的人影依然圍困張邦光等人，且有越來越近的趨勢。這時，布帛幾乎快變成血紅色，而張邦光頭頂上的那個門一樣的影子越來越大，中間開始有了空白。

空白逐漸擴大清晰，顯現出一個人形。黃家三兄弟和其餘幾個人跪地叩拜，空白的人形眼看就要和張邦光的黑影重疊。

此刻，莊重光的身影變成橘紅色，和布帛的紅色有所區別。他舞動旗幟，士兵的影子慢慢融於紅色之中。

莊重光驅動了紅水陣。

黃坤明白就算是沒有人指揮陰兵，張邦光仍舊有抗敵的後招。一貫道的道魁，心思肯定比一般人細密很多。可接下來發生的事情，讓他百思不得其解。

莊重光，張邦光的生死兄弟，突然停止揮舞旗幟的動作。那些士兵重新回到場子上，布帛上的紅色逐漸消退。然後，莊重光走到張邦光身邊。

就在空白人形和張邦光即將完全重疊的剎那，張邦光的身影消失了，留下的那個空白的人形取代了他的位置。接下來，黃家兄弟和其他幾個道士的身影撲向莊重光，那些張牙舞爪的陰兵發難，與他們纏鬥起來。

黃坤清楚看見黃鐵焰被陰兵撕裂。

「莊重光也被你收買了。」黃坤的聲音沒了先前的好奇與興奮，「你的手段真是超出人的想像。」

「沒人知道『嚴崇光』這個名字。」老嚴每個字都吐得很清楚，「自從嚴崇光和張邦光拜把子的那一天起，就叫『莊重光』。五〇年之後，他才又把姓氏改回原本的『嚴』。」

「方濁。」徐雲風大聲喊道：「我知道怎麼對付它了！」

方濁正在擔心他大呼小叫會驚動頭頂上的蜘蛛，可他已經指著大殿頂部，再次吼道：「出來！」

方濁暫時弄不懂徐雲風這舉動的意圖。

「火！」他再次喊道：「把這個大殿點燃！」

方濁照做了，無數的火光即刻在大殿各個地方燒起來。一聲慘烈的嘶喊響起，大殿內瀰漫著肉體燒焦的氣味。

趁著這個空檔，徐雲風和方濁跑出道觀。看著燃燒的道觀，徐雲風的身軀不停抖動，笑著說：「大有大的壞處。」

燃燒的道觀突然暴衝出幾條繩索，把徐雲風和方濁捆得嚴嚴實實。可有方濁在，這招沒有用處。

那隻體型跟大殿差不多的蜘蛛不停在火焰裡翻滾，卻脫離不了大殿的範圍。大殿就是牠的牢籠。

明亮的火光裡有一個人影站著，無論燒斷的木頭如何倒塌，都壓不到人影的身上。

徐雲風悠閒地看著那個人影，說道：「它的地盤小了，施展不開。」

「你能把它拉回去嗎？」方濁語調有些緊張，「我把它帶出來就沒力氣了。」

「沒把握。」徐雲風依然那副輕鬆的調調，「可如果是它自己願意回去呢？」

由於徐雲風能探知少都符的想法，方濁的心頓時平靜了下來。兩人就這樣靜默地等待著道觀慢慢燒成廢墟，過了片刻，徐雲風忽然想起什麼，喊道：「啊，我忘了一件事情。」

方濁馬上意識到徐雲風的顧慮，她也一直在思考同一件事情。那個能替少都符建造這麼大一個結界的人，本是不該知道少都符在這裡的。

「老嚴不是病了？」徐雲風睜大眼睛看著方濁，「張邦光其實早就找到了他。」

「黃坤！黃坤在所裡！」方濁想到事情的嚴重性。

「黃坤出了事。」徐雲風接續著推論，「黃家沒了，魏家、鍾家和鳳凰山都會歸順張邦光……我們輸了。」

聽聞這番話，方濁苦笑起來，卻帶有那麼一點終於解脫的意味。

第 4 章

兩相為難

一個年輕的小夥子正在用期盼的眼神看著，鍾家當家躺在腳邊，黃鐵焰的屍體已經被陰兵抬進紅水陣；張邦光的魂魄在陰門之外，飄忽不定。黃坤知道自己現在的角色就是當年的爺爺。該怎麼辦才好？

布帛上的人影變得混亂，那些被放出來的陰兵完全佔據上風。

坐在黃坤身邊的老嚴，原來就是莊重光。他到底是個什麼樣的人？

「嚴崇光年幼在茅山，學藝有成，卻流落到民間。數年之後，嚴崇光投奔當時的一貫道道首，並依靠自己的能力取得張眞人信任，和張眞人結交金蘭。」

這時候，黃坤擅自接過話，「你下山後，到進入一貫道的那幾年，一定受了某人的囑咐。那人就是圍困七眼泉的大人物，他安插你在張邦光身邊，爲的就是在那天做出致命一擊，好讓張邦光無法出陰。」

「果然是黃松柏的孫子。」老嚴站了起來。

別於方才默劇般的影像，黃坤發現布帛上的人影開始說話。

黃鐵焰已經死了。形勢很明顯，張邦光的魂魄沒有依靠，什麼都不能做，影子在陰門忽隱忽現。

布帛上莊重光的人影在說話，「時過境遷，大家就不要做無謂的犧牲了。古司令員答應過我，絕不追究你們黃、鍾、魏家。如果你們站到人民這一邊，國家不但既往不咎，還會保護你們的家族，讓你們的技藝作爲文化遺產得以保留。」

「原來我們黃家在那個時候，眞的是四大家族裡最有實力的門派。」黃坤喃喃說了一句，「鍾家和魏家都是幫忙黃家的。」

此刻，布帛上的幾個人影默默站到莊重光身邊，繼續和莊重光對峙的，僅剩下黃松柏和黃蓮清兩兄弟。

黃松柏指著莊重光說道：「大哥，我一直跟隨你和眞人，出生入死都在你一句話。可你竟然……」

「國家剛剛穩定，誰也不想再起爭執了。」莊重光語調柔和地規勸，「個人在國家之間，我們都沒有選擇。」

「我不想留下罵名。」黃松柏沉著聲音，說道：「我不願意被人說成臨陣反目，背叛眞人的叛徒。」

「沒有人會知道的。」莊重光做出保證，「今天的事情，永遠都沒有人會知道。」

「我的子孫會怎麼說我？」黃松柏指著莊重光鼻子罵道：「大丈夫豈能事二主？」

「那世上就少了黃家一族。」莊重光不再勸說。

話音落定，其中一個人影飛快衝到黃松柏面前。黃坤看著這個人影的樣貌，覺得十分眼熟，一定是鍾家的當家。黃松柏一伸手，直接捏住鍾家當家的脖子。下一刻，幾個陰兵伸出利爪，扣住黃松柏身體的各個部位。

黃蓮清還只是個十多歲的孩子，看著這幕情景瑟瑟發抖。接著，莊重光轉向黃蓮清，語調溫和卻隱帶威脅，「黃家現在四十六口人，你覺得該怎麼辦？」

黃蓮清向黃松柏問道：「大哥，二哥死了，你要是也死了，我們怎麼辦？」

「你勸你大哥，黃家不能都受他一個人的牽連。」莊重光自顧自地說：「我可以當作什麼都沒發生過。我敬佩黃鐵焰，但你們黃家不能都跟他一樣。」

「我聽我大哥的。」黃蓮清的目光落在黃松柏的身上。

莊重光揮揮手，陰兵退去，黃松柏也把半死的鍾家當家放到地上。

「松柏，你欠我幾條命。」莊重光又說：「你講過，要為我出生入死，現在反悔了嗎？」

聽到這番話，黃松柏站立不動，臉部扭曲。

莊重光還不罷休，繼續對著黃蓮清講道：「黃鐵焰已經死了，黃家人不見得非聽你大哥的。只要你答應，黃家就是你說了算。想清楚了，黃家四十六口人的性命，就在你手上。」

「大哥。」黃蓮清為難地說：「他說得對，你就答應了吧。」

然而，黃松柏站在原地，仍舊一動也不動。

之後，布帛上的畫面靜止，變成一幅剪紙。

「如果你是你爺爺，會怎麼辦？」身邊的老嚴問道。

忽然間，黃坤發覺身邊的一切都變了，自己站在松林之間，面前則是莊重光在說話：「你到底要怎麼辦？」

一個年輕的小夥子正在用期盼的眼神看著，鍾家當家躺在腳邊，黃鐵焰的屍體已經被陰兵抬進紅水陣；張邦光的魂魄在陰門之外，飄忽不定。

黃坤知道自己現在的角色就是當年的爺爺。

是啊，該怎麼辦才好？

方濁和徐雲風等著那個人影。

人影慢慢走出燃燒的大殿，方濁和徐雲風的視線變得模糊。空氣中出現一些東西，越來越濃密。方濁臉上癢癢的，用手拂了一下，原來是極爲細小的絲狀物。

那人影已經走到他們倆的面前，仍舊是那個矮小身材的老者模樣。它的臉抬了起來，和徐雲風對視。

「我們沒猜錯，張邦光找過他。」

方濁想起當年在電影院的那一刻，自己差點被張邦光附到身上，幸好徐雲風拼命叫醒了她。現在這個老者的臉，就和電影院螢幕上的一模一樣。

少都符能變換成見過的人模樣。現在，它的樣貌變了。

「它知道我不是王八。」徐雲風長出一口氣，「它認出我了。」

方濁不明白徐雲風爲什麼這麼說話，而眼中少都符的臉孔幻化成一個中年人的模樣。她雖然不認識，但隱隱知道那張面孔是誰。

徐雲風的牙幫子咬得緊緊，腮幫鼓出兩個大包，隨即整張臉變得越來越扁，鼻子漸漸往回收。臉上的皮膚越來越光滑，且現出鱗片。

這是方濁第一次看到徐雲風變成蛇屬……

徐雲風嘴巴吐出信子。

少都符顯然沒意識到徐雲風會變成這樣，向後退了一步。但徐雲風飛快衝上前，直接纏住少都符。少都符的身體不能動彈，嘴巴張開，驀地探出兩隻長螯。

方濁發現徐雲風的身體越來越不靈活，正在疑惑之際，突然意識到自己的身體也不能正常活動。那些纖細的絲，已經纏繞住自己。她動了動手指，少都符的脖子後仰，嘴巴無法闔攏。

「它怎麼變弱了？」方濁感到疑惑。

徐雲風沒有出聲，緊緊把少都符的身體箍住，越來越緊。接下來，兩個身影變得越來愈淡，直到什麼都看不見。

方濁這才明白，不是少都符變弱，而是徐雲風已不是三年前的徐雲風。

或許徐雲風真的比王八更適合當過陰人。

能和張邦光面對面較量的，也只有他。

黃松柏呆站一會兒，終於把頭低下來。

「這才是我的好兄弟。」莊重光興奮地說：「以後我們兄弟兩，一起為國家效力。兄弟，我們那麼多心願，以後都可以實現了。」

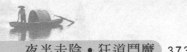

「你現在說『兄弟』兩個字，不覺得羞愧嗎？」黃松柏咬著牙，一個字一個字道出口，「從現在開始，我和黃家沒有任何瓜葛。」

黃蓮清知道黃松柏說的是什麼意思。

接著，黃松柏又說：「我有幾句話要跟眞人講，答不答應在你。」

莊重光不說話，和衆人退到一邊。黃蓮清猶豫片刻，也走到莊重光那一邊。

張邦光的魂魄向陰門內退去，守門人慢慢地把門關上。

黃松柏掏出一枚銅錢——天啓通寶，記重五。狠狠咬著銅錢邊緣，直到口裡冒出鮮血，銅錢才多了一個缺口。他把銅錢扔向張邦光的魂魄，沾了血的銅錢被張邦光的魂魄穩穩接住。

「眞人，是我無能，今天不能請你回來。但是我會等你，一定等到你回來，我死了，我兒子等，我兒子死了，還有孫子。我黃松柏只要有後人，就一定追隨你。」

守門人把門關上，張邦光出陰以失敗告終。

黃松柏轉身離去，莊重光看著他的背影，臉上沒有任何表情。這時候，鍾家當家擋住黃松柏的去路，黃松柏冷冷地冒出一句，「你嫌你命長嗎？」

「你就這樣放他走？」鍾家當家對著莊重光大喊，「讓他走了，他要是對付我鍾家怎麼辦？」

莊重光嘆了一口氣，看著那個曾經是兄弟的背影，說道：「你以後不再是黃家人，知道該怎麼辦吧？」

「我會找個地方過完下半輩子。」黃松柏語氣不帶一絲感情，「我們從此各不相干了。」

「你走吧，後會有期。」

「我不會再見你的。」黃松柏大步向山下走去。

自始至終，隱藏在軍隊裡的詭道門人都沒有出現。

第 5 章

第一次照面

張邦光以老嚴的身軀，穩穩當當地走出門外。黃坤對著逐漸遠去的背影喊聲，下一秒回過頭的臉龐，已經不是老嚴本來的模樣。那些和他碰面的道士皆呆若木雞。其中幾個試圖動手的，則瞬間萎靡倒地。

黃坤幼年的記憶都回來了。

爺爺帶著他在墳墓裡和那些鬼魂一起玩，用朱砂在胎記上畫符；附近的村民死前都會來向爺爺告辭，每一次爺爺都帶著他。

黃蓮清回秀山後，無法再興盛黃家，因爲莊重光，也就是現在的老嚴一直忌憚黃家，不給他們發展的機會。不僅如此，鍾家和魏家也無法倖免，甚至在十幾年後，鍾家當家在老嚴面前苦苦哀求，請他給鍾家一條活路，可惜最後只得到「愛莫能助」四個字。沒辦法下，鍾家當家失望之極，狂笑著離開。

不對！黃坤赫然意識到，記憶超出自己接觸過的範圍。

就在這個時候，老嚴突然喊了起來，「別信，黃坤！別相信它！你爺爺和我是莫逆之交，你別相信剛才看到的事情。」

「重光，你覺得他相信你，還是相信我？」老嚴的聲調突然變了，「你爺爺一定沒忘記告訴你這個東西吧？」說罷，把銅錢遞到黃坤的身前。

「別聽它的！」老嚴虛弱地說完，強行把銅錢吞進嘴裡。吞了一半，卻又用手指把銅錢從喉嚨裡掏出來。

黃坤的心神一片混亂，喃喃地說：「我只是一個學生，你們說的事情跟我有什麼關係？我還是回去讀書……」

「黃松柏的孫子怎能這麼沒出息！」老嚴的語氣又變得威嚴，「你爺爺從小就栽培你！知道你爲什麼叫黃坤嗎？你早產兩個月，就是你爺爺施的手段，讓你在全陰的時辰出生。黃家沒人了，就等著你帶領四大外道恢復元氣……」

「別相信他！」老嚴虛弱的聲音又回來了，「你看到的，都是假的，是它故意騙你的……」

「可銅錢的事怎麼說？」黃坤質疑一點。

「哈哈哈哈……」老嚴狂妄地笑起來，「黃松柏不會食言，答應我的事情，他眞的做到了！」

「爺爺怎能這麼做？」黃坤心底不禁冒出一股寒意，「我是他孫子，他怎能這樣對我？」

黃坤想起父親和爺爺的那一次爭吵，原來父親都知道，可不願意，也沒有聽從爺爺的。還有，他一出生就被爺爺安排好命運的方向，爺爺甚至在臨死前，拿特殊的命格作爲交換條件，要過陰人收他爲徒，進而踏入這個殘酷的漩渦，且永遠無法回頭。

「用你自己的腦袋想一想，別像你爺爺那麼傻。」老嚴虛弱地說完這句，再也沒有能力恢復。

眼下站在黃坤面前的，是張邦光，也就是張眞人。

「我等著你。等著你率領四大家族，還有詭道投奔我。黃松柏的孫子絕對不會是孬種。」張邦光說完，以老嚴的身軀，穩穩當當地走出門外。

「你回來！」黃坤對著逐漸遠去的背影喊道：「你叫我來，就是要告訴我這些事情嗎？」

下一秒回過頭的臉龐，已經不是老嚴本來的模樣了。

張邦光冷冷地講了一句，「他們怎麼算計我的，我要如數奉還。」

黃坤現在徹底明白爺爺替自己安排的是一條什麼樣的道路了。

「如果我不願意呢？」黃坤吶吶地問道。

「你並沒拒絕。」張邦光哼了哼，「否則我還會讓你繼續站在這裡說話嗎？」

黃坤黯然無語。

「把銅錢戴在身上。別看你的師父吊兒郎當的，趁人不備之際偷偷竊取思緒，是他的拿手好戲。別小看他，我吃過虧。」

最後說完這句，張邦光信步向四合院的大門走去。那些在四合院內走動，和他碰面的道士皆呆若木雞。其中幾個試圖動手的，則瞬間萎靡倒地。

張邦光頭也不回地走出去。

留下一臉茫然的黃坤站在原地。

「拉我上去。」方濁腦袋出現徐雲風的聲音。

方濁把徐雲風拉回來，不敢多停留，兩人轉瞬間又坐上越野車。可司機不知去向，她只能自己開車。

「要是妳的本事範圍能擴大到無限就好了。」徐雲風累得無法動彈，躺在後座還不忘跟方濁開玩笑。

「你不著急嗎？黃坤可能出事了。」

「早知如此，眞不該帶他。」徐雲風懊惱地回道：「我又多連累了一個。」

方濁不再說話，越野車在路上開得飛快。

黃坤不知道自己呆站了多久，直到看見徐雲風和方濁走到自己面前。四合院裡的人到處奔走，見方濁回來了，全都簇擁上來。其中一個道士搶先說道：「老嚴走了。」

「不是老嚴。」另一個道士打斷他，「是張邦光！我看得清楚，就是它！」

「你有沒有事？」徐雲風上上下下地打量黃坤，「他有沒有在你身上動手腳？還好你沒事，我以爲……」

「以爲怎樣？」黃坤盯著替他把話接下去，「以爲我被弄死了，對不對？」

「沒事就好。」徐雲風停了一會兒，又說：「你怎麼淨想著銅錢？你缺錢用嗎？老嚴給你銅錢了？」

聞言，黃坤登時心裡有了疙瘩，張邦光沒有說謊，徐雲風果然表面關心，實際卻不動聲色地打探心思。「張邦光上老嚴的身，走出去了。」

「它有沒有對你做什麼？」

「沒有。它要我傳話，要你們不要再和它作對。」

聽黃坤這麼講，徐雲風安心了，「你沒事就好，不然你爺爺死了也不安心。我答應過他，要好好照顧你的。」

這下黃坤明白剛才發生的那些事情，徐雲風一點都不知道。張邦光給的銅錢應該施了法術，讓徐雲風不能跟以前一樣可以隨意探知黃坤在想什麼。

四合院裡混亂不堪，很多人背著行囊告辭，方濁一個都沒有挽留。只是有幾個術士要走的時候，追在他們後面，說道：「所裡的東西……你拿走幹嘛……」

豈料，那幾個術士根本當沒聽到，腳底抹油似的快速溜走。望著遠去的背影，方濁輕輕嘆了一口氣，喃喃自道：「算了，知道是有用的東西就好。」

突然間，有人在驚慌地喊聲，「失火了！」

方濁和徐雲風隨著眾人跑到失火處，是藏書室。旁邊的幾人打開消防箱，打算灑水滅火。

「不用了。」方濁頹喪地說：「這火是澆不熄的。」

這下眾人才發現，火只在藏書室燃燒，和其他的房間保持著界限。

火焰熄滅之後，藏書室的結構依然保持完整，唯獨木器、書籍燒得乾乾淨淨。

方濁和徐雲風對視苦笑，顧不上一旁黃坤。其餘的人也都在四合院內站著，黃坤看見他們都一臉麻木。

深夜，徐雲風隨便找個房間休息。

第二天，黃坤問他：「是不是該告辭了。」

「看看再說吧。」徐雲風說了可能性極高的一個情況，「搞不好你以後再也不用跟著我瞎混了。」

第三天中午，一群穿著便服的人從門外闖進來。為首的一個老者走到方濁面前，問道：「方所長嗎？」

方濁點點頭。

「老嚴是不是失蹤了？」老者追問。

方濁仍舊點頭。

「這是編制變動的通知書。」老者拿出一張信函出來，「我是第〇××研究所的主任，今天來接管妳的部門。」

「卸磨殺驢的速度眞快啊！」徐雲風在一旁陰陽怪氣地說道。

老者轉向他，「我知道你，道教的過陰人，可我們部門不信封建迷信，你們今後工作的方式要改變。」

「我懶得管你們做事的方式。」徐雲風看向方濁，「走，剩下沒我們的事。」

「我很有誠意。」老者根本沒有挽留的意思，「不過既然你們已經下定決心……」

徐雲風放肆大笑，「我們走吧。」

方濁沒了主意，手足失措地說：「我收拾一下。」

「有什麼好收拾的？」徐雲風一派輕鬆，「妳來的時候，不也是兩手空空！」

「也是，還真的沒有什麼可以收拾。」方濁聽了不禁笑出聲，扭頭對著老者說：

「以後就仰仗你們了。道家同門之中，有些人很有本事……」

「只要是願意留下的，」老者知道她的意思，「我會儘量安置他們。」

他的語氣表明，他早就迫不及待想控制一切，只差沒下逐客令。

方濁和徐雲風不再多說，帶著黃坤走到四合院的大門口。

即將踏出四合院的時候，方濁回頭望了望，再回過頭，臉上全是淚水，「我在這裡生活了七年，我沒有家了。」

「當年妳離開終南山道觀的時候，不也這樣哭鼻子？」徐雲風沒心肝地打趣，「別哭，妳好歹是個所長，別讓他們看不起。」

三人走在北京的大街上，沒有方向，就這麼隨意地走著。各懷心思，相互無言。

可不巧的是，天上竟然下起雨，還夾雜著雪花。

徐雲風大笑起來，「眞他媽的跟拍電影一樣！倒楣的人，連老天爺都不待見！」

他們一路跑到附近的地鐵站內，買了票，站在月台上。一列車廂到站，停在他們身前，打開了門。方濁輕聲地問：「去哪裡？」

然而，三人只是呆站在原地，看著忙碌的人群上下車廂。直到車門關閉的警示鈴響起，徐雲風拉著方濁坐到月台上的長椅。剛點燃一支煙，一名保安走過來，他連忙把煙頭掐滅。

黃坤仍舊站著，目送車廂進入深邃的隧道，心裡茫然焦灼……

徐雲風懶洋洋地靠著座椅，不顧旁人的眼光，伸了一個懶腰。方濁則把腿收起，兩手抱住膝蓋。

「回終南山嗎？」徐雲風問道。

「回不去了。」方濁的下巴擱在膝蓋上，「山門早就沒香火。」

「退了冊籍，找工作上班吧。」徐雲風想像著未來，「我也不攙和了。我去當保安，替王八的公司守大門。」

「瞧你這出息！」方濁噗嗤一笑，隨即聲音又沉了，「我發現自己好沒用，除了當道士，什麼都不會。」

「妳可千萬別回所裡了。」徐雲風補上一句。

「現在如你所願了。說眞的，你到底有什麼打算？」方濁態度認眞地詢問。

「回宜昌啊！反正王八每個月都給我生活費。」徐雲風咧嘴一笑，「找老婆生小孩去。」

「也對，反正你一直都想這樣。」方濁不禁嘆道：「可我不像你，你有父母，有王師兄這個兄弟，我卻連個親人都沒有。」

「不如這樣。」徐雲風出了個主意，「我娶妳，我就有媳婦。妳生個小孩，妳也有親人了。」

「你這張嘴。」方濁終於發自內心地笑起來，「就沒一句是正經的。」

徐雲風見方濁總算心情好一點，站起來四處張望，「黃坤這小子跑哪裡去了？」

第 6 章

小插曲

跳蚤興奮地做出不同動作，且各具姿態，有武松醉打蔣門神、有魯智深大鬧野豬林、有盧俊義逼上梁山……黃坤發覺這小孩實在太牛逼，那些跳蚤完全靠著動作和姿勢，把水滸人物的神態表現得維妙維肖。

黃坤正在看一個小孩耍把戲。

那小孩十歲上下，大冷天的，把胳膊露了出來。他在地鐵站賣藝也不知道吆喝，起初黃坤還以爲是乞討的孩子，下一秒他便拿出一個小盒子，自顧自地嚷嚷著，「你們快出來！都聽話，乖乖的啊！」

等候地鐵的人本來都沒在意，瞥見盒子裡蹦躂出幾十隻跳蚤，在小孩的胳膊上整齊排列成一條線，幾個乘客就湊近了看。

「跳三下，向大家鞠個躬。」小孩下達指令。

這下有趣了，所有跳蚤還眞的整齊劃一地在小孩的胳膊跳三下。旁人覺得有趣，都聚過來看小孩賣藝。

「立正！」小孩說道：「向右看齊！」

那些跳蚤立即規規整整的立在小孩的胳膊上。衆人都看得有趣。黃坤暫時不去想那些糾結的事情，也湊近了去看。

「報數。一、二、三、四……」

小孩嘴裡唸著，跳蚤就隨著報數的聲音，一隻隻跳了一下。

觀衆興奮地鼓掌。

「不夠努力啊！」小孩對著跳蚤講話，「大家都不喜歡看，我們休息吧。」於是，拿起盒子，作勢要把跳蚤放回去。

「別這樣。」一個被吸引注意力的乘客說道：「我覺得很有意思啊！」

聽見這一句，小孩又對跳蚤說：「這位大叔說你們的好話呢！可大叔既然喜歡，怎麼不給個賞呢？」

聞言，圍觀的人都笑了。這小孩挺機靈的，才露了一手，就伸手要錢。那個說話的乘客也不好意思，掏出一塊錢丟在小孩的身前。

見狀，其他幾個乘客也紛紛掏出錢。

小孩一看，連忙又說：「別偷懶，再露兩手給大叔、阿姨瞧瞧……向右轉！」

跳蚤齊同在小孩的胳膊上向右轉。

「齊步走！」

一聲令下，跳蚤真的在小孩的胳膊上走動。直到被捋起衣袖擋住，第一隻跳蚤停下，第二隻爬到第一隻身上，第三隻又爬到第二隻身上……幾十隻跳蚤疊羅漢，豎直成一根小黑柱。

「大叔、阿姨要給錢了，還不謝謝他們。」小孩很會抓準機會央求打賞。

那根跳蚤組成的小黑柱立刻對著觀眾，彎曲三下，如同謝幕鞠躬。觀眾都被逗樂，紛紛掏出零錢扔到小孩面前。

「演個戲給大叔、阿姨瞧瞧。」說完，小孩開始唱歌，「大河向東流啊，天上星星參北斗啊……」

跳蚤興奮地做出不同動作，且各具姿態。黃坤仔細看，同時演著幾齣戲呢！有武松醉打蔣門神、有魯智深大鬧野豬林、有盧俊義逼上粱山的橋段……其中還有潘金蓮和西門慶苟且的動作，而旁邊的那隻小跳蚤根本是活脫脫的王婆……

黃坤發覺這小孩實在太牛逼，那些跳蚤完全靠著動作和姿勢，把水滸人物的神態表現得維妙維肖。讚賞之下，他也掏出零錢給了小孩。

不多時，小孩面前至少有幾十塊錢。地鐵站內的保安也被吸引住，竟然沒有趕他走。小孩邊唱歌，眼角邊瞄著地上的錢，突然停住不唱了，「吃飯時間到。大家都歇著吧。」

跳蚤聽了這話，都不再演戲，趴在小孩的胳膊上，屁股慢慢漲大，隱隱有了血色。看到這個場景，觀眾也不好意思要小孩繼續表演。

半晌後，小孩把跳蚤收回盒子，把面前的零錢都撿起來，嘴裡說著，「謝謝各位大叔阿姨，好人一生平安，個個升官發財、子孫滿堂……」最後，揣著錢一溜煙跑了。

觀眾見他嘴甜，也知道他是要把戲騙錢的，也就不在意地笑著散去。

黃坤看完這小孩的小伎倆，心情好了一些，待眾人散去，才發現徐雲風站在身邊。

「厲害！厲害！」徐雲風讚嘆，「天下的能人眞多，連地鐵站都藏龍臥虎。」

「這屁孩不是騙子嗎？」黃坤十分好奇。

「不是。」徐雲風表示認同，「是實實在在的本事，這小孩不得了。」

兩人相偕走回方濁身邊，方濁忽然冒出一句，「我有地方去了。」

「去哪裡？」徐雲風問道。

方濁笑了笑，答道：「師姐總不能嫁人，就不管我了吧！」

方濁的師姐住在一棟普通的大樓，三人轉了幾趟地鐵，又坐了十幾分鐘的公車才找到那地方。

走樓梯到了四樓，左側的屋門已經打開，一個三十歲上下的女子站在門口，「在陽台就看到妳來了……這兩位是……」

方濁連忙介紹，「這是王抱陽的好兄弟，另一位則是他徒弟。」

「過陰人啊！」方濁的師姐說道：「聽說過你，就是耍手段弄了你的好朋友嘛……稀客、稀客，快進來坐吧！」

徐雲風臉色很不好看，方濁連忙出面打圓場，「我師姐說話就這樣。嗯，她是火居，道號是『尋蟬』。」

尋蟬招呼三人進屋，屋裡收拾得很乾淨，牆上掛著三清的畫像。靠近窗戶的地方，擺著一個案几，上面放著一把古琴。

「所裡的事情，我已經聽說了。」尋蟬毫不諱言地說：「承德那個道觀的火，是你們放的吧？老嚴聽說失蹤了，研究所也和別的部門合併……」

「有人來找過妳，是不是？」方濁問道。

「是啊！」尋蟬不以爲意地回答，「畢竟嚴師叔和我們的關係非同一般，他的事情，我怎麼會不知道！」

「師姐……」方濁吞吞吐吐，好不容易才把一句話說完，「我沒地方去了……妳知不知道我父母在哪裡？我想去找他們。」

「妳被放在山門口的時候，還在襁褓裡，只夾了一張字條，上面寫著妳的生辰、姓方，還有兩百塊錢……」說著，尋蟬有點生氣，「上哪裡去找？這麼狠心的父母，找到了又能怎樣？」

聽著，方濁說不出其他的話。

尋蟬替三人沏茶，手中的動作沒有停下，嘴裡對方濁說：「妳哪裡都別去了，就在我這裡待著吧，妳大哥的單位也許需要妳這種人。」

「我是個道士，怎麼能當員警呢！」

「員警遇到的邪性案件也多，指不定要妳這種人幫忙。妳在所裡也有編制，我讓妳大哥找人說說情，就算是工作調動囉。」

「求人的事情，大哥願意幹嗎？」

「他敢？」尋蟬瞪大了眼睛說：「反了他！我就這麼個師妹，他不幫？他家那麼多親戚來找他，帶些不值錢的山貨，我不也是好吃好喝地招待，還倒貼！」

徐雲風聽到這裡，呵呵地笑起來。

尋蟬話鋒一轉，對著徐雲風又說：「你笑什麼？今天這個地步，就是你鬧的。當年王抱陽跟著嚴師叔多好，眼看把那人逼到死胡同，你倒好，非要跟他搶。搶就搶唄，你當上過陰人，這些年又幹了什麼？嚴師叔一輩子的心血都白費，到頭還被那人找到，現在死活都不知道，你還好意思笑！」

徐雲風一聽，立馬站起身，喊了黃坤一聲，「走了。」

「還不讓人說！」尋蟬嘀嘀咕咕，「脾氣挺大的。吃了飯再走，我知道你這幾年沒少幫忙方濁，可你能力的確比不上王抱陽……」

徐雲風不囉嗦，走到玄關，拉開門就要走，可剛好有人杵在門口。

是那個接收研究所的老者。

「你怎麼知道我們在這裡？」徐雲風好奇地問道。

老者對徐雲風的提問非常不屑，「方所長的師姐我也認識。」

徐雲風攤了攤手，和老者擦肩而過，但聽到一句話，腳步又停下。

「我們找到老嚴了。」

「師叔怎麼樣了？」方濁和尋蟬異口同聲地問。

「有點邪。我想了想，還是來讓你們處理。」

聽到老者這麼說，方濁立即從沙發站起來，「嚴師叔這麼了？」

「情況不好說。」老者還是沒說明情況，「妳跟去看了就知道。」

原本徐雲風還想說兩句風涼話，可看見方濁焦急的神情，聳了聳肩膀作罷。

尋蟬沉吟片刻，對方濁說道：「事情處理好之後，記得給我消息……還有，自己要小心。現在眞的是妳一個人了，姓徐的那小子，我看不靠譜。」

方濁支吾兩聲，隨著老者向樓梯走去。

徐雲風也跟著走，跨出兩步，回頭對黃坤喊道：「你還在發什麼愣？走啊！」

聞聲，黃坤如夢方醒，哦了一下，跟著徐雲風走下樓梯。

第 7 章

喪門釘

徐雲風慢慢走到土台上，艱難地一步步靠近老嚴後，在他的頭頂摸索一陣，慢慢拔出一根鐵釘。鐵釘很長，超過半尺。當鐵釘完全拔出腦袋的時候，老嚴的七竅同時滲出鮮血，身體向後倒去。

幾輛轎車停在路邊，老者領著他們上了其中一輛，所有的車子都發動引擎，朝著東邊行駛。過了通州，仍不停地往前。

在車上，方濁一再問起老嚴的情況，可老者始終沒有回答。很明顯，老嚴的情況不妙，而且非常詭異，他壓根兒無法解決。

車隊開出市區，進入郊區，公路兩旁都是農田。現在是冬天，農田的麥苗只生長出一點點，覆蓋在田地上。天色鉛灰，飄起雪花，看樣子會越下來越大。

又開了半個小時，車隊終於停下。

衆人都下了車，老者指著前方開闊的農田，「就在那裡。」

循著他指的方向望去，一個土台上面隱約有人，可距離隔得遠，看得不是清楚。而老者的部下都離那個土台很遠，保持警惕地站立著。

曠野的溫度比市區裡低很多，地上的雪已經積了薄薄一層。老者帶著方濁三人，走在田地裡，踩出咯吱的聲音。

土台插著許多竹竿，竹竿上掛著長條形的布幡，隨風飄動。

四人走近後，駐足看著土台。那人盤膝打坐，眼睛緊閉，樣貌正是老嚴。

老嚴這樣坐著已經很久，頭頂和肩膀也積了一層雪花。黃坤看到老嚴的樣子，心裡不再像剛才那樣渾渾噩噩，而是想著明明沒什麼詭異的情況，爲什麼老者會說解決不了。

徐雲風忽然轉頭問黃坤：「你行不行？扛得住嗎？」

就在黃坤疑惑爲什麼要這麼問自己，才發覺徐雲風不知何時戴上草帽，他的臉……

黃坤心裡一驚，又看到自己身前蹲伏一隻灰色的兔子。那隻兔子蜷縮著身體，毛都聳立起來。再看去，方濁身前蹲伏著一隻黃狗，尾巴緊緊夾在後腿。正奇怪哪來的兩隻畜牲，又發現自己身前的兔子和方濁身前的土狗，腦袋都是稻草紮出來的。

當黃坤想到這一節，同時意識到空氣中有股詭異的壓力。這股無形的力量，能讓人無法呼吸，是那兩隻畜牲替自己和方濁抵擋下巨大的壓力。

老者手裡拿著一個精緻的羅盤，上面的指針滴溜溜地轉動不停。這會兒，黃坤總算知道老者爲何要找他們來，因爲老者的部下根本沒有辦法接近。

土台附近範圍一定有什麼古怪。

「你們都別動，我過去。」

徐雲風慢慢走到土台上，艱難地一步步靠近老嚴。越接近老嚴，他的身體越搖晃。來到老嚴身邊後，在他的頭頂摸索一陣，慢慢拔出一根鐵釘。

鐵釘很長，超過半尺。

「是喪門釘。」徐雲風嘴裡喊著。

鐵釘完全拔出腦袋的時候，老嚴的七竅同時滲出鮮血，身體向後倒去。可倒下僅僅是腰部以上，下半身仍盤著膝蓋。於是，徐雲風又彎下腰，從老嚴的大腿拔出同樣的兩根釘子。之後，從身上掏出一個稻草做的人偶，那人偶在地上蹣跚幾步，突然就燃燒起來。

「解了。」徐雲風再次喊聲，「沒事了。」

同一時間，黃坤和方濁身前的家畜都消失。方濁沒有遲疑，立時衝上土台，蹲下身體察看老嚴的情況。

「師叔！」方濁嘴裡喊著。

老嚴一下子站起來，嘴裡叨唸著，「崇光……崇光……崇光……我是崇光……」

看著這一幕，老者好奇不已，「頭頂插這麼長一根釘子，人卻沒死？眞是奇了。」

「找準穴位，力度巧妙。」徐雲風解釋，「是死不了的。不過，這也是下手那人的目的，老嚴現在比死還不如。」

老嚴嘴裡依然喃喃碎念，「崇光……崇光……」

「他在說什麼？」老者問道：「崇光，人的名字嗎？」

徐雲風搖搖頭，看向方濁。方濁也搖搖頭。

黃坤卻什麼都明白，並且更加確定，徐雲風和方濁的確不知道老嚴和張邦光的那些恩怨。眞的如老嚴當年所說，七眼泉發生的事情，不會讓世人知道。

「崇光……崇光……」老嚴茫然地走向田野。

方濁過去抓住他的衣袖，「師叔，我們回去吧。」

豈料，老嚴把方濁的手甩開，走進飄著雪花的田野裡。

「他已經沒魂魄了。」徐雲風的聲音平淡沒有起伏，「找個地方讓他苟活下去吧。他一時死不了，張邦光不會讓他死得這麼痛快的。」

方濁看著老嚴走遠的背影，眼眶紅紅的，「師叔照顧我這麼多年……」

徐雲風向老者詢問：「能替他找個穩妥的地方嗎？」

「不用你要求。」老者答道：「我們不會不管他的。」

黃坤看到徐雲風的眼睛眯著，牙關緊閉。

「趙先生死前也是這樣嗎？」方濁哽咽地問。

「差不多吧。但是老趙比他強多了，沒有像他這樣垮掉。」

「他在我面前從來都是不苟言笑的模樣……我以為他什麼事情都能扛得住……」

「每個人都有扛不住的時候。」徐雲風嘆了一口氣，「老趙也一樣。」

老者沒有加入交談，而是收集土台上的布幡。

布幡上都寫了字，全是道觀的名稱。

「這是在示威嗎？」老者輕蔑地說：「公然亮出名頭來。」

「它現在有把握了。」方濁的情緒稍稍恢復。

徐雲風接過話，「它不會再像從前那樣躲躲藏藏，它要明著幹了。」

老者鐵青著臉，看布幡上的道觀名稱。

「不過，和我們沒關係了。」徐雲風雙手一攤。

聽到這句，老者低垂下頭，長長嘆了一口氣，對方濁和徐雲風說道：「其實以我的一貫做法，就是把他們都給端了，有多少端多少……可政策變了，上級要求穩定，能夠用說服的，就儘量說服。使用武力，是最後的選擇。這是我剛接到的命令。」

徐雲風已經走出幾步。

「所以……」老者對著他的背影喊聲，「我給你們機會，最後的機會。」

「我不管了。」徐雲風頭也沒回，舉高手揮了揮，「你愛怎樣就怎樣吧。」

可是，方濁沒有移動腳步。

徐雲風看著方濁，「妳不會這麼傻，要留下來吧？」

方濁咬著下唇，不說話，也沒有其他動作。

「妳眞以爲自己能做到嗎？」徐雲風忍不住吼出聲音，「老嚴都做不到！就讓他們這些道士鬧騰去，妳攙和什麼？」

「我也是道士。」方濁眼眶噙著淚水，回道：「徐哥，我生下來就是道士。」

徐雲風氣得跺腳，走了幾步，又折回來，對著老者說：「我在宜昌，隨時等你。」

老者點點頭，「你們的事情，我都知道。我給你時間，安撫好你們南邊所謂的四大外道。北邊的事情，就交給我來辦。」

「湘西鳳凰山有點難辦，宋銀花不好惹。」徐雲風提出一個困難點，「到時方濁得幫忙。」

「我辦完師叔的喪事就去找你。」方濁應承下來。

徐雲風準備走了，瞥見黃坤依舊木然地望著老嚴遠去的背影，第一次對他發火，「你還愣在這裡幹什麼？」

可黃坤沒有任何表情，看著徐雲風的臉，嘴裡慢慢吐了幾個字，「是的，師父。」

兩師徒走回公路，一輛車送他們走了。

方濁在地上收拾布幡。

走到田野邊緣的老嚴被幾個便衣工作人員攔住，他奮力掙脫他們，在紛飛的大雪裡狂奔，嘴裡大聲喊著，「崇光……崇光……」

他是眞的瘋了。

方濁沉痛地說：「等他去世，守靈結束，才能幫你。」

「可以。」老者冷漠地回了一句，「我看也等不了多長時間。」

螟蛉

黃坤心念一動，把螟蛉交到身邊的鬼卒手上，

長劍沒有如剛剛那樣發出白炙的火光，

恰好相反，每一把都是黑色劍身，散發出陰冷的殺氣。

他第一次清點鬼卒的數量。

十二名鬼卒，螟蛉一分為十二，威力大了十二倍。

第1章

三人對談

中型巴士在田野中央停下，師徒兩人下了車。金仲家大大小小還有幾個人在，看見徐雲風來了，都熱情地打招呼。大家一起吃過飯就都散了，留下徐雲風、黃坤和金仲談事情。

徐雲風和黃坤回到市區，在北京西站找黃牛買了兩張站票。休息一晚，隔日中午上了火車。春節臨近，火車嚴重超載，擁擠不堪，師徒二人只能站在廁所旁邊。

半夜，黃坤煩躁不安。車廂裡到處是人，且昏昏欲睡，有的靠著行李，有的乾脆坐在地上打盹。空氣中，一股類似煙霧的東西在飄動。

黃坤正疑惑，徐雲風便開口說話，「沒什麼，睡著了都這樣。人少看不出來，人多就看得到。」言罷，點了煙，靠著車廂的壁板抽起來。

「師父，你是不是能看透別人的心思？」

「如果我想的話，當然可以。但是，太累了，我很少這麼做。」

「那你……」黃坤用手點了點自己的腦袋。

「有過。」徐雲風毫不隱瞞地說：「你老是想著你爺爺，老嚴對你說了什麼？」

「老嚴要我當詭道的執掌，還有黃家的當家。和你的想法一樣。」

「那就是了，他一直惦記著這件事情，現在我也跟你挑明吧。」

「挑明什麼？」

「我們的對頭很厲害，你也看到了。」徐雲風狠狠吸了一口煙，「假使你不願意牽扯進來，就安心回去上學吧。」

「如果我願意呢？」黃坤說道。

「看來你爺爺在你身上下了不少功夫。他和老嚴一定有什麼交易，希望你能完成

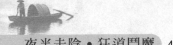

他的心願。」

聞言，黃坤相當震驚，徐雲風眞的能看出自己很多的想法，而且和眞相十分接近。只是徐雲風不知道的是，其實爺爺承諾的對象剛好相反。

兩人暫時無言，過了一會兒，黃坤才再度開口，「師父，我問你一件事情，如果兩個好兄弟，生死之交的那種，在一起經歷很多波折……」

徐雲風聽到這裡，挑起半邊眉頭看著黃坤，「怎麼樣？」

「關鍵當頭，其中一個使用計策對付另外一個……」

徐雲風半瞇著眼睛，問道：「你究竟知道多少？是不是策策告訴你的？」

黃坤突然想起來了，徐雲風當年爭過陰人的時候，是做過一些事情，對付了他的好朋友王八。

「如果你是被朋友算計的那個人，會不會使用一些手段報復？」黃坤將錯就錯，順著徐雲風的思路，問道：「你覺得有錯嗎？」

「那是天經地義的。」徐雲風回答，「不過，王八度量很大，不會跟我計較。」

「哦。」黃坤不再說什麼。

現在，他能確定，師父眞的不知道自己在想什麼。

師徒站了十幾個小時，終於到了襄樊。

從襄樊到宜城的車很多。黃坤知道徐雲風要去金仲的家裡，因爲韓谿子說過，鍾家的人會去找金仲的麻煩。

徐雲風已經詳細說了詭道的事情，他是掛名，和金仲沒師門關係，倒是他的好兄弟，那個看起來精明能幹的生意人王八，才是金仲的師弟。掛名不能當詭道的執掌，掛名的徒弟，也就是黃坤可以。

眞是個奇怪的門派。

黃坤和師父坐在行駛鄉間小路的中型巴士上，「能說說王師伯嗎？你們當年是不是經歷過很多事情。」

「我和王八是同學。」徐雲風從頭說起，「他家裡有錢，在學校裡就很照顧我。我家裡經濟條件一般，用錢也沒有什麼節制。關鍵是沒錢，有節制也沒用。這麼多年下來，我也習慣他接濟我，當作天經地義的事。」

「看來他很講義氣啊！」

「他一門心思就想當神棍，我們之間慢慢有了矛盾。後來發生很多事情，我們招惹到那個很厲害的人……就是張邦光，王八站在老嚴這邊。我覺得這樣下去，我和他都沒好果子吃，乾脆一不做二不休，讓他徹底放棄。結果，成了現在這種局面。我也不知道自己做的到底是對還是錯。」

「可是，他依然把你當兄弟。」黃坤提出一點，「他沒有記恨你。」

「他知道過陰人不好當。」徐雲風嘆了一口氣，「現在有兩個過陰人，張邦光和我，我的日子很不好過。」

「你不是過得好好的嗎？」

「哪裡好了？我只是想把張邦光逼回那邊，可它根本不給我這個機會。」

「在那邊，你有把握對付它嗎？」

「沒有。」徐雲風的目光落在窗外，「一點都沒有。有時候，我不禁會想，自己和王八根本不是道上的人，卻蹚了渾水。」

「如果不是要幫方姐，你是不是就不管了？」

「當然。可是，方濁這丫頭對老嚴忠心得很。」

「有沒有辦法讓方姐也退出。」黃坤問道。

「除非找到她的親生父母。」徐雲風嘆道：「可找到又怎麼樣？還不如沒找到。」

「你根本就沒目標，得過且過而已。」

「兵來將擋，水來土掩。這幾年，就是這麼過來的。」

中型巴士在田野中央停下，師徒兩人下了車，往鄉間小路走。

約莫一個小時之後，徐雲風指著前方農家院落說：「那就是金仲的房子。」

屋門已經走出來一個人，不用想，一定是金仲出來迎接。

金仲走到徐雲風和黃坤身前，「來啦。」

「來了。」徐雲風的回答也很簡短。

「我們見過。」黃坤向金仲行禮。

「現在是同門了。」金仲點了點頭，「是我讓你師父去找你爺爺的。」

三人邊說話，就到了金仲的家裡。金仲家大大小小還有幾個人在，看見徐雲風來了，都熱情地打招呼。

一大家一起吃過飯就都散了，留下徐雲風、黃坤和金仲談事情。

「你怎麼不讓他們避一下？」徐雲風皺著眉頭問。

「躲什麼？」金仲哼了哼，「有什麼好躲的？我還沒把鍾家放在眼裡！」

「老嚴已經不行了。」徐雲風表明目前的情勢，「鍾家現在有張邦光暗中支持，他們來了，你應付得了嗎？」

「不用等，他們前天就來了。」

「你吃虧沒有？」

「我有這麼不爭氣嗎？」金仲撇著嘴，「不僅鍾家人來了，還來了個老朋友。我們都見過，你猜猜是誰？」

「不用猜，我知道是誰。」徐雲風說道：「鳳凰山放蠱的那個嘛！我要是張邦光，也會這麼安排。」

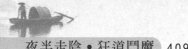

「它是看得起我。」

聽金仲這麼講，徐雲風一副軟爛地接了一句，「被它看得起，又不是什麼好事！我寧願被它看不起。」

「現在你來了，他們更不可能把我怎麼樣。還是說正經的事情……黃坤是吧，你現在有什麼本事從我手上拿到螟蛉？」

黃坤一直在聽兩人對話，金仲猛然把話題轉到他身上，一點準備都沒有。

「別那麼麻煩了。」徐雲風插上話，「把鍾家和鳳凰山的解決，你就把螟蛉給他。那些破規矩，早就該改一改了。」說完，抬起少一截的食指。

第 2 章

鬥法

徐雲風拿著螟蛉化作的炎劍，小鬼根本無法躲閃，當場被炎劍砍成兩截。瞧被劈開兩截的小鬼一溜煙鑽入地底，黃坤不再猶豫，操縱鬼卒把它從地下架了上來。

黃坤早看過徐雲風手上的這點小殘疾，但一直沒敢問。徐雲風主動解釋，但講得很簡略，「搶螟蛉輸了，就要留點東西。」

「你和王師伯搶過螟蛉嗎？」黃坤有些驚訝，「所以指頭少了一截。」

「他也一樣。」徐雲風絲毫不在意地笑道：「你沒看見他戴著手套嗎？他比我還不如，兩根指頭都少一截。」

「你們還算什麼好兄弟？」黃坤鄙夷地說：「眞是邪性！」

「所以啦！今天就把規矩改了！」徐雲風再次表示。

「現在詭道就我們幾個人在，王抱陽也不管事了。」金仲非常乾脆，「就這麼定了吧，免得小黃也年紀輕輕就落個殘疾。」

「誰說我一定會輸！」黃坤口頭要強，「你擔心自己身上殘疾吧！」

「你看！」金仲和徐雲風同時笑出來，「他還喘上了！」

黃坤不服氣，用鼻子哼了哼。下一秒，金仲和徐雲風笑聲戛然而止。

「來了。」徐雲風平緩地說出兩個字。

「嗯。」金仲回道：「酉時，那個小鬼這個時辰最厲害。」

短暫對話後，徐雲風和金仲站起身，背對著背，各自看著前方。金仲從懷裡掏出螟蛉，手掌映得通紅，螟蛉漸漸化作一把長劍。

「還是王八厲害。」徐雲風還有心情聊天，「他能把螟蛉放進後腦勺。」

金仲哼了一聲，「眞正使得好的，還是你。蜈蚣本來就沒有劍鞘，厲害不厲害，和放在哪裡有什麼關係。」

徐雲風笑道：「我還是習慣蛇屬，使喚傀儡更有意思。」

黃坤見他們倆竟有精力扯閒話，忐忑的心登時平復很多，「我該怎麼辦？」

「用你最擅長的本事。」徐雲風指點他，「你爺爺留給你的。」

「我爺爺留給我什麼？」

「你爺爺留了好幾個幫手，它們一直都跟著你，就在你身旁……」

黃坤一聽，隨即發現自己身邊站著幾個人影，是那些鬼卒。

「黃松柏最擅長的，就是使喚鬼卒，也就是你們黃家的御鬼術。」金仲做了補充。

這下黃坤懂了，安靜地站到徐雲風和金仲附近，鬼卒也默默站立在他們身邊。

不多時，一個穿著過時的中年婦女走進門，身上還戴著很多銀飾。

「黃坤，你得注意了。」徐雲風提醒他，「這是大名鼎鼎的鳳凰山宋家大姐，很會放蠱，黃溪就是著了她的道。」

「王抱陽在不在？」宋銀花對著金仲問道。

「他不在。」金仲如實回答。

「我不信。」宋銀花謹愼地看著四周，「他這人太狡猾，一定躲在什麼地方。」

「鍾家當家躲在哪裡？」徐雲風反問一句，「他也該現身了。」

「在地下。」黃坤看到了，「有人在我們腳下。」

金仲手上的長劍紅光大盛，「什麼方位？」

黃坤說不上來，眼睜睜看著一個影子在地底竄來竄去。徐雲風擺了擺腦袋，金仲毫不猶豫地把長劍插入身前一尺，拿捏得相當準確，恰好人影竄到那個方位。

金仲拿著長劍的手一揚，人影雙手緊捏著劍刃被拖了起來。之後，他左手快速捏了一個訣，對著半空中的人影指過去。人影知道厲害，雙手鬆開長劍，向一邊飄走。然而，才飄了半截，地底驀地伸出一隻巨手，把那個人影抓住，拉到徐雲風的身前。

黃坤看清楚了，那人影是紅衣小鬼，而那隻巨手是徐雲風的胳膊。

巨手慢慢捏緊，紅衣小鬼嘴巴大張地慘叫，尖利的牙齒跟長鋸的鋸齒一樣。忽然間，徐雲風的手鬆了，小鬼脫離控制，飛快地跑開。徐雲風的身體到處爬滿細小的蟲子，宋銀花的嘴皮子不停張闔，肯定在念什麼咒語。

黃坤看得緊張，宋銀花正在放蠱，而徐雲風的身體開始破碎。下一刻，宋銀花的身後突然站了一個人，那人戴著草帽，底下是一顆蛇頭。宋銀花察覺到身後有人，無數螢火蟲立時向草帽人圍過去。

黃坤知道草帽人是徐雲風無誤，他已經見過很多次，可徐雲風原本的身軀沒有消失。再仔細看，蠅蟲遍佈的軀體，只是個稻草人而已。

金仲反手用長劍揮了一下，稻草人倏地燃燒，蠅蟲躲避不及，統統化成黑灰。

院子裡火光大盛，可不僅是從稻草人身上發出，還有一個人影全身冒著火焰，站在金仲的身前。

仍是那隻小鬼。

金仲毫不遲疑，拿起長劍砍過去。豈料，那隻全身冒火的小鬼抬起胳膊，竟把長劍架住。看著這一幕，黃坤知道自己該做點什麼了。心念一動，鬼卒霎時撲向宋銀花，強行拉她的魂魄。

宋銀花擅長放蠱，對鬼魂沒什麼抵抗能力。冒火的小鬼發現她對付不了鬼卒，閃開金仲的長劍，瞬間回到她身邊。黃坤還來不及反應，怕火的鬼卒就被衝散。

戴草帽的蛇屬身上全是螢火蟲，卻一動也不動。宋銀花低下頭，知道自己又輸了，這個蟲蠱沒有起到作用。戴草帽的蛇屬根本是稻草紮出來的人偶，真正的徐雲風已經走回金仲身邊，把金仲的長劍拿到自己手中，而金仲現在拿的是一個沙漏。

現在黃坤終於明白螟蛉的厲害了。螟蛉化作長劍，在徐雲風的手上，跟金仲拿在手上，根本是兩碼事。

徐雲風不再化作蛇屬，也不戴草帽。手中拿著螟蛉化成的炎劍，白炙火光從劍身一直蔓延到肩膀。他穩步走到那隻冒火焰的小鬼跟前，高舉起長劍，閃電般一劈。小鬼根本無法躲閃，當場被炎劍砍成兩截。這個當下，宋銀花正拿出一個罐子，卻突然碎成好幾塊，接著金仲就站到她身前。

被劈開兩截的小鬼身體又合攏，一溜煙鑽入地底。黃坤不再猶豫，操縱鬼卒把小鬼從地下架了上來。看著小鬼吱吱尖叫，他心裡正在得意，忽然覺得臉上好癢。一摸，手上全是蛆蟲，知道中了宋銀花的算計，不知如何是好。慌亂之際，突然覺得一股力量，把自己拉到一邊，臉上的搔癢也立即消失。

回過神，黃坤驚愕地發現，自己的身形停留在方才站的地方，不出意外，也變成了一個稻草人。

接著，鬼卒架起的小鬼突然化作黑水，向地下落去。金仲及時踢過來一個陶罐，黑水恰好全部落入罐中。徐雲風用炎劍一挑陶罐，順勢甩到金仲身前。金仲穩穩當當地接住，並用一張符封住陶罐。

兩人合作無間。

第 3 章

六甲神丁

黃坤心念一動，把螟蛉交到身邊的鬼卒手上，突然幻化分成幾把黑色長劍，散發出陰冷的殺氣。十二名鬼卒，個個抓著黑色長劍，每一把長劍都是螟蛉。螟蛉一分為十二，威力大了十二倍。

黃坤對宋銀花忌憚得很，讓鬼卒用鎖鍊套住宋銀花的脖子，套了一條還不放心，又讓它們套了一條……就這樣，連續套了四條。

「夠了。」徐雲風對黃坤擺手示意。

這時鍾家當家出現了，目光死死盯著金仲手上的陶罐。黃坤的臉上又癢起來，可不敢再用手去摸。

徐雲風處變不驚，對著宋銀花說：「把妳的蜈蚣收了。」

聞言，黃坤低頭看去，才曉得地面全部是幾寸長的紅蜈蚣。

金仲也在那頭問鍾家當家，「看來是專門對付我們詭道。找王抱陽的是誰？」

鍾家當家沉著聲音，「你把罐子給我。」

徐雲風回頭看著鍾家當家，用炎劍指著他，「你對付不了王八的。還有，我先告訴你，他家人若出什麼事情，你們鍾家也到頭了。」

「我不知道誰去宜昌找王抱陽。」鍾家當家回道。

「這東西就不還你。」金仲一副送客的語氣，「你可以走。」

徐雲風的視線重新落在宋銀花的身上，然後用手指著黃坤。此時此刻，黃坤渾身都在癢，不禁想起黃溪中了飛蛾蠱的痛苦模樣。

宋銀花認份地拿出一個竹筒，點燃一根香，地上的紅蜈蚣紛紛爬入竹筒裡。

「讓她把黃溪的飛蛾蠱也解了。」黃坤喊道。

「這件事你和黃溪自己辦。」徐雲風回答，「再說，讓黃溪欠你人情不是更好？」

踩點不成，鍾家當家和宋銀花掉頭向門外走去。即將跨出門的時候，宋銀花停下腳步，對著徐雲風問：「你從哪裡弄到《蛇經》的？」

徐雲風隨口說了一句，「我運氣好。」

宋銀花知道問不出什麼，摸摸鼻子，跟著鍾家當家離開了。黃坤看著兩人走遠，身上也不癢了，不再惴惴不安。徐雲風和金仲相繼坐到院子裡的木椅，一點都沒有惡戰後的輕鬆，反而臉上迷茫。

「我總覺得不對勁。」金仲揪起眉頭。

「他們明明有備而來。」徐雲風也感到狐疑，「卻沒我們想的那麼厲害。」

黃坤隱隱猜想到什麼。

「王八肯定能猜到，我就想不出爲什麼。」徐雲風撓著腦袋，煩躁一會兒，乾脆拿出手機撥打電話，「你有沒有事？」

黃坤知道他是打給他的好朋友王八。

徐雲風聽著電話那頭片刻，說道：「沒事就好。」然後把電話掛了。

「他就是有事也不會告訴你。」金仲冷冷冒出一句。

「這倒是，我們當年說好了，他不再回來。」徐雲風訕訕笑了一下。

「我們也沒什麼臉面叫他回來。」金仲神情有些木然，「做正經事吧。」說罷，走進屋內，搬出一張長案，點燃了香爐。

「沒必要這麼麻煩。」徐雲風出面說道：「簡單一點吧。」

金仲停下來，「好吧，就這樣。反正再過幾十年，這些規矩也許就沒人記得了。」

黃坤摸不著頭緒，「師父，你們要做什麼？」

黃坤茫然看著金仲把螟蛉放到長案正中，退到長案的一邊，徐雲風則走到另一邊。

「我不能當執掌，螟蛉以後就由你拿著。」徐雲風開門見山地說道。

「為什麼是我？」黃坤遲疑地問。

「要對付張邦光，詭道必須和黃家聯合起來。」金仲回答他，「我們早就商量好，你必是黃家族長，以詭道執掌的身份帶領黃家，聯合魏家，是最好的選擇。」

「你們什麼時候開始這麼打算的？」黃坤接連拋出兩個問題，「幾個月前，我還是學生，為什麼才過一段時間，我就是秀山黃家的後代，現在又要當詭道的執掌？」

「你爺爺死前，我和他一起決定的。」徐雲風直言不諱，「依黃溪的能力，不足以擔當大事。黃蓮清之後，黃家沒什麼有本事的人，只有你才能做得到。」

「爺爺為了讓我當上黃家族長，振興黃家，和你們商量過了。」黃坤終於想通，「我就是你們交換的條件。」

徐雲風臉色有點尷尬，「我先前說過，如果你不願意，我不會勉強你。你自己的路，你自己選擇。」

金仲也同樣的論調，「沒人逼你。你畢竟沒在黃家長大，不想承擔這些，就安心回去上學。我們答應你爺爺的事情，仍然會盡力。黃溪本事一般，但爲人還不錯。」

聽罷，黃坤思索半晌，走到長案之前，把螟蛉拿到手中，「黃溪做事婆婆媽媽的，一看就是個受氣的貨。你們不必激我，我當然聽我爺爺的。」

見狀，金仲開口又說：「黃坤，你聽好了。從現在開始，你就是詭道的執掌，螟蛉由你保管。詭道的門人，除了你師父，都聽你指揮。」

「那你們說的王抱陽呢？」黃坤故意找碴，「他也是詭道的門人吧？」

「他不算。」徐雲風笑著回答，「別招惹他了。」

「哦，我明白了。」黃坤看透了一點，「哪有什麼規矩？規矩都是你們想到哪，就訂到哪的。」

「既然你已經成爲詭道的執掌，」金仲接回原本的話題，「你最重要的職責，就是讓詭道延續下去。詭道很多規矩都可以改，唯獨有個規矩無法改變。」

「螟蛉。」徐雲風說道：「就這個破規矩讓詭道不能和你們四大家族一樣興盛。」

黃坤把螟蛉小心拿在手上，可是知了殼子沒有發生任何變化，滿臉狐疑地問：「爲什麼我拿著它沒有用？」

「知道爲什麼是你嗎？」徐雲風又一次提點，「螟蛉是斬鬼的兵刃，鬼魂都不能接近，不過還是有例外。」

聽到這裡，黃坤心念一動，把螟蛉交到身邊的鬼卒手上，螟蛉突然幻化分成幾把長劍。長劍沒有如剛剛那樣發出白炙的火光，恰好相反，每一把都是黑色劍身，散發出陰冷的殺氣。

黃坤第一次清點鬼卒的數量。十二名鬼卒，個個抓著黑色長劍，每一把長劍都是螟蛉。螟蛉一分為十二，威力大了十二倍。

「六甲神丁。」金仲一個字一個字地說：「這就是你爺爺留給你的看家本事。」接著，喃喃又講了一句，「黃松柏離開黃家後沒荒廢手藝，他還是把六甲神丁的本事練出來了。」

「六甲神丁分陰陽各六個鬼卒。」徐雲風突然這麼問：「知道為什麼你爺爺要我收你為徒嗎？」

「你是過陰人，本事大……」在黃坤看來，就這一個原因。

金仲拿起長案上的一個瓶子，倒出一些粉末在手上，並用水調開，說道：「把你左手伸過來。」

黃坤照做了，金仲用手指沾了朱砂，在他的掌心寫下一個「狂」字。當最後一筆劃完成的時候，十二神丁突然都化作十二地支的屬性。

「我的道路根本就由不得我選。」黃坤不禁感慨，「從我爺爺決定我出生的時候，就無法改變。」

徐雲風長出了一口氣，「你爺爺的心思是恢復你們黃家的聲望，金仲希望你能延續詭道……」

「那你呢？師父。」黃坤問道：「你的目的是什麼？」

「我的目的就是……」徐雲風想了想，「我沒什麼目的，把你帶出來，算是一個目的吧。另一個目的，就是把張邦光逼回那一邊，我和它來個了結。當然，如果你願意代替我這麼做，我求之不得。」

「詭道不興盛的原因和這個螟蛉有關？」黃坤把螟蛉收回，又問道：「到底爲什麼？」

「聽名字就知道了。」徐雲風簡單扼要地解釋，「詭道的螟蛉絕不能傳給自己的血親。這就是詭道無法跟你們黃家一樣有龐大勢力的原因。」

「而且，詭道不能開山立派。」金仲跟著說了一點，「詭道的門派只能跟著人走，沒有固定的山門。」

「爲什麼不改了這個規矩？」黃坤實在想不通，「非得像蜾蠃養育螟蛉一樣，不能由血親傳遞嗎？」

「別的能改，就這個改不了。」金仲再次強調。

徐雲風看向金仲，「我也一直好奇這點，王八和老趙都沒告訴過我螟蛉的事情。」

「他們兩個都是凡人入詭道。」金仲道出原因，「沒資格知道螟蛉的來歷。」

「凡人不能進詭道？」黃坤滿臉驚奇，「王抱陽是普通人？」

「是的。」徐雲風說道：「他和老趙跟我們不一樣。我們生來與常人不同，你從小能看到陰陽兩道，辨不清人鬼，是非同一般的能力，只是自己不知道；我和金仲也有些地方和普通人不一樣。所以，我們拿螟蛉，沒有任何阻礙。但是，王八不行，他要拿螟蛉，就得用自己魂魄當抵押。一個拿魂魄做抵押，施展道術的術士，絕對沒有好下場。」

第 4 章

猶豫不決

黃坤不曉得到底該相信誰。爺爺的心願的不能違背，可看徐雲風、金仲和方濁，的的確確不像老謀深算的小人。他內心亂如麻，忍不住又問：「師父，如果哪天我們詭道門人又內訌，你怎麼想？」

黃坤思緒有點混亂，但是漸漸明白，當年徐雲風、金仲和王抱陽一定發生不少波折，結局就是王抱陽拿不到螟蛉。

至於王抱陽怎麼想，誰也不知道。

「還是說說螟蛉的來歷吧。」徐雲風對著金仲說：「我一直沒機會聽你講起。」

金仲點了點頭，說起詭道的來由。

詭道一直是個游離於道教之外的門派，曾經出過很多厲害人物。可那些厲害的人物呼風喚雨，大顯身手的時候，都刻意隱瞞自己是詭道傳人。眞正將詭道延續下來，恰恰都是沒沒無名的門人。

當聶政、陳平、于吉、阮籍、李靖、黃裳、道衍、葉天士……等人的名字在金仲嘴裡一一說出來，黃坤內心無比震撼。這些人都是歷史上大名鼎鼎的人物，萬萬沒想到他們竟然都有詭道的共同身份。

詭道的門人之中，陳平、李靖、道衍等人，都是輔助帝王的謀士，但不曾表露自己的詭道身份。他們有個共同處，就是天資稟異，幼年師從詭道，藝成之後，靠著雄心壯志和過人本領，在亂世中輔佐帝王。身居高位之後，對詭道沒有任何恩惠。

「爲什麼會這樣？」黃坤不解這種做法。

「他們要成爲道家門派的領袖，就必須隱藏詭道的身份。」金仲回答，「詭道從不隸屬於道教流派，他們若想獲得道教門派首領的認可，就必須和詭道撇清關係。」

「苦苦支撐詭道門派的人反而一直流落在民間。」黃坤恍然大悟，想起在北京時，張邦光讓自己看過的一個場景。

金仲點點頭，把話題轉到螟蛉上，「宋朝的黃裳，本來是個知州，但是為了修撰天下的道教典籍，當了詭道的掛名。」說著，伸手指向徐雲風，「和你師父一樣。」

「黃裳有什麼不同的地方嗎？」黃坤好奇地問。

金仲答道：「螟蛉就是黃裳煉出來的法器，然後傳給詭道的門人。」

徐雲風從黃坤手中接過螟蛉端詳，「這東西在我手上就非常順手，大概跟黃裳也是掛名有關吧。詭道太倚重螟蛉，限制了發展。能把螟蛉施展到極致的，最後都脫離詭道。把螟蛉一代又一代傳下來的，都是沒沒無名的門人。」

聽了徐雲風的話，金仲黯然無語。

螟蛉在徐雲風的手上，顏色從暗紅漸漸變成白色，又變成暗紅。

「螟蛉本來是一種陪葬的飾物。」沉靜片刻，金仲接續著說：「當年黃裳為了修撰道藏，遍訪天下所有道教門派。最後機緣巧合，遇到了詭道的門人。詭道煉丹，不修仙。不曉得黃裳是如何跟詭道有了莫大關聯，還煉出螟蛉此等法器。」

徐雲風歪著頭想了一會兒，順勢接過話，「黃裳最後靠斬鬼成仙。殺盡天下厲鬼的，就是這個東西吧。」

「黃裳飛升之後，螟蛉就成了詭道的信物，代代相傳。」金仲做出小結。

「什麼成仙飛升？」徐雲風笑出來，「就是死亡的另一種說法。」

聞言，黃坤覺得訝異，問道：「師父，你不信成仙，但鬼魂是眞實存在的。你不就是過陰人嗎？」

「人都捨不得死。」徐雲風答覆他，「就算是魂魄不散，最終也會消失湮滅……不過多折騰幾年罷了。」

「可有人不這麼想。」黃坤不太認同這樣的講法，「有人想儘量留在世間，即便是鬼魂，也不願意消逝得無影無蹤。」

「這就是關鍵所在。」徐雲風說道：「所有人都懼怕永無盡頭的虛無，即使變成鬼魂也不願意面對。詭道在黃裳之後，就是專門對付這些不散陰魂，然後到了現在的狀況。」

「是王抱陽說的嗎？」金仲第一次聽到這些，「你怎麼會想得到這些？」

「不是王八告訴我的。」徐雲風咧嘴笑了笑，「你忘記我在那邊待了幾個月才下七眼泉啊！」

「那邊到底是什麼樣？」黃坤相當好奇。

「時間不早了。」徐雲風沒有告訴他，「休息吧。等你也當了過陰人，就什麼都知道了。」

徐雲風和黃坤師徒就在金家住下，打算在這裡過年。

除夕夜，金家大小不免熱鬧一番。吃過團圓飯，金仲要去給家族長輩送燈。徐雲風興致來了，說道：「我也去吧。」

黃坤當然也跟著。

三人從金家出來，走到一個墳地，金仲挨著替幾座墳墓點上明燈，但徐雲風只在一座墳前跪拜燒紙。那座墳的墓碑上寫著「先師金盛」，可立碑人只有金仲，沒有徐雲風的名字。

黃坤見徐雲風蹲在金盛的墳前，也走過去，接過一疊紙錢，一張張扔進墓前空地的火堆。

「他和老趙一樣，死了就是死了。」徐雲風沒有抬頭，「兩人倒是看得開，沒有任何留戀。」

黃坤不明白徐雲風說的是什麼意思。

徐雲風也沒解釋，仍舊自言自語地說著，「也許他們跟鬼打了一輩子交道，膩味了吧……」

「師父，我一直想問，你口中的老趙究竟是誰？」

聽黃坤問了這句，徐雲風抬頭看向金仲，回道：「金仲的師父是金盛，這個你知道。王八的師父就是老趙。老趙和金盛槓了一輩子，就爲了你手上的那個螟蛉。」

「那王師叔和金仲……」

「關係不太好。這就是詭道的毛病。」徐雲風撇了撇嘴，「不過，到你這裡，應該不會再有那種事情發生，金仲和我都認同你。」

「如果王師叔不待見我呢？」黃坤提出假設性的問題。

「他不會管了。」徐雲風把手上的紙錢都扔進火堆，「你擔心這個幹嘛？」

師徒倆在金仲家過年，正月十五之後才走。

金仲對黃坤很友善，從最基本的五行推衍開始教授黃老之學，這些都是徐雲風沒有教過的東西。徐雲風反而不像師父的樣子，每天都在喝酒，喝醉了就睡覺，好像許久沒有在這麼踏實的地方安心睡覺一樣。

兩人在正月十六向金仲告辭，回到宜昌。

還在路上，徐雲風打電話給王八，「好吃好喝的都準備好……什麼？方濁已經到宜昌了……」

黃坤見徐雲風掛了電話，臉上流露出一絲微笑。

「師父。」黃坤小心琢磨語氣，「你既然很厭煩當過陰人，也不願意和張邦光作對，為什麼不和方姐退出，遠離這些紛爭呢？」

「方濁很可憐。」徐雲風的語調沉了幾分，「我不願看著她孤零零的一個人和張邦光對峙。再說，我都當了過陰人，總不能什麼都不幹吧？」

黃坤不敢再談這個話題，再說下去，恐怕就要讓人起疑。徐雲風絕不是表面看起來那般玩世不恭，黃坤也看到過他的本事，像他這樣能力的術士怎麼可能頭腦簡單？而且，張邦光親口承認吃過徐雲風的虧。

這會兒，黃坤不曉得到底該相信誰。爺爺的心願做孫子的不能違背，可看徐雲風、金仲和方濁，的的確確不像老謀深算的小人。他內心亂如麻，嘴裡忍不住又問：「師父，如果哪一天，我們詭道門人又內訌，你怎麼想？」

「若真到了那一天……」徐雲風倏地扭過頭，問道：「你小子該不會想對付金仲吧？」

「他有徒弟啊！」黃坤連忙掩飾，「到時候，我可不會把螟蛉讓給他徒弟。」

徐雲風盯著黃坤看了一會兒，關切地問：「張邦光是不是威脅過你？你怕了？」

「我沒怕。」黃坤挺起胸膛，「我的道路已經被你們安排好，怕又有什麼用！」

「既然決定了，就別想著失敗。」徐雲風最後說了一句最重要的，「別給你爺爺丟臉，也別給你黃家丟臉。」

十字路口

在甬道走著，徐雲風停下了腳步。
旁邊的旅客紛紛從他身邊擠過去。
曾婷太瞭解徐雲風。徐雲風一直在猶豫，
不到最後關頭，是不會做出選擇的。
曾婷不說話，就等著，
知道只有讓徐雲風自己去權衡，
才是最合適的。

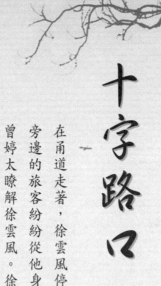

第 1 章

前女友

不出兩分鐘，屋門被推開，一個衣著時尚、身材高挑的女子站在門口，手中提了幾個名牌化妝品的紙袋。進門後，她就盯著徐雲風看。徐雲風眼光游移，最後才和那女子對視。

到了宜昌，徐雲風和黃坤一刻都沒耽誤，直往王八的住家走。

徐雲風和黃坤進門的時候，王八果然準備好一桌飯菜等著。大圓桌擺在飯廳，屋裡不僅有王八夫婦、方濁，還有一對四十多歲的中年夫妻和策策坐在一起。

徐雲風向策策父母打招呼，「劉院長、陳阿姨，好久不見了。」

策策父親一看就是個官樣，站起來跟徐雲風握手，「最近還好嗎？」

「好啊，好得很。」徐雲風不客氣地坐下來。

「坐那邊。」策策指著方濁旁邊的空位，「你和我坐一起幹嘛？」

徐雲風拿她沒辦法，只得站起身，換到方濁身邊坐下。接著，策策對黃坤招了招手，「你過來坐這裡。這是我父母。」

黃坤還沒坐下，先禮貌性地跟策策的父母打招呼。

「他是瘋子哥哥的徒弟。」策策向母親簡單介紹，「他也是三峽大學的學生。他喜歡小姨呢。」

一聽這番話，黃坤頭都大了，不好意思地撓撓頭。策策母親確實和陳秋凌的臉型輪廓有點相似，只是體態豐腴了些。

另一頭徐雲風低聲問方濁，「老嚴已經……」

方濁點點頭。

「王八知道嗎？」徐雲風又問。

方濁沒回答，皺著眉頭，示意徐雲風不要再說。

徐雲風和王八正好坐在圓桌的兩端。

「你沒事吧？」徐雲風隔著桌子問道。

「沒事。」王八隨意地回道：「我能有什麼事情？」

徐雲風察覺王八說話的時候，瞥了董玲一眼，心裡有數，就不再多說了。

「瘋子來了，人就齊了，大家吃飯吧。」董玲從酒櫃裡拿出兩瓶好酒，熱絡地說：「上次沒讓你喝，怕你惦記，今天開了吧。」

徐雲風看著那兩瓶茅台，興奮得兩手不停搓著。董玲替每個人都倒了一杯後，把兩瓶酒都遞給徐雲風。徐雲風則是將方濁面前的酒杯拿到自已身前，方濁笑了一下。

「妳還是不能喝酒，不能吃蔥薑蒜嗎？」董玲問方濁。

方濁點點頭，找了一個空杯，倒上白開水。

王八當先把酒杯端起，「祝大家新的一年，心想事成、身體健康、萬事如意。」所有人都站起來，喝了一口酒。只有徐雲風一口氣喝了，黃坤也學著他把酒乾掉。

氣氛漸漸熱絡，王八和劉院長談一些生意上的事情。劉院長其實已經不是院長，早就進衛生局當領導，但王八和徐雲風還是改不了口。策策不停問黃坤去了趟北京，玩了一些什麼地方。黃坤則心不在焉，隨口敷衍著。

這邊董玲又在替徐雲風上課了，「瘋子，我說你和方濁到底有什麼打算？兩人認識的時間不算短，該想想以後了。」

陳阿姨也笑著起鬨，說道：「我看你們兩人挺配的。方濁，就別當道士了。」

徐雲風和方濁尷尬不已，都沒有開口說話。董玲刻意挑起眉頭，「陳阿姨，瘋子估計是看不上方濁，他的老情人要回來找他了。」

「什麼？」徐雲風大聲地否認，「我哪個老情人啊？這些年我哪找過女朋友！」

「你不知道嗎？」董玲感到訝異，「你們沒聯繫嗎？」

「妳說得跟眞的一樣！我哪裡有什麼情人啊！」徐雲風一副冤枉的表情。

「男人是不是都這樣啊？」董玲不悅地說：「有新歡忘了舊愛。」

策策聽到董玲的話，「別人不知道，可王哥絕對不是這樣的人。」

「他敢？」董玲聲音提高了點，「看他有沒有那個膽子！」

聞聲，王八乜斜著眼睛看著策策，「妳又在瞎說什麼？」

「誰要找我？」徐雲風追著董玲問。

「你眞的沒跟她聯繫過？」董玲一副不相信的模樣。

「妳說的是……」徐雲風的語氣遲疑。

「是。」董玲笑著說：「就是她！我和她一直都有聯繫，還以爲你知道呢！」

「我一不會上網，二沒錢打國際長途。」徐雲風有些無奈，「我哪有她的消息？」

「人家找回來啦！」董玲意有所指，「我看你這人一無是處，倒挺有桃花運的。」

早點選好，別兩邊都拖著。」說罷，眼睛看著方濁。

聽他們的對話，方濁低垂下頭，「別扯上我，我是出家人。」

這一切，黃坤都看在眼裡，方濁和徐雲風肯定早就有了那層意思，只是礙於方濁的身份，兩人都刻意迴避。想到這裡，他也插上話，「師父，乾脆你和方姐就成了吧。對付張邦光的事情，就交給我了。」

此話一出，黃坤就知道犯了大忌，因爲策策在他的腰際狠狠掐了一下。

黃坤第一次到王八家裡，策策特地提醒，千萬不要在這裡提起跟道家、鬼神有關的事情。這下子所有人都愣住，沒有一個人出聲，氣氛僵得很。

「是不是曾婷那丫頭回來了？」劉院長打破僵局，「小徐，你可得好好想一想了。你小子運氣不錯啊！哈哈哈……」

「她現在過得那麼好，怎麼可能看上我？」徐雲風故作輕鬆地擺擺手，「我可不敢異想天開，癩蛤蟆想吃天鵝肉。」

「還說你沒和她聯繫！」董玲跟著打趣，「不然你怎麼知道她過得好。」

「我碰過她媽媽，郭玉跟我說的，不行啊！」徐雲風抬高了脖子。

「你自己做好決定就行。」董玲的目光移向方濁，「本來我還擔心，既然你們都說沒那個意思，我就放心了。」

對此，方濁臉色有點尷尬。徐雲風看了看方濁，也做出無所謂的態度。

這時候，董玲的手機響了，拿起來一看，笑道：「我算著就是這個時間。」然後去門口，按下電子門的開關，又道：「她本來說很忙，不過來吃飯。現在來了。」

「她已經回國了？」徐雲風差點把嘴裡的菜噴出來，「她……她……她……」

劉院長一家三口、王八夫婦，都笑吟吟地看著徐雲風驚慌失措的模樣。不出兩分鐘，屋門被推開，一個衣著時尚、身材高挑的女子站在門口，手中提了幾個名牌化妝品的紙袋。進門後，她就盯著徐雲風看。徐雲風眼光游移，最後才和那女子對視。

「妳回來啦！」徐雲風諾諾地問了一句。

「果然是這副德性。」女子對旁人視若無睹，只看著徐雲風說：「還不過來替我接個手。」徐雲風連忙走到門口，接過女子手中的紙袋。女子卻趁著這個機會，在徐雲風的肩膀上落下粉拳。

「不接我電話，寫信也不回，也不上網！我看你躲到什麼時候！有種你現在再躲！」女子嘴裡罵著，突然把徐雲風緊緊抱住，「這次看你能躲到哪裡去！」

頭一次看徐雲風茫然的樣子，黃坤忍不住噗嗤地笑出聲。

所有人也都忍俊不禁地笑了，唯獨方濁。

黃坤看見方濁把徐雲風面前的那杯酒喝了，可她是戒五葷的道士啊。

這下有好戲看了！黃坤內心邪惡地幸災樂禍。

「婷婷。」董玲走到徐雲風身後，對著女子說：「這人就是欠收拾，沒人管教！

現在好了，有妳管著他，看他今後還敢不敢遊手好閒！」

黃坤低聲問策策：「那個美女什麼來頭？」

策策看了方濁一眼，湊到黃坤的耳朵邊，「她是瘋子以前的女朋友，叫曾婷。在日本留學，看樣子是回來找瘋子了。」

「師父這麼有本事啊？」黃坤驚訝地瞪大了雙眼，「居然能把到這麼有來頭的女朋友！」

「當年他們都很窮的。」策策稍稍談了些過往，「現在婷婷姐身份不一樣了，在日本讀研究所呢！她是念醫科的，跟董姐聊天的時候提過，到時介紹我去她就讀的學校進修。」

這邊曾婷已經鬆開懷抱，用手摸了摸徐雲風的臉頰，語氣輕柔地說：「鬍子也不刮一下……」

徐雲風仍然茫茫然地站立在原地，似乎還沒接受曾婷歸來的事實。

「你是木頭啊？」董玲笑著揶揄他，「還不快說句話。」

「妳什麼時候回來的？」徐雲風總算是逼出一句。

「過年前就回來了。」曾婷嘴角勾著笑意，「早知道你在北京，我一下飛機就在北京等你。」

徐雲風訕訕地撓著腦袋，「我在北京也沒待幾天。」

「我們的帳慢慢跟你算。」曾婷對著徐雲風說完，然後把幾個化妝品的紙袋遞給董玲，「這是妳讓我帶的，這是要送給陳阿姨、這個是買給策策的，我還多帶幾個牌子的東西回來……唉呀，妳怎麼沒告訴我還有人呢。」

曾婷挑了一紙袋子出來，讓策策拿給方濁。策策把化妝品遞到方濁面前，方濁輕聲推辭了，「我出家人，不用這個的。」

徐雲風勸她收下，「這是婷婷從國外帶回來的，一片心意……」

「真的不需要。」方濁依然推辭，「出家人用這個幹嘛？」

王八對策策說：「方濁不習慣就算了。」

於是，策策把紙袋提去還給曾婷。接下來吃飯，就說一些其他的話題。王八在跟劉院長說有個生意夥伴，打算在宜昌開藥店……云云。

這些生意上的事情，在徐雲風聽來，實在是無聊透頂。忽然，他瞥見方濁的臉變得通紅，問道：「妳怎麼喝酒了？」

方濁擺擺手說：「我們先告辭吧，有些話不方便在這裡說。」

徐雲風向王八和董玲表示要先行離去，王八讓董玲和劉院長一家人先聊著，自己送徐雲風、方濁和黃坤出門。曾婷瞧徐雲風要走，也跟董玲打招呼說要走了。

董玲揮舞著雙手，笑道：「過兩天我們再聚。」

第 2 章

未來的日子

徐雲風心裡一片混亂，原本以為永遠不會再和自己有瓜葛的曾婷不僅回來，還要把自己帶離開現在的生活環境。什麼張邦光，什麼過陰人，什麼四大外道……他們和自己馬上就沒有任何關係。

一行人走進電梯，曾婷緊靠著徐雲風，徐雲風渾身不自在。在狹窄的空間裡，大家都沒有說話，保持沉默。電梯門開了，衆人陸續走到社區的中庭。

「你沒事吧？」徐雲風還是不放心，「前幾天……」

「我都說了沒事。」王八笑著用一句話堵他，「你還是擔心方濁的事情吧！」

「你下巴有傷痕。」徐雲風看出端倪，「還嘴硬。」

「我刮鬍子不小心劃傷的。」王八下意識用手摸了摸下巴，一派輕鬆地回答，「刀片太快（宜昌方言，鋒利）了。」

就這一下，黃坤看到王八的手果然有蹊蹺，兩根手指習慣性彎曲，看不到指尖。

「看來是我多心了。」徐雲風笑了笑。

王八突然狠狠拍一下他的肩膀，「我就說你怎會這麼缺錢，原來眞的是在打腫臉充胖子。秦小敏的事情我知道了，已經安排好，下半年就可以動手術。這件事交給我，你就別惦記了。」

聞言，徐雲風半眯著眼睛看著王八，「你不是說沒錢嗎？」

「我這段時間的確手頭緊。做生意嘛！都是這樣的！」說罷，王八把徐雲風拉到一邊，正經地問：「你到底打算怎麼辦？方濁現在一個人，你該幫的還是要幫。」

「我知道。」徐雲風自有打算，「難不成我看著她跟老嚴一樣啊！」

王八又走到方濁這邊，語重心長地說：「方濁，有些事情可能一輩子都做不完。

如果妳不想幹了，隨時來找我。」

方濁露出苦笑，回道：「當年你不是嫌我煩，現在不會啦？」

「怎麼會！」王八咧開嘴笑了，「想通就來找我，我替你找個家世好的男朋友。」

說完，又跟曾婷和黃坤打過招呼，才走回大樓裡。

看著好兄弟的背影，徐雲風喃喃說了一句，「這人變得婆婆媽媽了。他以前沒這麼多屁話。」

黃坤問：「我們去哪裡？」

「我先問問方濁一點事情。」徐雲風和方濁走到一邊。

「快點啊，別讓我老等著。」曾婷喊了一聲，獨自先走到社區門口。

徐雲風有些尷尬，想說點什麼，卻又什麼都說不出來。

方濁倒是先開口了，「來宜昌之前，我去了武當山，他們站在我們這邊……」

「熊浩呢？」徐雲風問道。

「熊浩已經不是武當的弟子。」方濁繼續說道：「南邊的門派很多已經不受控制，裡面有些人是我認識的……」

「所以妳的新領導讓妳去遊說他們？」

「估計很難勸得動他們。領導給了我一隊人馬，不是學道的……」

「我明白妳的意思。」徐雲風點點頭，說道：「我跟妳去那些道觀，儘量我們自己解決。」

「你女朋友的脾氣挺好的。」方濁微笑地說：「她急著等你過去，又不好意思催你。」

「她脾氣哪裡好，當年我們可沒少吵架……」徐雲風忽然停下來不說了。

方濁抿了抿嘴巴，然後轉過身，「我先走了。有事情，我們老方式聯繫。」

「妳住哪裡？」徐雲風問道。

「宗教局替我安排住宿的地方住，就在二馬路那邊。」方濁回答的時候，已經不回頭了。

徐雲風看著方濁一個人走遠，連忙吩咐黃坤，「送你方姐回住的地方。」

黃坤連忙追上去，和方濁並肩走著，「方姐，不如妳還俗吧，師父不見得會和那女人在一起……」

方濁沒說話，繼續走著，黃坤也跟著走到馬路上。趁著過馬路的時候，方濁回頭看了一眼，徐雲風和曾婷在社區門口攔了一輛計程車坐上去。

曾婷和徐雲風坐到後座，曾婷對司機道出目的地，「國賓飯店。」

「果然發達了，住這麼高級的飯店。」徐雲風笑著說道。

「你什麼意思？」曾婷打了徐雲風一下，「陰陽怪氣的有勁嗎？」

「妳在日本過得很好。」徐雲風嘆口氣說：「還回來幹什麼呢……」

「你說我爲什麼要回來？」曾婷又打了他一下，「連通電話都不肯打給我。」

「打了又能怎麼樣？我以爲妳這輩子都不會回來找我了。」

「所以你心安理得，打算踏踏實實地當一個神棍，是不是？」話鋒一轉，曾婷疑惑地問：「你不是說過，你很怕那些東西，不願意做這一行嗎？」

「那我能幹什麼？」徐雲風懶懶地答道：「我除了這個，什麼都不會幹。當初妳不也經常說我一輩子就這副德性嘛！」

「瞧你現在的樣子，就知道這些年沒什麼長進。」曾婷的手伸到徐雲風的後腦勺，用力一掰，讓徐雲風的臉和自己面對著，「不過，我們以後的路，可以自己選擇。」

「妳不會是想把我帶到日本去吧？」徐雲風笑了起來。

「爲什麼不行？」曾婷用力把徐雲風的臉穩住，「你以爲我這次回來，只是來看看你的嗎？」

「妳在開玩笑吧？」徐雲風睜大眼睛。

「我是認眞的。」曾婷鄭重地說：「我父母不願改變環境，是不可能過去了。可你還年輕，爲什麼不試一試？」

「妳在跟我開玩笑。肯定是的。」徐雲風掏出煙來抽。

「別抽煙。」曾婷一把搶過徐雲風的煙盒，「跟你說正經事呢！」

徐雲風心裡一片混亂，覺得自己就是在做夢，這麼好的事情居然落到自己的頭上。原本以為永遠不會再和自己有瓜葛的曾婷不僅回來，還要把自己帶離開現在的生活環境。什麼張邦光，什麼過陰人，什麼四大外道……他們和自己馬上就沒有任何關係。徐雲風內心激動，完全不敢相信現在的一切，是正在發生的事情。

計程車開到飯店門口，曾婷帶著徐雲風進了房間。

徐雲風站在乾淨整潔的房間裡手足無措，「妳怎麼不住在家裡？」

「住家裡幹嘛？」曾婷回答，「你又不是不知道我和我媽沒什麼話說，難得回來一次，萬一吵起來，多掃興啊！」

徐雲風不曉得該說什麼，只好打量房間。房間的空調開得很足，可他渾身發熱。

「熱的話，就把外套脫了。」曾婷說道。

「多不好。」徐雲風有點尷尬，「不好意思。」

「你就裝吧。你什麼德性，我還不知道嗎？你都忘了，當年是怎麼把我騙上床的，現在還裝模作樣！」

「那是很久以前了，好不好？」

「別以為我看不出來。」曾婷把外套脫了，穿著貼身羊毛連身裙，又脫掉長靴，「那個女道士一定和你有一腿。」

徐雲風目不轉睛地看著曾婷婀娜多姿的身材，「我們以前真的在一起過嗎？妳那時候好像沒現在好看……」

「你看！你看！」曾婷朝著徐雲風走近，「本性露出來了吧！還假惺惺的！老實交代，我這幾年不在，你找了多少女人？」

「沒有。」徐雲風低垂著頭，「我一直一個人。」

「別騙我了。」曾婷環抱住徐雲風的脖子，「不管……以後我在你身邊，你要是敢亂來，饒不了你。」

徐雲風下意識摟住曾婷的纖纖細腰，好像這一切是在做夢，馬上就會醒來似的。實在太不真實了。

「想我嗎？」曾婷把頭湊近徐雲風。

「想。」徐雲風聞到曾婷的髮香，雙手抱得更緊了一些。

是的，曾婷是真實的存在，就在自己懷裡。

曾婷感受到徐雲風的熱切，把頭靠近徐雲風的下巴。

「我……」徐雲風正想說點什麼，曾婷卻吻了上來。接下來，什麼都不說了……

黎明時分，徐雲風躺在床上，曾婷背靠著他的胸脯。他打開燈，仔細看著曾婷的臉頰，忍不住撫摸她的頭髮。突然間，曾婷的手把徐雲風的手握住。

「妳醒了。」徐雲風問道。

「早醒了。」曾婷回答。

「為什麼要回來找我？我不信妳遇不到比我更好的男人。」

「別得意了，比你更沒出息的男人還眞難找。」

「也對。」

「我在台灣待了一段時間，後來去日本讀書。」曾婷告訴他後來的事，「我一個人在日本，沒有熟人，沒有朋友，語言也不通，之後才漸漸適應環境。老實講，最開始的兩年，我一點都沒想過你，也打算找一個新的男朋友。」

「妳有沒有找？」徐雲風起了那麼一絲好奇。

「找過幾個，都是比較優秀的人，可他們沒你有趣。和他們在一起總覺得彆扭，但我從不覺得是因為你。」曾婷翻過身，手指順過徐雲風的眉毛，「直到有一次生病，我獨自躺在公寓裡，連個端水的人都沒有。突然想起那年，我胃病犯了，你背著我去醫院……可那時候，我們都沒錢，根本住不起醫院。」

「要不是我把妳屁股狠狠揍了幾下，妳還不肯上醫院。」徐雲風也想起來了。

「是啊。」曾婷繼續說道：「我在日本生病的時候，就一個人躺在床上，想著你當時的樣子。窮困潦倒的，到處找人借錢也借不到，否則也不會找到我媽那裡……」

「幸好董玲和王八繳了住院費。」徐雲風聲音小了些，「不然我眞的沒招了。」

「你因為這件事情，跟著王八去做你不願意做的事情。」曾婷露出幸福的微笑，「我在日本生病的時候，就回想你坐在病床邊，睏得不行的模樣，最後我們倆還一起擠在病床上。想到這裡，就知道自己肯定忘不了你了……不管你是什麼人，我都認定你了。」

「其實妳離開的那次，我是想用王八的辦法把妳留住。」徐雲風有些歉疚，「嚇著妳了……」

「別說了。」曾婷親了徐雲風的嘴唇一下，「我知道，後來都想明白了……」

聽曾婷說了這些，徐雲風心裡溫暖得很。誰不害怕寂寞呢？這些年來，本以為曾婷一定會忘記自己，豈料兩人從未忘記那段日子。

「跟我去日本，好嗎？」曾婷聲音輕柔，「我們從頭再來。」

「我不曉得自己到了日本能做什麼？」徐雲風一臉沮喪，「我什麼都不會。」

「我都在那邊讀到研究所了。」曾婷舉自己為例，「我起初也不相信。記得當年在宜昌，我連高中都考不上。難道你還不如我？」

「是啊！怕什麼？」徐雲風的語調變得輕快，「聽說在日本刷盤子很掙錢，我天天刷，也能掙不少。夠養活妳了。」

「瞧你這出息。」曾婷捶了徐雲風胸口一下，「不是每個留學生都去刷盤子。」

「說正經的。」徐雲風話鋒一轉，問道：「我要怎麼過去呢？和妳結婚？」

「你別操心這些。」曾婷俏皮地賣了個關子，「還有，誰說我要嫁給你了！到時候你對我不好怎麼辦？你過去的方法，我已經想好了，不是結婚這麼老土的辦法。」

「原來妳不想和我結婚啊？」徐雲風故作認清對方的模樣，「是我自作多情了。」

「哪有女人向男人求婚的！」曾婷狠狠掐了一下，「你真以為我嫁不出去啊？」

徐雲風吃疼不過，按住曾婷的手，壓在曾婷的身上。

「現在我相信你沒找女人了。」曾婷喘息著說：「跟牢房裡放出來似的。」

第3章

孤身奮鬥

方濁沒看見徐雲風的身影，獨自一人站在路口，登時明白徐雲風可能真的就此退出。站了十幾分鐘，王八的車停到他們身邊。王八下了車，看見只有方濁和黃坤在，就板著一張臉。

凌晨五點，方濁起了個早，宗教管理局安排的住處就靠著沿江大道路口。走過沿江大道，天色仍舊昏暗，濱江公園一片寂靜。她走到長江大堤上的小路，扶著石欄杆，觀看江面。現在是長江的枯水期，江面退離岸邊幾十米。河灘上的石頭都露出來。一兩個釣魚愛好者，正穩坐在石頭上釣魚。

方濁翻過欄杆，踏在江邊的亂石，站到一個釣魚人的身後。長江水浪嘩嘩作響，釣魚人的魚竿固定在石頭縫裡，目不轉睛地盯著江面。方濁咳了一聲，示意自己的存在，釣魚人旋即壓低聲音地說：「別出聲，魚都被妳嚇跑了。」

於是，方濁等了一會兒。

「眞的跑了。」釣魚人回過頭，「如果妳明天早上再不來，我就不等了。」

「我想過了，我沒地方可去，就這樣吧。」

「我們需要知道魏家的立場，要不要幫手？」

「不需要。黃家和魏家有交情，黃坤會幫我的。」

「徐雲風呢？」

「他現在很忙。」

那人聽了，不再說話，目光依然落在江面。方濁又站了半晌才說：「其實我打算向你告辭的。」

「我知道。」那人回答：「老嚴死後，妳就想走了，我看得出來。」

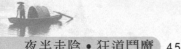

「你不問我爲什麼留下來嗎？」

「有什麼好問的？妳的許可權沒有任何改變，和從前一樣。我等妳好消息。」

方濁慢慢走回濱江公園，公園裡漸漸有了一些早上起來鍛鍊身體的老人。她隨意找了一張石凳坐下來，想凝神打坐，可心神始終無法寧靜，最後只好放棄。

徐雲風和曾婷睡到中午才起床，回到徐雲風的家裡。一進門，徐雲風的母親看見曾婷，親熱得很。那個當下，徐雲風就明白，曾婷一定來過家裡，而且不止一次。

「過年都不回來！」徐母數落徐雲風，「都三十多啦，身邊的同學都結婚，也有小孩啦，還跟個黃昏似的，不曉得一天到晚在搞什麼，動不動就幾個月沒音訊。也不知道有沒有工作，也不存錢，過年也沒買件新衣服。」

「妳還要不要我回來？」徐雲風掏了掏耳朵，「一回來就嘮叨。」

「你都多大了？」徐母繼續說道：「難道一百歲了，還靠著我嗎？」

「我什麼時候靠你們啦？」徐雲風一副委屈，「我這幾年都沒找你們要錢。」

「哦，還長進了呢！」徐母嘴巴仍沒有停下的意思，「那存錢呢？我看你有沒有錢結婚！」

曾婷笑著接過話，「他跟我去了日本，會掙錢的。他說了，刷盤子掙錢。」

徐母這才停下嘮叨，「妳眞的要把他弄出去啊？你們都留在中國不好嗎？」

「那邊發展的環境好一些。」曾婷解釋，「上次不說過了嗎？我讓徐雲風以學術交流的學生身份過去。」

「我當什麼？」徐雲風訝異地拉高聲音，「我懂什麼啊？還什麼學術交流！」

「我有個同學，學心理學的，申請到一筆研究資金。」曾婷講得更詳細一些，「他對中國文化很感興趣，你可以過去……」

「別說了。」徐雲風懊惱地托著下巴，「就知道沒那麼好的事情找上我。」

「你和王八從前不是專門處理有關那方面的事情，我知道你懂很多的，這是個機會。」曾婷試圖說服。

徐雲風聽了這些話，心裡有了陰霾，也就沒什麼話好說。

曾婷讓徐母拿了戶口名簿出來，又向徐雲風要了身份證，便去辦理出國的護照和簽證。過程中，徐雲風沒有阻攔，但也沒有一開始那麼興奮。

黃坤進便利商店買東西，方濁正在等他。沒看見徐雲風的身影，方濁獨自一人站在路口，登時明白徐雲風可能真的就此退出。至少，暫時不會參與進來了。

「魏家當家和你爺爺當年有約定。」方濁講了這趟的行程，「所以，我們要去湖南辰州，你沒問題吧？」

「沒有。」黃坤拍著胸脯，說道：「師父雖然不在，但是他們把螟蛉給我了。這些事情，就交給我吧。」

「這次還眞的要靠你。魏家人最不好說話，幸虧有你爺爺這一層交情在。」

「我們什麼時候走？」

「明天。到張家界的火車票已經買好了。」方濁說著話，手機響了。她按下接聽鍵，簡單明瞭地說：「我在三馬路口。」然後掛了電話。

黃坤問道：「師父嗎？」

「不是。」方濁回答，「是王師兄。」

兩人站了十幾分鐘，王八的車就停到他們身邊。王八下了車，看見只有方濁和黃坤在，就板著一張臉。

「這個混蛋！」王八說道：「連個說法都沒有，就把人晾在一邊！就知道他是這種人！」

方濁不慍不火，「這些年，他也幫了我不少忙，我已經很感激了。」

「這人……」王八氣得沒辦法說出完整的話，「眞是……我都沒辦法說他！」

「王師兄，我沒事的……」

「妳說沒事就沒事嗎？」王八大聲吼道，看見方濁被自己嚇了一跳，連忙把聲音放低，「乾脆這樣，我勸妳也別幹了，就在宜昌待下來，我替妳安排工作，以後都輕輕鬆鬆地過。」

「晚了。」方濁輕輕嘆了一口氣，「我已經答應接手老嚴部門的人……」

「我就知道會這樣！」王八恨恨地說：「還有誰比我更瞭解他！」

黃坤在一旁，一直插不了嘴，現在才說話，「放心，有我呢！」然後把螟蛉拿出來，顯擺給王八看。

王八瞥見螟蛉，用鼻子哼了一聲。黃坤當下很尷尬，但在王八面前沒辦法發作，王八跟徐雲風完全不同，光憑氣勢就讓他不敢開口頂撞。

「我還有些事情要跟小黃商量。王師兄，你先回去吧。」方濁送走王八，然後和黃坤走向車站。

黃坤問：「我們現在去哪裡？」

「火葬場。」方濁說道：「先去熟悉一下屍體的味道，免得到了魏家不習慣。」

第二天，方濁和黃坤坐上前往張家界的火車。黃坤看方濁心事重重，說了幾句試圖安撫她不穩的心緒，「方姐，沒事的，別想太多。我和魏家當家見過面，他肯定聽我的。」

方濁的目光落向窗外，回道：「我沒想這些。」

「那妳在想什麼？」

「當年你師父和王師兄都在，跟著他們做事，任何事情有他們擔著。我當時不懂他們為什麼一下和好，一下翻臉，現在全明白了。」方濁繼續說著，「他們的壓力太大，一般人忍受不了的。」

「現在他們都不幫妳，妳就能理解了？」

「但是我沒他們那麼好的命，他們有退路，我沒有。」

「本來妳有的。」黃坤大大咧咧地說：「只是師父這人，一點主見都沒有。」

「有你這麼說師父的嗎？」方濁被逗笑了，「沒大沒小的。」

火車抵達張家界，方濁和黃坤馬上轉車前往湘西，到了辰州已經半夜。方濁沒有住宿的意思，趕夜路去魏家。走到荒野處，一些村落附近可見趕屍客棧。期間，老遠見到有人在路上行走，兩人都會主動退到路邊迴避。

「你爺爺教過你嗎？你怎麼知道規矩？」方濁對於黃坤問都沒問一句感到奇怪。

「跟黃溪帶我爺爺走過。」黃坤老實回答，然後問道：「什麼時候到魏家？」

「天亮前就能到。」

徐雲風和曾婷坐在國賓飯店裡的中餐廳準備吃飯。

「到底等誰過來？」徐雲風不耐煩地問：「我都快餓死了。」

「一個日本人。」曾婷為避免誤會，連忙補上一句，「就是我之前提過那個學心理的朋友。」

「男的嗎？」

「你在想什麼啊你！只是好朋友而已！」

兩人說著話，一個穿著整齊考究的年輕人走進來。他看了一眼，沒見到曾婷，禮貌地向服務人員詢問，「我……我的朋友訂了位……在這裡……」

曾婷連忙招手，「我們在這裡。」

年輕人快步走了過來，一見到徐雲風，立刻伸出手，「徐雲風君，我經常聽說你的事。」

徐雲風歪著腦袋看著年輕人，「漢話講得滿利索的嘛！宜昌話會不會說？」

「我只會說普通話。」年輕人相當拘謹，「抱歉了。」

「叫我名字就行了，什麼君不君的。」徐雲風問道：「你貴姓？」

「那我就叫你雲風兄了。我姓同斷，叫武。」對方態度十分客氣，「我的漢語不夠好，請你多擔待。」

「同斷？」徐雲風沒頭沒腦地冒出一句，「日本人不都姓本田、松下、鈴木嗎？」

聞言，曾婷差點笑出來，但礙於禮貌，只得輕咳一聲，強忍住笑意。

「別笑，我還知道有人姓櫻木、流川、赤木……還有誰來著……」

「雲風兄說的都是漫畫裡的人物吧？」

「對對對，就是打籃球的漫畫。」徐雲風話匣子開了，「你這個同斷的姓，有性

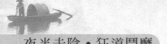

格，聽都沒聽過。」

「這個……」同斷武有點尷尬地說：「我的姓氏確實很少見……」

「他在跟你開玩笑！」曾婷終於忍不住笑了，「他是故意這麼講的。」

「我從沒和外國人打交道。」徐雲風臉上掛著笑，「你是第一個，別見外。」

同斷武已經坐了下來，「看雲風兄就是喜歡開玩笑的人，我怎麼會見外呢？」

「你漢話很好啊！」徐雲風這句話說得實話。

「我爺爺是滿洲的日本僑民，撤僑的時候留下我父親，我父親直到八〇年代才回日本。」同斷武正經地介紹自己，「我也算是半個中國人。」

徐雲風撓著頭，嘴裡說道：「原來是皇軍的後代。失敬，失敬。」

「不不不，這是兩回事，我爺爺不是軍人……」同斷武連忙解釋。

「你有完沒完？」曾婷出言制止，「別再鬧了。」

王八回到家裡，董玲看得出來他心情不太好。

「生意不好做嗎？聽你和劉院長說，有個人要和你合作開藥店，是不是遇到麻煩了？」

「沒有，事情進行得很順利，過幾個月就開業。劉院長說辦許可證要拖幾個月，但我們可以先開著，反正管事的都是熟人，也都吃過飯，該打點的都打點好了。」

毫無預警地，屋外下起雨來，董玲慌張跑向後陽台，「早上晾衣服時，還是大太陽呢……」

「妳跑什麼啊！」王八伸手攔下她，「我去收。」

董玲摸著肚子，「還看不出來，你緊張什麼。」

王八笑了笑，走到後陽台收衣服。雨淅淅瀝瀝地下著，霧氣到處瀰漫。收了晾在衣架上的衣服，他走到角落處，拿出一個羅盤看了片刻，才轉身走進屋裡。

「我去樓下買幾條煙。」王八向玄關走。

「你不是不抽煙嗎？」董玲有些疑惑。

「過幾天家裡會來些客人，到時候要招待。」王八解釋，「他們抽的時候，妳避著點就行。」

「我哪有這麼嬌氣！」董玲露出被寵溺的幸福笑容。

王八關上家門，沒有搭乘電梯，而是走逃生通道。從消火箱裡拿出一支碳條，每走到一個拐角處，就畫一個符和一個劍訣。

第 4 章

起屍

屍體受到驚擾，全往黃坤的方向走過來。黃坤一陣慌亂後，想起爺爺教過自己的一些手段。把身前兩具屍體腦門上的黃紙扯下，屍體頓時應聲倒地，隨即用中指在屍體的下巴狠狠點一下，「起！」

王八走到一樓，打開電子門走到中庭，又朝其中一棵樹走去，然後站定不動。天上的雨不大不小地下著，不消片刻，他身上的衣服已經打濕。

「你怎麼還不走？」王八說了一句。

可沒有任何人站在他的面前。這時候，一個婦女打傘帶著女兒從王八身邊經過，見王八呆站在雨中，好奇地扭頭觀望。

「這兩個人不怕淋雨嗎？」

聽女兒口中冒出一句，婦女驚愕不已，把女兒抱起來，急匆匆地走開。

現在社區中庭沒有人路過，那棵大樹前慢慢顯現出一個影子。是一個穿著民國時期服飾的女人，雙腳陷在泥土裡，可只看見腳踝以上的部分。

「別招惹我！」王八冷冷地說道。

那女人眼睛上抬，看著王八家的前陽台。塑鋼的防盜窗掛著一面八卦鏡，明晃晃的，在天色灰暗的雨中非常顯眼。隨即，八卦鏡面光芒流轉，那女子身上的服飾慢慢腐爛，女子也逐漸化作殘破不全的屍體，最終隱沒在雨絲裡，消失不見。

王八一隻手摸著額頭，忍不住罵了一句，「媽的！」又站立一會兒，才走向臨街的便利商店買煙。

「這麼說來，你父親會出馬，狐狸大仙上身？」徐雲風邊吃著菜邊說：「日本人也會這一套？」

「我對人的精神力量一直很感興趣。」同斷武始終保持紳士的態度。

「你的意思就是，你忽悠你們學校，要研究什麼靈魂課題，就拿到這筆費用？」

徐雲風非常不禮貌地哈哈大笑，旋即正色又問：「你是聽婷婷說我是幹這行的，才來找我。還是你想討好婷婷，順水做個人情？」

同斷武沒有料到徐雲風會這麼問，一時說不出話來。

「下雨了。」曾婷見氣氛有點僵，連忙打岔。

徐雲風不說話了，自顧自地喝酒。同斷武說了兩句，徐雲風沒有應答，他也說不下去了。

飯後，同斷武先行告辭，徐雲風和曾婷一起回房。一進門，曾婷就數落徐雲風，「你剛才什麼意思？他要幫你出國，你還這麼擠兌他！」

「我看他不順眼，不行嗎？」徐雲風不耐煩地回了一句。

「他是眞的要幫你。」

「幫我什麼？妳以爲我看不出來他喜歡妳，是在討好妳嗎？」

「瞎說！」曾婷登時消氣，噗嗤地笑出聲，「原來是吃醋了。」

「我吃什麼醋？」徐雲風哼了哼，「我就是不喜歡被人要！妳和他到底什麼關係？在日本就好上了吧？」

「你怎麼這樣說話？我和他眞的只是好朋友。」

「好朋友？上床的好朋友吧！」

徐雲風話剛說完，就被曾婷狠狠搧了一個耳光，金星直冒。

他看見曾婷在流淚，知道自己說過火了，但不願意認錯，轉過身開門走掉。

方濁和黃坤在湘西的山中行走，終於來到一個略微開闊的地帶。

這片地有些農田，奇怪的是，明明是冬季農閒的時節，又是三更半夜的，田裡居然有人在耕種，田埂上還有人在挑水。

黃坤走到挑水人的身後，「請問一下，魏家還有多遠？」

挑水的人不回答，依著原本的步伐速度走著。

倒是方濁開口說道：「應該不遠了。」

「妳怎麼知道？」

「地上有魏家的標記。魏家和你們黃家一樣，是地主。」

「魏家人眞奇怪了，居然是在半夜做事。」黃坤快步走兩步追上前，拍了挑水人的肩膀一下，「兄弟，我問你呢！」

挑水人的肩膀被黃坤拍了一下，扁擔一歪，水桶重重掉到地下。可那人也不彎腰撿，就愣愣地站在原地。

黃坤知道不對勁了。下一刻，挑水人慢慢轉過身，面對著黃坤。黃坤看見這張臉上覆蓋一張黃紙，下巴黑漆漆的。

魏家驅使屍體幹活！

黑夜裡一陣風吹來，黃紙飄了起來，黃坤看得真切，那的確是一張死人臉，臉龐浮腫得相當厲害。其餘站在農田裡的「人」，這下也都慢慢圍向黃坤，臉上都覆蓋一張黃紙。

「你看那邊。」方濁指著田埂的另一邊。

原來那一頭不是農田，是層層排列的墳墓，靠得近點的墳頭上面都有一個坑。

黃坤明白屍體都是從那裡來的了。

屍體受到驚擾，不再幹農活，全往黃坤的方向走過來。

屍體有的已經腐爛得只剩下枯骨，空氣中瀰漫著一股死人味。怪不得方濁來之前，要到火葬場繞一繞，不提前適應一下，還真難接受這個氣息。

屍體毫無思考能力，本能地朝著有活人氣息的方位蹣跚走著。黃坤一陣慌亂後，想起爺爺教過自己的一些手段，把身前兩具屍體腦門上的黃紙扯下，屍體頓時應聲倒地。隨即，他用中指在屍體的下巴狠狠點了一下，嘴裡喊了一聲，「起！」

那屍體又站起來，搖搖晃晃地走向墓地，找自己的墳墓去了。

黃坤見自己的辦法有效，心裡得意。豈料，去扯第三具屍體腦門的黃紙時，那具屍體突然發難，一手把黃坤的右手腕緊緊拽住。黃坤大驚，連忙用左手拿出蜈蚣出來。那具屍體卻發出呵呵笑，另一隻手自動將頭上的黃紙撕開，顯露出一張黑色的臉。

「黃松柏的手藝還眞教給你了。」

「你好端端的一個大活人，裝屍體幹什麼？」說罷，黃坤扭頭向方濁介紹，「這位就是魏家的當家。」

魏家當家咧著嘴，「我當屍體比當人多，你忘記我是幹什麼的嗎？」

看到魏家當家表露身份，方濁連忙對魏家唱喏。魏家當家不敢怠慢，旋即恭敬地回禮。黃坤看到魏家當家行的正宗的道教禮儀，不免奇怪，臉上有了詫異的神色。

方濁簡單解釋，「魏家養屍，雖然是外道，可行的是道家路數，且是正宗的道教奇門。天下道教，都是同門。」

「你是方濁。」魏家當家說道：「清靜派的門人，正統全眞。老嚴找過我很多次，讓我魏家入籍冊，但我魏家養屍的法子不能上交，規矩不能壞在我魏如喜的手上。」

第 5 章

雕蟲小技

王八從沙發底下掏出一個面目猙獰，縫製得非常粗糙的布娃娃。走到前陽台上，把布娃娃的頭擰下，揚手扔得遠遠的。一個人影貼在窗玻璃上，王八啐了一口，那人影瞬間掉了下去。

黃坤終於知道魏家當家叫魏如喜。魏如喜施了一個法子，讓那些圍過來的屍體又都回到農田裡耕種，接著說道：「家裡養著東西，我就不請你們進屋了。有什麼事情，就在這裡說吧。」然後靠著墳堆坐下來。

黃坤和方濁只有站在墳邊，和魏如喜交談。

魏如喜上下打量方濁，「看不出來這麼小一個女伢子，竟能讓鳳凰山忌憚。」

黃坤頭一次聽見這件事，忍不住叫道：「鳳凰山放蠱的怕方姐？」

「是啊！」魏如喜提起往事，「當年宋家大姐要對付王抱陽，卻讓方濁不動聲色地化解。宋銀花下蠱本事高強，和王抱陽談話之間，一連下了十幾個蠱，卻都被方濁破了。這本事，幾個人能有？」

黃坤回頭看了看方濁。他從沒見過方濁施展法術，一直很好奇她這麼年輕，又是個女的，怎麼可以當上研究所的所長？想來，方濁和徐雲風一樣，平時都是深藏不露的角色。

「雕蟲小技。」方濁謙遜地說：「那時候年紀小，和王師兄鬧著玩呢！」

「雕蟲小技？」魏如喜頷首苦笑著，「老嚴還是有本事的，手下的人雕蟲小技都能對付鳳凰山。」

「老嚴死了。」方濁道出這趟來的目的，「你能履行當年的承諾嗎？」

「我當年答應黃大哥的事情，就不會反悔。」魏如喜正色地回道：「當我說話是放屁嗎？我知道老嚴死了，妳覺得這些天來找我的人會少嗎？」

「以後仰仗你了。」方濁的語氣十分客氣。

黃坤沒有方濁那麼欣喜，心裡反而沉重，問道：「能告訴我，當年我爺爺和你是什麼交情嗎？」

「那時候，我的年紀比你小。」魏如喜回溯那段過往，「時局不穩，到處都在打仗。湘人勇猛，因戰亂死在外面的人很多。我們魏家趕屍的手藝，在那幾十年派上用場……你爺爺曾經有恩惠於我，我做人記得別人的好處，當時就說了，如果你爺爺有求於我，我一定幫忙。」

聽完這番避重就輕的話，黃坤知道魏如喜不會說出爺爺黃松柏究竟對他有什麼恩惠。既然魏如喜不願意說出來陳年舊事，他也不好再問。

「老實講吧。」魏如喜打開天窗說亮話，「我養的銅屍不能出門，目前愛莫能助。用鐵屍對付鍾家還有把握，但是對其他的門派，指望不上。」

「你的意思是……」方濁微微蹙起眉頭。

「我在種海棠，」魏如喜說：「這東西非得冬天種，種籽還不能見陽光。種出來後，銅屍就能出門。」

「還有多久？」

「這種海棠是逆天生長的，春天就能收了。你們扛得到那天吧？」

「到時候等你好消息。」方濁拱起手，「那就告辭了。」

魏如喜向方濁和黃坤拱拱手，也示意告辭。

順著原路走去，黃坤在路上向方濁問道：「原來張邦光那邊已經有人提前找過他，他沒答應，難道不怕被對付嗎？」

「他當然不怕。現在兩邊勢均力敵，沒到最後交鋒的一刻，都不會使出全力。張邦光的說客一定不會得罪他們魏家。」

「可是魏家除了趕屍，沒看見其他的本事啊！」

「是你沒看到而已。」方濁稍稍指點了他，「看看你身邊的地下吧。」

黃坤仔細觀察周邊，看了很久，才發現不遠處有好幾個人趴在地上，下巴擱在地上，紋絲不動。他心裡一震，又見到鄰近處還有幾個類似的人，用著同樣的方式趴著。毋庸置疑，那些都是魏家養的屍體，它們身上長了雜草，在黑夜裡若不細看，還真看不出來。

黃坤察覺出端倪，眼下所見就不一樣了，每走幾步都能看到匍匐地面的屍體。可說魏如喜農田的方圓半里之內，四處能見屍體，隨時都可以發難。

「我剛才怎麼沒看到？」黃坤滿臉驚嚇。

「它們是死人，魂魄早沒了，你當然看不到。」方濁道出盲點。

眼下距離黃坤腳邊最近的一具伏屍，皮肉已經腐爛，白森森的顱骨已經露出一些，嘴巴和眼眶裡，蜈蚣和蟲豸爬進爬出。

光看著，黃坤就渾身發毛，連忙移開視線，繼續向前走。也因為心裡有了防備，這才看清地上的伏屍都用殘缺的手腳，跟隨自己緩慢移動。

「如果我們剛才和他說話起爭執。」黃坤不禁後怕，「我們就走不回來了。」

「你怕什麼？」方濁笑了笑，「魏家是不會對付黃松柏孫子的。」

「我們接下來去哪裡？」黃坤隨口問了一句。

「鳳凰山。」方濁答道：「離這裡不遠，我們早上坐車，下午就到。」

「我們去鳳凰山？」黃坤驚愕地瞪大雙眼，「下蠱的很厲害！黃溪中了飛蛾蠱，眼睛都瞎了。」

然而，方濁低著頭走路，沒有給予任何回應。半晌，黃坤才想起，方才魏如喜說過，鳳凰山的宋銀花最忌憚的人，不正是方濁嗎？

王八陪著董玲坐在沙發上看電視，還不到十點半，董玲已靠著他的肩膀睡著。

王八輕手輕腳地把董玲抱回臥室，剛蓋上被子，董玲半睡半醒地支吾兩聲。王八摸了摸她的頭髮，寵溺地說：「妳先睡，我去洗澡。」

董玲嗯了一聲，又沉沉睡去。

王八走回客廳，從沙發底下掏出一個布娃娃。布娃娃面目猙獰，縫製得非常粗糙。

他走到前陽台上，把布娃娃的頭擰下，揚手扔得遠遠的。然後身體探出塑鋼防盜窗外，一陣打量。一個人影貼在窗玻璃上，王八啐了一口，那人影瞬間掉了下去，在半空中被風吹走。

正當王八嘴裡低聲咒罵，瞥見徐雲風正站樓下中庭的那棵樹前，和自己白天一樣，也看著樹下那女人的鬼魂。

王八看了片刻，下了樓，走到社區中庭，站到徐雲風旁邊。

那女人的鬼魂臉上正在變化，一會兒嫵媚，一會兒猙獰。但在徐雲風眼裡，不過都是虛幻，就是個受人控制的冤魂。

徐雲風看到王八走到身邊，說道：「怎麼辦？他們人越來越多，還有人有閒暇來看望你呢！」

「只是在警告我。」王八說道：「讓我別攙和，跟你和方濁做的事情差不多。」下著毛毛細雨，寒冷潮濕。閃過一道閃電，夜空陡然明亮，徐雲風和王八身體都抖動一下。徐雲風不再耗了，地下深處幾隻黑手，把那個冤魂拖下去。

王八看著徐雲風，暫時無話。

「吃宵夜吧。」徐雲風這麼提議，「我們有段日子沒兩人喝酒了。」

走到隆中路，選了一個沒打烊的夜宵攤子，坐在支起的塑膠棚子裡。兩人點一個火鍋，各自倒一杯酒。

徐雲風和王八各懷心思，都沒夾菜，只是拿著酒杯喝酒。

「和曾婷吵架了？」王八當先打破兩人之間的安靜。

「你怎麼知道？」徐雲風反問。

「兩人幾年不見，大半夜的你跑出來，還能爲什麼？」王八用筷子指著他的臉，補上一句，「臉上還有紅印子。」

聞言，徐雲風連忙用手摸自己的臉，悻悻地打開話匣子，「說回來就回來，還要把我弄到日本去，問都沒問我願不願意，什麼事情都安排好了……」

「這不正好，如你意了。」王八說道：「你不是早就想走嗎？這麼好的機會……」

徐雲風把筷子放下，「你儘管嘲笑我。」

王八深吸一口氣，「我的事情，你不用擔心，我家裡還是顧得上的。我倒是擔心方濁，你在這當口要走，她怎麼辦……可你不走，也說不過去。」

「我也不知道怎麼辦了。」徐雲風煩躁地撓撓頭，「鳳凰山的宋銀花……」

王八臉色一沉，盯著徐雲風看。

「算了。」徐雲風沒把到了嘴邊的話說完，「當我沒講。」

「這些人，都還好對付。」王八提出自己的顧慮，「我倒對那個姓黃的小子有點不放心。」

「我們當年不都是這麼過來的？」徐雲風忍不住笑道：「你覺得他沒輕沒重，是不是？」

「剛好相反。」王八沉吟著說：「我覺得他有心事。」

「他怕！」徐雲風不在乎地擺擺手，「剛上道，當然害怕。」

「不是！你他媽的到底是怎麼看人的？」王八罵起來了，「他很猶豫，你看不出來嗎？」

「猶豫什麼？」徐雲風毫不爲意地回道：「他還要我安心走，把事情都交給他，心大得很，跟你從前一樣。」

「你有沒有想過。」王八把聲音壓低，「如果黃家是支援張邦光的呢？」

「怎麼可能！」徐雲風笑著說：「你忘了我能探知別人的心思嗎？那小子每天想的都是當黃家族長，靠黃家產業掙錢……」

「那就怪了。」王八狐疑地蹙起眉頭，說道：「難不成是我看走眼了？反正這人心思不定，你要多注意……唉，講這些有什麼用，你都要走了。這些話，你到時轉述給方濁吧。」

「說起方濁。」徐雲風顯露出猶豫，「其實有件事情，我一直瞞著她，現在要走了，不知道到底告不告訴她。」

「你這種破事，就別在我面前說了。」王八送他一記白眼，「我想起來就想罵你！

你這人三心二意的，哪像個男人！」

「那你說我該怎麼辦？曾婷已經在替我辦簽證了。」

「我不管你，你愛怎樣就怎樣。」

「別吵架行不行，好不容易喝頓酒。」

「方濁帶著黃坤去找魏家和鳳凰山了，你知不知道？」王八問道。

「不知道。」徐雲風訝異地瞪圓眼睛，「怎麼不叫上我？」

「你這個糊塗蛋！」王八還是忍不住罵起來，「方濁會叫你去嗎？難道把你從曾婷床上拉走不成？你什麼時候能站在別人的角度想想問題啊！」

「簽證下來的時間還長。」徐雲風沉聲說道：「走之前，能幫多少就多少吧。」

「你還真夠義氣了。」王八忍不住揶揄徐雲風。

方濁和黃坤走到附近市鎮，吃了點東西，坐上前往鳳凰山的車。兩人一夜沒睡，上了車，靠著座位的椅背睡著，直到終點站才睡醒。

黃坤跟著方濁來到古老的苗家村寨，到處都是吊腳樓。村寨在大山深處，尋常少有外人進來，方濁和黃坤走在寨裡相當突兀，村人都警惕地看著兩人。

方濁走到一間很普通的吊腳樓前，站立不動，直盯著門口。黃坤站著無聊，便打量四周。這時候，一個背著竹簍的老頭走進吊腳樓，進門的時候，肩膀顛了一下，竹簍掉出一個東西。

那是一隻灰黃色的蟾蜍，背上全是大小不一的疙瘩，光看就令人頭皮發麻。

方濁繼續站著，過了一會兒，那老頭又從吊腳樓內走出來，用土腔很重的口音對方濁說道：「銀花在等你們。」

方濁對著黃坤點點頭，示意可以進去了。二人登上木製樓梯，一步步拾階而上。樓梯表面沾附許多黏液，黃坤幾次都差點摔倒。

上了二樓，黃坤恨不得馬上退回去。地上全是蟾蜍，爬得到處都是，從指甲大小的，到巴掌大的都有，且花花綠綠，顏色不一。

他瞥見方濁蹙起眉頭，顯然也覺得噁心。

第 6 章

難以抉擇

黃坤坐在東苑外的草地，可越想心裡越亂。徐雲風和方濁都是沒有什麼心機的人，物以類聚、人以群分，金仲和王八看起來也不是宵小無良的人物。爺爺的遺言卻是讓自己聽從張邦光的命令。

一個中年苗家婦女坐在靠窗的椅子上，正在抽水煙。

「說來了一男一女，還以爲是王抱陽。」那苗家中年婦女問道：「這人是誰？」

「黃溪的弟弟，黃坤。」黃坤知道眼前的中年婦女是誰，「來拜訪妳的。」

方濁身體沒有動，但腦門在流汗。過了片刻，宋銀花再次開口說：「還是下不到你們身上。妳的本事比從前更厲害了。」

方濁微笑地說：「能不能不再聽那個人的？」

「妳是來勸我的嗎？」宋銀花沒有回答，而是反問：「如果我不答應呢？」

方濁沉默片刻，說道：「我沒惡意，只是希望妳置身事外，大家都好。」

「如果王抱陽來了。」宋銀花語帶保留，「我會考慮，可他怎麼沒來？」

「黃溪身上的飛蛾蠱是妳下的吧？」黃坤指著宋銀花質問，「我們黃家什麼時候得罪過妳？」

「黃家沒得罪我？」宋銀花笑了起來，說道：「黃蓮清的帳算在黃溪頭上，不算過分吧？」

這下黃坤不說話了，宋銀花的確跟黃家有仇，而且是黃蓮清結下的樑子。

說話期間，屋內的腥氣越來越重，方濁拉著黃坤往回走。宋銀花在身後喊道：「如果黃家人單獨來找我，妳和王抱陽不幫他們，他們若贏了，我就服氣。」

話音落定，黃坤眼睛突然一花，腳下突然空蕩蕩後，發現自己摔在路上，一時間不曉得發生什麼。方濁用手在黃坤的頭頂摸索，「還好，沒中她的招。」

黃坤大感驚訝，叫道：「妳有這個能力？怎麼沒看妳用過？」

「沒事用這個能力幹什麼？」方濁聳聳肩，「又不是什麼好玩的事情。」

「我們怎麼對付她？」

「再說吧。」方濁嘆了一口氣，「可惜王師兄不會來找她。」

「現在我們怎麼辦？」黃坤問道。

「我還是去跟王師兄說說。」方濁露出為難的苦笑，「只是幫我來說句話，他應該不會拒絕吧……」

徐雲風又到福利院探望秦小敏。

「小敏，我問妳一件事情……」

「叔叔陪我玩。」秦小敏正抱著一隻玩具熊，是徐雲風帶來的。

「妳如果不動手術，會不會怪我？」

「陪我玩。」

徐雲風捧住她的頭，「妳以後跟著黃家的哥哥，還有一個大姐姐陪妳玩，好不好？那樣妳就不用動手術了……妳要幫他們……」

秦小敏茫然地說：「他們陪我玩嗎？」

「他們會陪妳玩，但妳要幫他們對付壞人。」

「誰是壞人啊？」秦小敏歪著頭，「叔叔不陪我玩了嗎？」

徐雲風倏地站起來，把地面的一個痰盂踢得老遠。

「你嚇到她了。」王八站在徐雲風身後說了一句。

聞聲，徐雲風回頭一看，曾婷和王八就站在門口。

「你要是讓秦小敏當人傀，」王八沉著聲音說道：「那你和羅師父有什麼區別？還有，你認爲方濁會答應嗎？」

「那怎麼辦？」徐雲風雙肩垂了下去。

「別瞎想了，你以爲這樣就會好過一些嗎？」

徐雲風嘆口氣，和王八、曾婷走到屋外。

看樣子是曾婷找到王八，王八知道徐雲風肯定在這裡，才帶著曾婷過來的。

曾婷憋了半天，再次聲明，「我跟同斷武之間眞的沒什麼，你別瞎想了。」

「我知道。」徐雲風擺擺手，「我想的不是這些。」

王八對上徐雲風投來的視線，「我答應過董玲……」

「我們已經對不起老趙，」徐雲風垂下頭，「現在又要對不起方濁了……」

「我儘量勸方濁，你該走就走，別惦記。我會好好跟她說，讓她還俗算了。」

「你勸得了她嗎？」

「她當年一直聽我的。」王八其實也沒把握，「現在應該還能聽我的勸。老嚴都死了，做這些事情，對她來說有什麼必要。」

徐雲風、曾婷跟王八又聊了片刻，王八接到一通電話，先行告辭。

「還在生我氣？」徐雲風弱弱地問了一句。

「我遲早會被你氣死。」曾婷癟著嘴，「罰你陪我回家見見我爸媽。」

「那妳還是生我的氣比較好。」徐雲風見氣氛沒那麼僵，說起玩笑話。

曾婷輕輕捶了徐雲風肩膀一下，徐雲風把曾婷的手抓住，兩人算是和好了。

事情暫告一段落，方濁和黃坤回到宜昌。

黃坤馬上要開學，向方濁告辭回到學校。走進校園，看見同學三三兩兩地走在路上，感覺非常奇怪。半年前，自己和他們有一樣的生活，在校園共同學習。可近期經歷這麼多事情，讓他有種物是人非的感覺。

在校園裡漫無目的走著，不知不覺來到東苑，陳秋凌的寢室所在。

黃坤坐在東苑外的草地，慢慢梳理這幾個月的事情，可越想心裡越亂。徐雲風和方濁都是沒有什麼心機的人，物以類聚、人以群分，金仲和王八看起來也不是宵小無良的人物。可是，爺爺的遺言卻是讓自己聽從張邦光的命令。

到底該相信自己看到的一切，還是聽爺爺的囑咐？

這個抉擇太難。最好就是徐雲風跟著他的老情人離開，方濁也還俗，再勸退金仲。如此一來，自己跟張邦光就和他們沒有任何衝突。

可是……黃坤搖著頭苦笑，想著自己算哪根蔥，他們會聽自己的嗎？

「黃坤！黃坤……」

黃坤正糾結那些事情，突然聽到有人喊他。循聲看去，策策和陳秋凌從宿舍裡走出來。他連忙站起來，走到她們跟前。

「你在犯什麼傻啊？」策策笑著說：「笑嘻嘻的，想什麼好事情了。」

「想到開學了，可以和同學混在一起，不行嗎？」

「你是開心能看到我小姨吧！」策策不給黃坤留一點情面。

陳秋凌笑吟吟地看著黃坤，「我寒假回家了，謝謝你。」

「沒什麼。」黃坤撓著腦袋，不好意思地說：「舉手之勞。」

「陪我走走吧。」陳秋凌主動邀約，「我假期借了幾本書，陪我拿去圖書館還。」

黃坤一聽，受寵若驚，連忙幫陳秋凌拿著書。

「那我呢？」策策噘著嘴。

「妳哪裡涼快哪裡待著去。」黃坤沒好氣地丟下一句。

策策看向陳秋凌，陳秋凌只是笑，沒有替她出聲。她氣得跺腳離開，走了兩步，又扭過頭對黃坤說：「你踐什麼！看我怎麼收拾你！」

「大人說話，妳小孩子跟著幹嘛！」黃坤恨不得策策馬上消失。

黃坤和陳秋淩抄近路走向圖書館。

小山包的林間小路幽靜無比，比肩走著，兩人的胳膊有意無意地觸碰幾下。黃坤心一橫，把陳秋淩的手握住，發覺她沒有反抗，狂喜不已。

「你會不會嫌棄我？」陳秋淩擔憂地問：「從舊習俗，我嫁過人。」

「那算什麼嫁人！」黃坤擺明不在意，「誰在乎那點小事。」

陳秋淩先前因為冥婚這件事，一直沒有接受黃坤。這下黃坤知道，自己和她之間再無任何障礙。

「先坐一會兒吧。」黃坤提議。

陳秋淩找了一塊乾淨地方，兩人放鬆地坐下來。黃坤和陳秋淩肩膀靠坐著，什麼張邦光、鳳凰山……這些煩惱，都煙消雲散。

「我跟你講過。」陳秋淩溫柔地說：「追我的男孩都被那個死鬼嚇得夠嗆，看見我就躲，只有你，不僅不放棄，最後還幫忙把事情解決了……看來。你不是只會說大話的人。」

黃坤信心大增，稍稍挺起胸膛，「就說我很厲害吧！一個男人若連自己喜歡的女人都保護不了，有什麼來性（宜昌方言，出息）？」

陳秋凌彎曲著膝蓋，雙手支起下巴，凝神看著黃坤，臉上掛著微笑。

黃坤瞅著面前這張漂亮的臉孔，心神蕩漾，正要說一些表露心跡的話，突然肚子劇疼，下腹如刀割一樣。

「完了。」黃坤咬著牙，說道：「我一定是中蠱了。」

「什麼中蠱？」陳秋凌露出狐疑的眼神。

「我肚子好疼。」黃坤的額頭冒出黃豆大的汗珠，肚子疼得厲害。想上廁所，可這附近哪有廁所。

「你到底怎麼啦？」陳秋凌焦急地問。

「我……」黃坤就快忍不住，窘困地說：「妳等我啊！我去去就來！」

直到這一刻，陳秋凌才意識到黃坤是內急，用手捂著嘴巴偷笑，「策策這丫頭！她是架匠，你得罪她了！」

「媽的，這死女伢子，看我之後怎麼收拾她！」黃坤夾著大腿根部，一手摀著屁股，歪歪扭扭地向教學樓走去。

走到教學樓的廁所至少要三、四分鐘，但是黃坤已經憋得身體發抖。他走了幾步，回頭看向陳秋凌，又不好意思說話。陳秋凌對上他的視線，過了一會兒才明白什麼意思，從隨身的斜背包裡拿出一包衛生紙扔給黃坤。

第 7 章

合縱連橫

方濁拿出一本清冊，徐雲風接過翻開，上面寫的都是北方道觀。他彷彿沒聽見方濁講話，手中已經翻到第六頁，當「芮城永樂宮」五個字映入眼簾，把冊子闔上說：「那就開始吧。」

徐雲風和曾婷在百貨公司閒逛，轉進一間男裝品牌店。曾婷看中一件羊毛衫，讓徐雲風試一試。徐雲風穿了，非常合身，店員也說徐雲風穿起來好看。

然而，徐雲風把羊毛衫脫下來，瞟了一下標籤上的價錢，就拉著曾婷要走。

「不滿意？」曾婷問：「那我們去別家看看。」

徐雲風走了幾步才說：「一件毛線衣都要三百多塊。我哪穿得起這麼貴的衣服？還是買件便宜的吧。」

「你出國怎麼也要穿件像樣的衣服吧？」曾婷說道：「你看王八穿得多齊整。」

「他一直都很講究，我哪能和他比！」徐雲風笑了起來，「當年在學校，我都是借他的衣服穿。」

曾婷笑了笑，沒再多說。她知道徐雲風敏感，也就沒告訴他少看了一個零，剛才試穿的那件羊毛衫其實是三千多塊。

兩人在百貨公司逛了半天，結果沒買到一件衣服，人倒走得累了。今天天氣很好，春日的陽光明媚，他們在夷陵廣場找了個地方坐下休息。

手機響了，徐雲風接通電話，告訴另一頭的人自己在夷陵廣場。結束通話後，他對曾婷說道：「王八來找我。」

王八來了，一起來的還有方濁。

方濁老遠看見徐雲風和曾婷靠坐在一起，又見曾婷打扮入時、笑靨如花，內心暗自低落，「王師兄，放過風哥吧。讓他們好好地走吧。」

「不行！」王八堅定地回道：「他一定要在走之前，把事情做完。這是他自己選的，是男人，就得爲自己做的事情負責。」

徐雲風看到王八和方濁，連忙站起來向他們招手。

「吃飯沒？」恰好到了用餐時間，徐雲風順口問道：「我們去吃必勝客。方濁忌口，西餐不放蔥薑蒜，必勝客的東西方濁肯定能吃。」徐雲風邊走邊說。

王八哼了一聲，「你自己想吃，別拿方濁當擋箭牌。」

四人坐在必勝客，王八頓了頓，提出這趟要說的話，「婷婷，我來找你們，是有事跟妳商量。」

才聽這句話，曾婷臉色馬上變了，「我不知道瘋子這些年到底在做什麼，可既然他要跟我走了，能不能……」

徐雲風打斷她的話，「現在不是還沒走嘛！妳也說還有個把月的時間，簽證才可以辦好。」

「你自己看著辦吧。」曾婷咬著下唇，「可是……」

「我知道你要說什麼。」徐雲風看向王八，說道：「我幫方濁，儘量在出國前把事情做完。」

這番話談下來，四人吃著披薩和義大利麵，皆食不知味。

翌日早上，徐雲風準備離開飯店，「方濁那丫頭太可憐，別說王八當年發了重誓，就算他想幫，董玲也有身孕，根本無法走開。」

「別人都有牽掛。」曾婷感到不平，「王八有董玲要照顧，難道我在你眼裡就無所謂嗎？憑什麼別人都有理由，就你要去頂包。」

「別吵架，好不好？」徐雲風輕撫她的頭髮，「我不是告訴過妳了，再剩也沒幾天了。」

「就是因爲你告訴我，我才那麼擔心你。」曾婷紅著眼睛，說道：「其實還有一些事情，我都知道。你嘴裡說過的張邦光是什麼人，同斷武跟我提過……我眞的擔心，總覺得你可能無法順利地和我去日本……我不希望你有什麼事情。」

「妳電影看多了。」徐雲風以打趣地口問說話，「難不成像影片中主角一樣，本來準備和女友離開是非之地，卻在最後關頭死了，留下女友一個人在碼頭等……」

「你胡說些什麼！」曾婷忍不住罵道：「你什麼時候能有個正經啊？」

徐雲風開了門，「我走了。等妳把事情辦好，我就和妳走。」

「別傻乎乎地拼命。」曾婷眼眶泛紅，「你也學學王八，知道有人等著你。」

徐雲風搭計程車到三峽大學的校門口，方濁和黃坤已經等著他了。

「我本來不想麻煩你的。」方濁有些歉疚地說：「可我實在不好意思開口，讓王師兄去幫我說服鳳凰山的宋銀花。」

「宋銀花的模樣變了嗎？」徐雲風問道。

「變了。」方濁回答，「和在七眼泉那次不一樣，變漂亮了。」

「女人就只知道看別人漂不漂亮。」徐雲風笑出聲音，「妳這道士也不例外。」

「她為什麼會變了樣子？」黃坤露出好奇的神情。

「宋銀花本來就是孿生。」徐雲風解答他的疑惑，「她姐姐十幾歲的時候死了，所以她煉蠱把她姐姐留在自己身體裡。平時用她姐姐的面貌示人，真要使出本事的時候，還是要靠她自己。」

「四大家族，魏家和黃家已經聯合。」方濁說明當前的情勢，「我的上司認為沒必要把時間放在南方，要我們去北方找那些已經投靠張邦光的道觀……他說了，我們都是道教，比較好說話一點。」

「如果說不好，怎麼辦？」

「用他的方式，用武力對付，換道觀的住持。」

「哪一些道觀？」

方濁拿出一本清冊遞給徐雲風。

徐雲風翻開第一頁，上面寫著河南嵩山某某門派，第二頁則是山東的某某道觀，第三頁、第四頁……都是北方的道觀。

「已經有這麼多了啊……」徐雲風重重嘆一口氣。

「不會耽誤你的，你該走的時候就走。」

徐雲風彷彿沒聽見方濁講的話，手中已經翻到第六頁。當「芮城永樂宮」五個字映入眼簾，他把冊子闔上說：「那就開始吧。」

一個月後，徐雲風、方濁和黃坤到了太行山某地。山道在陡峭的山崖邊，一邊是石壁，另一邊就是萬丈深淵。

天邊升起紅日，朝霞在遠處的山巔連綿不盡。徐雲風看著景色，不由得驚嘆，「當道士有道士的好處，天天看著這風景，什麼俗事都可以放下了。」

「那是你。」方濁反駁他的想法，「別人可不這麼想，不然我們眼巴巴地跑這裡幹什麼？」

中午時分，三人來到山頂，有一間很小且很破舊的道觀。方濁當先走去，對著裡面恭敬地喊道：「孫師叔嗎？我是清淨方濁，來拜訪你的。」

過了半晌，一個老年道士走出來，身上穿著髒舊的道袍，向方濁行了一個道家禮數，「眞是難爲妳，我在這裡都被妳找到。」

方濁開門見山地說：「孫師叔，你我都曾在嚴師叔的研究所裡共事，我是來跟你商量……」

「別說了。」孫道長擺了擺手，「張眞人和我有舊，老嚴也對我不薄，但畢竟老嚴已經駕鶴……你們不必勸我了。」

「孫師叔，在研究所裡的時候，你對我一直很好……」

「讓妳爲難了，是不是？我不是沒聽到消息！你們已經找了四家，一家沒事，看來是聽從你們的遊說；兩家的住持換了，聽說一夜之間便不知所蹤，道觀弟子也都被遣返原籍；還有一家和你們動了手，是不是過陰人的手段……哦，還有一個會御鬼的，和茅山的路子不一樣。」

徐雲風和黃坤都不說話，希望方濁能勸得動孫道長。

孫道長低垂著頭想了一會兒，說道：「其實你們不該來的。你們想得到來找我，張眞人也能想到……」

聽到這裡，徐雲風和黃坤都緊張起來。破舊窄小的道觀裡，陸陸續續走出來七、八個道士，臉色不善。爲首的那個年輕道士看見徐雲風，拱手唱喏，「雲風兄，幾年不見了。」

「熊浩，原來你一直躲在這裡。」

「記得我們當年說過的話嗎？再見面，我們就沒交情了。」

「你放心。」徐雲風針鋒相對，「我不會手下留情。」

看了看雙方的人數，黃坤心裡掂量自己這邊到底有沒有勝算。熊浩似乎和徐雲風曾打過照面，從他們交談的語氣，可知道熊浩的本事和徐雲風差不多。至於孫道長就不用說了，他本來是方濁的長輩，熟人卻因爲立場分歧成爲敵人。

如果不是老嚴和張邦光的齟齬，雙方很有可能是關係融洽的好友。黃坤內心混亂，其實自己何嘗不在糾結？徐雲風和方濁是什麼樣的人，已經看得很明白，倘若有一天，自己跟他們站到對立面，該怎麼面對？

「我一直以爲它出來後會附在你身上。」徐雲風直盯著熊浩，「看來沒有。」

「我不是好人選。」熊浩笑嘻嘻地答道：「你就別裝糊塗了，它看中的是你，還有方濁。不過，它是不指望你了，你已經和它一樣，成了過陰人。」

「方濁嗎？」徐雲風哼了一聲，「更不可能！」

「爲什麼不可能？」熊浩嘴巴沒放過機會，說道：「其實大家都把事情往寬處多想想，你和張眞人哪裡有什麼深仇大恨？張眞人也一直對你手下留情，還對你有一些恩惠……」

徐雲風哼哼兩聲，不屑於顧。

「你學的楊任的法術，不就是張眞人教你的！」熊浩自顧自地把話接下去，「畢竟錢財是身外之物，那筆錢張眞人也沒跟你計較。聽說你把錢給王抱陽做生意，生意不錯……」

「你給我聽好了！」徐雲風眼睛瞪得大大的，指著熊浩鼻子警告，「要是你們再去招惹王八和他家人，我跟你們拼命！」

「你現在能贏得了我們嗎？」熊浩擺擺手，「說這些空話是沒用的。」

雙方劍拔弩張，徐雲風情緒失控。連黃坤都看出來，熊浩故意激怒徐雲風。

這下徐雲風再也忍不住，一個箭步衝到熊浩跟前。熊浩身邊的人立馬列出對戰陣型，用長劍指著徐雲風身邊的幾個方位。他們都是有能耐的道士，看得出來徐雲風佈置人偶的方位，剎那人偶紛紛化作稻草。徐雲風的行動受控制，一時施展不開。

孫道長這邊在勸說方濁，「別和張眞人作對了，我們各走各的，何必要拔劍相向呢？」

方濁礙於情面，一時不知該不該出手。過了一會兒，她沉著聲音說：「我不想這樣，眞的不想這樣……」

這時，山門外衝進來一群人，全副武裝，把孫道長和熊浩等人團團圍住。

「你眞以爲我們什麼準備都沒有，來自投羅網的嗎？」徐雲風說道。

「接手老嚴部門的人，做事很絕啊。」熊浩臉色變了，「眞是不留餘地。」

「你們都暫時別動。」徐雲風對那些全副武裝的人下令，「就讓我和他之間來個了斷。」

「這個不符合計劃。」其中一個領頭的人發出聲音。

「我不管！」徐雲風不耐煩地吼了一句，「現在聽我的！我說了算！」

那人看向方濁。方濁緩緩點了點頭。

配帶武器的幾人都望向領頭人，領頭人只得再次確認命令屬實與否，對方濁說：「妳不是閒雲野鶴的道士，妳要記得妳的身份。」

方濁不再理會領頭人，示意旁人都離開徐雲風和熊浩一段距離，然後用腳尖在地上劃出一道印記。一個二十幾個平方的圓圈，把徐雲風和熊浩框在裡面。

黃坤暫時不懂方濁的用意。領頭人不死心，向著圓圈走去，可他的腳就是邁不過那道印記。他的腦門滲出汗水，看著方濁，腮幫咬緊，最終無可奈何地退開。直到這一刻，黃坤才明白方濁用了她的能力，隔離出一個圓圈的空間。

所有人就看著圓圈裡的徐雲風和熊浩。

徐雲風對黃坤說：「把螟蛉給我。」

黃坤拿出螟蛉，正想著該如何把螟蛉遞給徐雲風，手中就空了。再看去，螟蛉已經到了他手上。

第8章

不相上下

徐雲風的炎劍即將砍上方濁的胳膊，但硬生生地停止。他回首向圈外看去，見方濁在圈外焦急不已，情知不妙，卻已經遲了。用計得逞，熊浩哈哈一笑，手指已經捏住徐雲風的七寸。

徐雲風拿著螟蛉，隨即將手臂橫在胸前，炎劍的白色火光耀眼無比。

熊浩嘴角勾起一抹冷笑，「我不帶鬼，你拿那個對付我沒用。」

徐雲風手腕抖動，炎劍的劍尖頂到熊浩的下巴。但是他停止動作，炎劍靜止在熊浩下巴下方，連火焰都凝固。

此時，站在徐雲風面前的已不再是熊浩，而是趙一二的模樣，「爲什麼非要和我一樣呢？難道一輩子都背著愧疚生活嗎？」

「你不是趙先生。」徐雲風咬著牙喊道：「你以爲變成趙先生的樣子，我就會手軟嗎？」

「那你怎麼不動手？這麼多年了，你還是這樣婆婆媽媽！」

徐雲風握著炎劍的手不停顫動，面前的「趙一二」再次開口說話。

「還是讓王抱陽替我報仇吧，你做不到的。」

話音落定，徐雲風咬緊牙關，炎劍猛地刺向前，可力道已經弱了。此時，熊浩手中多了一把軟劍，水光流動，恰巧抵擋下炎劍。

水火交融，衆人耳朵裡聽到嗤嗤聲響。

徐雲風一時愣住，截然沒想到熊浩早有準備，找到一把得以剋制炎劍的武器。

熊浩翻轉軟劍，刺向徐雲風的胸口。徐雲風左手把軟劍的劍鋒捏住，一條長蛇順著劍鋒攀到熊浩的手背，然後狠狠咬了一口。

下一秒，熊浩的軟劍掉落在地上。長蛇繼續向著熊浩的身體纏繞，熊浩的身體也化成一條大蛇，黑白兩條長蛇相互糾纏，在地上翻滾，吞噬對方的尾巴。

正糾纏之際，兩條長蛇又突然分開。徐雲風化爲平常的模樣，仍舊拿著螟蛉。但熊浩變成一個瘦小的老婦人，頭頂戴著一頂破舊草帽。草帽帽緣寬闊，老婦人的臉只露出下半部，是一張慘白的臉。

徐雲風又猶豫了。熊浩探知旁人內心的本領，遠遠超越徐雲風和金仲。他非常敏銳，探知到徐雲風內心最愧疚的點，然後表露出來，好讓徐雲風無所是從。

這就是熊浩最拿手的本領。

徐雲風的炎劍無法向草帽人砍去，即便知道草帽人是假的，仍舊無法擺脫內心的糾結。接著，熊浩化身的草帽人突然揚起頭，草帽飛開。一張煞白的臉全部顯露，上下顎以一種不可思議的角度張開，整個頭幻化成巨大的蛇頭。面對這般驚險，徐雲風不再遲疑，炎劍直刺蛇吻。熊浩察覺徐雲風的臉色變化，早已做好了準備，迅速躲到一邊，炎劍刺中的只是一頂草帽。

徐雲風的眼睛紅了，反手又用炎劍砍向熊浩。這次卻是方濁愣愣站立不動，眼睜睜看著炎劍揮過去，「風哥，你真的要去日本嗎？」

「你變成方濁也沒用。」徐雲風的動作沒有停下。

然而，就在即將刺中的時候，方濁的方位突然變換。徐雲風愣住，因爲只有方濁有瞬間移動的本領。

「假的！假的！」徐雲風對自己說道，並繼續追著方濁的身影砍殺。

方濁抬起一隻手臂，護住頭部，「你走了，我一個人應付不來。」

此刻，徐雲風的炎劍即將砍上方濁的胳膊，但硬生生地停止。他回首向圈外看去，尋找方濁的身影。見方濁在圈外焦急不已，情知不妙，卻已經遲了。

用計得逞，熊浩哈哈一笑，狠踢徐雲風的手臂一腳。炎劍從徐雲風的手中掉落，正當不知所措的時候，熊浩的手指已經捏住徐雲風的七寸。

徐雲風的信子垂在嘴邊，幾乎就快喘不過氣。可熊浩沒打算放過，手指更加用力，徐雲風身體癱軟，不能反抗。熊浩彎腰把炎劍拿在手上，炎劍登時化作知了殼子，正想仔細打量，螟蛉又突然消失。他抬頭一看，螟蛉已經回到黃坤的手中。

方濁對孫道長說道：「你們走吧。」

熊浩明白方濁的意思，放下徐雲風，頭也不回地偕同孫道長向山門外走去。那幾個全副武裝的人不願這麼算了，分散堵住了山門。

方濁出聲說話，「風哥輸了，我們答應過他們，不能反悔。」

領頭人搖頭。

「如果你們還需要我們幫忙，就立刻讓開。」方濁的聲音突然變大。

領頭人拿出電話撥通後，說了幾句現在的狀況，等著電話裡的指示。聽完，他把電話掛掉，懊惱地擺擺手。熊浩、孫道長等人走了出去。

那些一直跟著方濁、徐雲風、黃坤的軍人也從明處消失，重新隱蔽身形。

徐雲風、方濁和黃坤離開太行山，向下一個目標走去——芮城的永樂宮。

走在路上，徐雲風一臉沮喪，方濁的臉色卻很輕鬆。

看到徐雲風落敗，黃坤覺得可惜，認爲熊浩的本事平平，根本強不到哪裡去，可是徐雲風每次勝算在握之際，偏偏手下留情。

徐雲風頹然地說了一句，「也許我眞的幫不了妳什麼，我太沒用了。」

方濁毫不在意，「你是怎麼輸的，我看得清清楚楚。謝謝你。」

「都壞了妳的事。」徐雲風搖著頭，「妳還謝謝我幹嘛？」

「你知道爲什麼。」

聽完這句話，黃坤瞥見徐雲風臉色複雜，不知是在苦笑，還是在懊惱。

「還記得你當上過陰人，隔了幾個月才從七眼泉出來的那次嗎？」方濁提起往事。

「記得。」徐雲風回答，「我不敢去見王八，是妳天天陪著我，嚷嚷著要我陪妳去遊玩，其實是妳在陪我……」

「我們去了好多地方。」方濁微笑著說：「幸虧你地理好，知道哪裡好玩，我們玩了個遍。」

「可惜我們缺錢。」徐雲風也想起過去，興奮了起來，「我們好多次都偷偷搭別人的車。」

「有一次。」方濁忽地咯咯笑出聲，「那個司機看見後座突然坐了兩個人，嚇得差點把車開到山崖下。」

「都怪我！」徐雲風也朗朗笑起來，「我喝醉了，忘記告訴司機車上沒人。」

「那是你不願意蒙蔽別人的心思嘛。」方濁替他解釋，「你和熊浩都有這個本事，他可是把這能力當做看家的本事呢！」

「我還是用這個本事做了壞事啊……」徐雲風撓著頭說：「在深圳，妳說妳想吃海鮮，我們大方地在餐廳好好吃一頓，卻拿了一疊廢紙給老闆……」

「我沒說我想吃啊！」

「妳盯著別人餐桌上的龍蝦看了半天，難道不是想吃啊？一千多塊一隻，可我們身上連十塊錢都沒有。」

「那次我們是去幹什麼？」

「幫老嚴找一個會下降頭的人，但是那個人去了香港。」

黃坤聽著徐雲風和方濁回憶往事，這麼多天陰霾的氣氛終於開朗起來。

第 9 章

芮城永樂宮

馬接輿從松林回到道觀，吩咐其他道士搬動院內香鼎，擺成九宮奇門。道士們聽令，可是才搬了一半，馬接輿突然又讓他們都離開道觀，包括前來上香還願的香客，都好生相勸，離開永樂宮。

三人到了芮城，找了地方吃飯投宿。一路上，徐雲風和方濁不停說笑，黃坤也聽著有趣。原來方濁最初和王八是一個部門的同事，都經過幾個月的相處，王八還是不知道方濁是女孩。直到徐雲風第一眼看到方濁的時候，問是不是王八的女朋友，他才知道方濁是女的。

這麼多天來，徐雲風很沉默，鮮少說話，遑論說笑。不知道今天是怎麼了，他淨和方濁講一些開心的事情，難道是簽證已經下來，準備要離開的緣故嗎？

徐雲風一定有話要說。

黃坤的推測非常正確。

果然，飯吃完後，徐雲風突然臉色又恢復冷靜。方濁不解他的情緒變化，問道：「你怎麼啦？剛才還有說有笑的，現在又這個樣子。」

「方濁。」徐雲風一字一句地說：「其實有件事情，我一直都在騙妳。」

「你也會騙人？」方濁不以爲意，「我有什麼好讓你騙的？是不是關於曾姐的事情？沒事的，我早聽董姐說過。」

「不是那件事情。」徐雲風的語氣仍舊緩慢，且十分鄭重，「妳不是讓我打聽一件事情嗎？我一直告訴妳，我沒打聽到……」

「你打聽到了？」方濁的臉上瞬間沒了微笑，「什麼時候？」

「妳忘了我是過陰人嗎？活人這邊我問不出來，我可以問死人……」

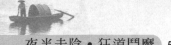

「死的是哪個？」

「妳媽媽。」

「哦。」方濁故作輕鬆地說了一句，「她果然死了，不然不會不來找我的。」

「妳父親……」徐雲風欲言又止。

方濁看著徐雲風，嘴巴慢慢噘起，「你不是第一次來芮城？」

徐雲風點點頭。

「你爲什麼不早點說？」方濁哭著喊道：「都現在這種狀況了，才告訴我。」

「我想找個合適的機會告訴妳……」

方濁獨自走向餐館門外。

徐雲風追過去，但走了兩步就停下腳步，然後回到座位上，對著黃坤說：「小子，陪我喝酒。」

「你找到方姐的親人，爲什麼不告訴她？」黃坤也無法理解他的行爲。

「我要怎麼說？」徐雲風煩悶地回道：「難道告訴她，她的親生父親是一個道觀的住持，她母親是被騙財騙色！」

「這是方姐的命運……」

黃坤說完這句話，突然想明白一件事情，驚訝得說話都結巴，「原……原來……方姐的父親是不是就在永樂宮？」

「沒錯，而且還是對頭張邦光的得力手下。」徐雲風滿臉沮喪，「換做是你，你會說嗎？」

「別問我。」黃坤無法，也不想試著面對，「我哪知道啊！」

馬接輿在道觀後的松林裡辟穀靜坐已經十天。

永樂宮自從在他接手住持，二十多年來，香火一天比一天興旺，他以爲自己可以就這樣安穩過完下半輩子。

馬接輿本身和一貫道沒任何瓜葛，不欠張邦光的人情。可是永樂宮當年被日本人霸佔，當作臨時指揮所，是張邦光暗中幫助，讓日本人退出道觀，也是張邦光出資重建永樂宮。

五年前，當熊浩拿著永樂宮老住持和張邦光的書信找上馬接輿的時候，馬接輿就知道自己的日子不會好過。

馬接輿一直在等這一天。

老嚴和熊浩都找過馬接輿，但是他始終搖擺不定。老嚴開出的條件是，進入道教協會當常務理事，是很不錯的位置。熊浩則暗示馬接輿，倘若天下人知道香火鼎盛的永樂宮住持當年是靠什麼聚斂錢財的，往後不曉得永樂宮的香火還會不會這麼鼎盛。

馬接輿本能地意識到，張邦光這次捲土重來，必定十分有把握，於是斷絕和老嚴的往來。不過，他也不敢過多得罪老嚴，因此張邦光幾次相邀，都找藉口推託。

靜觀其變是他最好的選擇。

當得知老嚴去世的消息，馬接輿旋即下定決心，答應了熊浩。雖然老嚴的部門還有人，權衡兩弊選其輕，也只能這樣。

一個月前，熊浩警告過馬接輿，得做好準備，老嚴生前的一個部下和過陰人聯手，更有另一個部門的勢力在剷除投靠張眞人的道教派別。

馬接輿知道，自己不能再像從前一樣安心當個道觀住持，對外界的事物不聞不問。而且，熊浩已經託人帶來消息，老嚴生前的部下和過陰人馬上就要來了。

馬接輿再也不能首鼠兩端，該要面對的事情已經躲不過。

從熊浩只是帶了個消息，並沒有援手的意思，馬接輿也明白自己過往太小心，沒讓張邦光信任，這個關頭當然得不到對方的幫助。搖擺不定的後果，已經顯現。現在唯一能做的就是擊敗老嚴生前的部下和過陰人，完完全全站到張邦光那一邊。

畢竟，老嚴死了，天下道家門派之中，已經沒有人能和張邦光抗衡了。

爲此，馬接輿早有準備，打聽到那個老嚴生前的部下叫方濁，清靜派的執掌。過陰人仍是詭道的門人，和上一任一樣，是半路出道的人物。想到上一個過陰人——趙一二，他不禁心裡矛盾。

馬接輿曾經和趙一二有過一面之交，趙一二是個厲害人，能夠接替他的詭道門人，必定不會差到哪裡。

馬接輿從松林回到道觀，吩咐其他道士搬動院內香鼎，擺成九宮奇門。道士們聽令，可是才搬了一半，馬接輿突然又讓他們都離開道觀，包括前來上香還願的香客，都好生相勸，離開永樂宮。

馬接輿的大徒弟問道：「對頭很強嗎？爲什麼不留下道衆幫忙？」

「沒用的。」馬接輿苦笑地說：「他們的目標是我。再說，永樂宮的道士沒有鬥法的本領，留下有什麼用。」

道觀內一片狼藉，所有人都慌亂收拾，幾個弟子在遣散道士和香客。大廈將傾，每個人都能感受到嚴峻的氣氛。

馬接輿在道觀裡緩步行走，回想自己剛接手的時候，此處破敗不堪。二十多年來的苦心經營，道觀得以重新修繕，頗有當年香火鼎盛時期的氣勢。

走著，他嘆了嘆氣，回到修行的丹室靜坐，等著老嚴生前的部下和過陰人。

天色漸漸暗下，頂多再兩個時辰，他們就會到了。馬接輿很清楚，過陰人的本事在亥時之後最爲強盛，他們肯定會選在那時候找上門。

馬接輿在蒲團上打坐，靜心吐納。

大徒弟進來了，看著馬接輿，但沒有出聲。

馬接輿睜開眼睛，問道：「都把他們安排走了嗎？」

「正在勸說。」大徒弟回答。

「那怎麼不去安排，來找我幹什麼？」

「有個人要見你？」

「什麼人？」

「有個小丫頭。」大徒弟遲疑片刻，「她說是來……」

「來幹什麼的？」馬接輿笑了，「都這個時候，還怕什麼事情？」

「她說是你的女兒。」

聞言，馬接輿渾身一顫，「把她打發走。」

「可是……」大徒弟猶豫地說道：「她已經進來了。她是個女流，我不能強趕她走。」

馬接輿對大徒弟笑了笑。

「師父……」大徒弟小心用詞，「師父入道之前，真的有家眷嗎？是不是來訛詐錢財的？」

「那就給她一點錢財，讓她走吧。」

「是。」

大徒弟正要轉身離開，就聽見丹室門外幾個小道士大聲呼喝，「都說我們道觀有事，師父不見人，妳怎麼還是闖進來了？」

大徒弟打開丹室的門，馬接輿看見說話的道士都追著跑過來，一個身材瘦小的年輕女孩正扶著丹室的木門。

大徒弟對那女孩說道：「師父有事情，請回吧。如果要錢的話，我給妳。」

女孩沒有理會大徒弟，自顧自地腳跨進丹室，仔細打量馬接輿很久。馬接輿的弟子正要把女孩拉出去，馬接輿開口了，「你們該幹什麼，就幹什麼去。」

第 10 章

瞬間移動

方濁站著不動，馬接輿不停變換黃坤的方位，讓黃坤的炎劍始終砍不到他的身上。徐雲風的蛇屬不停在場地尋找馬接輿的身體，可是每次好不容易纏上馬接輿，馬接輿又換了個香鼎給他。

聞言，弟子們都退去，丹室裡就留下馬接輿和那女孩。

「你姓馬？」女孩問道。

馬接輿點點頭，心裡相當煩躁，都這關頭了，卻來個女孩認親。

「你當年爲什麼要丟下我媽？」女孩追問。

「如果妳是爲了錢來，我可以給妳一筆錢，去過妳想過的生活吧。」

「是不是有很多跟我一樣的人來找過你？」

「沒有。」馬接輿否認，「妳是第一個。」

「哦？」女孩不說話了，繼續盯著馬接輿。

「丫頭。」馬接輿嘆了一口氣說：「我今天有事，如果妳眞的有事要問我，可以改日再來。」

「我今年滿二十七，馬上就二十八，你眞的沒印象嗎？」女孩再次提問。

馬接輿不動聲色，臉容凝重，回道：「沒有，一點都沒有。」

「我只想知道當年爲什麼要丟下我和我母親。還有，我母親到底是什麼人？」

「妳問錯人了，我只是個清修的道士。」

「你就是我父親。」女孩拋出一句，「你的本事根本不是靠修行來的，是天生的能力。」

「妳打聽我多久？」馬接輿問道。

「我也是今天才知道你是我父親。」女孩輕輕地說完，馬接輿身下的蒲團已經離地一尺。

「妳認錯人了。」馬接輿還是面不改色，「天下有這種本事的人，不計其數。」

女孩依然不死心，「我媽媽到底是什麼樣的人？我從來沒見過她……」

「我幫不了妳。」馬接輿硬著心腸回道。

這下女孩不問了，反身走去。

馬接輿看著她走到丹室門口，終於問道：「妳姓什麼？」

「我姓方，」女孩回答，「叫方濁。」

馬接輿目瞪口呆，看著方濁的背影慢慢消失在眼前，嘴裡喃喃地說：「姓方……」

方濁走出山門，看見徐雲風和黃坤站在一棵樹下，斜斜地靠著樹身。方濁走近徐雲風，徐雲風苦笑地說：「既然看見，也就死心了吧？」

「你知道他不會認我，」方濁愣愣地問道：「所以你一直瞞著我？」

「他苦心經營道觀這麼久，當然不會爲了陳年往事，讓好不容易得到的地位毀於一旦。換了我，也許也不會認妳。」

「我不止一次聽老嚴提起他，知道他有和我同樣的本領，可從來沒想過自己跟他有何關聯。」

「現在我們怎麼辦？」黃坤插上一句，「繼續等？」

「嗯。」徐雲風點點頭，「等道觀的人都走了再說吧。」

夜色越來越濃，道觀黑沉沉的，唯有一個房間亮著燈光。

永樂宮的道士和暫住的香客已經走完。

徐雲風和方濁、黃坤向永樂宮走去，一直走進那個亮著光的房間，也就是馬接輿的丹室。

方濁和馬接輿距離第一次見面，僅僅幾個小時。再看到馬接輿，他原本光滑紅潤的臉色變得非常蒼老。

「這裡地方太小。」馬接輿看到徐雲風三人，說道：「換個地方吧。」

黃坤正想著，憑什麼你說換地方就換。豈知，四人瞬間就站在開闊的場地上，地面擺放著幾個香鼎。

現在黃坤明白剛才方濁和師父的對話是什麼意思了。

馬接輿同時把四人從丹室內移動到這個場地，且一點都不著痕跡。這就是方濁天生的能力，黃坤在鳳凰山見識過她這項本領。原來這本領會遺傳的，父親傳給了女兒。此外，從馬接輿的神色和方才沒兩樣，黃坤心頭不禁打鼓，看來他的能力比方濁更加精湛。

徐雲風非常緊張，讓自己、黃坤和方濁都分出幾個化身，團團圍著馬接輿，好讓他分不出哪個才是眞身。

「只有會算沙的人才有這本事。」馬接輿閉著眼睛說：「當年趙一二只能化出幻想。可你不同，你能做到每一個都是眞身，每一個也是幻想。」

每一個徐雲風都戴上草帽，每一個黃坤都拿出螟蛉炎劍。

「趙一二的算沙是死的。」馬接輿接續地說：「你不同，你能做到不停變化，永不止歇。你叫徐雲風，是不是？你才是眞的會算沙。」

這時候，黃坤腦袋裡突然闖進一道聲音，是徐雲風的聲音，「動手。」

七、八個黃坤旋即把手中的長劍砍向馬接輿，一陣鏗鏘的金屬碰撞脆響，長劍都砍到香鼎上面。

徐雲風趁著馬接輿的能力用在黃坤身上，幾個分身化而爲一，站到馬接輿身前，兩隻胳膊化作蛇形，纏繞著馬接輿。馬接輿的身體立即換了方位，徐雲風的蛇身也被移動，纏繞到旁邊的一棵小樹。

「方濁！」徐雲風大聲喊道：「把他拖回來！他沒力氣了！」

方濁站著不動，馬接輿現在就站在她的身前。

馬接輿不停變換黃坤的方位，讓黃坤的炎劍始終砍不到他的身上。徐雲風的蛇屬不停在場地尋找馬接輿的身體，可是每次好不容易纏上馬接輿，馬接輿又換了個香鼎給他。

徐雲風急了，一直叫方濁動手。

方濁沒有理會，看著身前的馬接輿，問道：「當道觀的住持就這麼重要嗎？」

「重要。」馬接輿回道：「當年我和妳母親都要回城，名額只有一個。我把名額讓給了她，爲了讓她死心，我就當了道士。」

「你爲什麼不找我？」

「我不知道有妳。今天看見妳施展本領，才知道的。」

「那我們都不要當道士。」方濁熱切地說著，「我們都走了吧。」

「晚了。」馬接輿苦笑著回答，「來不及了，兩邊都不會放過我們。」

聽到這句，方濁終於動手，馬接輿再也沒有力氣移動徐雲風和黃坤。徐雲風緊緊壓制住馬接輿，目不轉睛地盯著他的眼睛看了一會兒。

「放了他吧……」方濁說道。

徐雲風不肯鬆手，「他剛才對妳說的話，還隱瞞了很多。這人心思太深沉，妳別心軟。」

「那又怎樣？難道要我爲難自己的父親？」

「他當年騙了妳媽！他讓妳媽回城不假，但妳母親是回城後兩年才懷上妳的。」

「你告訴我這些幹什麼？」方濁哭了，「我又不想知道！」

「他到了這裡，用他的本事裝神弄鬼。」徐雲風不顧一切地說下去，「妳母親的錢都給了他……他要錢只是為了討好前任住持。」

「你能不能不說了！」方濁大喊。

「他不止妳母親一個女人。」徐雲風沒有理會方濁的情緒，「妳媽媽知道後……才把妳扔在道觀門口。他根本沒自己說得那麼無奈，他貪錢好色，已經被張邦光收買了。」

這下方濁止住眼淚，冷靜地對著徐雲風說：「鬆開。」

徐雲風退開，和黃坤站在一起。

馬接輿十分讚賞他的能力，「你會讀心術，又會算沙，的確非常厲害。」

然而，徐雲風不作聲，直站著喘氣。

「但是，你如果單打獨鬥，有把握勝過我嗎？」

「沒有。你心術不正，且膽小怕事，但能力絕對是頂尖的，我打不贏你。」

「你認為張真人的本事比我高出多少？」

「個人的本事再強，也經不起人多勢眾。張邦光的本事不僅在法術層面，還能召集無數教眾。」

「原來你知道啊！」馬接輿分析情勢，「論道術，張邦光的遠強於我；論勢力，你們詭道就兩三個人。你憑什麼打算和張邦光到守門人那裡決一勝負？它根本不需搭理你。」

聞言，徐雲風沉默片刻，說道：「有個人講過，有些事情總有人要去做。」

「你做這些事情到底有什麼理由？僅僅因為張邦光害死趙一二？姑且不論你和趙一二到底有什麼交情，趙一二的死難道真的能算在張邦光的頭上？」

徐雲風被問得啞口無言。

「知道你為什麼要這麼做嗎？」馬接輿接著講下去，「這就是你和我不同的地方。無論我和方濁的母親當知青的時候，還是我到永樂宮當道士，進而成了住持，我都知道自己要做什麼，為了什麼生活。而你呢，你不知道自己為什麼要做正在做的事情，你根本就不知道自己人生的目標是什麼。所以，只能把和張邦光決鬥當作你生活的目的。」

這個當下，徐雲風沒有任何話可以講，原來擊敗一個人靠言語就能辦得到。

「我想知道我媽媽叫什麼，是什麼身世。」方濁對馬接輿問話。

「死都死了，問這些幹什麼？」即便這麼說，馬接輿還是回答了，「就是個普通人，鼻子像妳，身體不太好。」

「她姓方嗎？」

「是的。」

「好吧。」方濁冷冷地說：「我不想和你動手，但別人對付你，我就不管了。」

「我在這裡待不下去了，幾十年的心血都白費。方濁，以後自己多小心。」說完，馬接輿慢慢走了。

徐雲風和黃坤只能眼睜睜地看著馬接輿走掉。方濁不出手，誰也攔不住馬接輿的身形，埋伏在永樂宮外的人更做不到。

黃坤萬萬沒想到是這種局面。

馬接輿是肯定要找張邦光，他過慣了悠閒富足的生活，受不了清苦。

方濁看著父親走遠，找一個台階坐下來。徐雲風坐到方濁的旁邊，從口袋裡掏出煙，悶悶地抽起來。

黃坤看到徐雲風和方濁都是頹廢無比，情緒低落，心裡堵得慌，乾脆走到山門外，靠在山門外的高牆。

看著天空，他心裡想著，世上的事情變化太快，爺爺當年的立場放到現在，還是正確的嗎？

第11章

暫時回歸

方濁和黃坤看見徐雲風坐在尋蟬家的客廳裡，簡直不敢相信自己的眼睛，從他的語氣和動作好像什麼事情都沒有發生過一樣，「我想到一個辦法，可以找出張邦光到底附在誰的身上……」

徐雲風一根煙抽完，嘆了口氣，又拿出一根續上火。

方濁的目光落在遠方，喃喃自道：「我曾經設想無數種和父母見面的場景，比如：我是他們無奈放棄的女兒，多年來他們也在尋找我……」說到這兒，隨即苦笑地推翻自己的想法，「這當然不會，他們若是眞的想找我，早就到道觀找我了。或者，他們倆離婚，雙方都不願意養我，把我當累贅。當我見到他們，還可以質問他們爲什麼丟下我。」

方濁愣了一會兒，又接續說：「可是，我剛才一點都沒恨他的意思。不知道爲什麼，我就是恨不起來。」

「他是妳父親。」徐雲風安慰著她，「妳身上流著他的血。」

「每一種場景的結局，都是他們和我相認，我就有父母了，就算只有一個也行。」

方濁自顧自地說著多年來對父母的想念。

徐雲風卻另有心思，直接打斷了她，「方濁，我們回宜昌吧。」

「是啊。」方濁嘆了嘆，「曾姐應該把你的簽證辦下來了。你該走了。」

「我在想妳父親方才說的話。眞的，我不知道自己留下來到底有什麼用。其實我對張邦光已經沒有怨恨，也不明白自己爲何非要和他作對。大概是因爲我搶了王八的過陰人身份，就想延續他的道路吧。現在我想通了，路是我自己的，我不想爲別人活。」徐雲風說完，站起來長長舒一口氣，又道：「回去吧。」

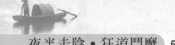

三人回到宜昌。

曾婷的確已經把徐雲風簽證辦好，就等著他回來後訂機票。王八見他們平安歸來，特地設宴，一個算是給他們接風，另一個也算是爲徐雲風和曾婷餞行。

席間仍舊是過年時那些人，只是多了一個日本人同斷武。同斷武和徐雲風坐在一起，不停詢問徐雲風過陰的事情。徐雲風心不在焉，有一句沒一句地應付著。

酒過三巡，王八高舉著杯子，說道：「瘋子，你去了日本，好好幹，別灰頭土臉地回來。」

徐雲風將自己手中的酒一飲而盡，「那是一定的！」

劉院長一家也向徐雲風敬酒，徐雲風一一回敬。

當黃坤向徐雲風敬酒的時候，徐雲風多說了一句，「小子，以後多幫你方姐了。」

黃坤不發一語，只是點頭。

最後，徐雲風拿起可樂，倒在方濁的面前杯子裡。豈料，本該落入杯中的可樂，卻成了透明無色的酒液。徐雲風遲疑片刻，但動作沒有停下。倒滿之後，方濁端起杯子，和徐雲風一起對飲。

「瘋子，事已如此，就不再擔心方濁的事情。」

徐雲風聽到王八這麼說，愣愣看向王八，視線又落在董玲身上。董玲現在已經顯懷，腰身渾圓。

王八猜出他在想什麼，笑著說道：「不是你想的那樣！反正你別擔心就行了！」

一場酒宴下來，大家都喝得沉悶。除了同斷武，都沒有什麼話說。然後各自散了。劉院長一家先走。黃坤回學校，方濁則跟著王八和董玲回家。同斷武的酒店近，他自己走回去。

徐雲風和曾婷送完衆人，準備回酒店。他拉著曾婷的手問：「能不能到了日本，別讓我跟著同斷武再搞什麼鬼啊魂的？」

「行啊！」曾婷眼睛笑得彎彎的，「你不是說要刷盤子嗎？去了那邊，幹什麼都行。我也不願意讓你再接觸這個。」

徐雲風把曾婷的肩膀攬住，兩人在路燈下的身影合作一團。

天下無不散的筵席。

接下來的時間，徐雲風和曾婷一起向兩邊的家人道別。一個星期後，兩人在首都機場，準備登機。候機室裡，曾婷坐在椅子上，擺弄她的筆記型電腦。徐雲風沉悶地坐在旁邊，看著對面。

對面的椅子，坐著方濁和黃坤。

方濁遞給徐雲風一個東西，「王師兄走不開，讓我帶這個東西給你。」

徐雲風接過那東西，仔細看了看，微笑著說：「原來他一直藏著這個東西。」

「我也不知道他是什麼時候從水裡撈出來的？」方濁聳聳肩。

「這東西沒什麼用。只剩下這麼一點，裡面的石靈都散出去了。」

「那他給你幹嘛？」方濁有些困惑。

「王八這人就喜歡做這種事情，拐彎抹角地暗示別人。」徐雲風輕聲笑道：「當年就是因爲這個東西，我和他先後當了術士。現在他把這東西撈出來給我，是在提醒我，我們都該退出了。」

方濁點點頭，「保重了。」

登機時間到了。曾婷站起來，和徐雲風、同斷武拖著行李箱，走向登機通道。

黃坤和方濁站著，目送兩人走進通道。

徐雲風再次扭頭向他們揮了揮手，又對曾婷說：「當年在火車站，我站在外面看著妳走進人群，那時覺得自己這輩子就一個人活下去了……」

「我不是回來了嗎？」曾婷輕鬆地笑道：「我可從沒像你這麼想過。」

徐雲風乾笑著搖搖頭，沒有繼續說下去。

方濁和黃坤走出機場，攔了一輛計程車坐上去。機場一架飛機起飛，黃坤透過車窗看著飛機升空，自言自語地說：「不曉得是不是這架飛機。」

兩人回到市內，漫無目的地走在街道上。黃坤知道方濁心情很不好，但一時不知道如何勸慰。

「方姐。」黃坤還是開口了，「妳不覺得他們對妳……都太過分了嗎……」

方濁歪了歪嘴巴，輕輕地說道：「我習慣了。」

在甬道走著，徐雲風停下了腳步。曾婷看著徐雲風，沒有說話。同斷武走在前面，回頭看見兩人站立在原地不動，開口催促他們快點。旁邊的旅客不理解地看著，紛紛從他們倆的身邊擠過去。

曾婷太瞭解徐雲風。徐雲風一直在猶豫，不到最後關頭，是不會做出選擇的。曾婷不說話，就等著，知道只有讓徐雲風自己去權衡，才是最合適的。

徐雲風想了好久，終於說話了，說出來的話讓曾婷差點氣死。

「我肚子疼。」

「飛機上有廁所。你忍忍，起飛後，就能上廁所。」

「我怕搭飛機，我不敢上去。」

「你不要賴會死嗎？」曾婷氣得跺腳，「爲什麼不說眞實的理由？」

「對不起。」徐雲風低下了頭，說道：「我現在才想明白自己走不了。」

「你再想想吧。」曾婷沒有強迫，「我不會再有機會帶你離開了。」

「我知道自己會後悔今天的決定。」徐雲風不敢對上曾婷的眼睛，「但是，也許這就是命吧。」

曾婷知道徐雲風已經下定決心，伸出手，輕輕撫摸徐雲風的臉頰，「這次眞的是分手了。」

她雖然努力保持平靜，但鼻子不停抽吸，眼睛不停眨動，勉強忍住眼淚。

同斷武走了回來，好奇地問：「雲風君，怎麼了？」

「沒什麼。」徐雲風回道：「我不走了。」

同斷武不明所以，「爲什麼？」

「曾婷在日本沒什麼朋友，她就拜託你了。」

同斷武對徐雲風的突然變卦感到驚訝，可時間緊迫，機場的工作人員已經走過來，詢問他們什麼情況。

「再見。」徐雲風向曾婷擺擺手。

曾婷很清楚沒有轉圜的餘地，苦笑著說：「何必呢？你知道我們不會再見了。」

飛機延遲半個小時後，終於起飛。

同斷武坐到曾婷旁的空位上，問道：「他以前也是經常這樣嗎？」

「他早就決定好了。」曾婷看著窗望的白雲，「只是他自己不知道而已。」

方濁和黃坤走到尋蟬家門口。按了門鈴，尋蟬把門打開了。

黃坤看見徐雲風坐在尋蟬家的客廳裡，簡直不敢相信自己的眼睛。

「我想到一個辦法，可以找出張邦光到底附在誰的身上……」徐雲風的語氣和動作好像什麼事情都沒有發生過一樣。

方濁靠在門口，看著徐雲風，隔了很久才說話，「眞跟王師兄說的一樣，你就是個傻瓜。」

冥陣

鍾家兩兄弟看得明白，王八是走的杜門。
冥陣裡，杜門主的是隔絕，
看來王八對奇門的瞭解遠超出道家高手。
他們也想走出冥陣之外，重新把準方位，
哪知天空一道閃電，正中驚門，
地面上的木桿頃刻變成焦炭。

第1章

命運之網

天空陰惻惻的，雲層壓得很低，一股昏暗的黑氣把整棟大樓籠罩，只有九樓沒有。現在是春夏交接之際，徐雲風和王八的胳膊汗毛卻大片豎起。這棟樓從幾天前開始溫度異常……

「命運是一張大網，無邊無際，且無處不在。」徐雲風說著，「我知道自己無論多麼努力，都無法掙脫命運的束縛。」

聽這番話，王八不禁笑道：「你說話都變味了。眞讓人彆扭。」

「你知道我最不甘心的是什麼嗎？」

「沒能和婷婷出國？」

「不是。」徐雲風眼神迷茫，「我眞的不知道自己留下來到底是爲了什麼？自己脫離不了這個環境眞正的緣由是什麼？我只是本能地意識到自己不能離開……」

「所以你就留下來。」王八喝了一口茶，「你只是看到方濁在堅持，和我當年一樣的堅持，你相信我們要做的事情是對的，而且很重要。即便不明白爲什麼，你潛意識裡知道不能逃離。」

「究竟是什麼讓你和方濁那麼堅持？」徐雲風追問，「你是爲了替趙先生報仇，方濁也是爲了替老嚴報仇。可你已經放棄，方濁爲什麼就不能放棄呢？」

「不是這樣的……」王八搖搖頭，「不是每個人都像你想的那麼狹隘。其實老嚴和我師父，當年都是一路人，只是他們相互看不慣對方的做法而已。」

「嗯，這個我聽金鏇子說過。老嚴那個部門從明朝就存在，創始人是詭道的門人道衍，只是詭道和那個部門越來越疏遠。」

「你還是沒明白我的意思。唉，該怎麼跟你說，你才會明白呢……」

「難道他們還有另一層關係？」

王八拍了拍徐雲風的肩膀，繼續說道：「人活著的目的是什麼，對你來說，就是讓自己好好地生活。追求更高一點，就是讓自己身邊的人也能好好地生活。」

「是啊！」徐雲風點頭認同這個說法，「有什麼問題嗎？」

「你有沒有想過，有些人和你想的不一樣。他們思考的事情更多，想讓更多的人過得好一點……」

「那是吃多了閒著沒事幹的人。」

「老嚴、我師父，就是這種人。」王八嘴邊噙著微笑，「還有……」

徐雲風歪著腦袋，擅自接過話，「還有你！淨他媽的多管閒事，愛折騰！」

「我師父如果不是這種人，現在應該是醫術高超的主治大夫，生活無虞。老嚴若非一心想翦除張邦光的勢力，肯定安安心心地在自己的門派當一個逍遙散人，悠閒自在。然而，他們都放棄了，選擇一條艱難的道路。」說著，王八提起一段過往，「還記得當年我們和我師父第一次吃飯說的話嗎？那時候，他其實看中的是你，想收你為傳人，可我說了一句話讓他改變主意……」

「哪一句話？」徐雲風撓撓頭。

「我也有點忘了。」王八只說了個大概，「但大意就是，世界上有些事情，總得要有人去做。」

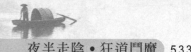

「比如你們要對付張邦光？」徐雲風自己舉了個例子，「我實在不明白，你為什麼非要跟著老嚴起鬨，招惹張邦光？不是我針對老嚴，說句實話，張邦光始終沒對我們痛下殺手，倒是老嚴淨使一些陰招，讓我不爽。假如不是趙先生的緣故，我指不定會站到張邦光那邊去。」

「你這次沒走。」王八臉色嚴肅，「它不會再手下留情了。它會用盡所有的辦法對付你，和你身邊所有的人……」

王八這句話說完，兩人都站起來，走到王八住處的陽台。

徐雲風和王八的手扶在欄杆上，向著四周打量。天空陰惻惻的，雲層壓得很低，一股昏暗的黑氣把整棟大樓籠罩，只有九樓沒有。

現在是春夏交接之際，傍晚的天氣卻十分陰冷，徐雲風和王八胳膊的汗毛豎起。這棟樓從幾天前開始溫度異常，一直是冷冷的溫度。本來應該開空調的季節，大樓的住戶回到家中都得穿上毛衣禦寒。

「我打算搬了。」王八說道：「董玲先回她父母家裡住。」

「我想得太不周全，又把你牽扯進來。」徐雲風萬般愧疚地說：「還偏偏趕上這個時候。」

王八嘆了一口氣，又說：「你自己也不是講了，這張網，誰也逃不掉嗎？」

「你有什麼打算？」徐雲風試探性地問：「回來嗎？」

「看情況吧。我不能離開董玲……」

「也是。」

兩人沉默片刻，徐雲風又拉起話頭，「我眞的不明白，爲何非要和張邦光勢不兩立。老嚴和趙先生到底是爲什麼？」

「乾隆後期，白蓮教起事，佔據或攻破州縣達二百多個，抗擊清朝十六個省徵調來的大批軍隊。各地白巾軍修築寨壘，據險防守。直到嘉慶年間，白蓮教之亂才方告結束，死亡人口總共過億之數。」

徐雲風聽了王八說這番話，驚訝之極，叫道：「爲什麼我沒聽說過？康乾盛世，難道不是太平日子嗎？」

王八沒有回答，繼續說道：「太平天國，太平軍和清軍往復爭奪燒殺之區掀起的戰亂席捲所及，廬舍爲墟，遍地瓦礫。多年後，依然滿目瘡痍，殘破蕭條，一片淒涼。戰爭造成中國人口的損失至少在一億以上。」

徐雲風愣住了，「難道他們不是抵抗清朝的殘酷統治嗎？」

「現在你知道，老嚴爲什麼要帶領他的部門和張邦光死掐了吧？」王八說道：「白蓮教和太平天國都以宗教蠱惑人心，積聚信徒和政府抗爭，最後朝野震動將傾，天下民不聊生。一貫道坐大，無論哪一個政府都不會容忍的。這是老嚴一輩子的任務，而且他的那個研究所一直都幹這個的。我師父成爲過陰人，沒有走到張邦光那邊，與老嚴不睦，但沒有放棄自己的立場。」

「我沒你和老趙這麼大的責任感。」徐雲風深深嘆了一口氣，「但事情已經到了這一步，就走下去吧，誰叫我當年搶了你的過陰人位置。」

王八哈哈笑道：「瞧你裝模作樣的，被嚇到啦？」

「我有主意對付它了。」徐雲風把石礎拿在手上，「其實我也是突然想起來的。如果不是這個，我就走了。你說你送什麼東西給我不好，非得送這個！」

「這就是命了。」王八咧著嘴，「我送你石礎的本意可不是爲了留下你。沒想到你會突發奇想，想出這一招來。」

「是啊！不試一下，我也不甘心啊！」

「師父當年把石礎放到水壩下面，可他治水不成，我就把石礎撈起來，想送給你當紀念。哪知附靈散去後，石礎變小，反而讓你有辦法。這眞的是命！」

「不說石礎了。」徐雲風小心翼翼地說：「別讓旁人聽見。」

王八的手機響了，從陽台走進屋裡。

徐雲風跟在後面，問道：「有客人？」

「嗯。」王八點點頭，「生意上的人，來跟我談事情的。」

「那我先走了。」徐雲風說道：「方濁和黃坤到重慶去找鍾家的人了，我讓他們等我。黃坤做事比我還猶豫，怕他們應付不來。」

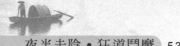

「快去吧，小心點。」

王八說著話，把門打開。徐雲風準備走出去，看見門口站了一個二十五、六歲的年輕人，穿得比王八還要考究，衣服上一塵不染，想來就是王八口中的生意夥伴。

「這麼快就上來？」徐雲風有些訝異。

「既然見到了，就認識一下吧。」王八替徐雲風介紹，「這是鄧桐，他們做的是家族生意，在沙市專門開藥店的。」接著，扭過頭向對方說：「這是我的好兄弟，徐雲風。」

鄧桐向徐雲風點點頭，禮貌地問候，「你好。」

徐雲風想握個手，可發現鄧桐沒有伸手的意思，也就作罷。

鄧桐看著王八，眼神透露有很急的事情要說。徐雲風看出來了，連忙告辭，「你們有急事要談，我就先走了。」

王八拍了拍他的肩膀，「嗯，你快去找方濁他們吧。我是什麼人，你犯不著擔心我。」

徐雲風遲疑地看了看王八，又望了望素未謀面的鄧桐，滿懷心事地走出門。

董玲待在西壩的娘家，無事可做。

她知道，王八故意讓自己回娘家避風頭的。家裡有東西，傻子都能看得出來，而且和從前一樣，全是衝著王八來的。董玲非常擔心王八，結婚這幾年，兩口子都一直都很有默契，不提當年的往事，可該來的還是來了。

徐雲風沒有跟著曾婷去日本，王八也始終心神不定。

董玲坐在沙發上，正在胡思亂想，手機響了。是王八的聲音，「玲玲，快收拾東西，別在娘家待了，去石門洞。」

「發生什麼事情？」董玲不解地問道：「待在家裡不好嗎？」

「別說了。」手機裡傳來王八急切的聲音，「快走，我已經安排車帶妳去石門洞找一個姓劉的道士，我隨後就到石門洞和妳會合！」

結束通話，董玲打開窗戶，天空的雲層越來越低，隱隱還有了雷聲。

暴雨將至，街上行人都飛奔著向家裡跑，可是有幾個人正在街上慢慢走動，一個又一個地察看門牌。董玲來不及收衣服了，匆匆走出門，同時打電話給母親，「媽，家裡有事，我先回去……」

「要下雨了，妳挺著肚子亂跑幹什麼？」母親在那頭焦急地說：「不然妳到菜市場來，我們一起去。」

「王哥已經來接我了，妳不用陪我。」

「那妳小心啊！都什麼時候了！」

董玲走到樓下，一輛轎車疾停在她的身邊，車裡一個人探出頭來，「快上車，這裡不能待了。」

那人董玲認識，是公司裡的會計。會計看見董玲挺著肚子，行動不方便，連忙出來攙扶董玲上車。董玲在後座坐穩之後，會計發動汽車引擎，「我們走大壩過江，不耽誤時間了。」

「王哥在那裡等我嗎？」董玲問道。

「是的。王經理不知道爲什麼非得在這種鬼天氣要我送妳去那個地方。」

車行駛在建設路上，雷雨之前壓抑的氣氛滲透進車內，讓人窒息。

王八和鄧桐走到下樓，看見徐雲風還杵在社區中庭。

「你怎麼還沒走？」王八覺得疑惑，問道：「你不是著急去重慶嗎？」

「我低估他們了。」徐雲風的語調有點驚慌，「是冥陣。他們湊齊了冥陣，方濁和黃坤都聯繫不上。」

「電話打不通？」王八連忙把自己的手機拿出來打給方濁，果然沒有信號，連忙又問：「你怎麼知道是冥陣？」

「我一直都知道鍾家煉魂魄就是爲了驅動冥陣。」徐雲風眉頭揪成一團，「還以爲我已經壞了他們的好事，可是現在看來，他們還是弄成了。」

王八見到徐雲風身邊站了幾個拿著鎖鍊的鬼卒，頓時明白徐雲風爲什麼會知道。

「看來你在那邊沒有白待，守門人給了你不少好處。」王八催促他，「那你快點去接應方濁，別耽擱了。」

「最快的水翼飛船已經沒班次。」徐雲風滿臉憂愁。

「我叫人開車連夜送你。」王八拿出手機，這次打通了，「把車開到我家樓下，送我一個朋友去重慶。」

三人等著車，這段期間，徐雲風看到王八蹙著眉頭，腳尖在地上劃動，說道：「你有事。別瞞我，你知道瞞我也沒有用。」

第 2 章

郊野驚魂

董玲發現天黑了，知道前座的人絕不是會計，猛地打開車門，向開闊的農田裡跑去。哪知，她跑了一大半距離後，回頭看，本來停在路邊的車已經不見。再回頭看前方，那間民房也消失。

王八看著徐雲風，一臉茫然。

「媽的！」徐雲風立即知道王八心裡在想什麼，「你怎麼還不去西壩？董玲的電話打得通嗎？」

王八搖搖頭。

「你他媽的在幹什麼？」徐雲風歇斯底里地大喊：「你瘋了嗎？」

「我這不就是打算去西壩嘛！」

「那你還等什麼？我也跟你去！」

「方濁怎麼辦？」王八有所顧慮，「聽我的，你去重慶，我去接董玲。」

徐雲風看向鄧桐，嘴裡對著王八說：「是他告訴你消息的吧？」

「鄧桐安排人去接董玲，應該沒事。」王八按下一組屬於董玲的手機號碼。

這刹那，徐雲風和王八的臉色都變白了，他們聽得清清楚楚，手機剛剛接通就被掐斷。王八看著鄧桐，鄧桐一臉驚訝。

暴雨的第一記響雷就在他們頭頂響起，但雨還沒有下下來。

很快，一輛車停到三人身邊，開車的是王八公司的會計！

三人迅速上車，王八沉著聲音說道：「去西壩，快點。」

王八繼續打電話，這次接通了，「媽，我去接董玲，讓董玲在樓下等我……什麼，她已經走了……她說我去接她……可我還沒到啊！妳別急，一定是她著急攔計程車先了就好了……」

轎車在路面開得飛快，徐雲風嘴裡不停喃喃自語，「方濁在就好了……唉，我走走了……妳別急……」

二十分鐘後，三人抵達西壩。剛到董玲娘家樓下的建設路邊，徐雲風就喊道：「不用下車！往大壩方向開！」

會計被徐雲風的喊聲嚇了一跳，回頭看見徐雲風的時候，嚇得蹦起來，頭頂撞到車頂，「老徐，你什麼時候變成這樣子？」

徐雲風一張蛇臉探到車窗外，分岔的信子一尺來長，反覆伸出嘴巴外。

「快開車！」王八惶急地喊道：「聽他的！他在聞氣味！」

車子飛快駛過大壩，到了紫陽，遇到交叉路口，會計不知道該開往那個方向，又回頭看了看後座。這會兒，看見車內已經沒有徐雲風的身影，只有一條巨大的蛇尾盤在座位。直到這一刻，會計才發現，一條巨大的蟒蛇纏繞在車體，蛇頭垂在車門的一側，低低地吊在距離路面不遠的距離。

會計心裡發毛，又看了看，徐雲風已經坐回車內，對王八說：「石門洞的方向。原來劉老道一直都是鍾家的人。」

「知道地點就好。」王八擔憂地問：「董玲去了多久？」

「半小時。」徐雲風回答。

會計一踩油門，車子繼續往石門洞方向開去。

董玲坐在後座，手撫著肚子，孩子每隔幾秒就踢她一下。

「王哥在等我嗎？」董玲再次問了一句。

會計沒有回答，而是順手點燃一支煙。

董玲心裡一震，因爲王八公司的會計是不抽煙的。她掏出手機，仍打不通王八的電話，狐疑地說：「今天是怎麼了？王哥的電話怎麼都打不通？」

車開到偏僻的山坳，這裡有一片開闊的平地，會計把車停在路邊。

董玲發現天黑了，會計不說話，就坐在駕駛座抽煙，濃烈的焦油味道瀰漫在車廂，嗆得她咳起嗽。

知道前座的人絕不是會計，她緩慢地把手伸向車門，猛地打開後，向開闊的農田裡跑去。田埂子上，車是追不過來的。

董玲往農田一邊的民房跑去，但又不能跑得太快，深怕自己摔倒。

哪知她跑了一大半距離，回頭看，本來停在路邊的車已經不見。再看向正前方，那間民房也消失。

董玲疑惑地四處張望，赫然發現農田裡什麼都沒有種。沒有蔬菜，沒有二季稻，田地裡插滿木棍，木棍上端都是綠色的紙條——全部是清明棍。

這下她不敢再移動腳步，呆呆站在原地。天際劃過一道閃電，雷聲轟隆隆，她嚇得連忙把耳朵捂住，隨即用手掌撫上肚皮。

一連串雷聲過後，董玲的耳朵嗡嗡作響，起初以爲是雷聲讓自己耳鳴，後來發現是非常細微的哭聲。讓她心驚膽顫的是，聲音是從四面八方傳來的。

董玲突然想起來，幾天前母親告訴自己的一件事情。

半個月前，連棚鄉的一名孕婦突然失蹤。她是在傍晚出門，去附近的親戚家拿小孩的舊衣服，之後就一直沒有回家。第二天早上，家人在一片田地裡找她，人已經沒有呼吸心跳。那天也是下雨，找到那名孕婦的屍體時，她家人發現田埂遍佈她的足跡。她在田埂走了一遍又一遍，一整夜都沒走出來，且死因不明。一屍兩命，轟動一時。母親說這件事情，本意是讓董玲不要到處亂走動。現在，董玲越想越怕，原來這件事情和自己這麼接近。

「果然是冥陣！」徐雲風快速下車，看到前方的一塊開闊地。

瞧田地的方位是奇門，他鬆了一口氣，這個難不住王八。

「哼哼，故意留了景門。」王八觀望四周，嘴裡說著，「鍾家人跟玩這一套，找錯人了。」

「鍾家爲什麼要這麼做呢？」徐雲風萬般不解。

「沒時間想這些了。」王八趕人了，「你快去重慶吧。」

「你……」徐雲風語帶擔憂，「扛得住嗎？」

王八把手放在他的肩膀上，「我是誰？忘了嗎？」

「對不起。」徐雲風看著王八，愧疚地說道。

「冥陣是用來對付你的。」王八叮囑，「記住，去了重慶，如果遇到冥陣，千萬別算沙，越算越死。」

「鍾家的人在這裡擺了冥陣。」徐雲風猜測著，「也許那邊的人不怎麼厲害。」

「也許會更強。」王八要他多想一點，「你這人從來不把事情往壞處想。」

第 3 章

寶刀未老

王八一搖晃手中的旗幟，鍾家老大絕望地發現，鬼魂瞬間擺出陣型，且順著冥陣的奇門而動，力量強於自己驅動百倍。王八一拳揮去，直接擊中鍾家老大的胸口，手掌陷入鍾家老大的胸口，扣住他的心脈。

董玲越來越冷，吹過身邊的風陰慘慘的，天空也落下雨點。她忍住向前走的衝動。和王八在一起這麼多年，或多或少聽過一些事情。在無法辨認方向的時候，最好就是待在原地，保持體力。而且很多迷惑人心的法術，都是等待受害者耗費精力，再乘虛而動。

野地裡的哭聲越來越響，董玲聽清楚了，是嬰孩的啼哭。然後有人反覆地說著，「走啊……向前走啊……走幾步就出去了……」

董玲死咬住嘴唇，不說話，極力克制自己向前奔跑的衝動。雨下得更大了。田地裡的清明棍都變了，彷彿是一個又一個懷抱著小孩的婦女，每人懷裡的嬰孩都發出啼哭聲。董玲甚至覺得肚裡的孩子也在發出類似的哭聲。她真的很想跑，向前跑，可還是忍住了。

四個人影站到董玲面前，董玲花了很長時間才確認，的確是有人走過來。

「爲什麼不跑？」其中一個人問道，聲音嘶啞。

董玲不說話，低下頭，不去看身前的人。他們緩慢逼近董玲，讓董玲再也無法迴避。抬頭看著他們，心驚膽寒，每人的肩膀上都頂著個小孩影子。

「把小弟弟帶出來玩。」小孩的黑影嘻笑著說道。

董玲聽到，下意識地護住腹部。

「怎麼不求饒？」四人之中爲首的那人問道：「別的孕婦在這種時候都跪地求饒，

請我們放過她們和小孩，看來和過陰人有關的女人眞是不一樣。」

董玲依然忍著不說話。

「妳求饒，我就放了妳。」

董玲聽到這句，嘴巴正要說出「放過我的小孩」，兩腿發軟就要下跪。然而，一隻手攙住董玲的腋下，把她穩穩地扶住。

那隻手掌溫熱，是她最熟悉的手掌。

手掌的力量灌入董玲的身體，董玲的身體重新站直。她沒有扭過頭，直接把軟軟的身體靠在王八的身上，抽泣地說：「我知道你會來！你一定會來的！」

王八心疼地撫摸愛妻的髮絲，「妳先在旁邊歇一會兒，我們很快就可以回家。放心，不會讓妳等太久。」

鄧桐小心地把董玲攙扶到王八身後兩步。王八看了看眼前的四人，冷冷地問道：「劉道長不在，你們占了他的地方，把他弄哪裡去了？」

「那傢伙不聽話，死了。」爲首的光頭哼了一聲，「怎麼來的不是過陰人？你是誰？」

「我們沒見過，但我知道你是鍾家老大，其他三個是你弟弟吧！老三不在這裡，是不是怕了過陰人，不敢現身。」

聞言，鍾家四兄弟相互對望，都聳聳肩。

鍾家老大不敢大意，問道：「你究竟是誰？」

「我姓王。」王八回答得簡潔有力，「幸會了。」

「沒聽說姓王的人啊？」鍾家老么摸不著頭緒，「閉關前沒聽你這號人物！難不成我們閉關幾年，連人都忘記了？瞧你這麼年輕，出道沒幾年吧？」

雨終於嘩嘩地傾盆而下。王八把外衣脫了，轉身披到董玲身上。又是一道閃電劈過，王八穿在裡面的是一件灰褐色道袍，上面刺繡朵朵綠色牡丹。

「詭道！」鍾家老二瞪大眼睛喊道：「果然和過陰人一個門路。」

「沒聽說詭道有姓王的厲害人物啊！」鍾家老大還弄不清情況。

王八拿出三面旗幟，雜耍一般地擺弄。

「詭道有個金鏇子，有個趙一二……」鍾家老大微微蹙著眉頭，「現在又有個過陰人徐雲風掛名。你是……金鏇子的徒弟？」

「我師父是趙一二。」王八如實答道。

「好像聽過，有一個叫王抱陽的。」鍾家一個人說道：「可他沒徐雲風厲害，爭奪過陰人，被徐雲風擊敗後，再也沒什麼音訊。詭道就喜歡內訌。」

王八的聲音越來越沉，「徐雲風是我兄弟，他當過陰人和我當過陰人是一樣的，何來內訌之說！」

「本來聽說這個大肚子女人和徐雲風有淵源，沒想到來了個無名之輩。」鍾家老大有些懊惱，「熊浩那狗東西說話從來都不道地，讓過陰人跑了，我們怎麼交代？」

「這女人是我的妻子。」王八把手中的旗幟牢牢握住，「我和徐雲風是過硬的兄弟，熊浩沒騙你們。」

「本想逮一隻大羊。」鍾家老么相當看不起對手，「卻來了個小嘍囉。」

「哈哈……」王八肆無忌憚地笑起來，「我告訴你們一件事情。」

「什麼事情？」鍾家老大不以爲意地說：「很重要嗎？是不是想向我們求饒？放你們走，可以，告訴我過陰人在哪裡就行。」

王八幾乎咬著牙迸出這幾個字，「我曾經發過誓，絕不會讓旁人傷害我的家人，如果有人膽敢冒犯我的家人，我就斬草除根。你們說，重不重要？」

「看來是個吹牛皮的。我看你有什麼本事……」鍾家老么笑著，聲音卻越來越弱，接著停止了。他肩膀的嬰孩用兩隻手臂狠狠擰住他的下巴，一點一點地轉動。他極盡所能地掙扎，可兩隻胳膊被一群鬼魂死死攥住，渾身上下都無法動彈。

咿咿咿的細微聲音，從鍾家老么的脖頸處傳出來。

聞聲，鍾家老大連忙用手去抓老么肩膀的嬰孩，可是嬰孩突然張大嘴巴，一口咬住他的手背，登時鮮流如注。嬰孩嘗到鮮血，手臂更加用力。下一刻，鍾家老么的脖子被扭轉，頸骨斷裂，身體軟塌塌地倒下。

直到此時，鍾家剩下的三人才明白站在眼前的王抱陽，絕非無名之輩。

「你到底是什麼人？」鍾家老大低聲問道。

「我說過。」王八半眯著眼睛回答，「我是詭道趙一二的弟子。你現在求我放了你們嗎？」

鍾家三人眼中已經有了懼意。

「不過，沒有用。」王八的聲音冷若冰霜，「你們煉了這麼多小孩的魂魄，又冒犯我的妻子，我沒有理由放過你們。」

「你的路數不是詭道。」鍾家老大看出一點道道，「是茅山。」

「鍾家分了好幾宗，你們這一宗今天就沒了。」王八沒有多理會，「其他幾宗應該不會像你們這麼惡毒。還有話要說嗎？我不喜歡婆婆媽媽的。倘若今天是過陰人在這裡，你們也許還有出路，但你們運氣不怎麼好，我不是他。」

鍾家三兄弟的身影消失了，隱沒在黑夜的大雨中。

「冥陣而已。」王八對著黑暗大聲喊道：「我進來的時候，順手把開門封死了，你們能跑多遠？哈哈……」

董玲看著癲狂的王八，覺得無比陌生，這男人完全沒有平日裡的溫文雅爾。同時，她也知道，自己的丈夫不會再忍隱下去。

不消片刻，鍾家三兄弟重新站到王八面前。

「奇門學得不怎麼樣啊！我二十歲就玩會了。你們年齡活到狗身上啦？」王八的語氣不再像剛剛那麼禮貌，改為咄咄逼人、極盡諷刺，明顯怒氣已經克制不住。

鍾家三人已經知道王八的厲害，他們辛辛苦苦擺佈的冥陣已經不知不覺地被王八控制。眼下形勢逆轉，大難臨頭。

鍾家老大出手了，田野裡的鬼魂都爬到王八身邊，對著王八齜牙咧嘴，可都不敢靠近王八。王八一搖晃手中的旗幟，那些鬼魂倏地調轉過身，全數衝向鍾家兄弟。

鍾家老大絕望地發現，鬼魂瞬間擺出陣型，且順著冥陣的奇門而動，力量強於自己驅動百倍。

王八的手握成拳頭，骨節啪啪作響，一拳揮去，直接擊中鍾家老大的胸口。

鍾家老大能夠清楚看到王八的動作，但無論怎麼躲都躲不開。王八的手掌陷入鍾家老大的胸口，扣住他的心脈。

王八的臉湊到鍾家老大的面前，相距不過一寸，兩人的鼻息都能相互聽見。

鍾家老大看到王八的眼睛已經血紅。

「王哥！」董玲在王八身後大喊，「算了吧，小孩還沒出生……」

聞聲，王八的臉色柔和一點，但鍾家老大的身軀漸漸鬆弛。

「不行！」王八撂下兩個字。

鍾家老大嘴巴張著，再也闔不上，萎靡倒地，他的心魄已經被王八巨攫取。

剩下兩個鍾家兄弟呆若木雞，不知道王八接下來會用什麼方法對付他們。豈料，王八卻轉頭扶著董玲，和鄧桐向冥陣之外走去。鍾家兩兄弟看得明白，王八是走的杜門。冥陣裡，杜門主的是隔絕，看來王八對奇門的瞭解，遠遠超出道家高手。

鍾家兩兄弟長吁一口氣，等了很久，確認王八已經走遠，才背起不醒人事的老大，走向王八剛走過的杜門。

他們也想走出冥陣之外，可惜走不出去。杜門這邊是一道石頭砌成的高牆，根本過不了。猶豫片刻，重新把準方位，向驚門走去。天空一道閃電，正中驚門的方位，地面上的木桿全部燃燒起來，頃刻變成焦炭。

師兄弟中能運用奇門的只有老大，此刻老大失去心魄，哪能指導兩兄弟出陣？他們倆只能靠著最基本的奇門方法，向休門走去。休門是開的，道路平坦，但是走了兩個小時，仍然走不出去，休門永遠都在前方不遠處。

暴雨下得更加大，傷門主水，走到傷門方位是不知深淺的水渠。

這會兒，兩兄弟終於明白自己的處境，王八根本沒有放過他們的意思，把他們留在冥陣之內，慢慢消磨他們的魂魄。

鍾家四兄弟，剩下清醒的兩個，茫然站立在磅礴暴雨之中，不知所措。更加讓他們絕望的是，傷門方位的水開始倒灌，眼下已經把他們的腳背淹沒……

第 4 章

天坑對陣

這是奉節境內最大的一個天坑，地處偏僻，陰氣極盛，鍾家的人在此處修練，的確是非常好的選擇。一條羊腸小徑蜿蜒著向下，徐雲風緩步著，行走了一個多小時，才走到天坑底部。

王八和董玲、鄧桐走在大雨中，王八念著避水訣，雨點飄過董玲的頭頂，鄧桐和王八都淋成了落湯雞。

三人走到附近的一間小道觀，找了一塊乾淨的地方坐下。

「今晚就在這裡避雨，找廂房休息吧。」瞧鄧桐面有難色，王八笑了笑，「那你就站一夜吧。」

董玲不願意單獨待著，王八從廂房抱來一床被褥墊在地上，讓她躺下休息。又去找了一個煤爐過來，升火烤乾身上的衣服。王八剛把上衣脫下，突然靜止不動，偏了偏腦袋。董玲和鄧桐都不作聲，盯著王八看。

董玲突然喊道：「有聲音。」

王八迅速走到門外，站在一個大水缸旁邊，伸手拉了一個人出來。那人留著長鬚，四肢被繩索牢牢綁住。

王八把繩索解開，帶那人回到房間內。

過了很長一段時間，那人醒了過來，苦著臉說：「是他們逼著我佈下陣法。之後就把我扔在缸裡，若不是你來救我，我就淹死在水缸了。」

王八暫時沒有追究，而是問道：「重慶那邊對付方濁的冥陣是誰佈下的？」

「張邦光。」劉道長囁嚅著回答。

王八聽了，呆愣片刻，才說：「這次……是眞的躲不過了……」

董玲知道這句話的意思，視線和王八相交，又見王八苦笑一下。

王八讓劉道長拿了三套乾淨衣服，董玲在廂房裡換了。這邊鄧桐看見舊衣服，沒有換的意思。

「你太講究了。」王八沒辦法地說：「學道之人，沒幾個有潔癖的。」

鄧桐只是微笑著搖頭。

四人無話，蓋上被褥睡了。

天亮後，劉道長叫了一輛車，送王八三人回市區。車子開到王八所住的社區樓下，三人下了車，站在馬路旁邊。

王八當先開口，「你先回去。告訴你父親，我都答應了。」

「太好了。」鄧桐興奮不已。

「你回家準備好。」王八說道：「兩天後，再來找我。」

鄧桐向王八行了一個禮儀，然後走了。

王八和董玲回到住家，董玲邊收拾東西邊問：「他到底是什麼人？你不是打算和他開藥店嗎？」

「鄧家是荊州世家。」王八回答，「但他們不懂做藥的生意，還開一種店鋪。」

「也是賣藥的嗎？」

「他們家族表面開藥店，實際上，主要的生意是陰陽店。」

「我不問了。」董玲撇了撇嘴，「一定不是什麼好事。」

「也沒什麼。」王八一派輕鬆地談著，「就是跨著兩界做點生意罷了。所以，他們有他們的本事。」

董玲還是擔心，「我們怎麼辦？」

「鄧桐兩天後會來，妳跟著他去一個地方等著，他有辦法不讓別人找到妳。」說完，王八又問：「曾婷在日本的電話，妳還留著吧？」

「你讓我去那麼遠的地方？」董玲站直身體，「沒有更好的辦法了嗎？」

「曾婷是學醫的。」王八說明原因，「有她照顧妳，我比較放心。等事情都了結，妳再回來。」

「能在孩子出生前回來嗎？」

「能。」王八寵溺地拉過愛妻，「妳還不相信我嗎？」

董玲扔下手中的衣物，緊緊把王八抱住，「我等你。」

天亮之際，徐雲風終於到了天坑旁邊。

鍾家長輩五天前給方濁帶話，希望面談，現在徐雲風知道了，鍾家已經鐵了心不會和黃家、魏家聯手，至於商量，壓根兒是一個幌子。只是萬萬沒想到，他們竟安排這麼周密，想要對付自己。王八說得對，什麼事情只能往最壞的方向打算，不能把希望放在別人身上，何況是敵人。

這是奉節境內最大的一個天坑，地處偏僻，尚未開發成旅遊景點。天坑陷入地下幾百米，陰氣極盛，鍾家的人在此處修練，的確是非常好的選擇。

一條羊腸小徑蜿蜒著向下，徐雲風緩步著，行走了一個多小時，才走到天坑底部。抬頭望天，頭頂上方的天空只剩圓形一塊。坑底的溫度很低，冷颼颼的。一條地下河在坑底流淌，從一邊的石壁冒出，流到另一邊，又鑽入地下。

天坑底部有一間石頭壘成的小屋，黃坤正站在屋外，見徐雲風來了，連忙告訴他，「方姐不見了。」

「你怎麼搞的？」徐雲風破口大罵，「你淨顧著自己了嗎？」

「方姐在這裡施展不開。」黃坤緊皺著眉頭，回答說：「她進來之後，就不能隨意移動了。」

「她怎麼不見的？」徐雲風焦急地問道。

「她突然就消失了。」黃坤回答，「起先，我還以為是她自己走的，可是……可是……」

「可是什麼？」

「我剛剛看到方姐的父親。」

「完了。」徐雲風懊惱地拍著頭，「完了，張邦光一直在找合適的人選，一直都想辦法附到方濁身上。」

「師父，你看……」

不用黃坤提醒，徐雲風也看到了。天坑底部站出很多人，卻沒一個是活的。它們有的歪歪站在石頭上，有的依靠天坑內的石壁靠著，有的站在河裡，半截身子浸在水面下……

「方濁！」徐雲風大聲喊道：「方濁！」

聲音在天坑裡不停迴盪，久久不絕。

徐雲風內心空蕩蕩，那是一種大難臨頭的感覺。剛進學校的時候，徐雲風和王八在考試交換卷子，被監考老師發現，當時類似這種心若死灰的感覺，只是這種情緒現在放大了千萬倍！

徐雲風想起了王八曾經對他說過的話……

「老嚴一直拿方濁當誘餌。」

他啊地大叫出聲，雙手抱住自已的頭。

「我之所以不願意再回去跟著老嚴，就是因爲他心太狠了，知道張邦光需要一個傀儡。」

徐雲風茫然四顧，天坑裡除了四處站立的死人，還有灌木靜靜遍佈在坑內。

「你是張邦光最看中的人選，但老嚴故意讓方濁在玉眞宮使出她的能力，使張邦光改變了主意。知道爲什麼嗎？因爲你們的內心太脆弱，而方濁比你更甚。偏偏你們天生有旁人不及的能力，沒有比你們更好的選擇。你要好好看著方濁，別讓張邦光附在她身上……」

徐雲風渾身顫慄，大難臨頭……眞的是大難臨頭了……

因爲，他已經感受到張邦光就在附近，非常近。

徐雲風忍不住想計算，想算出張邦光在那裡。

「千萬別算沙，越算越死。」

念及王八的交代，徐雲風極力克制自己的衝動。

徐雲風趴到地上，用耳朵貼著地面，可聽弦也無法施展。眼下要面對的，不是一般的神棍術士，而是一貫道的道魁——張邦光。

徐雲風明白了，石門洞那個冥陣只是一個圈套。如果能把自己和王八都困在石門洞，是最佳的結果，但張邦光也計算到王八不會讓徐雲風耽誤時間，所以在這裡也佈下冥陣——它親自佈下的冥陣。

徐雲風呆傻地站著，開始後悔當年的選擇。是的，要對付張邦光這樣的對手，僅靠法術遠遠不夠，會詭道的五大算術有什麼用？會楊任流傳的殺鬼術有什麼用？會幻化蛇屬有什麼用？能把螟蛉發揮到最強有什麼用……

眞正的得勝者需要縝密的頭腦，就像王八那樣的聰明頭腦。而自己就是個傻子，當年搶了王八過陰人的身份，最開心的是誰，當然就是張邦光！

怪不得熊浩當年會和徐雲風共同對抗宇文發陳的紅水陣，因爲他等同幫了張邦光一個大忙啊！

現在張邦光接近成功了，也許已經成功，方濁搞不好已經被張邦光控制。

徐雲風想起了那個巨大的人影，強大的身影，也想起了無法抵抗，只能落荒而逃的場面。

「方濁！」徐雲風徒勞地對著天空喊道。

「師父。」黃坤走到徐雲風跟前，「我問你一件事情？」

「你要問什麼？」徐雲風心緒亂糟糟的。

「你是過陰人，在乎過親人嗎？你這麼在乎方姐，我相信你不是個絕情的人。」

「我和王八都是半路出家，我已經很久沒有和家人聯繫了……」

「那你何不回家，就此罷了？」

「不行！」徐雲風態度堅決，「不能丟下方濁！」

黃坤見他接近癲狂的模樣，把螟蛉掏了出來，並請出六甲神丁，「師父，我們盡力吧。」

徐雲風默默接過螟蛉，茫然四顧，伸出手掌，一個眼睛不停眨動。那些屍體慢慢退後，重新鑽回地下。

這個時候，天坑底部的雲霧越來越濃厚，已經看不到五米之外。

冥陣開始催動。

黃坤把六甲神丁圍在自己和徐雲風的身邊。

「你聽著，我是不懂奇門，但別以爲這樣就能把我困住！告訴你，我現在就從休門開始！」說罷，徐雲風向著右前方直衝。

一道鎮魂幡擋在面前，徐雲風毫不猶豫地用手中的螟蛉把鎮魂幡劃破。無數魂靈散了出來，他的左手探出第三隻眼睛，將它們全部吞噬。

接下來是生門，徐雲風不在意擺佈在身前的白幡。當白幡圍繞徐雲風的身體時，螟蛉的炙熱火焰燃燒，白幡登時化爲灰燼。

此時此刻，黃坤看呆了，徐雲風平日裡懶懶散散的模樣消失不見，現在靠著蠻力在陣內橫衝直撞……

景門，無數手掌從地下伸出來，指甲尖銳無比。徐雲風踏上那個方位，一刻都沒遲疑。剎那間，徐雲風的腿被那些手掌緊緊攥住，不停往地下拉。

黃坤看見徐雲風的身體化作蛇身，在地面扭曲，努力擺脫手掌的束縛。哪知土地猛然翻動，一個巨大的手掌破土而出，緊緊捏住蛇身的七寸。蛇身纏繞，嘴巴張開，露出上下長長的獠牙。蛇頭猛地回轉，狠狠咬中巨大手掌的腕部。

另一個手掌從土裡冒出來，揪住蛇尾，試圖把蛇身向地下拉扯。

這個當下，黃坤看得一清二楚，徐雲風的身體被限制。而地面之下，另有幾隻巨大的手掌蠢蠢欲動。他心念一動，把手伸入地底，抓住徐雲風的手掌。徐雲風借力，重新爬了上來。

第 5 章

決一死戰

情勢超出預料，張邦光的化身想回到方濁身邊，但徐雲風哪會給他這個機會。蛇身死命纏繞在張邦光的幻身上，張邦光的幻身迅速膨脹，蛇身繃得越來越緊，蛇身的皮膚開始爆裂。

「你就這點本事嗎？」徐雲風對著地下狂喊，放出無數布偶。每一個布偶都化作火團，把景門照亮。那些手掌一被火光照映，紛紛破裂。

死門，徐雲風內心已經沒有任何猶豫不決，只剩一個念頭：用自己的全部力量硬闖冥陣。

死門在河水裡。石壁兩端的地下河縫隙，都向中段洶湧地灌水。水快速漫上來，天坑底部的河溝，慢慢形成一個水潭。黃坤知道，徐雲風的五行屬火。張邦光藉著五行的生剋，想剋制住徐雲風天生的能力。

徐雲風站在水潭邊，從地下抓起一把細沙。抓住泥沙的手握成拳狀，手上的火焰大炙，瞬間把泥沙烤乾。他的手掌略略鬆動，沙礫慢慢地從掌心落下。

算沙。

有一件事情，金鏇子不知道，王八不知道，趙一二已經看出一點端倪，寫在《黑暗傳》上。算沙不僅僅是一種算術！

張邦光一定也不知道。

徐雲風心裡感謝趙一二，是趙一二留下的線索，讓他明白算沙真正的用處。

七十七進，一百二十九出。

到了。潭面形成一個水柱，徐雲風又化作蛇屬，和水柱糾纏在一起。衝開死門，餘力不盡，把傷門也衝開。

石壁垮塌，把水潭填滿。天坑內的濃霧漸漸散開，火焰在水面上燃燒，嗤嗤作響。

三個人影慢慢在黃坤和徐雲風面前顯現。

熊浩、方濁，還有一個是馬接輿。

熊浩正拿著一個鏡子對著方濁的頭頂。徐雲風鼻子抽動，鏡面瞬間裂開一道。熊浩沮喪地把鏡子扔掉，惡狠狠地看著徐雲風。

「你為什麼非要和我過不去？」熊浩的聲音變得非常老成，且很渾厚，不若玩世不恭的聲音。

黃坤聽過這個聲音，在老嚴的研究所裡。

熊浩看了馬接輿一眼，黃坤的身體立即騰空，狠狠撞向石壁。

馬接輿動手了，但方濁動不了，她的能力比不上馬接輿。

熊浩的視線落在徐雲風手中的螟蛉，螟蛉的火焰漸漸消退。徐雲風也無法化作蛇屬，他的草帽被風颳起，吹得遠遠的。

「我給你那麼多機會。」那聲音緩和平穩，「你為什麼不走？為什麼非要留下來對付我？我和你有仇嗎？」

「我不知道。」徐雲風回答，「也許我生下來就是要和你作對的。」

「你認為你能阻止我嗎？」熊浩，不，現在他是張邦光。

「你找別人吧，我和方濁都不會任你擺佈的。」

張邦光哼了哼，「你以為壞了我的鏡子，就能破壞我的計劃？」

徐雲風愣住了。

是的，還有馬接輿。

熊浩的身體突然分開，一個留在原地，一個走到徐雲風面前。徐雲風使出最後的氣力，讓螟蛉重新燃燒，砍向張邦光的化身。

這時，張邦光不再是熊浩的臉龐，而是頂著一張方正的國字臉，留著短鬚。它伸出右手，抓住螟蛉的劍刃。由於只是個幻身，能力大打折扣，與徐雲風相持不下。

徐雲風看到馬接輿的手掌伸在熊浩的頭頂，眼睛看著方濁。方濁失魂落魄，沒有任何表情。徐雲風意識到馬接輿接下來要做什麼。馬接輿的能力，高明到能夠把人的魂魄互換。

張邦光的幻身，在徐雲風面前微笑，「你阻攔不了的，沒人能阻攔我的計劃。」

「他能。」徐雲風喘著粗氣。

「誰？」張邦光得意的表情凝固，緩慢地向身後看去。

「張眞人。」馬接輿說道：「是我。」

「你也想跟嚴崇光一樣嗎？你要背叛我？」

「我從沒想過。但，這丫頭不是一般人，我不能對她下手。」馬接輿謹慎地用字遣詞。

「哪有這麼巧的事情！」張邦光已經明白了。

「其實不算巧合。」馬接輿回答它，「天下有這種能力的人不多，你若是多打探一下，就應該能查出來。你只是沒時間而已。」

「你知道後果嗎？」

「知道，嚴崇光是怎麼死的，我很清楚。」

情勢超出預料，張邦光的化身想回到方濁身邊，但徐雲風哪會給他這個機會。蛇身死命纏繞在張邦光的幻身上，張邦光的幻身迅速膨脹，蛇身繃得越來越緊，蛇身的皮膚開始爆裂。可徐雲風沒有放棄，暫時壓制住張邦光幻身的膨脹。

同時，徐雲風的蛇屬血肉開始開裂。

馬接輿對方濁說道：「我對不起妳和妳母親。今天一併還了。」

方濁看著父親，流下兩行無聲的淚水。

馬接輿用力大吼一聲，徐雲風、方濁和黃坤躺在一片草地上，天坑就在身邊不遠處。徐雲風和黃坤都受了傷，一時沒有力氣站起來。方濁獨自走到天坑邊緣，向著天坑的內部看去。

「方姐！」黃坤喊道：「我們走吧。」

方濁跪在坑邊，不肯離開。黃坤蹣跚走到方濁身邊，要拖方濁離開。方濁甩開黃坤的手，仍舊看著坑底。

一股雲霧猛地沖到方濁面前，化成張邦光的面孔，把方濁罩著。但是，這股雲霧又被無形的力量拉下去，瞬間回縮到坑底。

方濁對著坑底磕了個頭，轉過身來，對著徐雲風和黃坤說：「他認我了。」

徐雲風嘴角掛著鮮血，勉強笑了一下。

方濁牽住黃坤和徐雲風的手，說道：「抓緊，我可以省力點。」

兩日之後，鄧桐準時到王八家中。

王八已經和董玲收拾好了行李，鄧桐發現過陰人也在，還有兩個人不認識。王八向他介紹，「這是方濁，這是黃家的黃坤。」

鄧桐一一認識。

徐雲風目光落在鄧桐身上，說道：「就知道你來歷不一般，陰氣重得很。」

鄧桐笑了笑，不置可否。

眾人來到荊州城內，鄧桐帶他們走到商業街上一間小店面。這是瓷器店，擺放著大大小小的瓷器杯皿。

「現在賣這掙錢嗎？」徐雲風好奇地問：「還是靠賣藥掙得快。」

鄧桐沒有回答，而是招呼出一個老婦人出來。

老婦人顫顫巍巍地領著董玲走進一個房間。房間裡十分整潔，只有一張床鋪和一張桌子。董玲走進去之前，老婦人替她戴上一條項鍊。

「穩妥嗎？」王八有點不放心。

「誰也找不到的。」鄧桐非常有把握。

等董玲和老婦人走進去，他把門關上，再迅速打開。門內的擺設全部沒了，只有一個空蕩蕩的房間，董玲和老婦人都不見蹤跡。

王八不由得緊張一下。

「這裡是家族所有店鋪通門吧。」徐雲風說道。

鄧桐的臉色有點不悅。

「董玲現在到公安了。」徐雲風一派輕鬆地拍拍王八的肩膀，接著又說：「不對，應該在荊門……在石首……」

王八心裡平靜下來。

「靠！」徐雲風安靜了片刻，又大聲地嚷嚷，「你家眞不錯呢！到底有多少店面啊？」

「以前有一百多家，現在只有三十多家了。」鄧桐改以佩服的口吻，「過陰人眞的非同小可，我家的通門夾在兩界之間，你都能算出來。」

徐雲風擺擺手，笑了笑，對王八說道：「你答應他們什麼事情，讓他們把家底都拿出來幫你藏董玲？」

鄧桐看著王八，王八搖頭回道：「這是我和他們鄧家的事情，你別操心了。」

當鄧桐把門關上，又再次打開，董玲和老婦人正在屋裡放行李。

王八關切地對董玲說：「我走了，妳在這裡好好待著，希望能在簽證下來之前就了結，這樣妳也不用跑那麼遠了。」

「我會傾盡我們鄧家所有的能力保護嫂子。」鄧桐再次提出保證，「放心吧，沒人能找到她。」說完，忽然意識到了什麼，視線落在徐雲風身上，「除了過陰人……」

「這世上只有他一個人能算沙。」王八笑了。

鄧桐和董玲走到店面門口，董玲撫著腹部，向王八告別。旁邊的老婦人示意董玲不要踏出門檻。

鄧桐向王八拱手，「我家是做生意的，希望王經理能遵守諾言。」

「要我跟你們簽合同嗎？」

「不用，我家信得過你。」

黃坤和方濁看著他們告別，然後一起走到商業街的盡頭。黃坤好奇心重，對徐雲風問道：「師父，那間店面眞的藏得住人嗎？」

徐雲風沒有給出答案，笑著說：「你回去找找。」

果然，黃坤重新回到商業街後，怎麼都找不到那間瓷器店鋪，其他做生意的商人也都記不得有間賣瓷器的店鋪。

黃坤走回街頭，看見王八、徐雲風和方濁已經走遠，連忙追趕，在荊州的城牆處才追上。

王八用手扶著城牆，「還記得我們當年在這裡玩嗎？」

「玩什麼啊？」徐雲風哈哈大笑，「你就是唬弄我，說要接地氣，還說這裡的地氣最好，騙我和你在這裡蹲了好幾天。」

方濁還不太敢相信，對著王八問道：「王師兄，你眞的回來了嗎？」

「回來了。這幾年，你們這麼窩囊，我實在是看不下去了。」

徐雲風聽不下去，捶了王八的肩膀一下，「你踐個屁！」

方濁長舒一口氣，「我們現在去哪裡？」

「當然是把黃溪的事情了結了，讓黃溪把族長讓給黃坤。」王八提了個目的地，「去秀山。」

黃坤愣了一下，見徐雲風和王八並排走在前方，方濁緊隨其後，被他們坦蕩蕩的情緒感染，也快速跟上。

•全書完

茅山道術力戰群屍，故事超級經典，場面絕對火爆！
西双版纳
銅甲屍
全新精修合訂版
A Novel of Terror
群魔四起．讖語玄宮
元朝末年，星象有變，群魔四起，天下大亂。
茅山道士陳小元獲知銅甲屍將要襲擊城市，忙組織徒弟阿鬼、小雲和樂天以阻止。
阿鬼闖入殭屍鎮，身陷險境，命在旦夕，小雲只得設法相救。
被抓入官府的樂天，雖慘遭毒打，卻陰錯陽差遇到失散多年的戰友九變。
肥丁 著
九星的坎坷命運，是否源於對邪術高人的背叛？元神被困的陳小元，如何才能逃脫冥界的禁錮，重獲自由？
這一行人，該如何戰勝銅甲屍，挽救一場足以覆滅無數人命的浩劫？
煉製銅甲屍之法已然散播至人間，劫難，定將再臨！

異聞錄

013

長江異聞錄全集

作　　者　蛇從革
社　　長　陳維都
藝術總監　黃聖文
編輯總監　王　凌
出 版 者　普天出版社
新北市汐止區康寧街 169 巷 25 號 6 樓
TEL / (02) 26921935 (代表號)
FAX / (02) 26959332
E-mail：popular.press@msa.hinet.net
http://www.popu.com.tw/
郵政劃撥 19091443 陳維都帳戶
總 經 銷　旭昇圖書有限公司
新北市中和區中山路二段 352 號 2F
TEL / (02) 22451480 (代表號)
FAX / (02) 22451479
E-mail：s1686688@ms31.hinet.net
法律顧問　西華律師事務所・黃憲男律師
電腦排版　巨新電腦排版有限公司
印製裝訂　久裕印刷事業有限公司
出 版 日　2018 (民 107) 年 10 月第 1 版
ISBN◉978-986-389-547-3　　條碼 9789863895473

國家圖書館出版品預行編目資料

長江異聞錄全集／
蛇從革著.一第 1 版.一：新北市,普天
民 107.10 面； 公分. - (異聞錄；13)
ISBN◉978-986-389-547-3 (平裝)